KB186080

세미다큐 대하소설

코리아 광시곡

강씨가의 형제들

세미다큐 대하소설

코리아 광시곡 ❶

인쇄 2016년 5월 20일
발행 2016년 5월 26일

지은이 고려성
펴낸곳 지식서관
펴낸이 이홍식
주소 경기도 고양시 덕양구 보광로 174번길 17-7
Tel: 031-969-9311, Fax: 031-969-9313
e-mail: jisiksa@hanmail.net

편집 숨은길
표지장정 김경호

값 15,000원

* 잘못 만들어진 책은 바꾸어 드립니다.

세미다큐 대하소설

코리아 광시곡

강씨가의 형제들

고려성 지음

차례

제 2 부 조카와 서삼촌

프롤로그

1

시사 주간지 '뉴밀레니엄 저널'의 원예림(元叡琳) 기자가 유니버설 항공(UAL) 여객기 추락 사고를 접한 건 아침 메인 뉴스 '오프닝 투데이'가 끝난지 한 시간쯤 뒤였다. 여느 날과 달리 느긋하게 기상한 그녀가 오후에 떠날 해외 여행 채비를 하느라 트렁크에 옷가지를 개켜 넣으며 TV 받침대 옆의 새 나이키화 상자로 팔을 뻗쳤을 때, 화면의 자막이 그녀의 눈길을 확 끌었다.

마침 2주일 전에 미국에서 일어난 '9 · 11 테러' 사건에 대한 좌담이 방영되고 있었는데, 그 화면 아래로 〈뉴스 속보 : 어제 오후 인천 공항을 출발한 프랑크푸르트행 유니버설 항공 보잉 747 여객기가 착륙 전 충돌 사고로 산지에 추락〉이라는 글자가 흐르고 있었던 것이다.

원예림의 손동작이 반사적으로 멈췄고, 동공이 확대되면서 시선이 자막에 고정되었다. '어제 오후 프랑크푸르트행 UAL 여객기라면 내가 탑승할 뻔했던 바로 그 비행기 아닌가!'

그녀는 좀 더 자세한 뉴스를 알아보려고 리모컨으로 각 채널을 뒤졌다. 그러나 아예 속보마저 없거나, 또는 같은 내용의 자막만 간헐적으로 비칠 뿐 그 이상의 상보는 없었다.

사고의 윤곽은 그로부터 30여 분 후 정규 뉴스 시간을 앞당겨 긴급 특집 방송으로 보도되었다. 먼저, 기자의 설명——

"어제 15시 35분 인천 국제공항을 출발, 오늘 03시 25분(현지 시각 19시 25분) 프랑크푸르트 공항에 도착 예정이던 UAL 보잉 747 여객기가 착륙을 위해 하강하던 중, 갑자기 이륙 상승하던 개인 제트기와 충돌하여 추락했습니다. 충돌 순간, 조종사는 승객의 희생과 지상에서의 피해를 줄이기 위해 필사적으로 기수를 선회하여 프랑크푸르트 남쪽의 오덴발트 산지 동단 침엽수림에 불시착하려 했으나, 거의 목표 상공에 이르러 왼쪽 날개가 떨어져 나가면서 기체가 곤두박질치고 말았습니다. 지금까지 알려진 바로는 조종사와 승무원을 포함하여 탑승자 412명 거의가 사망했으며, 생존자는 10명도 안될 것 같다고 합니다."

"그렇다면 개인 제트기가 사고를 일으킨 셈인데, 김 기자, 그 개인 제트기의 정체는 밝혀졌나요?"

아나운서가 사고 발생의 의문점을 돋우었다.

"예, 조사 팀도 그 점을 집중 조사 중이라 합니다. 한데, 사고 자체가 워낙 부지불식간에 돌발적으로 일어난 만큼 현재론 공항 요원과 수사 기관 등이 이렇다 할 단서를 포착하지 못한 것 같습니다. 이제 시작 단계니까요. 다만, 현재까지 밝혀진 바를 보면……."

데스크 위의 원고를 들여다보며 기자가 발표문을 읽듯 또박또박 덧붙여 말했다.

"사고 당일, 공항 관제탑이 개인 제트기의 이륙을 처음 발견한 시각은 오후 7시 40분(현지 시각). UAL기가 공항으로 하강 접근에 들어간 무렵이었다. 관제탑에선 즉각 개인 제트기에 선회, 착륙을 지시했다. 그러나 교신 불통. 성화같은 관제탑의 명령에도 개인 제트기는 무단비행을 멈추지 않았다. 하지만 그것도 잠시. 이륙한 지 불과 2, 3분 만에 거대한 기체에 부딪치면서 요란한 굉음과 함께 시뻘건 화염이 밤하늘에 솟아올랐다. 동시에 내동댕이치듯 튕겨진 개인 제트기는 불길에 휩싸인 채 라인 강 하곡 포도원으로 곤두박이치곤 산산조각이 났습니다."

"탑승자는 여럿이었습니까?"

"현재까지 확인된 건 두 명입니다."

"신원은 밝혀졌습니까?"

"예, 그게…… 한 명, 그러니까 조종사는 현지 독일인으로 밝혀졌으나, 다른 한 명은 동양인이란 사실만 확인됐을 뿐, 신원은 아직 밝혀내지 못했답니다. 수사 일각에선 그가 조종사를 협박, 비행기 탈취를 시도한 테러리스트로 특정 테러 집단과 연계돼 있을 것으로 추정하고 있지만, 진상이 밝혀지기까진 좀 더 시간이 필요할 것 같습니다."

'동양인 테러리스트……?'

원예림은 문득 KAL기 폭파 사건을 연상하며 계속 기자의 설명에 귀를 기울였다. 그러다 사고 현장 화면 아래로 흐르기 시작한 생존자들 중 '한국인 안화지' 라는 이름을 보는 순간 다시 한 번 눈이 회동그래졌다. '아! 저분이 사셨구나!'

원예림은 저도 모르게 두 손으로 가슴을 쓸어내리며 안도의 숨을 내쉬었다.

안화지(安花枝)! 원예림으로선 그와의 만남이 실로 운명적이라 할 만큼 공교로웠다. 두 사람의 생(生)과 사(死)가 뒤바뀌는 계기가 된 조우였으니까.

2

일주일 전, 원예림은 프랑크푸르트행 항공권을 예약하기 위해 지오(GO)여행사에 들렀었다. 10월 5일부터 열리는 국제도서전시회의 관람을 겸한 유럽르포 여행으로, 그녀에겐 연례적인 해외 나들이였다.

프랑크푸르트 공항이 유럽의 대표적 국제 허브 공항인 데다 도서전시회의 영향 때문인지 여행사 로비에는 프랑크푸르트행 항공권 예약 데스크 쪽이 유난히 장사진을 이루고 있었다.

그런데 원예림이 예약을 막 끝냈을 때,

“25일자 표는 매진됐습니다.” 하고 감색 유니폼의 여직원이 데스크 앞에 늘어선 손님들을 향해 말했다. “이제부터 28일자를 발급하겠습니다.”

정연했던 대열이 흐트러지면서 일부가 이탈해 물러갔고, 나머지는 새로 줄을 섰다. 그런 가운데 한 칠십대 중반 노인이 종종걸음으로 데스크로 다가가더니 담당 여직원에게 공손한 말투로 청했다.

“사정이 몹시 급해서 그런데 어떻게 한 자리만 선처해 주실 수 없겠습니까?”

잔주름이 팬 노인의 얼굴에 애원과 초조의 빛이 어리었다.

“저희로선 어쩔 수가 없어요. 죄송합니다, 할머니.”

여직원이 컴퓨터 모니터를 들여다보며 난색을 표하자, 노인은 힘없이 빈 의자에 몸을 기대며 말했다. “그럼 가급적 빠른 날짜로 부탁합니다.”

“아 참, 언니! 아침에 26일자 손님 한 분이 예약을 취소했잖아요? 루프트한자 편으로 가려던 분 말예요.”

노인의 말을 듣고 있던 앳된 동료 여직원이 문득 생각난 듯 언니를 마주 보았다.

“아, 그 편(루프트한자) 좌석이 아직 남아 있었네. 할머니, 그걸로 끊어 드릴까요?”

“나야 도이쓰, 아, 독일로 가는 비행기면 무슨 편이든 상관없어요. 그것으로 끊어 주세요. 감사합니다. 정말 감사합니다.”

기운을 차리고 의자에서 몸을 일으킨 노인은 화색이 도는 얼굴로 십자성호를 긋고 가슴 앞에 두 손을 모았다.

“수연 씨, 안녕. 갔다 와서 다시 만나요.”

여행사 직원들과 낯익은 사이인 원예림은 여직원에게 가볍게 손을 흔들며 노인을 바라보다가 출입구로 걸어나갔다. 그러나 그녀가 회전출입문을 막 나왔을 때, 뭔가 알 수 없는 마력—일종의 영감 같은 것—이 그녀의 발길을 회전문 안으로 돌려놓았다. 칠십대 노인이 '도이쓰(독일)' 란 일본어를 쓰는 데 대한 호기심 때문이었다. 원예림은 데스크로 달려가 물었다.

"수연 씨, 이 어르신한테 무슨 사정이라도 있어요?"

"매우 급한 일이 있으신가 본데, 25일자 프랑크푸르트행 티켓이 매진돼서 지금 26일자로……."

키보드를 치던 여직원이 손동작을 멈추고 노인의 주민증을 돌려주며 대답했다.

"급한 일이라는 게 뭔데요?"

원예림은, 질문은 여직원에게 던지면서 시선은 노인을 향했다. 노인은 무슨 말을 하려는 듯했으나, 입을 열진 않고 그냥 조용히 주민증만 핸드백에 집어넣었다. 원예림은 노인에게서 눈을 떼지 않고 찬찬히 그 외모를 뜯어보았다. 은백색 머리털과 갸름한 얼굴에 잔주름이 서려 있었지만, 단정하게 잿빛 투피스를 차려입은 모습은 꽤나 조쌀하고 단아해 보였다.

"수연 씨, 잠깐만 실례!"

원예림은 한 손을 살짝 들어 여직원에게 양해를 구하고는 노인에게 말했다. "할머니, 저랑 잠깐 말씀 나누실 수 있겠어요?"

"글쎄, 무슨 얘기를……?"

"곤란한 말은 안 할게요."

원예림은, 다소 망설이는 빛으로 쳐다보는 노인의 손을 잡고 거의 일방적으로 창가 대기석으로 이끌었다. 노인도 마지못하는 기색으로 그녀를 따랐다.

"전 시사 주간지 기자예요."

원예림은 의자에 앉으며 명함을 내밀었다. "실례지만, 프랑크푸르트엔 무슨 일로 가시는 건가요?"

원예림의 단도직입적인 물음에 노인은 명함에서 눈을 떼고 의아스러운 표정으로 상대를 바라보았다.

"특별한 뜻이 있어서가 아녜요, 할머니. 저도 그곳에 갈 참이에요. 내달 5

일부터 국제도서전이 열리거든요."

원예림은 친절히 말하며 입가에 웃음까지 지어 보였다.

"예, 그렇습니까?"

그제야 노인은 얼굴 표정이 밝아지며 말문을 열었다. "도이쓰에, 아이고, 미안합니다. 무의식 중에 일본말이 튀어나와서……."

"괜찮아요. 저도 대학에서 일어를 전공했어요."

"독일에 우리 아들네가 살고 있습니다."

"아, 그러시군요!"

원예림으로선 노인의 대답이 예상 밖이기도 했지만 그의 어감에 또 다른 호기심이 일었다. 말소리 가운데 유음(ㄹ) 발음이 불분명한 것도 그렇거니와, 칠십대 노인이 '독일' 보다 '도이쓰' 에 익숙해 있는 걸 보면, 그가 일본에서 성장했음을 어림할 수 있었다.

"아드님은 독일에서 뭐 하세요?"

"G.A. 대학 교숩니다. 그곳 막스플랑크 연구소 연구원이기도 하구요."

노인은 별 자랑스러운 기색 없이 대답했다.

"참으로 훌륭한 아드님을 두셨네요!"

원예림이 찬사를 보내며 순간적으로 놀라는 표정을 드러냈다. 노인의 대답에서, 얼마 전 읽었던 외신 기사가 떠올랐기 때문이다. "가만! 지금 막스플랑크 연구소 연구원이라 하셨나요? 그럼 혹시 아드님이 노벨 물리학상의 유력한 후보자 중 한 분인 강현교 박사 아니에요?"

"예, 맞습니다."

고개를 끄덕이는 노인의 입가에 비로소 미소가 떠올랐다.

"아, 정말 자랑스럽겠습니다."

원예림은 감탄해 마지않았다. "아드님 댁에 무슨 행사라도 있는 건가요? 이를테면 생일잔치…… 혹은 손자 분 결혼식 같은 거?"

"이번에 내가 가는 건 아들네 집안일하고는 상관없는 일입니다."

노인의 반응은 담담했다.

"아니, 그럼 독일에 아시는 분이 아드님네 말고 또 있어요?"

"예, 오래 전부터 알고 지내는 미국인 신부님이 살고 계시지요. 그분한테 긴히 도움 받을 일이 있어서 가는 겁니다."

'미국인 신부님……?'

또 하나의 새로운 사실이 원예림으로 하여금 궁금증을 자아내게 했다. "그 도움 받을 일이라는 게 어떤 건지 여쭤봐도 될까요?"

"신부님을 통해 급히 만나볼 사람이 있어섭니다."

노인은 신중을 기하듯 말을 아꼈다. "죽은 줄로만 알고 있던 우리 도련님을 그 사람이 찾고 있다니……."

"예, 그러시군요."

노인을 보며 원예림의 궁금증은 증폭되었다. '예사롭지가 않구나! 도련님은 누구며, 독일에서 그를 찾는 사람은 또한 어떤 인물인가? 노인과 신부는 어떤 관계인가?'

하지만 그녀는 당장 서두르지 않고 좀 더 시간을 두고 앞으로를 내다보기로 했다.

"할머니 사정을 듣고 보니 한시가 급하시군요. 제가 하루빨리 출발하실 수 있게 해 드릴게요."

원예림은 노인의 손을 끌다시피 하여 데스크로 다가갔다. "수연 씨, 할머니 예약권 어떻게 됐어요?"

"발권했는데요, 여기."

여직원은 엄지와 검지로 가볍게 노인의 티켓을 들어 보였다.

"미안하지만, 이걸 할머니 거하고 바꿔 주세요. 그럴 수 있죠?"

원예림은 핸드백에서 자기 티켓을 꺼내 여직원 앞에 내밀었다.

"원 기자님 일정에 지장이 없겠어요?"

"괜찮아요, 난. 일정이 넉넉하니까."

"역시 원 기자님은 '행복하여라, 자비로운 사람! 원예림은 자비를 입을 것이다.' 로군요."

여직원은 원예림의 십자목걸이를 보며 윙크했다.

"고마워요!"

원예림도 살짝 눈웃음을 지었다.

"이거 미안해서 어쩌나. 이렇게 고마울 데가."

여직원이 두 사람의 티켓 날짜를 교체 발권하는 것을 보며 노인은 원예림에게 진정으로 고마워했다.

"별말씀을요. 하루 뒤에 출발해도 저에겐 아무 지장 없어요, 할머니."

원예림은 여직원에게 고맙다는 인사를 한 뒤 노인과 나란히 데스크에서 물러나왔다.

"초면부지인 나에게 이런 선의를 베풀어 주시다니 마치 이웃 친지를 만난 기분이에요."

노인은 출입문으로 걸어나오면서 친근감을 표시했다.

"이것도 인연이라면 인연 아니겠어요, 할머니? 우선 가셔서 볼일부터 보시고……."

원예림은 잠시 발걸음을 멈추고 노인을 쳐다보았다.

"혹시나 해서 그런데, 그곳 아드님의 전화번호를 알려 주시겠어요? 도서전시회 일을 마치고 시간을 내서 한번 찾아볼까 해서요. 아드님과 대담할 수 있는 영광스러운 자리잖아요?"

원예림은 핸드백에서 메모지와 볼펜을 꺼냈다.

"그래 주시면 나로서도 반가운 일이지요."

메모지와 볼펜을 받아 든 노인은 선 채로 핸드백을 받치고 아들네 집 전화번호와 자신의 이름을 적고는 원예림에게 내밀었다.

'어쩜……! *安花枝*!'

원예림은 노인이 메모지에 쓴 한자 글씨가 달필임에 놀라면서 이름 두 자

를 속으로 되뇌었다. '花枝, 花枝…… 하나에?'

원예림은 눈을 들어 노인을 마주 보았다. "어릴 적엔 '하나에'라 불리셨군요? 일본에서 태어나셨어요?"

노인은 가볍게 고개를 끄덕이며 잔주름이 진 눈가에 잔잔한 미소를 떠올렸다.

"그럼 프랑크푸르트에 가서 연락드릴게요. 먼저 가셔서 일 잘 보세요."

"고마워요, 원예림 기자."

두 사람은 정겹게 손을 맞잡고 작별 인사를 나누고 헤어졌다.

3

'중상이 아니어야 할 텐데…….'

인천 공항행 리무진에 몸을 싣고 가면서도 원예림은 국제도서전시회 행사보다도 안화지 할머니의 생사에 신경이 쏠려 있었다. '제발 생명만은 무사하시길…….'

그런데 차가 마포대교를 건넜을 때, 이어폰에서 흘러나오던 사라사테의 명곡 '치고이너바이젠'의 바이올린 선율이 막 끝나면서 다음 곡에 대한 디제이의 나긋한 목소리 대신 남자 아나운서의 긴박스러운 멘트가 고막을 울렸다.

—방금 들어온 긴급 뉴스입니다. 한국이 낳은 재독 핵물리학자인 강현교 박사가 현지 시간 어제 오후, 오스트리아 빈에서 열린 IAEA '핵융합에너지 콘퍼런스'에 참석한 후 실종되었다고 합니다. 실종 경위와 배후 등에 대해선 현지 수사진이 조사 중인바, 상세한 내용은 정규 뉴스 시간에 알려드리겠습니다.

'강현교 박사……? 실종……?'

원예림은 자기 귀를 의심했다.

'아니, 어머니의 교통사고에다 아들—그것도 세계적인 과학자—의 실종 사건이라니!'

우연이라고 치부하기엔 왠지 범상치 않다는 불길한 생각이 순간적으로 머릿속을 엄습했다. '필시 두 사고 · 사건 간에 뭔가 연관이 있다!'

즉시 도중하차한 원예림은 택시를 잡아타고 부랴부랴 사무실로 향했다.

뉴밀레니엄 저널 사무실은 종로 파고다 공원 뒤쪽, 인사동의 5층 건물 맨 꼭대기에 있었다. 원예림은 사무실로 올라가지 않고 근처에 있는 커피숍에서 편집장을 불러냈다.

이미 아침 커피 타임이 훨씬 지난 무렵이라, 지하 커피숍은 두어 군데 좌석에 중년의 남자들이 사담을 나누고 있을 뿐 거의 빈자리였다. 음악도 꺼져 있어 조용했다.

"아니, 어떻게 된 거야? 지금쯤 공항에 있을 사람이?"

남방셔츠에 조끼 바람으로 지하로 내려온 편집장 윤동빈(尹東彬)이 원예림의 맞은편 소파에 털썩 앉으며 두꺼운 안경알 속에서 큰 눈망울을 굴렸다.

"출발 전에 한 가지 부탁할 게 있어요."

"전화로도 얼마든지 할 수 있을 텐데……."

윤동빈이 대수롭지 않게 여기며 궐련을 물고 라이터를 댕기자, 원예림이 그의 말을 잘랐다.

"전화상으로 할 수 있는 그런 단순한 부탁이 아녜요, 선배."

원예림은 둘만의 사석에서는 '편집장' 이라는 직함 대신 '윤 선배' 로 호칭했다. 윤동빈 역시 술자리 같은 사석에선 '예림아' 라고 부르기가 예사다.

둘은 K대 동문으로 윤동빈이 4년 선배다. 윤동빈은 국어국문학과, 원예림은 일어일문학과. 재학 시절 '대학신문' 일을 같이 맡아 보기도 했는데, 윤동빈이 방위근무를 마치고 대학신문 편집장으로 있을 때, 원예림은 프레시맨으로 병아리 기자였다. 그러나 6개월이 지나면서 남다른 센스와 순발력, 타고난 재능을 발휘하면서 선배들을 제치고 수차례 특종을 취재하여, 학보사 안에선 '안테나 우먼' 으로 통하기도 했다.

한데, 재능이란 게 '시험' 과는 별개의 차원인 것일까? 대학 졸업반 이래 1~2년에 걸쳐 도하 굴지 일간지의 기자 모집에 응시했으나, 시험을 치는 족족 미역국 신세였다. 그녀로선 처음 맛보는 참담한 낭패이자, 극복하기 어려운 시련이었다.

때마침 신의 인도랄까, 이웃의 한 독실한 크리스천의 권유로 교회에 발을 들여놓게 되어 마음의 상흔이 치유되기 시작하면서 그녀의 예지는 교리(教理)를 충실히 받아들이고 실천하려고 애썼다. 윤동빈이 원예림을 뉴밀레니엄 저널로 영입한 것도 그 무렵이었다.

4

뉴밀레니엄 저널에 입사하면서부터 원예림은 해외 출판물 시장에 눈을 돌렸다.

국제도서전시회에는 개최 국가를 불문하고 연례행사처럼 참관하였고, 일본의 간다(도쿄의 대표적 서점가)에는 국내 출장을 가듯이 수시로 드나들었다. 그 결과, 첫해에는 유럽 저명 출판사들의 신간 아동도서를 선정하여 국내 J출판사에 알선해 전집으로 펴내게 해 주었고, 지난해에는 일본의 인기 소설을 들여와 자기가 직접 TV 드라마로 각색해 M엔터테이먼트에 넘겨, 시청률 40프로를 상회하는 히트작으로 끌어올리게도 했다.

이제 3년차, 미상불 윤동빈의 예상대로 원예림은 자신의 재능이 조금씩 빛을 발휘하는 것 같았다. 보람도 느꼈다. 그럴수록 더 넓은 세계로 도전하고 보다 높은 곳을 향해 비상하고 싶은 욕망이 솟아올랐다.

"단순한 부탁이 아니라니, 그게 뭔데?"

윤동빈은 자연을 내뿜으며 예의 그 큰 눈망울을 굴렸다.

"윤 선배, 그 남산(국가정보원)에 다닌다는 관포지교(管鮑之交)란 친구 분 아직도 거기 잘 있지요?"

원예림은 대답 대신 진지하게 반문했다.

"그렇겠지. 무소식이 희소식이니까."

"말로만 관포지교니 총죽지교(蔥竹之交)니 하면서 너무 무심한 거 아녜요?"

"그 친구 직업이 직업인 만큼 외부 사람들 만나는 게 자유롭지 못해. 지난 초봄에 동창 부친 칠순 잔치 때 만난 게 가장 최근이야. 그러니까 한 육개월 됐나?"

윤동빈은 재떨이에 담뱃불을 비벼 끄며 원예림을 칩떠보았다. "근데, 뜬금없이 그 친구는 왜?"

"윤 선배, 아침에 긴급 뉴스 들었어요?"

원예림은 또 되물었다.

"긴급 뉴스라니?"

"UAL 여객기 추락 사고 말예요."

"아, 그거? 마침 사장님 방에 들어갔다가 테레비로 대충 봤지. 생존자 중에 한국인 노인도 한 명 있던데? 근데…… 그 사고가 어때서?"

"그게 아니라, 그 할머니의 아들 되는 분이 같은 날 실종됐대요. 그 유명한 재독 한인 핵물리학자 말예요. 공항 가는 차 안에서 스팟 뉴스를 듣고 알았어요.

원예림은 정색을 하고, 얼마 전 여행사에서 있었던 안화지 할머니와의 사연을 소상히 설명하곤 확신에 찬 어조로 덧붙였다. "이건 제 예감인데요. 윤 선배, 지금까지 발표된 정황상 두 사건이 한날에 일어난 게 우연한 것이라고 보기엔 아무래도 석연치 않은 데가 있어요. 필시 뭔가 모종의 연관이 있어요. 제가 보기엔 이번 사건에는 하이재킹이나 납치를 꾸민 배후 세력이 있는 거 같아요."

"배후 세력? 어떤……?"

"제 직감으론 '북쪽'의 소행이란 의혹을 떨쳐 버릴 수가 없어요. 다른 건 몰라도 '납치' 하면 저들의 주특기잖아요?"

"북쪽의 소행……? 음, 허국(許國)이를 찾는 이유를 이제야 알겠군."

"북쪽이 관련된 게 사실이라면 우리 남산 쪽에서도 손 놓고 있을 리 없잖겠어요? 물론 저도 현지에서 상황을 취재하겠지만, 그 친구 분의 도움이 절대 필요해요."

"이번의 실종 사건이 북한의 납치 공작일 수도 있다는 정보……?"

"그래야 제가 취재한 자료를 뼈대로 해서 픽션이든 논픽션이든 엮어낼 수 있거든요."

원예림의 마음은 지금 독일의 어느 병원에서 신음하고 있을 안화지 할머니에게로 줄달음치고 있었다.

"그러니까 선배, 이번 여행은 도서전보다도 강현교 박사 실종 사건과 더불어 안 할머니 일가의 신변 취재가 위주가 될 거 같아요."

"듣고 보니, 잘만 하면 이번에 또 대박 하나 터질지 모르겠군!"

"선배님은 친구 분을 꼭 만나서 부탁이나 잘 해 주세요."

"알았어! 그 친구 일은 내가 알아서 할 테니, 원 기자는 현지 일이나 잘 마치고 무사히 돌아오라구. 급한 상황이 있으면 연락하구."

두 단짝 선후배는 커피숍을 나와 간단한 점심을 나눈 후 하이파이브를 하고 헤어졌다.

"굿 럭!"

"미 투!"

5

그로부터 이틀째 되는 날 저녁.

모처럼 허국을 불러낸 윤동빈이 그를 안내한 곳은 덕소의 한강 기슭에 자리잡은 호젓한 산장이었다. 대학 시절 드나들던 낙원동의 낡은 지하 다방에서 커피 한 잔씩 후딱 들고는 곧바로 나와 택시를 잡아타고 달려, 덕소 선착장에서 모터보트로 한강을 건넌 것이었다.

"아주머니, 저 왔어요."

"어서 오세요. 방은 5호실로 마련해 뒀세요."

대문간까지 나온 중년 부인이 윤동빈과는 구면인 투로 반갑게 맞았다.

"날 이런 데까지 다 데려오고…… 뭐, 셜록 홈스라도 된 거냐?"

윤동빈을 따라 뜰 안으로 들어선 허국이 영문을 모르겠다는 기색으로 잠시 선 채 사위를 둘러보았다.

뉘엿뉘엿한 노을 빛 속에, 산등성이엔 푸른 잣나무와 노랗게 물들어 가는 갈잎나무들이 거대한 병풍을 이루었고, 눈 아래로는 검푸른 한강 줄기가 스러지는 노을의 잔광을 받으며 유유히 흐르고 있었다.

"우선 씻기부터 하시지."

현관에서 키를 받아 들고 앞장선 윤동빈이 복도 오른쪽 맨 끝방을 열고 들어서며 말했다. 그러나 허국은 아무 대답 없이 예리한 눈빛으로 방 안을 둘러보며 옷장 속을 하나하나 살펴보는가 하면, 강가로 향한 미닫이창을 열어 보기도 했다.

"여기서만큼은 레이더를 꺼도 돼. 원랜 여기가 우리 고모네 별장이었는데, IMF 때 고모부의 회사가 거덜나는 바람에 요정 경영자의 손으로 넘어가 버렸지."

"아까 보니 예약을 한 모양이던데?"

허국이 넥타이를 풀어 윗도리와 함께 옷장 안에 걸어놓으며 물었다.

"하모! 관중과 포숙아의 반년 만의 상봉 아닌가?"

"벌써 그리 됐냐? 세월이 유수(流水)가 아니라 총알이군."

세면장에 들어선 허국이 거울에 비친 자신의 얼굴을 들여다보았다.

"지구의 자전 속도가 점점 빨라지는 모양이야. 우리가 남대천에서 연어잡이하던 게 엊그제 같은데."

윤동빈이 조금 큰 소리로 말하며 담배에 불을 댕기곤 탁자 위의 수화기를 들어 프런트에 맥주를 주문했다.

"아니, 모처럼 이런 데까지 와서 기껏 보리술이야?"

허국이 타월로 머리털의 물기를 털며 윤동빈에게로 다가왔다.

"그 급한 성민 옛날 그대로군. 일단 목을 추기면서 얘기부터 나눈 다음, 핵폭탄은 나중에 터뜨리자구. 너 내 실력 모르니?"

"그래, 윤태백의 실력이 상기도 변함이 없것다?"

허국은 여유롭게 웃음을 머금고 윤동빈과 마주 앉았고, 윤동빈도 만족스레 환한 웃음으로 화답했다. 그렇게 두 사람은 잠시 감개무량한 눈빛으로 서로를 바라보았다. 두 사람은 죽마고우다. 가끔 술자리 같은 데서 윤동빈이 원에림에게 허국과의 관계를 관포지교라고 과장되게 표현하곤 했는데, 실상 유년시절부터 청소년기를 거쳐 지금의 장년기에 이르기까지 양자 간에 지극한 정성과 부단한 일관성으로 유지돼 온 참된 우정만은 그런 표현에 별 손색이 없었다. 그런데도 대학 졸업 후엔 각종 모임에서 몇 차례 만났을 뿐, 오늘처럼 두 사람만의 오붓한 만남은 처음이었다.

6

노크 소리에 이어 웨이터가 플라스틱 쟁반에 맥주와 시버스리걸을 얹고 들어왔다.

"일단 그것만 놓구 가. 식사는 나중에 연락할게."

윤동빈이 웨이터에게 이르면서 '퍽' 하고 손수 맥주병 마개를 따 두 잔에다 따랐다. "자, 우선 통로(목구멍)부터 부드럽게 축이자구."

"별장까지 초빙됐으니 제목이나 알고 마시자."

허국이 하얀 거품이 솟아오르는 잔을 잡고 윤동빈을 쳐다봤다.

"제목……?"

윤동빈은 잔을 든 채 돋보기 속에서 눈망울을 굴렸다.

"굳이 붙인다면, 우리 원 기자의 성공적인 취재를 위하여!"

"간만에 만났는데 뜬금없긴……."

허국은 피식 웃으며 잔을 맞부딪치고는 단숨에 쭉 들이켰다.

"근데 말이야……."

윤동빈이 뜸을 들이듯 허국의 표정을 살피다 입을 땐 건 맥주를 서너 잔씩 비우고 나서였다. "너도 엊그제 독일에서 일어난 UAL 여객기 추락 사고 알고 있겠지? 그리고 재독 한국인 핵물리학자 강현교 박사 실종 사건도?"

"그래, 알고 있어. 우리 부서 소관이 아니고 1차장실 해외공작국 소관이긴 하지만."

"그럼 네가 이 사건에 관여할 순 없는 거야?"

"뭐라구?"

허국은 다소 어이없어하는 눈으로 윤동빈을 쳐다보더니 격의없이 말했다. "너 역시 깜깜이군. '국민의 정부' 이후로 우리 대공 부서는 수백 명이 해직되고 일부는 한직으로 밀려나면서 찬밥 신세가 됐어. 국군기무사나 경찰 보안과, 검찰 공안부도 사정은 마찬가지지만. 그러니 언제 무슨 꼬투리가 잡혀 목이 달아날지 다들 좌불안석이지. 이런 판인데, 타부서 일에 잘못 끼어들었다가 옷이라도 벗게 되면 네가 대책을 세워 줄래? 이 빙하기 같은 IMF 한파에."

"상황이 그 정도로 뒤집힌 거야? 거물 간첩단 검거 뉴스를 접하던 때가 엊그제 같은데."

"말짱 '오, 옛날이여!' 야."

그들의 잔은 어느새 맥주 대신 양주로 바뀌어 있었다.

"근데, 난 자세힌 모르겠지만 대공 부서의 직원 수가 감축된 건 그만큼 간첩이 줄어들었기 때문 아냐? 햇볕정책에 따른 남북 정상회담 등을 계기로 말이야."

"야, 언론인인 너마저 그런 인식을 갖고 있다니 정말 한심하군!"

허국은 격해지려는 목소리 톤을 가라앉혔다. "너 지금부터 내 말 잘 들어. 이 정권 들어 간첩이 검거되지 않는 이유는 간첩이 줄어들었거나 없어져서가 아니라, 권력층 요소요소에 간첩 떼거리들이 똬리를 틀고 있기 때문에 두 눈을 멀쩡히 뜨고 있으면서도 못 잡는 거야. 예를 들어 주랴? 내 부서의 한 수사국 선배는 청와대 모 인사의 간첩 혐의에 대해 수사 계획을 작성해 올렸다가, 상관으로부터 '자네 모가지가 몇 개야?' 하는 한마디 질책에 사건을 덮고 말았지 뭐야. 올해 3월에 이임한 국정원장은 재임시에 북한국(北韓局) 분석관들이 북한에 대한 객관적인 정보 보고서를 올려도, 북한에 불리한 내용이면 어김없이 불벼락이 떨어졌다지 뭐야. 참으로 기가 찰 노릇 아니냐?"

"나로선 도무지 이해가 안 가는군. 그렇담 프레지던트는 그런 걸 모르는 거야?"

"모르긴! 보고를 받았겠지만, 그보다도 신경이 다른 데 쏠려 있었겠지. 우리 전직 상사 말마따나 각하는 에이즈(AIDS)가 아닌 엔피즈(NPDS)에 걸려 있었으니까."

"엔피즈……? 그게 무슨 병인데?"

"노벨 프라이즈 디자이어 신드롬, '노벨상 욕망증'이라고나 할까? 물론 국정원의 치밀한 로비와 공작으로 마침내 그 욕망을 성취했지만."

"국정원의 로비와 공작?"

양주 잔을 입으로 기울이고 난 허국은 정보원의 습성이기라도 한 듯 천장과 벽에 설치된 기물들을 훑어보면서 손바닥으로 탁자 밑을 더듬었다.

"노벨상에 관한 주된 업무는 국정원 해외공작국 동구과 북구팀을 중심으로 이루어졌는데, 이 과정에서 주 노르웨이 대사를 비롯한 국정원 북구 파견관들이 현지 노벨 평화상 관련 유력 인사들과 기관을 상대로 치밀한 로비와 공작을 벌인 거야."

허국은 시니컬하게 웃으며 또 잔을 기울였다. "국민들은 모르고 있지만 DJ는 대통령에 취임하기 이전부터 노벨상에 집착해 왔다는 거야. 그러니까 그가 '행동하는 양심', '아시아의 만델라' 등으로 홍보 · 선전되면서 1999년에 노벨 평화상의 첫 관문이라 할 수 있는 '필라델피아 자유의 메달'을 받게 되자, 본격적인 노벨상 메달 따기에 박차를 가하게 되었지. 하지만 그것을 목에 걸기 위해선 '민주화와 인권 운동' 업적만으론 부족하고, 보다 수상 가능한 결정적 공로— 남북 관계에 획기적인 돌파구가 있어야 한다는 걸 절실히 느꼈지. 그래서 마침내 추진한 것이 〈이솝우화〉에서 따온 '햇볕정책'이야. 그 일련의 사례 또한 절묘해. 2000년 1월 '노벨상 100주년 기념 전시회'에 재정 지원을 지시하는가 하면, 다음 달 2월엔 일본 TV에 직접 출연하여 '김정일은 식견 있는 지도자'라는 야릇한 이야기를 하더니, 3월에는 독일로 날아가 베를린 자유대학에서 〈독일 통일의 교훈과 한반도 문제〉라는 주제로 '베를린 선언'을 전격적으로 발표했지. '한반도의 냉전 구조 해체와 항구적인 평화 및 남북 간 화해 · 협력을 위함'이라는 요지의 대북 경제 지원 말이야. 이 '베를린 선언'을 계기로 남북 간 비밀 회담과, 노벨 평화상위원회 등의 유력 인사와의 로비가 발빠르게 진행되면서 4월 들어 '남북 간 정상회담' 합의가 발표되고, 마침내 6월 15일, 분단 반세기 만에 북한의 평양에서 '남북 정상회담'이란 극적인 이벤트가 열리게 된 거지. 그것도 약속한 돈이 안 들어왔다고 정상회담을 일방적으로 하루 연기하면서까지."

"이벤트에다 돈까지…… 뭐가 그리 까다롭노?"

"세계인들의 시선이 집중된 무대에 김정일이 마주 앉아 준 데 대한 대가, 이를테면 출연료인 셈이지."

"출연료? 그거 참 재미있군!"

윤동빈은 허국을 보며 안경 속에서 눈망울을 굴렸다. "그렇담 '6 · 15 남북 공동선언'은 두 정상이 만든 합작품—정상회담의 성과물 아닌가?"

"딴은 그럴싸하지. 대부분의 나이브한 국민들은 발표문을 곧이곧대로 믿을 수밖에 없으니까. 한데, 명문상으론 통일 문제의 자주적 해결이니, 남측의 연합제와 북한의 낮은 단계의 연방제 통일 지향이니, 남북 간 모든 분야의 교류와 협력에 의한 신뢰 다지기, 남북 이산 가족 상봉이니 하며 그럴듯한 문구들을 나열해 놓았지만, 남북 간 군사력의 균형이 깨져 저들이 우위에 서게 되면—특히 핵폭탄 하나라도 만들어내는 날엔— 그 공동선언문은 하루아침에 휴지 조각이 되고 마는 거야. 협상 때마다 '서울 불바다' 협박은 무시로 반복될 것이고, 마침내 이것은 '설마' 이거나 '기우' 가 아니라 현실이 될 거야. 북한은 작년(2000년) 신년사에서 '위대한 당의 영도 따라 강성 대국 건설에 결정적 전진을 이룩해 나가는 총진격의 해' 로 규정했어. 그래서 사상, 총대(무력), 과학 기술을 강성 대국 건설의 3대 기둥으로 하여 이에 의한 '선군정치' 를 표방한 거지."

"우리 정부가 그렇게 햇볕 정책을 펴는데도?"

"천만에! 한마디로 우린 저들의 술책에 놀아나고 있는 꼴이야. 우리 대공부서만 해도 평화 공세에 밀려 맥을 못 추고 있으니……."

허국은 평소에 쌓였던 감정을 하소연이라도 하듯 윤동빈에게 토로하고는 잔에 남은 술을 입 안으로 털어 넣었다. "입사 이래 내 딴엔 '음지에서 일하고 양지를 지향한다' 라는 부훈(部訓)에 부응하여 투철한 사명감을 갖고 대북 보안과 간첩 색출에 진력해 왔어. 너도 알다시피 공비 소탕을 하다 희생된 우리 아버지를 생각해서라도. 하지만 이젠 '아니올시다' 야."

'그래선 안되는데!'

윤동빈이 음주 중에도 새삼 정신을 가다듬은 건 원 기자의 당부 말이 퍼뜩 떠올랐기 때문이었다. —'저도 현지에서 상황을 취재하겠지만, 그 친구 분의 도움이 절대 필요해요.'

"야, 국이야! 너 그만두면 안돼!"

윤동빈은 자기 잔을 비우곤 두 잔에다 술을 따랐다. "아까 내가 이 술자리의 제목을 '원 기자의 성공적인 취재를 위하여' 라고 했지?"
"그래서?"
"단도직입적으로 묻겠는데, 이번에 독일에서 발생한 UAL 여객기 추락 사고의 한국인 생존자인 할머니와, 같은 날 오스트리아에서 실종된 재독 한인 핵물리학자가 모자지간이라면 넌 어떻게 생각해? 단순히 우연의 일치일까?"
"그 강현교라는 학자가 안 모 할머니의 아들이라고?"
허국의 눈빛이 반짝 빛났다. "원내(院內)에서도 그런 얘긴 없던데……?"
"아니! 확실해! 우리 원 기자가 확인하고 떠났어."
윤동빈은, 원예림이 안화지 할머니와 그의 아들 강현교 박사의 신분을 알게 된 사연과 과정을 들은 대로 허국에게 알려줬다.
"그게 사실이라면 심상치 않군! 35호실이 또 일을 저질렀나?"
허국은 반신반의하는 말투였으나 눈빛은 금세 날카롭게 변했다.
"35호실이라니?"
"노동당 산하 대남 공작 조직의 하나야. 김정일 직속의 해외 공작부서로, 해외 정보를 수집하고 제삼국에서의 대남 사업을 주관하는 곳이지. 우리 국민에게도 잘 알려진 미얀마 아웅산 묘소 폭파 사건, KAL 858기 폭파 사건, 최은희 · 신상옥 납치 사건 들이 다 35호실에서 꾸며진 거야."
"우리 원 기자가 거기까지 내다보고 있었군. 네 협조를 부탁한 이유가 바로 그거야. 일반 취재라면 자기 발품으로도 가능하겠지만, 북한 공작원이 개입된 사건이라면 취재에 한계가 있지 않겠어?"
"아직도 그 집요함은 여전한가 보군. 이번엔 또 어떤 메가톤급 특종을 쏘아 올리려는 거지?"
대학 시절부터 원예림의 능력과 열성을 알고 있는 데다 윤동빈을 통해 회사에 대한 기여도를 종종 들어 온 허국은 그녀의 아름답고 이지적인 모습을

본 6절 중 국정원의 노벨상 관련 로비와 공작에 대한 내용은, 김기삼 저《전직 국정원 직원의 양심 증언 : 김대중과 대한민국을 말한다》(비봉출판사, 2011년)에서 일부를 인용 · 참조하였음.

떠올리며 밝게 미소지었다. "그 열성 기자를 어떻게 돕는다?"

"국이야, 네가 직접 독일로 가서 도와줄 순 없는 거니?"

어지간히 취기가 오른 윤동빈이 불쑥 한마디 내뱉었다. 허국은 대답 대신 짐짓 부동자세를 취하며 읊조렸다. "모든 직원은 소속 상관의 허가 또는 정당한 이유 없이 직무를 이탈하여서는 아니된다.—이게 국정원법 제16조 '직무 이탈 금지' 조항이야."

"어이구! 난 그냥 한번 해 본 소린데."

윤동빈이 멋쩍게 씩 웃어 보이자, 허국이 장난스레 받아넘겼다. "짜식, 답잖게 눙치기는. 우리가 남이가? 입으론 관포지교 운운하면서."

그러고는 바로 진지한 어조로 말했다. "원 기자의 의도를 잘 알았으니, 주변의 상황 돌아가는 걸 보면서 방법을 고민해 볼게."

그때, 웨이터가 요리와 함께 추가로 시킨 안주를 가지고 들어왔다. 두 사람은 지금까지의 화제는 접어 버리고, 옛날 유소년 시절의 추억을 안주 삼아 통음으로 밤을 지샜다.

7

원예림이 독일 최대 '하늘의 관문'이라 일컫는 프랑크푸르트 공항에 도착한 것은 현지 시각으로 18시 30분. 그녀는 그길로 곧장 U반(시내 전철)을 타고 공항에서 가까운 '최 민박' 집으로 향했다. 한국인 최씨가 경영하는 숙박업소로, 원 기자가 전에도 두어 번 이용한 곳이었다. 그녀가 최 민박에 이르렀을 때는 황혼이 지나 땅거미가 질 무렵이었다. 숙소 정면으로 내려다보이는 마인 강 물결이 주위의 불빛을 받아 영롱하게 반짝이고, 그 위를 2층 유람선이 유유히 미끄러지고 있었다.

"안녕하셨어요, 아주머니?"

"또 찾아 주셨군요, 고맙게도."

오십대 초반의 주인 아주머니가 현관 안으로 들어서는 원예림을 다정하게 맞이했다.

서로 반갑게 인사를 나눈 뒤 원예림은 키를 건네받고 2층 방으로 올라갔다. 공항에서 사 들고 온 신문의 방송 프로그램을 보고 텔레비전을 켰다. 마침 몇 분 전에 뉴스가 시작되어 UAL 여객기 추락 사고도 보도되었으나, 간간이 사고 현장 사진만 눈에 들어올 뿐, 청각은 별 효용이 없었다. 독일어를 제대로 배워 두지 않은 게 새삼 아쉽게 느껴지는 순간이었다.

"아냐, 이럴 게 아니지!"

TV의 볼륨을 낮춘 원예림은 재빨리 핸드백에서 수첩을 꺼내 수화기를 들고, 화지 할머니가 적어 준 번호를 눌렀다. '뚜르르 뚜르르' 전화 신호음이 10여 초 이어진 뒤에야 "할로" 하는 남자 목소리의 응답이 왔다.

원예림은 상대방의 독일어 응답에 일순 멈칫했으나, 지금껏 익힌 짧은 회화 실력을 동원했다. "실례지만 안화지 할머니 아드님 댁이 맞습니까?"

"아, 혹시 한국에서 오셨습니까?"

청년인 듯한 상대의 한국어 발음이 좀 서툴긴 했으나, 그나마 원예림에겐 다행이었다. 그녀가 자신의 신분을 알리고 몇 마디 통화를 한 결과, 상대 청년은 안화지 할머니의 손자이며, 할머니는 사고 현장에서 비교적 가까운 뷔르츠부르크 시 M병원 중환자실에 입원 중임을 알았다. 그리고 실종된 강 박사(청년의 아버지)의 행방이 아직 묘연하다는 사실도.

'중환자실이라니 용태가 어느 정도일까? 생명엔 지장이 없는 걸까? 날 알아보시기나 할까? 그리고 지금쯤 강 박사의 행방은……?'

이 같은 불안과 우려, 궁금증에 찬 갖가지 상념으로 밤잠을 설친 데다 열한 시간이 넘는 비행의 여독 탓으로 원예림은 이튿날 아침 늦게 잠이 깼다. '뭐야! 벌써 아홉 시가 넘었잖아?'

아침을 들자마자 부랴부랴 민박 집을 나온 그녀는 버스로 프랑크푸르트 중앙역까지 가서 IC(인터시티 특급) 티켓을 끊었다. 뷔르츠부르크에 도착한 것은 열차에 오른 지 한 시간 10여 분 후인 열한 시 반경이었다.

지난번 독일 여행 때에는 이곳에 들르지 않고 그냥 지나쳤었는데, 막상 내려서 보니 과연 가이드에게서 듣던 대로 바로크 양식의 레지덴츠 궁전을 비롯하여 로마네스크 초기의 마이엔베르크 요새 등 다양한 역사적 건물들이 눈길을 끄는 고색창연한 문화 도시였다. 하지만 오늘의 원예림에겐 그 같은 관광 명소에 발길을 돌릴 겨를이 없었다.

M병원은 할머니의 손자가 알려준 대로 어렵지 않게 찾아갈 수 있었다. 할머니가 입원한 병동은, 붉은 벽돌로 된 바로크식 건물(본관)의 뒤쪽에 새로 지은 백색 타일의 5층 건물이었는데, 그 4층 동쪽 끝에 있었다.

조심스레 노크를 하고 병실로 들어선 원예림은 문가에 선 채 각 병상을 둘러보았다.

"저…… 한국의 안화지 환자 병상이……?"

원예림이 출입문에 가장 가까운 병상의 간병인에게 더듬거리며 물어보는데 뜻밖에도 "여깁니다, 이리 오세요."라는 응답이 병실 맨 안쪽에서 날아왔다. 원예림의 시선이 그쪽으로 향했다. 그녀가 들어설 때까지 병상 옆에서 기도를 하고 있던 한 노(老)신부가 원예림을 향해 손을 들어 보였다. 뜻하지 않게 반가운 한국말을 들은 원예림은 서슴없이 잰걸음으로 노신부에게 다가갔다.

"어젯밤에 준호 군한테서 연락받았어요. 기다리고 있었어요, 한국에서 오셨다 해서."

노신부는 의자에서 일어서며 반색했다. 원예림으로선 그 자리에서 서양인 신부가 간병하고 있다는 사실도 예상 밖이었거니와, 우리말을 그토록 유창하게 구사하는 것 또한 놀라운 일이 아닐 수 없었다. '아, 이분이 바로 안 할머니가 여행사에서 말했던 그 미국인 신부인가 보구나!'

그녀는 조용히 환자의 머리맡 곁으로 다가서서, 머리를 붕대로 친친 싸매인 채 얼굴에 인공호흡기가 씌워진 모습을 숙연히 굽어보았다. '오, 주

여……!'

무어라 말할 수 없는 착잡한 감회—딱히 자책감도 아니고 회한이랄 수도 없는— 속에 원예림은 두 손을 모으고 마음으로 기도를 올렸다. '하느님께서 그를 쇠약한 병상에서 받쳐 주시고, 병중 그 자리를 다 고쳐 펴시나이다.'

"교회에 나가시나 보군요?"

노신부가 친근감을 드러내며 물었다.

원예림은 대답 대신 고개를 두어 번 끄덕이고는 수첩에서 명함을 꺼내 건넸다.

"오, 기자 분이시군요!"

노신부는 명함을 뚫어지게 보면서 눈과 입가에 의미 있는 미소를 띠었다. 그 온화한 미소에다 예리한 눈매하며 외모로 풍기는 이미지가 미국의 사상가이자 문학가인 랠프 에머슨을 연상케 했는데, 얼굴에 잡힌 주름살과 성성한 머리털만이 노령임을 드러낼 뿐, 목소리는 밝고 건강했다.

"잠깐 나가실까, 원 기자님?"

다른 환자와 간병인들을 배려한 노신부가 옆의 간병인에게 손가락으로 복도에 있겠다는 제스처를 하고는 원예림과 함께 병실 밖으로 나왔다. 그녀가 뒤따르며 보니, 노신부는 왼쪽 다리를 약간 절고 있었다.

"자, 이리 앉아요."

노신부가 먼저 복도에 나란히 놓인 플라스틱 의자에 앉으며 옆자리를 짚었다. 원예림이 장신의 신부 옆에 살포시 자리하니 앉은키 차가 두 뼘 가까이나 되었다.

"내 본명은 스테파노입니다."

"아, 예……. 신부님, 말씀 놓으세요. 손녀뻘밖에 안되는데."

"아니에요, 우린 초면인데. 한국은 동방예의지국 아닙니까?"

두 사람은 마주 보고 웃었다.

"고향이 미국이신가요?"

“그래요. 매사추세츠 주 보스턴이 내 고향이에요.”

“근데, 안화지 할머니하고는 어떤 관계시죠?”

“그 관계를 이 자리에서 이루 다 말할 수는 없지요. ‘일천 하루 밤’(《아라비안 나이트》를 뜻함)까지는 아니더라도 꽤 긴 시간이 필요하니까요.”

노신부는 조금 사무적인 어조로 말하며 고개를 돌려 원예림을 내려보았다. “한마디로 말하면 ‘한국전쟁’이 맺어 준 인연이라고나 할까요?”

“그럼 6·25 때 한국에서 사목(司牧)하셨군요?”

순간적으로 원 기자의 직업 본성이 고개를 들기 시작했다.

“사도직으로서가 아니라 군인(유엔군)으로 참전했었지요. 그때 ‘운산전투’에서 강철준 일병의 도움으로 생명을 구했는데, 정전 후에 사제품을 받고 다시 한국에 와서야 그가 안화지 여사의 시동생임을 알았지요. 그러니까 원 기자가 어젯저녁 통화한 준호 군의 작은할아버지가 되지요? 그리고 준호 군의 아버지 닥터 강에겐 숙부가 되고. 그렇죠?”

원예림은 노신부가 우리말뿐 아니라 한국의 문화에까지 조예가 있다는 데 새삼 놀랐다. 게다가 그의 말을 들으면 들을수록 안 할머니를 위시한 주변 인물들에 대한 수수께끼 속으로 빠져들게 했다. 그녀는 문득, 안 할머니가 여행사에서 하던 말—‘죽은 줄로만 알고 있던 우리 도련님을 그 사람이 찾고 있다니…….’—을 떠올리며 물었다.

“그럼 그 강철준 일병이란 분은 그후 어떻게 되신 거죠?”

“한국 국방부에 알아보았더니, 안타깝게도 전사한 것으로 돼 있었어요. 나로선 믿고 싶지 않지만…….”

노 신부는 6·25 전쟁 당시를 회상하듯 잠시 숙연히 고개를 숙였다가 말을 이었다.

“당시 나는 미 1군단 예하 1기갑사단 8기갑연대에 속해 있었고, 강 일병은 한국군 1사단 15연대 소속이었지요. 1950년 10월 20일을 기해 평양을 탈환한 유엔군은 한국의 통일이 눈앞에 다가온 듯 ‘압록강, 압록강’을 외치며 북진을 계속했어요. 코앞에 엄청난 중공군 부대가 매복해 있는 줄도 까맣게 모르고. 그런데 한국군 1사단이 청천강을 건너 운산에 이르렀을 때, 이미 주변 일대에 침투해 있던 중공군 일부 연대가 아군을 기습하여 북진을 저지했고, 10월 31일에는 주력 부대가 완전 집결해 아군의 퇴로를 차단하고 운산을 포위 공격했지요. 적의 공격이 어찌나 집요하고 맹렬했던지 끝내 아군 지휘본부는 내가 소속됐던 제3대대의 구출 작전을 포기하고 말았지요. 설상가상으로 나는 한쪽 대퇴부에 총상까지 입었고. 이런 절망 상태에서 사지를 헤매다가 조우한 것이 강 일병이었어요. 그는 포위망을 벗어나려고 부상당한 나를 위해 도강(渡江)에 쓸 뗏목을 준비한다고 강가로 내려가더니 종무소식……. 그게 마지막이었지요."

"행여 포로로 잡혀간 건 아니었을까요?"

원 기자는 다시금 안 할머니의 말을 상기하며 물었다.

"원 기자 말처럼 나 역시 당시는 물론이고 정전 후 포로 교환 때에도 실낱같은 희망에 기대를 걸고 관계 요로에 알아보았지만 결국 허사였어요. 나중엔 안 여사가 그의 전사통지서를 받은 사실도 확인했고요."

"근데 그때 신부님은 어떻게 구출되었나요?"

"그것도 강 일병이 일러준 한국 속담 덕분이었지요. '호랑이한테 물려 가도 정신만 차리면 산다.' 그때, 난 강 일병이 사라진 후, 망연하고 허탈한 가운데 초조와 불안과 공포의 이틀 동안을 그 속담을 되뇌며 버텨냈어요. 드디어 탈출 사흘째 되던 날, 그러니까 중공군이 철수하던 날, 운좋게도 나는 아군 수색대에 의해 구출됐지요. 내 생명의 은인은 영영 잃어버린 채 말이에요."

"어쩜 신부님은 반세기나 지난 일을 그리도 생생히 기억하세요? 강산이 다섯 번이나 변한 세월인데."

"어찌 평생인들 잊을 수 있겠어요? 성경에도 '친구를 위한 죽음만큼 더 큰 사랑은 없다.' 고 하지 않았나요?"

'옛 전우의 은혜에 대한 열절(烈節)이 저리도…….'

원예림은 내심 감탄하며 뭔가를 물으려는데, 질문은 상대쪽에서 먼저 날아왔다.

"원 기자는 안 여사를 어떻게 찾게 된 거죠? 단순히 여객기 사고 부상자 취재차인가요?"

"첫째는 문병이었어요. 그리고 다음은……."

원예림은 잠시 어순을 정하는 듯 눈을 깜짝이곤 말을 이었다. "안 할머니께서 저토록 의식불명이 아니었으면 '도련님(시동생)'을 찾는 분이 어떤 사람인지 알아보려 했고요……."

"도련님이라니, 강 일병 말입니까?"

노신부가 눈이 휘둥그레지며 원예림의 말허리를 잘랐다. "그를 찾는 사람이 있다고요? 어디요?"

"모르고 계셨나요? 안 할머니하고 출발 전에 통화 안 하셨어요? 여기 와서 신부님의 도움을 받고 찾아보신다고 했는데. 독일 사람이라고 했어요."

"금시초문이에요! 아마도 내겐 도착하신 다음에 연락하려던 것 같군요. 대체 누굴까……?"

노신부는 꽤나 안절부절못하는 기색이었다.

"아무쪼록 하루빨리 의식을 되찾으셨으면 좋겠어요. 그러셔야 저의 죄스러움을 말씀드릴 수도 있고요."

"죄스러움이라니 그게 무슨 소리지요?"

노신부가 다시 눈을 크게 뜨고 원예림을 내립떠보았다.

"안 할머니가 저 대신 화를 당하신 것 같아서요."

원예림은 가라앉은 목소리로, GO 여행사에서 안화지 할머니를 우연히 만나 티켓으로 비롯된, 두 사람 사이에 일어났던 일의 자초지종을 털어놓았다. "저로선 할머니의 편의를 봐 드리느라 한 건데……."

"그런 드라마틱한 사연이 있었군요."

노신부는 경탄하며 부언했다. "그렇다고 원 기자가 죄스러워할 것까진 없어요. 그것도 주님의 뜻일 테니까요. 주님께서 원 기자에게, 인생 고희를 넘긴 안 여사를 대신하여 앞으로 좀 더 많은 일을 하라는 계시를 내리신 거라 생각하세요. 물론 안 여사를 생각하면 그토록 기구했던 운명—전반(前半)의 인생—이 만년에 이르러 아들의 노벨상 수상이라는 영예와 더불어 극적인 반전을 맞이하지 못하고 저리 허무하게 막을 내리는 게 애석하기 그지없긴 하지만."

원예림을 위안하는 노신부는 안 할머니의 운명(殞命)을 예감한 듯 얼굴에 그늘이 스치었다.

"할머니의 실종된 아드님, 강 박사에 대해선 조사가 잘 이루어지고 있나요?"

원예림이 물으며 신부의 표정을 읽었다.

"지금은 연구소와 수사 당국에서 내사 단계라 아직까진 이렇다 할 공식적인 발표는 없어요. 그 일로 준호 군 어머니 나 교수가 안 여사의 간병을 뒤로 한 채 동분서주, 관계 요로를 찾아다니고 있지만."

"이런 엄청난 일이 겹쳐서 일어나다니……!"

원예림은 진정 딱한 마음이 들면서, 한편으로 일어나는 궁금증을 떨쳐 버릴 수 없었다.

"방금 신부님께서 안 할머니의 '기구했던 운명'이라 하셨는데, 참으로 궁금하네요. 그 얘길 좀 더 상세히 들을 순 없나요?"

"좀 더 상세히……?"

원예림의 의도를 헤아린 노신부가 그녀를 말끄러미 바라보며 운을 떼었다.
"역시 원 기자와 나의 인연도 예사로운 게 아닌 것 같네요."

"무슨 말씀이세요?"

"원예림 씨가 주간지 기자고 내가 필자라면 관계가 맺어질 수도 있는 거 아닌가요?"

"어머, 원고를 집필하고 계신 거군요?"

원예림의 두 눈이 똥그래지며 반짝였다.

노신부는 가볍게 고개를 끄덕이며 말했다. "예전부터, 그러니까 군에서 제대한 후 사제품을 받고 한국에 파견되어 안화지 여사를 만난 것을 계기로 그 분을 중심으로 한 주변 인물—강씨가의 형제들—을 주인공으로 그 집안의 '이야기'를 쓰기로 마음먹었지요. 물론 처음엔 모든 게 녹록지 않았지만 말예요. 당시의 시대적 배경인 한국 해방 전후사에 관한 자료를 수집하느라 내 딴엔 백방으로 발품도 많이 팔았고요."

"그러니까 신부님께서 집필하시는 게 '팩션' 인가 보군요?"

"아하! 듣고 보니 그게 맞갖은 표현인 것 같군요."

"작품은 완성하셨나요?"

"마지막 마무리만 못하고 있었는데, 이제 엔드 마크를 찍을 때가 된 것 같아요. 딴은 해피 엔딩으로 피날레를 장식하려고 기다려 왔는데……."

"신부님, 전 그 결말뿐 아니라 스토리 전체가 더욱 궁금해지네요."

원예림은 '작품을 보고 싶다' 는 말을 이렇게 에둘렀다.

"정말 그래요?"

노신부는 안 할머니의 종언이 임박했다는 말을 하려다 그 대신 원예림의 의중을 짚었다.

"그럼 떡 본 김에 제사지낸다고 원 기자에게 내 글의 평론을 부탁해 볼까요? 작품성이 있기나 한지……."

"별말씀을요, 신부님! 저로선 신부님의 작품을 접할 수 있는 것만으로도 큰 영광인데요 뭐."

"그럼 이따가 교외의 내 거처로 같이 갑시다. 예전에 내가 다니던 공소(公所) 근처에 마련한 내 집필실 겸 은퇴 후의 보금자리예요."

"더없는 영광입니다, 신부님!"

노신부와 원 기자는 오랜 지기(知己)의 사제와 신자처럼 격의 없이 의사소통을 했다.

바로 그때, 복도를 걸어 들어오던 한 여인이 노신부를 알아보고 그쪽으로 다가와 인사를 했다. "스테파노 몬시뇰(명예 고위 성직자)께 너무 폐를 끼쳐 드려 죄송해요."

실종된 남편(강 박사)의 수사 상황을 알아보기 위해 아침 일찍 병원을 나갔던 나인경(羅仁卿) 여사가 돌아온 것이다. 독일 M대학 생물학 교수로 박사이기도 한 그녀는 남편이 실종된 이튿날부터 학교에 휴가원을 내고 시어머니의 간병을 노신부에게 맡기다시피 한 채, 알아볼 만한 관계 기관이나 연고지를 두루 찾아다녔지만 남편의 행방은 오리무중이었다.

"나에 대한 신경은 쓰지 말고 나 교수 볼일을 우선적으로 보도록 해요. 얼굴이 말이 아니구먼!"

노신부는 갈색 테에 연분홍 렌즈의 안경을 낀 그녀의 초췌해진 얼굴 모습을 보며 왼쪽 옆자리에 앉기를 권했다. 그러곤 오른쪽에 앉은 원예림을 가리키면서 서로를 소개시켰다. "여기는 한국에서 온 원예림 기자, 이쪽은 강 박사의 부인 되는 나인경 교수."

두 여인이 서로 목례를 하며 통성명을 하고 나자, 노신부는 일어서며 말했다.

"지금 원 기자하고 잠시 집에 들러 볼일을 보고 다시 올 테니 수고하고 있어요."

"제 염려는 마시고 신부님 볼일부터 보세요."

나 교수도 따라 일어섰다.

"내가 아침에도 말했듯이 독일과 오스트리아의 관계 당국에서 철저히 내사하고 있다니 너무 노심초사하지 말아요. 절대 희망을 놓쳐선 안돼요, 나 교수! 알았죠?"

노신부는 병실로 들어가는 나 교수를 극진히 위로 · 격려 하고는 원예림과 함께 엘리베이터를 탔다.

8

"자, 타요."

노신부는 구내 주차장에서 자기 승용차를 몰고 와선 원예림에게 손짓을 했다.

"메르세데스 벤츠네요."

노신부의 옆자리에 앉은 원예림이 운전석 주위를 둘러보며 말했다.

"이름만 벤츠지 80년형 구닥다리예요."

노신부는 좀 전 병원 복도에서의 신중했던 모습과는 달리 소탈하게 웃으며 액셀을 밟았다. 이윽고 시가지를 빠져나온 차는 마치 주마등처럼 마이엔베르크 요새와 대성당의 첨탑 들을 뒤로하면서 로만틱 가도(뷔르츠부르크~퓌센 간의 관광 가도)를 시원스럽게 달리기 시작했다.

"저쪽에 보이는 성곽 도시가 '중세의 보석 상자' 라 불리는 로텐부르크예요. 로만틱 가도의 도시들 중 가장 매력적인 도시지요. 우리 교회도 거기 있어요."

한 시간쯤 달렸을 때 노신부가 좌회전하며 시골길로 들어서면서 오른쪽 차창 너머를 가리켰다. "원 기자도 나중에 가 보면 알겠지만, 성벽으로 둘러싸인 구시가를 걷고 있노라면 마치 중세로 돌아온 듯한 느낌이 들어요."

"안 그래도 이번에는 꼭 한번 둘러볼 참이에요."

원예림은 아련히 시야에서 멀어져 가는 성벽의 윤곽으로부터 시선을 거두어 눈앞의 근경을 바라보았다. 한쪽으로는 완만한 경사를 이룬 넓은 과수원에서 사과를 수확하는 농부들의 광경이 스쳐갔고, 또 한쪽으론 경쾌하게 자전거 페달을 밟으며 질주하는 청소년들의 모습이 쏜살처럼 역방향으로 지나갔다.

삼십여 분 후, 노신부는 사면의 외벽이 담쟁이덩굴로 뒤덮인 고풍스러운 단층 붉은 벽돌집 앞에서 차를 세웠다.

"여기가 내 집필실, 미래의 보금자리예요. 자, 들어갑시다."

노신부는 바지 주머니에서 키를 꺼내 현관문을 따고는 원예림을 안내했다. 그는 벽의 중앙과 그 한쪽에 그리스도 십자고상과 성모 마리아 석고상이 세워져 있는 거실을 지나 서재로 들어서며 벽면의 스위치를 올렸다. 30여 제곱미터 정도의 침침하던 방 안이 천장에 매달린 샹들리에의 조명으로 휘황해졌다. 창문이 있는 벽 쪽에는 골동품처럼 보이는 니홀데스크(18세기에 개발된, 양쪽에 층층 서랍이 있는 책상)와 그 위에 노트북 컴퓨터가 놓여 있고, 나머지 삼면 벽은 각종 서적들이 빽빽이 들어찬 책장들로 둘러쳐져 있었다.

"이리 와 앉아요."

서재 문께에서 발을 멈춘 채 눈이 똥그래 가지고 책장을 둘러보는 원예림에게 노신부가 책상 옆에 있는 스툴(등이 없는 작은 걸상)을 손으로 가리켰다. 그러곤 아르누보 양식의 팔걸이의자에 앉더니 열쇠꾸러미에서 책상 키를 골라 서랍을 따고는 오른쪽 맨 아래칸에서 원고철을 꺼내 책상 위에 차곡차곡 올려놓았다. 원예림이 느끼기에, 두 손으로 원고철을 들어 올리는 노신부의 모습이 마치 귀중품을 다루듯 자못 조심스럽고 신중해 보였다.

"이게 '강씨가의 형제들' 의 스토리예요."

노신부가 차분한 목소리로 말하자마자, 원예림은 스툴에서 발딱 몸을 일으켜 원고철에 시선을 쏟았다.

"예상보다 엄청 방대하네요!"

"자, 한번 보실래요? 아직 뒷마무리는 안됐지만."

노신부가 원고의 첫 꼭지를 원예림에게 건네주었다.

원고는 A4용지로 서류철처럼 50쪽씩을 한 묶음으로 해서 쇠집게로 철해져 있었는데, 글자는 모두 우리말(한글)로 찍혀 있었고, 어느 쪽 하나 첨가하거나 삭제한 자구(字句) 없이 인쇄물처럼 깨끗했다.

"와아! 정연하기도 해라! 제본만 하면 그대로 책이 되겠어요."

원예림은 선 채로 받아 든 꼭지를 대충대충 넘기며 감탄사를 연발했다.

"원고가 깨끗한 것보다 내용이 중요하지 않겠어요? 독자들에 앞서 첫 관문을 무사히 통과할지 은근히 떨리는데요."

노신부는 농담투로 말하며 의자에서 일어나 원예림에게 자리를 권했다. "원 기자가 심사위원 자격으로 여기 앉아서 면밀히 검토해 주세요. 구성상의 무리나 한국어 철자 또는 표현상의 오류는 없는지 교열을 겸해서. 난 지금 나가면 오늘 밤 못 들어옵니다. 교회에 들렀다가 저녁엔 곧장 병원으로 가 봐야 하니까요. 내일 오후에나 돌아올 수 있을 거예요."

"나 홀로 집에서네요?"

원예림이 다소 뜻밖이라는 듯한 표정으로 의자에서 오뚝 일어서자, 노신부가 미소를 띠며 말했다.

"하지만 치안 걱정은 하지 않아도 돼요. 오래 전부터 범죄 제로인 평화로운 동네니까요. 그보다 한 가지 미안한 건…… 수고스럽겠지만 오늘 저녁 '민생고'는 원 기자가 몸소 챙겨 드세요. 웬만한 건 여기 다 마련되어 있으니까."

원예림을 주방으로 안내한 노신부는 식탁 위 쟁반에 놓인 빵, 치즈, 잼, 커피 등에 이어 냉장고 문을 열고 정연히 진열된 햄과 육류 · 생선 통조림, 야채, 마요네즈, 케첩, 달걀, 그리고 우유, 오렌지주스, 캔맥주 등을 확인시켜 주더니, "아, 여기 삼양라면도 있어요." 하며 냉장고 위의 봉지를 가리켜 보였다.

원예림은 노신부의 친절에 감사한 나머지, 도리어 마음의 부담을 느낄 정도였다.

"보기만 해도 배가 부른 것 같아요, 신부님! 이제 제 걱정은 마시고 다녀오세요. 제가 알아서 할게요."

"알았어요. 그럼 수고해요."

노신부는 원예림의 어깨를 다독이곤 거실을 나서기에 앞서, 밤에는 자신의 침실을 쓰라는 배려도 잊지 않았다.

노신부를 현관 밖까지 배웅하고 서재로 돌아온 원예림은 시험에 응하는 수험생처럼 긴장된 가운데, 한편으론 설레는 마음으로 책상 위에 쌓인 원고 더미를 주시했다.

첫 꼭지의 맨 앞장 상단 중앙에 '코리아 광시곡'(假題;가제)이라는 글씨가 찍혀 있었고, 그 바로 밑에 '강씨가의 형제들'이라는 부제(副題)가 첨기되어 있었다.

이윽고 원예림은 첫 장을 넘기고 다음 쪽을 읽어 내려가기 시작했다.

제1부

삼형제

제1장 귀 국

1

1945년 늦가을, 하카타 항(博多港).

부두 일대는 조국의 광복과 더불어 귀국을 서두르는 한국인 인파로 연일 북적거렸다. 처참하리만큼 초토화된 시가지 따위는 아랑곳없이.

일본 역사상 '전국시대'라 불리는 16세기 무렵, 저들끼리의 병화(兵火)로 잿더미가 되었다가 도요토미 히데요시에 의해 재건된 이래, 일본의 남쪽 관문으로서 착실히 발전해 온 이 교역도시는 20세기에 이르러 이번엔 미국 B-29의 폭탄 세례로 또 한 차례 폐허의 땅이 되고 말았다.

중·남부 주요 도시 거개가 그랬듯이, 이것이 바로 군국주의가 착각된 승산하에 감행했던 진주만 기습 대가의 하나였다.

즐비하게 늘어섰던 고층 건물들이 살풍경스레 뼈대만 드러낸 시가 곳곳에 둔중한 폭탄과 소이탄 껍데기들이 나뒹굴고 있는가 하면, 운행 중에 폭격당한 열차의 동체가 벌집이 된 채 철로 연변에 쓰러져 있고, 역전마다 팔다리가 없는 부상병을 실은 들것이 뭇 행인들의 눈길을 끌며 지나갔다.

하지만 패전의 서러움은 그뿐만이 아니었다. 하루아침에 고아가 되어 버린 어린이들이 '기브 미 쪼꼬레또'를 외치며 떼지어 미군들의 꽁무니를 좇아다녔고, 패망 황국의 시민들은 잔뜩 주눅이 들어 길거리조차 맘놓고 나다니질 못했다. 반면, 전승국 장병들의 사기는 충천해 있었다. 시가마다 개리슨해트를 쓴 병사들이 진을 치곤 설쳐댔고, 지프들이 마구 질주했다. 한 흑인 병사가 길 가는 민간인을 향해 카빈총을 겨냥했다. 옆에서 시가를 질겅질겅 씹고 있던 백인 병사가 총신을 견제하며 고개를 가로젓자, 흑인 병사는 하늘을 향해 공포를 발사했다.

"깟댐!"

멋쩍게 웃는 까만 얼굴에 흰 이가 상아처럼 반짝였다.

있을 수 있는 일이었다. 승자가 패자를 자의로 취급할 수 있다는 개념은, 미시시피 평원에서 목화송이밖에 따 본 일이 없는 흑인 노예의 후예 GI에겐 충분히 '승전'의 정의(定義)가 될 수 있을 터였다.

부두로 향하는 대열은 끊일 새가 없었다. 이미 여러 날에 걸쳐 수많은 귀향객들이 임시 수용소를 뒤로하고 떠나갔지만, 아직도 미군에게 팔목 도장을 받으려는 사람들이 여기저기 장사진을 이루고 있었다. 팔목에 확인 도장이 찍혀야 수용소의 울타리를 벗어날 수 있는 것이었다.

"지금이라도 늦지 않았어요."

수용소 출입문을 나오자 철준(哲俊)이 바로 뒤따라 나온 하나에(花枝)에게 다가서며 말했다.

"늦지 않았다니……?"

"배에 오르기까지 다시 생각할 시간이 있다구요."

"나더러 되돌아가라고?"

"아무래도 그 편이 누나를 위하는 길 같아요. 그냥 조선에 들어갔다가 행여 실망이라도 하게 되는 날엔……."

"철준인 내가 그런 사람으로 보여?"

하나에는 팔목에 찍힌 남색 스탬프가 지워지지 않도록 조심스레 소매를 내리며 씁쓸한 미소를 머금었다.

"저도 지금은 그렇게 생각하고 싶지 않지만……."

철준은 또 말끝을 흐리며 하나에의 표정을 걱정스레 살폈다.

"철준이만이라도 내 마음을 믿어 줘. 이제부터 난 일본사람이 아니라는 걸……. 자, 어서 가. 우리만 처졌어."

하나에는 철준의 등을 안다시피 하면서 발길을 재촉했다. 하지만 철준에겐 애써 태연자약한 모습을 보이면서도 막상 조국을 등진다고 생각하니 그녀는 순간적으로 밀려오는 애연한 마음을 가눌 수 없었다. 자신도 모르게 고개가 연신 뒤로 돌아갔다.

저만치 구릉 아래로 펼쳐진 황량한 시가 풍경이 마치 스크린 속의 영상처럼 눈앞으로 다가왔다간 멀어지고 멀어졌다간 다시 다가오곤 했다.

몇 날을 두고 강씨(康氏)네 일가를 따라나서기로 마음을 다잡았던 터이긴 했으나, 20년이란 세월을 살아온 고국 땅을 이렇다 할 기약 없이 홀연히 떠나 버리기엔 너무나 벅찬 생의 갈림길이 아닐 수 없었다. 더욱이 언어와 풍속이 백지 상태인, 한갓 말로만 단편적으로 들어 왔던 조선 땅에 혈혈단신 건너가는 마당이니만큼, 적응은 고사하고 과연 며칠이나 버텨낼 수 있을지 은근히 두려운 마음이 없는 것도 아니었다. 하지만 지금 이 순간 강씨네와의 동행을 단념한다는 건 그녀에겐 더욱 견디기 어려운 공허감을 안겨 줄 뿐이었다. 이것은 그녀가 며칠 밤을 전전불매(輾轉不寐)하며 번민을 거듭한 끝에 내린 결론이기도 했다.

'일본이여, 안녕……!'

하나에는 끊임없이 머릿속을 스쳐가는 뭇 영상들을 지워 버리기라도 하듯이 머리를 저으며, 철준과 함께 부두로 향하는 대열에 끼여들었다.

그날의 마지막 출항을 수십 분 앞둔 부두는 승선 채비를 서두르는 귀향객과 전송객들로 대혼잡을 이루고 있었다. 방금 전에 부산을 향해 출항한 임시 연락선 고안마루(興安丸)가 방파제를 막 벗어나고 있는데, 난간 여기저기에 걸린 오색 테이프 자락이 해풍을 타고 가볍게 나부끼면서, 선실 창에서 흔들어 대는 귀향객들의 손수건과 어우러져 항구 특유의 정취를 한껏 자아냈다.

"넌 좀 빨리빨리 행동하지 않구! 어디 여행이라도 가는 줄 알아?"

철준과 하나에가 부둣가에 이르렀을때, 철형(哲炯)이 두 사람을 찾고 있었다는 투로 철준을 핀잔했다.

"아니에요. 내가 괜히 서성대는 바람에 그만……."

하나에는 철형의 말이 자기를 두고 하는 것 같아 겸연쩍어했으나, 철형은 아무런 대꾸도 없이 그녀를 외면했다.

"아니, 형은 처음엔 안 간다고 해 놓구선 이제 와서 괜히 서두르고 야단이야. 누군 시계 안 갖고 다니는 줄 아나."

"어머니가 나더러 찾아보라고 성화시니깐 그렇지. 널 모셔가려는 게 아니야."

철형은 한마디 내뱉고는 돌아서서 들고 있던 빈 캔을 물 위로 내던졌다. 캔이 떨어진 수면에 한 쌍의 게다짝이 안벽에 부딪치는 물결을 따라 을씨년스럽게 하느작거리고 있었다.

"응, 너희들 왔구나. 그렇게 서 있지만 말고 어서들 타거라. 출항 시간이 다 된 모양이다."

철형을 뒤따라온 강씨 부인이 철준과 하나에에게 승선을 재촉했다.

"아버진 어디 계세요?"

철준이 강씨 부인에게서 트렁크를 옮겨 받으며 물었다.

"짐 정리 때문에 먼저 올라가셨다. 잊어버린 물건은 없겠지? 자, 그럼 우리도 오르자꾸나."

강씨 부인은 양팔을 벌려 두 사람을 앞장세웠다.

2

하카타 항에는 서서히 황혼이 깃들고 있었다. 시월 하순의 쇠잔한 햇살마저 태양의 반신이 수평선 속으로 잠기면서 그 열기를 잃어버리자, 소슬한 바닷바람만이 수변을 감싸돌았다. 스러져 가는 태양에서 발산되는 진주홍 색광이 출렁이는 물결 위에 반사되어 수를 놓은 듯 아롱지는데, 수백 명의 귀향객을 실은 연락선이 유유히 항구 밖으로 미끄러져 나갔다.

배가 항구에서 멀어짐에 따라 황혼은 더욱더 짙어만 갔다. 뱃길 군데군데에 항해 중 폭격을 맞고 침몰한 선박들의 마스트만이 물 위로 솟아나와 있어, 마치 바람 없는 날의 허수아비 마냥 움직일 줄 모르는 채 묵묵히 어스름을 지키고 있었다.

이렇듯 어둠의 장막이 조용히 내려앉아 펼쳐지는 외계와는 달리, 선실은 대낮같이 환한 조명 아래 귀향객들의 흥겨운 가락과 환호성으로 축제 분위기에 젖어 들고 있었다.

"친애하는 동포 여러분, 이제 우리는 기나긴 암흑 속에서 다시금 광명을 찾았습니다. 자유를 찾은 것입니다. 이제는 벙어리가 아닙니다. 친애하는 귀국 동포 여러분, 우리 오늘 밤, 격의 없이 먹고 마시면서 그동안 잃었던 말과 노래를 마음껏 구가해 봅시다."

삼십대 중반으로 보이는 한 남자가 선실 중앙으로 걸어나와, 골판지로 만든 핸드마이크를 입에 대고 주위를 둘러보며 기운차게 외쳤다.

"좋소!"

"자, 우리 모두 조국 광복을 맞아 만세를 부릅시다!"

"대한 독립 만세! 대한 독립 만세! 대한 독립 만세……!"

목청껏 외쳐대는 만세 소리는 선실이 떠나갈 듯 우렁차게 퍼져 나갔고, 이 환호성은 곧이어 구성진 노랫가락으로 바뀌었다.

'쌍고동 울어울어 연락선은 떠난다. 잘 가오 잘 있소, 눈물 젖은 손수건…….'

'돌아오네 돌아오네 고국 산천 찾아서…….'

배가 출항하면서부터 술병을 터뜨리기 시작한 축들은 이미 거나해져서 천하가 자기 것이라도 된 듯한 기분들이었다. 용솟음치는 흥겨움은 아낙네라고 해서 예외일 수가 없었다. 그들은 놋대야를 깽깽이 삼아 '닐리리야', '밀양아리랑', '노들강변' 들을 누가 먼저랄 것 도 없이 곡이 떠오르는 대로 선창하는 사람을 따라 메들리로 신바람나게 불러젖히는 가운데, 예서제서 하나둘씩 일어나 덩실덩실 춤을 추기 시작했다.

이처럼 무르익어 가는 흥취 속에서도 선실 한쪽 구석에서는 축음기를 틀어 클래식을 감상하는 남녀 유학생들도 있었다.

"소녀 시절을 추억하세요?"

아까부터 변주곡 '소녀의 기도' 가 흘러나오는 맞은편의 유학생들 쪽을 향해 곡을 감상하는 듯 조용히 실눈을 뜨고 있는 하나에에게 철준이 말을 건넸다.

"저들이 내 마음을 알아주는 걸까? 형님 생각 날 적마다 저 곡을 곧잘 틀곤 했었는데."

하나에는 담소하고 있는 유학생들에게서 시선을 떼지 않은 채 쓸쓸히 대답했다.

'진작 여기서 나갈걸.'

철준은 벽에 기댔던 상반신을 곧추세웠다. 그는 초반부터 소란스러운 선실 내의 분위기가 마음에 내키지 않았다. 귀향객들의 흥에 겨운 모습을 못마땅해하거나 이해하지 못해서라기보다, 갑자기 낯선 분위기 속에서 마음을 안정시키지 못하는 하나에의 고독스러워하는 모습에 신경이 쓰였기 때문이었다.

"누나, 우리 갑판으로 나가요. 바람도 쐴 겸."

둘은 동시에 자리에서 일어났다.

갑판에는 달빛이 희미하게 내리비치고 있었다. 이따금 비를 든 청소부들이 잠시 올라왔다간 내려갈 뿐 서너 군데에 자리한 남녀들의 담소나 속삭임 외엔 별 소란스러움 없이 고즈넉한 가운데, 이물이 걷어내는 파도 소리만이 밤의 정적을 깨뜨리고 있었다.

두 사람은 갑판의 의자에 나란히 앉았으나, 잠시 말은 없었다. 철준이 화두를 꺼내고 싶었지만 무슨 말부터 해야 할지 망설여졌다. 이제 중학교 4학년. 아직 완전히 성숙하지는 않았으나, 고국을 등지는 한 여인의 심경을 헤아리기에는 충분한 연륜이었다.

"철준이."

먼저 말문을 연 쪽은 하나에였다. 철준이 대답 대신 하나에에게로 고개를 돌렸다.

"이 배의 목적지가 어디라고 했지?"

"목포(木浦)요."

"모꾸뽀? 그래, 예전에 몇 번 들어본 이름이야. 언젠가 형님하고 지도상에서 찾아본 적이 있어."

하나에는 서투른 발음으로 '모꾸뽀'라는 지명을 되뇌었다.

"일본으로 치면 나가사끼(長崎) 정도라고 할까요? 위치상으로는 한반도의 서남단이니까요."

매양 그렇듯, 철준이 하나에에 대한 친절과 자상함은 형의 연인 — 장차 형수가 될지도 모를 — 에 대한 예절이라기보다 그의 천품(天稟)의 일면이었다.

"그럼 모꾸뽀에서 또 배를 갈아타야겠지?"

"네, 거기서 갈아타고 조선 최남단의 섬으로 가는 거예요."

철준은 말하면서도 미안스러운 생각이 들었다.

"철준이가 태어난 곳이라면서?"

"네, 저도 그렇고, 또 큰형님이 태어난 곳이기도 해요. 누나가 태어나 자란 곳에 비하면 형편없는 두메산골이에요. 가서 보면 알겠지만 아마 놀라 까무라칠 거예요."

"철준이도 태어나고 형님도 나서 자란 곳인데 나라고 해서 못 산다는 법이 어딨어? 누구나 환경에 적응해서 살게 마련인데."

하나에는 웃음을 지으며 철준의 등을 어루만졌다.

"적응하는 데도 한계가 있지요."

"아니야. 다 마음먹기에 달렸어. 형님을 생각해서라면 난 어떤 환경이라도 참고 극복할 각오가 돼 있어."

차분히 가라앉은 하나에의 말은, 등을 어루만져 주는 손길과 함께 철준에게 더없는 친근감과 안온함을 안겨 주었고, 그럴수록 철준은 형과의 재회를 바라는 마음이 더욱 간절해졌다.

"큰형님이 귀환만 했다면 지금의 귀국이 즐거운 여행이 될 수 있었을 텐데……!"

철준이 못내 아쉬움을 감추지 못했다.

"그 상황을 어디 말로 표현할 수 있겠어?"

하나에의 말소리에는 갈망과 고독, 감격과 슬픔이 뒤섞여 있었다.

"누나."

"응?"

"……."

"무슨 말인데……?"

하나에는 달빛에 비친 철준의 얼굴을 쳐다보며 뒷말을 기다렸다.

"만일…… 만일에 말예요, 큰형님이 남양에서 전사했다면 누난 어떡하겠어요?"

철준이 마음속에서 몇 번이나 망설이다가 꺼낸 질문이었다.

"전사……?"

하지만 하나에는 예상외로 담담했다. "아니야, 그럴 리 없어. 형님은 틀림없이 살아 돌아올 거야. 내가 살아 있는 한 철민 씨는 절대 죽지 않겠다고 약속했어."

하나에의 말은 철준의 질문에 대한 답변이라기보다 신의 가호를 갈망하는 호소였다. 그건 그녀가 누구에게서고 — 자신으로부터라도 — 그런 질문을 받았을 경우, 그것(전사)을 물리칠 수 있는 유일한 수단, 아니 신념 같은 것이었다. 이제 와서 신에 매달린 끈마저 놓아 버리는 건 그녀에겐 삶의 포기에 다름아니었다. 그러기에 그녀는 물에 빠진 자가 지푸라기라도 잡듯 기적을 간구하는 것이었다. 황군(皇軍)이 태평양의 여러 전선에서 옥쇄하고, 무수한 전사통지서가 가가호호 날아들어왔는데도 하나에는 마음에 두지 않았던 것이다.

그녀는 철민(哲敏)과의 결별을 긴 인생 여정에서의 한 토막 꿈쯤으로 여기고 있었다. 그러니까, 두 연인이 장래를 약속하는 의식도 올리지 못한 채, 어느 날 갑자기 남방으로 전속되어 갔던 철민이 이번에는 기적적으로 느닷없이 자기 앞에 나타날 것이라 믿고 있었던 것이다.

하나에의 눈에 어린 물기가 달빛에 반짝였다.

"철준이."

그녀는 약해지려는 마음을 억제하며 나직이 불렀다. 철준이 그녀를 말없이 마주 보았다.

"철준인 기적이라는 거 생각해 본 적 있어?"

"들어 본 적은 더러 있어요. 하지만 기적이란, 그것이 일어난 후에 '기적'이라고들 부르는 거지, 사전에 기적이 일어나길 바란다는 건 한낱 꿈에 지나지 않는 거 아녜요?"

그러곤 철준은 이내 하나에 말의 행간을 읽은 듯 "그래서 말인데 누나, 정말이지 큰형님이 살아 돌아오기만 한다면 그거야말로, 그거야말로 진짜 기적이라 할 수 있을 거예요." 하며, 자신도 실낱같은 희망을 떠올려 보았다.

"하지만 난 그런 꿈이나마 간직하지 않고는 단 하루도 살아갈 수 없을 것 같아. 형님과 헤어질 때만 해도 꿈처럼 작별했으니까, 역시 꿈처럼 다시 만날 수 있을 것만 같은 예감, 아니 확신이 들어. 내가 아는 바로도 형님은 태어날 때부터 천운을 타고나셨어. 미 공군의 나고야(名古屋) 폭격 시에도 일개 중대원 거의가 희생됐는데 형님하고 몇 명만 살아나셨다잖아!"

하나에의 목소리에 한결 생기가 돌았다.

"누나의 예감이 들어맞기만 하는 날엔 우리 집에선 한바탕 동네 잔치를 벌이게 될 거예요. 그 경사의 헤로인은 누나가 될 거구요."

철준은 순간적으로 하나에의 말에 공감을 불러일으켰으나, 현실과 너무 동떨어진 환상을 더듬는 것 같아 마냥 즐겁지만은 않았다.

"설령 내가 꿈을 꾸고 있다 해도 이렇게 철준이가 내 곁에 있어 주는 것만으로도 커다란 위안이 될 수 있어."

하나에는 철준의 말에 다소 고무된 듯 미소를 띠며 그의 어깨에 팔을 얹었다.

기울어져 가는 달빛이 가을밤의 싸늘한 대기와 함께 더욱 냉기를 자아냈다.

3

배가 목포항에 닻을 내린 것은 이튿날 정오가 가까워서였다. 항만 안팎은 육중한 위용을 과시하며 정박해 있는 흑회색의 미(美) 군함과, 공습을 받고 수면 위로 잔해만 드러낸 선박들이 대조적인 풍경을 이루고 있었다.

제국의 마제(馬蹄)가 스쳐간 탓일까, 무장한 미 진주군들이 시가 곳곳을 활개치며 돌아다니는 광경은 이곳 항도 역시 예외가 아니었다. 종전 직후의 상황이고 보면, 장병들의 주둔 지역이란 어디나 그렇듯, 그들의 시선은 영락없이 여인들에게 쏟아졌다. 한 가지 다른 것이 있다면, 로마나 파리에 입성하는 연합군들처럼 환영하는 여인들에게 카메라를 들이대며 허벅다리를 까발리라는 짓궂은 제스처를 볼 수 없다는 점이었다. 그저, 지나가는 아가씨들에게 윙크를 던져 보거나, 귀향민들을 위한 간이 수용소의 울타리 밖에 늘어선 여상인들에게 자신들이 별로 필요치도 않은 물건을 팔아주는 게 고작이었다. 어쩌면 그것은 지긋지긋했던 포화로부터의 해방감과 전승의 감격이 조성해 주는 '기분'의 발산일 터였다.

한 병사가 지갑 안에서 돈을 꺼내 여상인 앞에 내밀었다. 여자는 고개를 설레설레 저었다.

"자판! 자판!"

병사들의 뒤를 빈대붙어 다니던 눈치빠른 조무래기들이 일화(日貨)가 통하지 않음을 알려주었다.

"댐잇(젠장)!"

병사는 즉석에서 지폐를 짝짝 찢어 공중으로 흩뿌렸다. 그러곤 한화로 눈깔사탕을 듬뿍 사서 땅바닥에다 뿌렸다. 역시 기분이었다. 조무래기들이 머리싸움을 하며 줍기에 바빴다.

'정작 해방된 조국의 모습이 이거란 말인가!'

철준은 귀향민 수용소 주위에 펼쳐진 살벌한 광경들을 둘러보며, 서글픈 느낌과 함께 실망감, 아니 환멸 같은 것을 금할 수 없었다. 가뜩이나 산설고 물선 이역 땅에 떠나와서, 생사조차 모르는 형만을 기다리며 살아갈 하나에를 생각하면 더욱 그랬다.

4

이틀 뒤, 아침 해뜰 무렵에 제주항에 내린 강씨 가족은 거기서 20여 리 떨어진 C마을의 친척 집까지 일단 큰짐은 마차로 싣고 와서 보관을 의뢰했다. 그들의 고향인 D마을은 산간벽촌인 데다 여기서도 백여 리나 떨어져 있었기 때문이었다.

"먼 길을 처음 걸어 봐서 다리 아프겠구나."

강씨 부인은 아들의 연인이라고 하기엔 이미 격의가 없어졌고, 그렇다고 딱히 며느리라고도 부를 수 없는 하나에를 안쓰럽게 바라보았다.

"아니에요, 괜찮습니다."

하나에는 선뜻 대답하긴 했지만, 실은 무릎이며 종아리가 뻐근한 것을 묵묵히 참고 있었다.

"누나, 이젠 그 구두를 벗고 이걸로 갈아신어요. 발도 편하고 한결 가벼울 거예요."

철준이 가방 속에 넣어두었던 자기의 새 운동화를 하나에 앞에 내놓았다.

"어머! 이걸 언제……, 내 발에 꼭 맞네."

하나에가 한쪽 발에 운동화를 신고 좋아하는 모습을 보며 강씨 내외도 서로 빙긋이 웃음을 나누었다. 그러나 철형은 가족들 일엔 아랑곳없이 저만치 떨어진, 마당 모퉁이 디딤돌 위에 엉덩이를 붙이고 등을 돌린 채 담배연기만을 뿜어댔다.

이미 정오가 지나 있었다. 강씨 가족 일행은 점심을 겸해 한 시간가량 휴식을 취한 후, 친척 집을 나섰다. 일주도로인 신작로의 버스정류장에는 여남은 명의 손님들이 대충 줄을 서서 버스를 기다리고 있었다. 강씨네도 일주도로변 마을로는 D마을과 최단거리인 P리(里)까지 버스를 이용하기로 했다.

하나에는 손님들의 행렬에서 십여 미터 떨어진 나무등걸에 손수건을 깔고 앉았다. 다리가 점점 쑤셔 와서, 다른 사람들의 눈에 띄지 않게 양손으로 가만가만 주물렀다. 그러면서 버스정류장 주변에 펼쳐진 정경들을 둘러보았다. 정녕, 그녀를 에워싼 환경이 며칠 전과는 너무나 판이한 것들뿐이었다. 주위에서 쉴새없이 들리는 조잡스럽고 생경한 언어는 차치하고, 금시라도 강풍이 일면 풍비박산해 버릴 것 같은 흙벽 초가집이며, 때꼽재기가 흐르는 홑옷 바람에 흙바닥에서 뒹굴고 있는 코흘리개들의 몰골이며, 버스를 기다리는 오종종한 군상의 모습들이 꿈이 아닌 눈앞의 현실임을 실감하고 보니, 자신도 모르게 마음속이 황량해짐을 어쩌지 못했다.

이윽고 버스가 기신기신 굴러와 그들 앞에 멎었다. 흡사 납(鉛) 용융물을 찍어 바른 듯한 회백색의 30년형(엔진이 운전석 앞쪽 바깥에 돌출된) 낡은 버스, 거기다 시루 속의 콩나물처럼 들어찬 승객들 중 하차 손님은 단 한 명도 없었다. 정류장에서 기다리던 손님들은 그나마 놓칠세라 기를 쓰고 문짝에 매달렸다.

강씨는 버스가 정류장에 닿는 순간 이미 승차를 단념했다. 그토록 초만원인 버스에 다섯이나 되는 식구가 오른다는 건 불가능하다는 판단도 했으려니와, 그보다도 강씨로선 악착같이 버스에 매달리는 다른 손님들과 같은 부류에 섞인다는 건 자긍심을 잃는 일이란 느낌이 앞섰다. 비록 식민 통치국에서이긴 하지만 기십년간 누려온 문명의 수혜자임을 하루아침에 쉽사리 저버리고 싶지 않는, 과거에의 향수이자 현실의 무시였다.

버스는 '푸푸 파파' 꽁무니에서 검은 연기를 내뿜으며 고갯마루를 기우뚱기우뚱 올라가더니 이내 비탈길 아래로 사라져 갔다.

"버스만 기다리다간 안되겠다. 세 시간이나 있어야 온다니……. 좀 고생이 되겠지만 걷도록 하자. 산길로 질러가면 늦저녁 안으로 집에 도착하게 될 거야."

정류장 옆의 점방에서 다음 버스 시간을 알아보고 나온 강씨가 출발을 서둘렀다.

산길은 좁고 거칠었다. 기복이 심하고 돌부리투성이인 데다 일행은 가방까지 하나씩 둘러메고 있어 보행자들에겐 몇 곱절의 힘이 들었다. 그런 길을 무려 세 시간 동안이나 쉬지 않고 걸었는데도 강씨는 잠시나마 쉴 기미를 보이지 않았다.

늦가을의 태양은 어느새 서산으로 기울어지고 있었다. 그럴수록 일행의 마음은 더욱 초조해지고, 초조감은 그들에게 심리적으로 피로를 배가시켰다. 때문에 다들 묵묵히 무거운 발걸음만 내디딜 뿐 누구 하나 입을 여는 사람이 없었다.

하나에는 더 이상 걸음을 계속하기가 힘들었다. 생각 같아선 그대로 길섶에 주저앉아 버리고 싶은 심정이었다. 하지만 이만한 일로 일행에게서 낙오자가 된다는 건 스스로 의지의 박약함을 드러내는 것이 아닌가!

'좀 더 참아야 해! 이만한 고통에 벌써부터 나약함을 보여선 안돼!'

하나에는 스스로 용기를 북돋우며 철준의 뒤를 따라붙으려 안간힘을 썼다. 그러면서 당장의 고통을 덜기 위해 철민을 떠올리려 했다. 그와의 기적적인 재회에서 북받쳐오를 무량한 감개와 열락을. 그러다 순간적으로 그녀는 돌부리에 채었다. '앗!' 가느다란 비명과 동시에 앞으로 넘어질 뻔한 것을 철준이 반사적으로 뒤돌아 달려들어 그녀의 양팔을 붙잡았다.

"아버지, 좀 쉬었다 가요!"

철준은 하나에를 일으켜 세우고 나서, 그들보다 20여 미터나 앞서가는 강씨에게 뛰어가 사정하듯 말했다. 철준 역시 지금껏 묵묵히 걸어오긴 했지만, 짜증이 나고 고통스러운 건 그 또한 마찬가지였다. 강씨는 걸음을 멈추고 뒤에 처진 하나에 쪽을 찬찬히 바라보더니 "그래, 한 십 분만 쉬도록 하자." 하고는, 옆에 있는 편평한 바위 위에 걸터앉았다. 강씨 부인도 그 옆에 나란히 앉았으나, 철형은 멀찌감치 떨어져 억새밭에 벌렁 드러누웠다.

"……죄송합니다, 저 때문에 늦어져서."

하나에는 '아버님' 이라 호칭하려다 말고 강씨 앞으로 다가가 아미를 숙였다.

"아니다. 내가 미처 네 생각을 못했구나. 워낙 시간이 없다 보니……. 저기 앉아서 좀 쉬거라."

하나에는 강씨가 가리키는 길섶 잔디 쪽으로 가 앉았다. 철준도 그 옆에 앉았다. 일행의 얼굴에 피로의 기색이 역력했다.

"철준이가 날 살렸네."

하나에는 피로한 얼굴에 미소를 띠며 운동화를 벗어 두 다리를 뻗었다.

"나도 여기까지 간신히 참았어요."

철준도 운동화를 벗으며 다리를 폈다.

눈앞에 펼쳐진 산야에는 저녁놀이 붉게 물들고 있었다.

일행은 다시 걸음을 재촉했다. 그러나 얼마 못 가 날이 저물어 강씨네는 하릴없이 산간벽촌의 오막살이 같은 민가에서 하룻밤을 넘겨야만 했다.

"아, 이게 뭐야!"

방 안으로 들어섰을 때, 철형이 주위를 둘러보며 소리 질렀다. 방이라고 들어간 곳이 도배도 하지 않고 흙바닥 위에 짚북데기만 깔아 놓은, 마굿간이나 다름없었던 것이다.

"아무래도 잘못 생각하신 것 같아요."

철형은 각자 짐을 내려놓는 주위 사람들은 아랑곳없다는 듯, 잔뜩 부어가지고 괘다리적게 내뱉었다. "그냥 오사까에 머물러 있었으면 당분간이야 혼란스럽겠지만 이 지경은 아닐 거 아녜요? 아직 하루도 안됐는데 이렇게 숨이 칵칵 막히다니 이런 데서 전 도저히 살 수 없을 것 같아요."

철형은 흙벽에 등을 기댄 채, 맞은편에 비스듬히 트렁크로 머리를 괴고 앉아 있는 아버지를 보면서 응대를 기다렸다. 그러나 강씨는 묵묵부답인 채 연신 파이프만을 빨아댈 뿐, 아들의 불만에 대응할 만한 적당한 대거리를 찾을 수가 없었다. 아니, 솔직히 말하면 아들의 말에 공감을 일으키고 있는지도 몰랐다. 그러니까 차라리 잠자코 있는 편이 상책이었다.

기실, 강씨로서는 요 며칠 귀국 도정에서 내심 수차례나 귀향에 대한 본래의 의도를 엎었다 뒤집었다 했다. 그리고 오늘 아침 제주항에 발을 디딘 후에도, 자신이 태어나서 반평생을 살았던 곳인데도 몇 년 만에 안겨 보는 향토의 품 속에서 다정다감한 맛보다는 일종의 소원감(疏遠感) 같은 것을 느꼈다. 왠지 고향의 흙냄새 속에 푹 젖어들어지지가 않았다.

강씨는 불이 꺼지지 않도록 관솔을 계속해 붙였다. 송진이 일으키는 파란 불꽃이 방 안을 어슴푸레하게 비췄다.

5

이튿날 새벽 일찍 민가를 나선 그들은 해가 떠오를 무렵 마침내 고향 집에 도착했다. 그날, 강씨네 집은 하루종일 찾아드는 동네 사람들의 발길이 끊일 새가 없었다. 5년 만에 다시 귀향한 강씨네 — 이번에는 전 가족 — 를 보러

오는 방문객들이었다. 강씨와 강씨 부인은 몰려오는 이들을 일일이 맞이하느라 잠시도 앉아 있을 겨를이 없었다.

"아이구! 철민이 할아버지, 할머니! 이렇게 다 자란 손자들까지 함께 왔으니 얼마나 기쁘세요?"

바로 이웃에 사는 빌레 어머니가 마치 자기 가족이 돌아온 거나 진배없이 반가워했다.

"두 노인네 분이 정말 복도 많으십니다. 노상 약주 잡수실 때마다 우리 아들, 우리 손자들 언제 보나 하시더니 이제야말로 소원을 푸셨습니다 그려, 허허허."

동네 홍(洪) 구장이 누런 금니를 드러내며 너털웃음을 터뜨렸다.

"오늘 당장이라도 돼지를 잡아서 잔치를 벌여야겠습니다, 어르신."

홍구장을 따라온 부락서기가 덩달아 끼여들었다.

"아암, 그러구말구! 돼지 아니라 황손들 못 잡겠는가? 다 자네들, 동네 분들이 염려해 준 덕분일세. 그 엄청난 진쟁통에도 이렇게들 무사히 돌아왔으니 내 어찌 아니 기쁠 수 있겠는가! 오늘부턴 밥을 안 먹어도 배가 부를 것 같으이."

강 노인은 만면에 함박웃음을 머금고 어쩔 줄 몰라하다가 "헌데 우리 큰손자놈이 돌아오실 않아서 내 가슴이 아프네. 여간 영특한 놈이 아니었는데……." 하고 일시에 풀이 꺾이며 주름투성이 노안에 그늘이 어렸다. 필시 전사한 것으로 치부하는 모양이었다.

"아 참, 그러고 보니 큰아드님이 안 보이는군요. 전쟁터에 나갔다더니 아직 안 돌아왔수?"

강씨 노모인 현 노인 옆에 앉아 있던 오 부인이 의외라는 듯 강씨 부인을 바라보았다.

"글쎄, 전쟁이 끝난 지 석 달이 지났는데도 여지껏 감감무소식이지 뭐예요."

강씨 부인의 목소리에 시름이 묻어났다.

"음, 그럼 저 방에 있는 색시가 큰며느님인가 보군요?"

빌레 어머니가 건넌방에서 여장을 풀어 정리하고 있는 하나에를 바라보며 고개를 끄덕였다. 안방에 있는 사람들의 시선이 일제히 하나에에게로 쏠렸다. 그러나 하나에는 자기에게 집중되는 시선을 의식하면서도 고개를 돌리지 않고 꿇어앉은 자세로, 풀어 놓은 가재며 의복들을 차곡차곡 정리했다.

"어린 것 하나 없이 달랑 혼자 따라온 게 기특하긴 하지만서두 어떻게 지낼 건지 앞으로가 걱정된다우."

앞니가 두 개나 빠진 현 노인이 입을 오물거리며 측은해했다.

"글쎄 말예요. 아들이고 딸이고 애만 하나 있었으면 그렁저렁 지낼 수 있을 텐데……."

"원래가 일본사람이에요?"

"보기엔 도회지 사람 같지 않게 퍽이나 조신하고 참해 보이는데……. 아이고, 가엾어라!"

저마다 안쓰러움과 호기심 어린 마음으로 한마디씩 거들었다.

"하나 짱, 이리 와서 어른들께 인사올리렴."

강씨 부인이 일본어로 상냥하게 하나에를 불렀다. 하나에는 일손을 멈추고 대청으로 나와 문지방께에서 무릎을 꿇고 안방에 앉아 있는 사람들을 향해 공손히 인사를 했다.

그 대신 강씨 부인이 사람들에게 말했다. "앞으로 우리 화지(花枝) 잘봐 주세요. 길거리에서 만나더라도 모른 척들 하지 마시고요. 아셨지요?"

하나에에게도 그 말을 일어로 통역해 주었다. 잠시 온 방 안에 웃음꽃이 피었다.

다음날.

강씨네 집에서는 동네 사람들을 초대한 가운데 조촐한 잔치가 베풀어졌다. 아침 일찍부터 청장년들은 뒷마당에서 돼지를 잡느라 법석이었고, 아낙네들은 헛간에서 멥쌀과 메밀을 빻느라 부산스러웠다.

“못 나가도 백 근(百斤)은 실히 되겠는데.”

철준의 친척뻘 되는 청년이, 조금 전까지 나무에 매달려 꽥꽥대며 바둥거리던 돼지를 끌어내려 짚불로 그을리기 시작했다. 털 타는 냄새가 사방으로 진동하면서 코흘리개들이 불 주위로 몰려들었다. 이윽고 돼지의 배가 갈라지고 내장이 꺼내지면서 방광은 코흘리개들의 축구공이 되었다. 쓸개가 즉석에서 좌장의 목구멍으로 단숨에 삼켜지는 것과는 대조적이었다.

음식 장만은 정오 무렵이 되어 얼추 마무리되었다. 모두들 순박하고 우직하게 자기 집 일처럼 거들기도 잘했지만 먹성도 좋았다. 공기밥에만 익숙해 있던 하나에로선 전혀 딴세상 사람들을 보는 기분이었다. 주발이나 대접 따위의 식기 종류도 낯설거니와, 밥그릇 또한 각자 따로따로가 아니고 됫박 같은 큰 통나무그릇에 밥을 퍼 담고 대여섯 명이 둘러앉아 떠먹는 풍습도 그녀에겐 신기하게만 비쳐졌다.

그리고 먹고 마시는 덴 남녀노소가 따로 없었다. 점심 무렵부터 아이들을 줄줄이 달고 모여들기 시작한 동네 사람들의 발길은 저녁때까지 끊이지 않았고, 거기다 여흥까지 이어져, 마지막 손님들이 돌아간 것은 자정이 지나서였다.

강씨 부인은 그들이 돌아갈 때 손수건, 양말, 칫솔, 비누, 공책, 연필 등을 각 가정의 인적 상황에 따라 알맞게 고루 선물했다. 귀국 직전에 준비하여 가지고 온 것들이었다.

손님을 맞는다는 긴장 때문인지 하나에는 잔치가 파한 뒤에도 그다지 피로감이 느껴지지 않았다. 강씨 부인이 날이 샌 다음에 하라는 설거지를 그녀는 밤중에 끝낼 작정으로 행주치마를 두르고 부엌 안을 찬찬히 살펴보았다. 시커먼 무쇠솥을 걸어 놓고 짚을 땔감으로 사용하는 아궁이의 형태며, 태반이 목재인 식기에다, 산화하다 못해 거무칙칙하게 변색해 버린 놋수저들, 사과상자 같은 찬장……. 이 모든 것들이 하나에의 눈에는 새롭다기보다 원시생활을 접하는 듯한 기분이었다.

“아주 딴세상에 온 것 같지?”

강씨 부인은 입가에 씁쓸한 웃음을 띠면서 담담한 어조로 덧붙였다. "이게 바로 철민이 본향의 현주소란다. 너도, 여길 떠난다면 모를까, 계속 살아갈 마음이라면 이곳 풍습을 확실히 파악하고 적응하는 방법을 터득해야 한다. 얼마 동안은 모든 게 다 불편할 거다만 하나하나 익혀 가야지. 모르는 점이 있으면 어려워하지 말고 그때그때 나한테 물어보도록 해라."

거친 초벌 설거지를 빌레 어머니가 대충 거들어 주고 간 뒤, 강씨 부인은 하나에와 나란히 줄방석(새끼로 똬리처럼 만든 것)에 앉아 그릇 정리를 하면서, 진정 며느리를 대하는 시어머니와 같은 자상하고 진지한 태도로 하나에의 얼굴을 그윽이 바라보았다.

"예, 알았습니다. 오-마-니."

서투른 우리말로 처음으로 '어머니' 라 부르면서 고개를 끄덕였다.

하나에는 웬만한 불편은 참고 익히면서 그 고장의 풍습에 따라 차근차근 적응해 갔다. 그러나 한 가지, 일상의 생리 작용인 용변만은 실로 곤욕이 아닐 수 없었다. 대체로 통시(뒷간)는 마당 안쪽 모퉁이에 돌담을 쌓아 만든 돼지우리를 겸한 곳으로, 가장자리 한쪽에 두 개의 돌 발판을 나란히 걸쳐 놓았는데, 발판 주위에 가리개는 물론 간이 지붕도 없어, 용변 시에는 사면이 완전히 노출되게 마련이었다. 그리고 밑닦개로는 휴지 대신 보릿짚 다발이 발판 옆에 세워져 있었다. 그럼에도 이것까지는 감내가 되었다. 휴지는 아직 넉넉했으며, '볼일' 은 타이밍을 조절하여 식구들이 잠자리에 들어 있을 새벽이나 심야를 이용했으니까.

그런데 이 집에 온 지 나흘째 되던 날, 여느 때와 같이 새벽에 조심스레 방을 나와 뒷간으로 간 하나에가 돌 발판 위에 쭈그리고 앉기가 무섭게, 우리 구석에 드러누워 있던 돼지가 '모프 모프' 콧소리를 내며 발판 아래로 달려와 위에서 떨어지는 배설물을 받아 먹는가 싶더니, 느닷없이 목덜미를 마구 흔들어대는 바람에 갈기에 묻어 있던 분뇨가 그녀의 사타구니와 엉덩이로 사정없이 튀어올랐다.

"어머!"

하나에는 외마디 비명을 지르며 몸을 발딱 일으켜 휴지로 오물을 대충 닦아내곤 정지(부엌)문 밖의 장독대로 허겁지겁 달려갔다. 그러고 독에 받아 둔 빗물을 세숫대야에 떠서는 장독대 뒤에 쭈그리고 앉아 둔부를 씻었다. 순식간에 일어난 일인데도 어찌나 질겁을 했던지 얼굴이 화끈거리고 이마엔 식은 땀방울이 맺혀 있었다.

'이것만은 못 참겠다! 하루 이틀도 아니고…….'

아침 식사 후 설거지를 끝낸 하나에는 철준을 불러 올레 주위를 거닐며 새벽에 겪은 변을 솔직히 털어놓았다.

"제가 가장 걱정하던 일 중의 하나예요. 진작 아버지한테 말씀드렸어야 하는 건데."

철준은 하나에에게 몹시 미안쩍어했다. 그는 그길로 부모님 방에 찾아가서 하나에를 위해 별도의 변소를 만들어 줄 것을 부탁했다.

"그렇지 않아도 통시뿐 아니라 그 아이 방까지 새로 마련해 주려던 참이다."

"그러셨군요, 아버지! 역시 우리 아버지 넘버원이야!"

강씨의 말에 철준은 환성을 지르며, 하나에가 점심 준비를 하고 있는 부엌으로 건너가 그 사실을 알려줬다.

강씨는 바로 이튿날부터 동네 목수를 불러다 밖거리(한마당 안의 별채)의 광을 개조해 새 방을 꾸미도록 했고, 일을 벌인 김에 별채 외벽 쪽에 조그만 뒷간도 마련케 했다. 이로써 강씨네 집은, 안거리(본채)의 안방은 원래대로 강씨의 노부모 내외, 건넌방은 강씨 부부, 그리고 밖거리의 본래 방은 철형과 철준 형제, 새로 꾸민 방은 하나에가 각각 차지하게 되었다.

6

"그동안 불편한 점이 많았지?"

밖거리의 새로 꾸민 방의 도배를 마치고 하나에가 건넌방에서 옮겨가던 날, 강씨가 하나에를 쳐다보며 한시름 놓았다는 듯 흐뭇해했다.

"여러 가지로 배려해 주셔서 감사합니다. 아바지, 오마니!"

하나에는 얼굴에 홍조를 띠며 아미를 숙였다.

그들은 느긋하게 점심을 겸한 이른 저녁을 마치고 나서 모처럼 온 가족이 강 노인과 현 노인을 중심으로 안방에 둘러앉았다.

"아가더러 편히 앉으라고 해라."

고국에서의 습관대로 꿇어앉은 하나에를 보고 현 노인이 강씨 부인에게 일렀다.

"그냥 두세요, 어머니. 습관이 돼서 그래요. 앞으로 차차 고쳐질 거예요."

강씨 부인이 하나에에게 현 노인의 말을 옮겨 주자, 하나에는 그대로 앉은 채 고개만 끄덕였다.

"둘째는 벙어리가 된 거냐? 집에 온 뒤로 입때 한마디도 입을 여는 걸 볼 수 없으니."

벽에 등을 기댄 채 잠자코 앉아 있는 철형을 인자스레 바라보는 현 노인의 눈가에 잔주름이 옴질거렸다.

"녀석은 어릴 적부터 말수가 적더니 여태껏 그대론가 보구나."

강 노인도 한마디 거들며 재떨이로 장죽을 뻗어 대통의 재를 떨어냈다.

"천성인가 봅니다. 그 성질 좀 고쳐 보라고 타일러도 봤습니다만 쇠귀에 경 읽기인걸요."

강씨의 마뜩찮아하는 말에 강씨 부인이 덧붙였다. "제 동생하고 성품을 서로 반반씩 나눌 수 있었으면 하고 생각할 때가 많답니다."

"암, 내 생각도 다르지 않어. 이놈은 언제 보아도 살갑고 싹싹하단 말이야."

강 노인은 바로 옆에 앉아 있는 철준을 돌아보며 꺼칠한 손으로 그의 머리를 쓰다듬어 주었다.

"어찌 된 셈인지 세 녀석들이 다 제각각이에요. 큰애는 성질이 불같아서 뭐든지 한번 마음먹었다 하면 앞뒤를 못 가리면서도 후덕하고 인정이 많아서 따르는 사람도 꽤 있는데, 저 아인 어쩌나 냉랭하고 외고집인지 아마 돌아가신 숙부님을 닮았나 봅니다. 헌데 얜는 누굴 닮아서 그런지 잔정과 붙임성이 있고, 그러면서도 사리 분별이 확실한 걸 보면 제 형들하곤 딴판이에요. 이 사람이 애들을 어떻게 낳았는지, 나 참…….”

강씨는 부인 쪽을 보며 껄껄껄 웃어젖혔다.

“하지만 누구나 다 제 타고난 대로 살아가게 마련인 게야. 그저 남에게 폐 안 끼치고 곧게만 살아가면 되지 않겠니? 아비는 애들 성질이 이렇다 저렇다 하지만, 인물을 봐라. 헌칠한 키에다 반듯이 솟은 코하며 형형한 눈매……. 어딜 데려다 놔도 빠지지 않는 땟물이지. 안 그러냐, 어멈아?”

강 노인은 두 손자를 대견스러워하며 방금 떨었던 대통에 쌈지 담배를 쑤셔넣었다.

“그나저나 둘 다 학골 더 댕겨얄 거 아니냐?”

현 노인이 강씨 내외를 번갈아 보았다.

“저는 학교 안 갈 거예요.”

철형이 누구에게랄 것도 없이 일본어로 대뜸 한마디 내뱉고는 방을 훌쩍 나가 버렸다. 모두들 어안이 벙벙해하자, 강씨가 이를 진정시켰다.

“신경 쓰실 거 없어요. 저놈은 시켜 줘도 안 갈 겁니다. 하지만 얘만은 어떻게 해서든 보내야겠지요. 헌데 조선어에 익숙지 않으니 이제부터라도 언문 공부를 부지런히 해야 할 겁니다.”

“아무렴, 우선 언문부터 익혀야겠지.”

강 노인은 장죽을 몇 번 뻑뻑 빨고 나서 말을 이었다. “헌데 큰애는 영 돌아올 가망이 없는 거냐? 그게 외상없다면 이제부터라도 ‘초하루 보름’을 지내주든지, 그렇지 않고 단지 소식만 끊어진 거라면 치성(致誠)이라도 드려 보든지 해야 하지 않겠니?”

강 노인 말 중 몇 가지 아는 어휘에서 철민에 대한 화제임을 짐작한 하나에가 철준에게 귀엣말로 그 내용을 묻자, 철준이 수첩 쪽지에다 만년필로 뜻을 적어 주었다.

"아버님 말씀 잘 알겠어요. 철민이에 대한 치성은 제가 알아서 하겠습니다."

강씨 부인은 공손히 대답하고는 하나에와 함께 물러나왔다. 그리고 하나에를 자기 방으로 데리고 가더니, 어디서 구해 왔는지 벽장에서 사기 요강을 꺼내 주며 말했다. "앞으론 밤에 용변을 볼 땐 이걸 쓰도록 해라."

"어머나! 이런 게 다 있었군요!"

하나에는 두 손으로 요강을 받아 들고 신기로운 눈으로 살펴보며 기쁨을 감추지 못했다. "감사합니다, 오마니!"

"오랜만에 네 방에서 혼자 편안히 자게 돼서 내 마음도 한결 가볍구나."

강씨 부인은 하나에의 기꺼워하는 모습을 웃음으로 대해 주면서도 철민의 치성에 대해선 입 밖에 내지 않았다.

"그럼 건너가겠습니다. 오마니, 편히 주무세요."

설레는 마음으로 새로 꾸민 자기 방으로 건너온 하나에는 동백기름 등잔에 불을 켠 후, 사기 요강을 방구석에 얌전히 놓고 나서 시렁에서 새 이불을 내려 폈다. 그러나 막상 잠자리에 들려고 보니 요마적 줄곧 기대했던 안온함이나 자유로움보다도 싸늘한 고독감이 밀려오면서 돌연히 정인(情人)을 그리는 애틋한 감회에 젖어들게 했다.

'그래, 여긴 나 혼자만 있을 자리가 아니야! 반드시 철민 씨와 함께여야 해! 어머님이 치성을 드리신다잖은가! 나도 이제부터 보다 독실한 믿음으로 그의 귀환을 기원해야 한다!'

제2장 애틋한 기다림

7

D마을은 해안 일주도로에서 30리나 떨어져 있는 — K면의 여러 마을 중 한라산 정상으로부터 가장 가까운 — 중산간 마을이다. 마을 주변에는 많은 오름(산악)들이 산재해 있고, 오름과 오름 사이엔 광활한 초원지대로서 천혜의 목야를 이루고 있었다. 이러한 대자연 속에 백여 가구가 옹기종기 모여 꿈을 꾸듯 평화롭게 조상들의 숨결을 이어가고 있었다.

광복을 맞이한 올해에도 이 고장에는 여느 해와 다름없이 가을걷이의 막바지에 이르면서 온 들판에 흥겨운 농가(農歌)가 끊이지 않았다. 강씨네도 추수를 끝냈다. 추수라야, 강씨네가 일본에 정착한 지 오래된 데다 2년 전 강씨의 누이동생마저 출가하고 나서는 5, 6정보 되는 땅을 동네 사람들에게 소작을 주어 왔으므로 수확에서 타작에 이르기까지 모두 소작농의 일손을 거쳐 들여왔다. 거기다 가을 파종(보리와 밀)도 올해까지는 소작인에게 맡겨 놓은 상태였으므로 내년 봄까지는 농사일엔 직접 종사하지 않아도 되었다.

이만한 가세라면 D마을에선 다섯 손가락으로 꼽을 수 있는 정도였는데, 그것은 20여 년 세월에 걸친 강씨의 꾸준한 노력의 결실이었다. 그가 고향에 다니러 올 적마다 여남은 마지기의 농토를 사 놓고 가곤 했던 것이다. 덕분에 당분간은 이들 삼세대가 먹고 살아가는 덴 별 걱정이 없었다.

이제 농한기를 맞아 강씨네가 하는 작업이란, 강씨 부인과 하나에가 한달에 한 번쯤 방앗간에 가서 조나 기장, 멧벼를 쓿어 오는 게 고작이었다. 마을에 정미소가 없어서 연자매를 이용했지만, 하나에는 옆에서 잔심부름을 할 뿐이었고, 육체적으로 고된 작업은 강씨 부인이 도맡아 했다.

"얘야, 그만둬라. 허리 다칠라."

하나에가 조가 가득 든 커다란 망태기를 들라치면 강씨 부인이 굳이 만류하며 손수 들어 마차에 싣곤 하는 것이었다. 이처럼 힘든 일을 마다하지 않고 솔선수범과 근면성을 보여줄 때마다 하나에는 강씨 부인에 대한 공경심과 함께, 고국에선 볼 수 없었던 또 다른 삶의 질박한 모습을 피부로 느낄 수 있었다. 방앗간에 이르러서도 하나에는 강씨 부인이 마차에서 조 망태기를 손수 내려 둥그런 멧돌 바닥에 부어 골고루 편 다음, 연자매 나무 틀에다 말을 비끄러매는 모습을 신기로운 눈으로 지켜보았다.

"참으로 진기해요, 어머니."

"처음 보는 건 다 진기한 법이지."

강씨 부인은 태연스레 대답하며 연자매를 이끄는 말의 뒤를 따라 하나에와 함께 돌기 시작했으나, 마음은 편치 않았다. 하나에의 천진스러운 모습을 대하자, 부지불식간에 며칠 전 점쟁이에게서 들었던 말이 연상되었기 때문이었다.

"큰 바다에 나무토막을 타고 이리저리 떠돌아다니다가 강풍에 휩쓸려 나무토막이고 사람이고 온데간데없이 됐구먼, 쯧쯧쯧!"

박박 얽은 네모 얼굴의 점쟁이는 진정으로 동정하는 기색보다는 복사(卜師)들의 상투적인 말본새로 혀를 차면서 "이젠 기다리느라 애태우지 말고 초하루 보름이나 지내 주구랴." 하고는 강씨 부인이 내미는 복채를 낡은 가죽주머니에 넣는 것이었다.

강씨 부인은 정신이 아뜩했다. 갑자기 마취라도 당한 듯 의식이 몽롱해지면서 몸을 제대로 가눌 수가 없었다. 그러다 가까스로 정신을 차리고 발길을 돌렸을 때에는 눈물이 동공을 가려 몇 번이고 걸음을 멈추었다.

강씨 부인은 귀향한 이래 아들 철민의 생사를 알아보려고 복집을 두 차례나 찾아갔었다. 하나에는 물론, 가족 누구도 알아차리지 못하게 혼자 내밀히. 그러나 점괘는 두 번 다 극히 비관적으로 나왔다.

"아이구, 이런 변이 있나! 다 빠져 버리는구먼, 처음엔 배를 타고 대양을 잘 건너가더니만……, 괴물을 만나 배가 뒤집혔어. 모두들 혼비백산하고 고기 떼들만 돌아다녀."

첫번째 찾아봤던 여자 봉사 점쟁이는 허공을 향해 손을 저으며 고개를 설레설레 젓더니 "고기 떼 속에 거북이 한 마리가 보이니 굿이나 한번 올려 봐." 하고 한가닥의 여망을 흘려 줬다.

시골에서 태어나 자라기는 했지만, 강씨 부인은 미신엔 별 관심이 없이 살아온 터여서, 자신이건 가족에 대해서건 점 따위는 한 번도 본 적이 없었다. 그런데도 수시로 찾아오는 동네 사람들의 권유에다, 날로 자기 가슴을 파고드는 자식에 대한 애틋한 모정과, 하나에에게서 느껴지는 철민에의 하염없는 그리움들이, 평소 지혜롭고 여유로운 부인의 마음을 복집으로 향하도록 부채질한 것이었다.

강씨 부인은 자신이 쳐 본 점 자체가 황당무계한 것이라 생각하면서도 한편으론 초조감과 불길한 예감을 떨쳐 버리질 못했다.

'이 사실을 하나에가 알면 얼마나 절망하고 슬퍼할까!'

강씨 부인은 연자매의 바닥돌판 위의 좁쌀 무더기를 손보는 것도 잊어버리고 한동안 정신없이 손잡이만을 잡은 채 연자매 둘레를 부속품처럼 돌기만 했다.

"어머니."

뒤에서 따라 도는 하나에의 소리에 강씨 부인은 퍼뜩 제정신이 들면서 얼떨결에 대답했다. "……으, 응? 그래."

"우리 마을에도 징집되어간 사람이 있나요?"

"그래, 있지. 우리 철민이까지 다섯이라지, 아마."

"다들 돌아왔나요?"

"두 사람은 전사했고, 한 사람은 돌아왔고……. 아직 한 사람이 안 돌아왔단다. 우리 철민이까지 둘인 셈이지. 그건 왜……?"

강씨 부인은 예사롭게 반문했으나, 방금 전의 비색(否塞)적인 점괘 생각이 다시 떠올라 심사가 울적해졌다.

"저 어젯밤 그이 꿈을 꾸었어요."

"철민이 꿈?"

강씨 부인이 신경을 돋우며 뒤돌아보았다. "그래 어떤 꿈인데?"

"산들이 많은 섬이었어요. 수풀이 무성하고 갈대도 우거진 곳을 저와 철준이가 강줄기를 따라 걸어가고 있는 거예요……."

"그래서?"

부인이 하나에의 말을 재촉했다.

"한참 걸어가는데 저쪽 언덕배기에 하얀 기가 보이지 않겠어요? 그래 철준이하고 뛰다시피 그곳에 올라가 보았더니 기 꽂힌 데가 바로 동굴 입구였어요. 두려운 마음이 들면서도 가만가만 안으로 들어가 보니 오륙 명의 일본 군사들이 아무렇게나 드러누워 잠을 자고 있잖아요. 한 사람 한 사람 들여다보는데, 맨 구석에 있는 사람이 그이 아니겠어요? 깜짝 놀라면서도 반가운 나머지 마구 흔들어 깨웠지요. 그랬더니 철민 씨가 눈을 비비며 부스스 일어나 왜 여기까지 왔느냐고 물으면서, 나더러 철준이하고 먼저 돌아가라지 않아요. 자기는 거기 있는 부하들과 같이 온다면서요. 그래도 전 기다렸다 같이 가자고 조르다가 그만 잠이 깼어요."

하나에는 마치 꿈이 눈앞에 현실로 나타나기라도 한 듯 눈을 치뜨며 생기 있는 모습을 띠었다.

"상서로운 꿈이로구나!"

강씨 부인은 앞에서 돌아가는 말의 엉덩이를 툭툭 쳐서 연자매를 멈추게 했다. 부인의 안색이 순식간에 환하게 변했다.

그날 밤, 강씨 부인이 저녁상을 물리고 나서, 하나에의 설거지 일을 거들어 주고 부엌에서 나오는데 현 노인이 방으로 불러들였다. 가물거리는 등잔불빛에 두 노인과 강씨의 모습이 어슴푸레 비쳤다.

"어머님두, 불을 더 올리시지 않구요."

강씨 부인이 등잔의 심지를 돋우었다.

"놔둬라. 입으로 말하지 눈으로 말하냐? 아까운 기름만 없애게."

"저한테 하실 말씀 있으세요, 어머님?"

"낮에 빌레 어머니가 왔다 갔는데, 해변 마을 S리(里)에 신수를 잘 보는 용한 점쟁이가 왔다더구나. 한번 찾아가 보는 게 어떻겠니?"

"어머님, 저두 그 일로 내일부터라도 절에 가려던 참이었어요."

"그래, 잘 생각했다. 불공도 드리고 권제도 하고 할 수 있는 건 다 해 봐야지!"

강 노인도 장죽을 입에 문 채 빼끔거리며 고무적인 투로 거들었다. "엊그제 김 영감네 둘째한테서 기별이 왔다는 걸 보면 좋은 징조여. 우리 집이라고 해서 그런 행운이 없으란 법도 없지 않으냐?"

"그 집 아들은 홋까이도(北海道) 탄광에 있었으니 우리 철민이하곤 다르지요, 아버지."

강씨의 심정은 여전히 낙관적이기보다 비관적이었다.

"다르긴 뭐가 달러? 홋까이도든 남양이든 사람의 죽고살기는 조화옹의 손에 달린 거여!"

"좀 살살 말씀하시구랴, 영감."

강 노인이 다소 흥분된 어조로 말하자, 현 노인이 가라앉혔다. "절엘랑 갈 때 가더라도 기왕 말이 나왔으니 내일 어멈이 우선 S마을에 댕겨왔으면 싶구나."

"그렇게 할게요, 어머님."

강씨 부인은 지난번 두 차례의 실망적인 사례도 있었던 터라 마음이 썩 내키진 않았으나, 일단 시어머니의 권유에 따르기로 했다.

이튿날 아침, 강씨 부인은 동이 트자마자 일어나 손수 물을 데워 목욕재계를 하고 단정한 차림으로 집을 나섰다. D마을에서 S마을까지는 30리가량 되었는데, 산길이어서 도보로 두어 시간 걸리는 거리였다.

아직 어둠이 채 걷히지 않은 산골의 새벽은, 사위에 정적만이 흐를 뿐 인기척 하나 들리지 않았지만, 두려움이나 오싹함 따위는 자아내지 않았다.

'이번만은 제발 반가운 예언을 들을 수 있었으면…….'

오직 이 한 가지만이 강씨 부인의 간절한 바람이었다. 그런 소망 때문인지 산길을 내려가면서 차츰 마음이 편안해졌다. 초겨울의 차가운 새벽 공기도 삽연(颯然)하게 느껴졌고, 들판의 초목에서 풍기는 내음이 향기롭기까지 했다.

아홉 시쯤 해서 강씨 부인은 그 유명짜하다는 복사의 숙소를 찾았다. 마루에는 먼저 도착한 네댓 명의 아낙네들이 앉아 있다가, 강씨 부인이 들어서자 일제히 고개를 들어 쳐다보았다. 부인은 안내하는 소녀를 따라 복사 앞으로 가서 정중히 허리 굽혀 인사를 하고 접수를 신청했다. 시골티라곤 찾아볼 수 없는, 단아하면서 세련된 모습이 복사의 눈에도 남달라 보였던지, 여느 손님들과는 달리 보던 일을 멈추고 답례하며 손짓으로 앉아 기다리라는 지시를 하는 것이었다.

우람한 풍신에다 시원스러운 이마며 상기된 안색, 형형한 눈빛이 강씨 부인의 눈에는 오십 전후의 완숙한 경지로 비쳐졌는데, 그런 외모에서 이전의 복사와는 다른 일종의 신뢰 같은 것을 감지할 수 있었다. 한 시간 이상이나 초조하게 기다린 끝에 마침내 강씨 부인의 차례가 되었다.

"아주머닌 사람을 기다리고 있구먼요?"

다가가 마주 앉는 강씨 부인을 훑어보며 복사는 첫마디로 부인의 처지를 짚어냈다. 넘겨짚은 것일까, 사전에 강씨네 가정 내막을 전문(傳聞)해서일까? 아니, 사실상 불가사의한 복술(卜術)의 신통력일까?

강씨 부인은 일순 복사의 말에 반신반의했으나, 일단은 믿는 쪽으로 마음을 잡았다.

"들은 대로 참으로 용케 맞히십니다."

강씨 부인은 신중한 표정으로 복사를 마주 보았다.

"아드님인가 보군요?"

"예, 저희 큰아들입니다. 남양으로 파견된 뒤로 이년 가까이 아무런 소식이 없습니다."

"어험, 어디 봅시다."

복사는 헛기침을 하곤 강씨 부인이 내미는 철민의 사주를 받아 들었다.

"주역 선생님, 시간이 좀 걸리더라도 자세히 봐 주십시오. 복채는 넉넉히 드리겠습니다."

강씨 부인은 자기 뒤로 계속 찾아드는 손님들 때문에 행여 점치는 데 소홀하지나 않을까 봐 간곡히 부탁했다.

"여기서 아주머니 마음대로 하나씩 집어내세요. 왼손으로 세 번."

사주를 들여다보고 난 복사가 산통을 상 위에 내려놓으며 강씨 부인더러 산가지를 뽑으라는 것이었다. 부인은 복사가 시키는 대로 세 번 되풀이해서 무작위로 산가지 세 개를 뽑아냈다.

복사는 산가지에 새겨진 숫자로 각각 괘를 만들고 역서와 맞추어 보더니 "흐흥!" 하고 쾌재에 가까운 소리를 발했다. "죽었다고들 했지요?"

그의 질문은 다른 복사들의 틀린 점괘에 대한 반증의 표명이었다.

"첫 바다 건너고, 둘, 셋……, 지금 다섯 번째 바다를 건너고 있구먼! 앞으로 한 바다만 더 건너면 고향에 돌아옵니다. 아주머니, 외상없이 죽지 않고 살았습니다."

복사는 무릎까지 탁 치면서 회심이 가득한 얼굴로 자신만만해했다.

순간, 강씨 부인의 얼굴에는 물론, 문지방 너머 앉아 있던 아낙네들의 얼굴에도 축원을 뜻하는 화색이 떠올랐다.

"주역 선생님, 그럼 돌아올 날은 대강 언제쯤 되겠습니까?"

강씨 부인은 북받치는 만강(滿腔)의 환희를 누르지 못하면서도 결코 마음을 흩뜨리지 않고 정중히 물었다.

"가만 보자……. 오는 정월 여드레나 열여드레, 스무여드레쯤 해서 몸이 오거나 소식을 듣거나 하겠군요. 이젠 한숨 푹 놓으시고 집에서 치성이나 잘 드려 주세요."

복사는 시원스럽게 결론을 내린 뒤 다음 손님을 맞을 자세를 취했다.

강씨 부인은 복채를 후하게 치르고 그곳을 나왔다. 아침에 들어섰을 때와는 천양지차로 마치 구름 위를 밟듯 발걸음이 가벼웠고, 어깨에 날개라도 돋친 듯 훨훨 날아갈 기분이었다.

'이제 남은 일은 신령님과 부처님께 기도와 불공을 드리면서 그애를 기다리는 것뿐이야!'

산길을 따라 집으로 향하는 강씨 부인의 마음은 경외로움과 함께, 반백(半百)을 넘은 여인답지 않게 사뭇 설레었다. 끊임없이 눈앞에 펼쳐지는 수목과 풀숲이며, 그 속에서 뛰노는 멧짐승과 산새들, 그리고 곳곳에 흩어져 있는 바위들에 이르기까지 산야의 온갖 것들이 자신을 축복해 주는 것 같았다.

8

집에 돌아온 강씨 부인은 하나에와 함께 바구니를 들고 동네 가가호호를 돌아다니면서 쌀을 유리잔으로 하나씩 거둬모았다. 이 고장의 풍속인 이른바 '권제' 라는 것이었는데, 이렇게 여러 가구의 정성을 모아 제물을 지어 올리면 소원이 쉬 이루어진다는 속설에 따른 것이었다.

"에이그, 큰아드님이 원지에 갔다더니 입때 안 돌아왔구먼요."

"정말 큰 걱정이 되시겠어요."

"지성이면 감천이라구, 이렇게 정성을 드리는데 하느님인들 안 도와주실라구요. 꼭 돌아올 거예요."

강씨 부인과 하나에가 들르는 가호마다, 어려운 집 몇 군데를 빼고는 다들 안타까워하면서 격려의 말과 함께 선선히 권제를 내어주는 것이었다. 비록 무슨 말인지 알아들을 수는 없었으나, 자신들의 일을 성의껏 협조해 주는 온정에 하나에의 마음속에선 진정 어린 감사가 우러나왔다. 백여 호나 되는 집을 한 가구도 빠짐없이 두루 거쳐 집으로 돌아오는 데에는 한나절이 더 걸렸다. 돌아오자마자 두 여인은 곳간 앞에서 두어 말 되는 쌀을 절구에다 넣고 손수 찧기 시작했다.

"시간이 다소 걸리더라도 오늘밤 안으로다 장만해서 내일 아침 아예 절까지 댕겨오는 게 어떻겠니?"

절구질이 끝날 때즘 현 노인이 이르는 말이었다.

"저도 그럴 생각이에요, 어머님."

강씨 부인과 하나에가 절에 다녀온 이튿날부터 두 여인은 아침 해가 솟아오를 무렵이면 앞마당에 나란히 서서 동쪽을 향하여 경건히 합장을 했다.

"돋아오는 일광보살님, 나이는 스물여섯 살, 타향에서 고행하는 강철민이를 명장수, 복장수, 수명장수를 시켜 주십시오."

이렇게 기원하면서 두 여인은 앞과 좌우로 번갈며 엄숙히 배례를 하는 것이었다. 언어구사에 불편한 하나에는 강씨 부인이 일러준 대로 마음속으로만 기원하면서 동작만을 강씨 부인과 함께했다.

이와 같은 기원은 그날부터 줄곧 비가 오나 눈이 오나 하루도 어김없이, 무엇보다 선행되어야 하는 하루 일과 중의 하나가 되었다. 그런 가운데 하나에는 철민을 기다리는 마음이 더욱 간절해지면서 자신의 신변에서 일어나는 조그만 일도 그의 귀환과 연관지으려 했다. 꿈의 길흉은 말할 것도 없고, 까치와 까마귀가 울거나, 신발이 엎어지거나 젖혀지는 걸 보고도 그날의 운세를 점칠 정도로.

9

그토록 온 가족이 철민의 무사 귀환에 신경을 쏟고 있는 가운데서도 강씨는 혼자 나름의 집념으로 갈등하고 있었다. 무엇보다도 그는 자기의 남은 생애를 애오라지 고향에서 안주할 자신이 생기지 않았다. 수구초심(首丘初心)이라곤 하나, 앞으로 얼마 동안(최소한 10년)은 전원에서의 흥겨운 농부가 소리보다는 활기찬 산업사회에서 윙윙거리는 기계 소리를 들으며 활동하고 싶었던 것이다.

솔직히 말하면, 그에게는 자라면서부터 향토에 대한 애착이 절실한 게 못 되었다. 아니, 태생적으로 시골이 생리에 맞지 않았다고 봄이 옳을지 모른다. 이번의 귀국도 마치 후조가 환경에 따라 서식처를 옮기듯, 패망한 일본의 혼란한 사회로부터 일시적이나마 생활 무대를 바꾸는 것이 유리하다는 계산된 판단과, 또 이런 경우 본능적으로 일어나게 마련인 향수 같은 것이 동시에 작용하여 그의 발길을 고향으로 향하게 했을 뿐이었다.

이십대 후반에 고향을 떠난 이래 줄곧 타국살이를 해 온 강씨에게 있어, 갖가지 체험을 통하여 얻은 예지와 선견지명은 이제껏 그가 실행한 무슨 일에서나 계획과 결과에 그리 큰 오차를 낳지 않았다. 지금도 그의 머릿속에선 미구에 일본의 전화(戰禍)가 복구되면서 점차적으로 그곳 경기가 호전될 시점에 대해 점치고 있었다.

본디 품성이 완고하고 강직한 그는 하나의 일을 결정짓기까지에는 오랜 시간을 필요로 하지만, 일단 단정만 내리면 주저없이 행동으로 옮기는 결단성을 지니고 있었다. 때문에, 자기의 피를 이어받은 아들 삼형제들이 자기의 기질을 본받기를 은연중 바랐고, 또 기회 있을 때마다 주입시키려고 해 왔다. 그랬기에 강씨는 자기의 성격을 가장 많이 닮은 장남 철민을 매양 탐탁스러워했었다. 하지만 그의 이런 단선적 사고방식은, 일방 철민의 생환에 대한 가망성을 부정적으로 결론짓는 데 하나의 촉매로 작용하기도 했다. 전장에서 두려움과 주저를 용납하지 않는 일이란 용맹스러운, 장렬한 전사(戰死)와 통하는 것이니까.

따라서 그는 둘째아들인 철형으로 하여금 가통을 이어갈 것을 염두에 두고 있는 터였고, 기회 있을 때마다 그에게 가문에 관심을 갖기를 종용해 왔다. 그러나 이에 대한 철형의 태도는 호응은커녕 반발이 앞섰다. 철형이 집 안에 머물러 있지 못하고 분방히 떠돌아다니는 데 대해 아버지가 질책을 하면 할수록 아들은 아들대로 아버지의 귀국 처사의 밑바닥부터 들추어내면서 노골적인 불만을 쏟아내는 것이었다.

"지난번에도 말씀드렸지만 전 이번 귀국이 아버지의 오산이었다는 생각을 지울 수가 없어요. 시간이 갈수록 말입니다."

철형이, 낮에 강씨와 단둘이만 있을 때, 자기더러 집안 생각도 좀 하라고 타이른 아버지에 대한 반발이었다.

"너는 항상 자기 위주로밖에 생각할 줄 모르는 게 탈이야. 너 한 사람만을 위해 우리 가족이 어찌 되든 상관없단 말이냐? 매사에 선후가 있다는 것쯤은 너도 판단할 수 있을 텐데?"

강씨는 어디까지나 말의 조리보다는 아버지로서의 권위를 내세우려 했다.

"모두들 전만 못한 생활을 하고 있는데두요?"

"그건 네 짧은 생각이다."

"어째서요?"

철형이 아버지를 대하는 품은, 마치 질문을 받고도 어물쩡 넘겨 버리려는 실력 없는 교사를 반박하는 학생 같았다.

"너도 알다시피 지금 일본에는 남은 것이라곤 잿더미와 철근 콘크리트 덩어리뿐이야. 거기다 일본이 절대 필요로 하는 해외 시장이 막혀 버리고, 상선들은 바다에 가라앉아 버렸고, 그 때문에 멀쩡한 공장도 문을 닫은 상태다. 거리는 온통 전쟁 이재민으로 들끓고 말이다. 이런 판국인데 그래 거기서 어떻게 살아간단 말이냐? 그것도 조선인이."

"그런 상황을 역으로 이용하면 오히려 기회를 잡을 수도 있잖아요? 당분간은 고생되겠지만.”

“모르는 소리! 기회라는 게 아무한테나 오는 줄 알아? 운때가 맞아야 하는 거야. 의욕과 노력만 가지고 잡혀지는 게 아니란 말이다. 더구나 우리 집 형편이 그래야 될 만큼 절박한 것도 아니잖냐?”

강씨는 훈계하는 투로 애써 아들을 타일렀다.

“하지만 제 생각은 다릅니다.”

철형은 물러서지 않고 강씨를 점점 코너로 몰고 갔다. “미리 아버지께 말씀드려 둡니다만, 전 내일이라도 밀항 그룹이 짜여지면 여기를 사요나라(안녕)할 겁니다…….”

“그건 안돼!”

강씨가 단호히 말끝을 잘랐지만, 철형은 요지부동이었다. “이번 일만은 제가 하는 대로 내버려 주십시오, 아버지!”

“모든 일엔 그에 맞는 때가 있는 법이야. 위태롭지 않은 안전한 기회 말이다. 그리구 나도 나대로의 복안이 있으니까 조급히 굴지 말고 기다려 봐.”

“굳이 기회를 따진다면 오히려 제가 말하는 지금이 ‘왔다’ 인지도 몰라요.”

“듣기 싫다! 우리 가문의 호적에서 빠지고 싶으면 모를까…….”

“호적 말씀인가요? 좋습니다. 제 이름에 가께표(×)가 그려져도 할 수 없는 노릇이죠.”

반사적으로 몸을 일으켜 방을 나가는 철형의 태도는 숫제 배짱이었다.

10

같은 날, 절에서 돌아온 하나에는 저녁식사를 마친 후 자기 방으로 돌아왔다. 그녀가 독방으로 옮긴 후, 귀국 때 C마을 친척 집에 보관해 뒀던 세간을 철형과 철준 형제가 마차를 삯내어 운반해 왔으므로, 하나에는 화장대에다 탁상시계며 액자 사진, 불상, 인형들을 배치하고, 벽에는 한두 점의 명화 —

밀레의 '만종'이 인상적이었다 — 를 걸어 방 안을 오밀조밀하게 꾸며 놓았다. 비록 겉모습은 보잘것없는 토석벽이었지만, 안은 초가답지 않게 깔끔하고 정결했다.

요 며칠 동안 하나에는 저녁 설거지가 끝나면 자기 방에서 등잔불을 켜놓고 연필과 공책을 준비한 뒤 철준이 오기를 기다렸다. 철준이 본격적으로 입문을 시작한 한글을 하나에에게도 가르쳐 주기로 되어 있었기 때문이었다. 하나에는 앉은뱅이책상(철준이 대충 만든 것이었다.) 앞에 꿇어앉아, 며칠 동안 배운 닿소리를 복습하고 있었다.

"기욕구, 니운, 디귿……."

그녀는 원문을 보지 않고 입속으로 외우면서 연습장에다 정성껏 써 갔다.

"가만, 다음이 뭐더라……?"

하나에가 중얼거리며 기억을 더듬는데 노크 소리와 동시에 철준이 들어왔다.

"누나, 정말 열심이네요."

철준이 책상 옆에 앉으며 연습장을 들여다보았다. "잘돼 가요?"

"잘 안되네. 네 번째 가서 곧잘 막힌단 말이야."

"그래요? 그럴 땐 항상 유리(백합꽃)를 영어로 떠올려 보세요."

"유리? 그렇담 리리……? 리리……, 아, 알았다! 리우루!"

"맞았어요, 리을!"

"내 머리가 벌써 녹슬었나?"

하나에는 연필 자루로 자신의 머리를 도닥거렸다.

"그 다음부터 쓰면서 읽어 보세요."

"미우무, 비읍부, 시옷, 이운…… 그 다음이……."

"지읒."

"그렇지, 지읒이지. 지읒, 치읓, 키욱쿠…… 또……?"

"티읕."

"그래, 티우투, 피읍푸, 히읗."

하나에는 띄엄띄엄 소리내며 쓰고 나서 공책 위에다 연필을 내려놓았다.

"어디, 많이 틀리지 않았어?"

"베리 굿! 다 맞았어요. 이제 닿소리는 그만하고 내일부턴 홀소리 공부를 하도록 해요."

철준이 명랑한 기분으로 하나에를 격려해 주며 닿소리의 음가(音價)를 영어 알파벳의 자음과 비교, 설명했다.

그때, 투다닥 하고 바깥채의 방문이 열리는 소리가 들려왔고, 뒤이어 마당 건너쪽에서 강씨의 큰 목소리가 날아왔다.

"철준아, 철형이가 온 모양인데, 가서 이리로 건너오라고 그래라."

철준은 "알았습니다."고 크게 대답하면서 재빨리 방을 나갔다.

하나에는 책상을 방구석으로 치우고 나서 이불을 펴고 자리에 들었다. 그녀에게 있어 하루 중 가장 삭연(索然)하게 느껴지는 시간은 밤이었다. 하긴 애초부터 이런 고독한 밤을 어느 시한까지, 아니 어쩌면 일평생 면치 못할지도 모른다는 각오가 없던 바는 아니었다. 하지만 철민을 기다리는 열절이 스러지지 않는 한 감내할 수 있으리라 마음먹었던 결연한 다짐도, 하루에 한 번씩 찾아드는 독수공방을 넘기기엔 너무도 잔약하고 무기력했다.

자기도 모르게 그녀의 손은 자신의 육체를 쓰다듬고 있었다. 손가락으로 퉁기면 '통' 소리가 날 듯한 탄력 있는 유방이며, 완만한 곡선을 이룬 요부와 복부, 동그란 둔부에서 미끄러져 내려간 쭉 곧은 대퇴부. 하나에는 자신이 더듬는 손길이 철민의 것이라는 환상을 불러일으키며 괴롭게 몸부림쳤다.

하나에는 잠을 청하려 눈을 감았다. 이윽고 눈이 스르르 감기며 막 잠이 들려는데 어렴풋이 들리는 말소리에 하나에는 부스스 눈을 떴다. 그녀는 비몽사몽으로 돌아누우며 방문쪽을 둘러보았다. 사방이 괴괴한 가운데 창백한 달빛이 창호지를 뚫고 들어와 방바닥에 은빛 스크린을 드리우고 있었다.

'꿈속이었나……?'

하나에가 이불을 추스르고 눈을 감으려는데 다시 마당 건너편에서 말소리가 들려왔다. 알아들을 수 있는 볼륨에다 일본어였다. 그녀는 무심결에 상반신을 일으켜 문께로 바싹 다그며 귀를 기울였다.

"여러 말 하지 않겠다. 네가 낮에 말한 그 계획을 일단 접도록 해라."

차분하면서도 위엄 있는 강씨의 음성이었다. "무엇보다도 우리 강씨 가문의 대(代)를 먼저 생각해야지. 하나 짱이 와 있긴 하지만, 솔직히 말해서 네 형이 살아 돌아온다는 보장이 없잖니? 그리구 철준이만 해도 내년부턴 학업을 계속해야 할 상황이고……. 그러니 앞으로 네가 우리 가문의 종손으로서 집안일을 주관할 각오를 하란 말이다."

강씨의 어조는 위압적이라기보다 자못 회유적이었다.

이불을 덮고 앉아 있는 하나에의 몸이 바르르 떨렸다.

'네 형이 살아 돌아온다는 보장이 없잖니?'

강씨의 음성이 귓가에 쟁쟁거리면서 하나에는 이제, 아니 이미 이 집안에선 자신의 존재가 무의미하다는 의식이 들었다. 그저 이곳까지 따라왔으니까 하릴없이 얹혀 지내는 것일 뿐, 그 이상도 그 이하도 아니라는.

망연자실한 가운데 그녀는 뒤이어 들려오는 소리를 귀에 모았다.

"하지만 아버지야말로 아직은 얼마든지 우리 집안일을 전담하실 수 있잖아요? 줄잡아 앞으로 십년 정도는 너끈해요."

취기가 있는지 들려오는 철형의 말투가 격앙되어 있었다.

"역시 너도 그렇게 생각하느냐? 그래서 말인데, 내가 이 나이에 고향에 눌러앉기엔 아직 이른 것 같아."

"이른 것 같다니요? 무슨 뜻이죠?"

"난 아무래도 여기 그냥 머물러 있어질 것 같지 않구나."

"그래서요? 다시 일본으로 가시겠단 말씀인가요?"

드디어 철형의 목소리 톤이 갑자기 높아지며 거칠어졌다. "저의 밀항을 말리신 이유가 그 때문인가요? 안됩니다, 아버지!"

울부짖듯 내뱉는 아들의 반발에 강씨는 "그렇게 흥분만 할 게 아니라, 멀리 내다보고 생각해 보거라. 그게 다 너와 우리 집안의 앞날을 위한 거니까." 하고, 회유 반 명령 반의 투로 말했다.

11

하나에는 겨울의 기나긴 하룻밤을 슬픔과 번민 속에서 거의 뜬눈으로 지새웠다. 온몸의 맥이 풀리고 눈앞이 가물거리면서 손발이 제대로 움직여지질 않았다. 집안일을 할 의욕도 나지 않았다. 하지만 그렇다고 마냥 자리에 드러누워 있을 처지도 못 되었다. 무엇보다도 강씨 부인과 함께 새벽기도를 하지 않으면 안된다.

눈을 뜬 지 한참 만에 자리에서 일어난 하나에는 무거운 심신으로 마당으로 나가 강씨 부인과 간신히 새벽기도를 마치고 들어왔다. 자신의 일과 중 하나인 집안 청소를 하는 동안에도 간밤에 강씨 부자(父子)가 주고받던 말들이 줄곧 머릿속을 맴돌아 제정신을 가누지 못했다.

"안색이 몹시 안 좋아 보이는구나."

강씨 부인은, 방 청소를 마치고 나가려는 하나에의 수건 쓴 얼굴을 유심히 보면서 상냥스레 말했다.

"머리가 약간……."

하나에는 다소곳한 자세로 강씨 부인의 시선을 외면하며 담소자약(談笑自若)해지려 했으나, 불안정한 감정은 안면에 드리워진 그늘을 지워버리기엔 너무나 농도가 짙었다.

"내가 조용히 할 말이 있으니 네 방에서 기다리고 있거라. 내 곧 갈 테니."

강씨 부인은 부드러우면서도 다소 신중한 어조로 말했다.

"네."

하나에는 목례를 하고 바로 돌아섰다.

'대체 무슨 말씀을 하시려는 걸까?'

하나에는 화장대 앞에 앉아 천천히 빗질을 하면서 궁금해했다.

'인제 그이를 기다리는 걸 그만 단념하자는 걸까? 새벽기도도 중단하고……. 하지만 예정 날짜도 안됐는데 설마 그런 말씀이야……. 아니면 좀 더 같이 지내다가 때가 되어도 안 돌아오면 아버님과 함께 일본으로 돌아가라는 말씀을 하시려는 걸까? 그 문제에 대해서 나의 의향을 물어보시려는 건지도 몰라. 그럼 뭐라고 대답하면 좋을까?'

여기까지 생각이 미치자 하나에 자신도 마땅한 대답이 떠오르지 않았다. 하기야 철민이 영영 불귀의 객이 되어 버린 사실을 확증할 수만 있다면 미상불 그녀로서의 결정은 극히 간단한 일이었다. 그러나 자기가 확신할 만한 그런 증거를 얻기도 전에 지금 당장 결정을 내린다는 것은 철민에 대한 돌이킬 수 없는 변절이요, 자신에게 다짐했던 절의(節義)를 스스로 깨뜨리는 행위랄 수밖에 없다는 생각이 들었다. 뿐만 아니라, 비록 마음의 갈등이나 번민을 겪을지언정 지금 당장으로선 돌아가고픈 마음보다는 철민과의 재회를 기망(期望)하는 마음이 더 간절함을 부인할 수 없었다.

'확증을 얻을 때까진 떠나지 말자.'

하나에는 거울을 보며 가볍게 화장을 마무리했다.

그때 노크 소리가 들렸다.

하나에는 얼른 화장 도구들을 정리하고 재빨리 일어서서 문을 열었다. "들어오세요, 어머니."

그녀는 스웨터에 몸뻬(일본식 여자용 바지) 차림으로, 자리에 앉는 강씨 부인을 향해 습관대로 두 무릎을 모아 꿇어앉았다.

"어젯밤 아버님이 하시는 말씀을 들었어?"

강씨 부인이 하나에에게 무릎으로 다가앉으며 나직이 물었다.

"……."

하나에는 말없이 고개를 숙인 채 두 손으로 스웨터 자락만 만지작거렸다.

"나도 네 마음을 헤아리지 못하는 건 아니다만, 그 말에 너무 마음 상해하진 말아라. 실은 철민이 얘길 하려고 꺼낸 게 아니니 말이다. 너도 알다시피 철형이가 저 모양으로 집에 마음을 붙이지 못하고 맨날 딴생각만 하고 돌아다니고 있으니 그걸 돌려놓느라 그런 거란다."

강씨 부인은 철형의 문제를 구실 삼아 일단은 하나에의 불안정한 심정을 위무하고 진정시키려 했다. 그러나 정작은 부인 자신이 이 집안의 앞날이 순탄치 못할 것이라는 데 대한 은근한 불안감과 염려를 안고 지내는 터였다. 우선 눈앞에 닥쳐 있는 철형의 문제(고향에 정착하여 가통을 이어받게 하는 일)는 말할 것도 없거니와, 철준의 학업, 강씨의 거취, 앞으로의 자작농을 위한 대책, 거기다 하나에의 기약없는 기다림의 나날들 — 실로 마음써야 할 일이 한두 가지가 아니었다.

이렇듯 머지않아 강씨 집안으로 몰려올지도 모르는 비구름은 어쩜 철민 한 사람으로써 막아낼 수도 있을 것이었다. 그의 생환에의 기망은 강씨 집안 사람들에게는 적어도 심정적으론 단념하다시피 한 실낱같은 것이긴 했지만, 행여 그가 돌아오기만 하는 날엔 이 집안에 감도는 먹구름은 하루아침에 말끔히 걷혀 버릴 터였다.

"내 말을 알아듣겠니?"

강씨 부인은, 자기 말을 듣고만 있는 하나에의 본심이 궁금한 듯 그녀의 표정을 살폈다.

"어머니……."

마침내 하나에가 마음을 가다듬고 입을 열었다.

"그래, 말해 보렴."

"아버님께서 이곳을 떠나신다는 게 정말이에요?"

"이따금 답답할 땐 내 앞에서도 그런 말씀을 하시긴 하지만, 생각이 그렇다는 거지 그게 어디 마음먹은 대로 쉽게 될 일이냐?"

"그럼 언제 가시더라도 가시는 것만은 기정사실이겠군요?"

하나에는 평소의 그녀답지 않게 강씨의 거취에 대해 천착하는 듯했다.

"저 양반은 원래가 시골 생활엔 맞지 않은 분이란다. 그러니까 삼십도 못 되어 혈혈단신으로다 생면강산(生面江山)인 일본으로 건너가지 않았겠니? 아버님이 한사코 말리시는 것도 뿌리치고……. 팔자가 그런지 옛날부터 어머님이 어디서나 점쟁이에게 사주를 보이면 하나같이 역마살이 끼었다는 거야."

강씨 부인은 하나에에게 '역마살'을 풀이해 주었다.

"아버님이 가시면 어머님도 따라가셔야지 않겠어요?"

하나에는 자기의 질문이 어디까지나 가정(假定)으로 그치기를 바라며 물었다.

"글쎄, 그거야 그때 가 봐야 알 일이지만 네가 여기 혼자 있는 동안에야 그럴 수 있겠니? 앞으로 철민이가 돌아오고 철형이도 마음을 잡아서 가사가 어느 정도 정리된 후에나 가능한 일이지."

"그렇지만 어머니, 철민 씨가 영영 돌아오지 않으면 전 어떡하지요?"

하나에를 가볍게 위로하려던 강씨 부인은 그녀의 애절한 한마디에 마음의 급소를 찔렸다. 부인은 하나에의 입에서 이런 말이 나오는걸 가장 두렵게 여기는 터였다.

"안 돌아오긴 왜 안 돌아와? 만에 하나 설령 안 돌아오더라도 내가 너와 함께 지내면 되잖겠니? 네가 마음이 바뀌어 돌아간다면 모를까."

"어머니, 전 안 돌아가요! 철민 씨가 안 돌아와도 전 여길 안 떠나요. 그러니 어머님만은 제 곁을 떠나지 말아 주세요, 네? 어머니, 저한테 안 떠나신다고 약속해 주세요."

하나에는 강씨 부인의 무릎에 엎드려 흐느꼈다.

"그래, 안 떠나마. 내 약속하지. 하나 짱, 그만 울음을 그쳐라."

강씨 부인은 하나에의 등을 어루만지며, 자기 눈에도 가득히 고이는 눈물을 치맛자락으로 찍어냈다.

12

지난밤 아버지 방에서 뛰쳐나온 후 마을 주막에 들렀다 늦게 집에 돌아온 철형은 오후 느직해서야 눈을 떴다. 그러나 머리가 지끈거리고 온몸은 뻑적지근한 게 모랫자루처럼 무거웠다. 게다가 입에서 콱콱 풍기는 술냄새와 담배 악취 때문에 속이 역겹고 목구멍이 칼칼해지면서 심한 갈증을 느꼈다. 그는 몸을 뒤틀어 자리끼를 찾았다. 하지만 물그릇은 이미 바닥이 말라 있었다.

"나 물 좀 떠다 주겠니?"

철형은 엎드린 자세로, 책상 옆에 앉아《한글독본》을 열심히 들여다보고 있는 철준에게 눈을 돌렸다. 철준이 아무 말 없이 안채로 가더니 놋대접에 냉수를 가득 떠가지고 들어왔다.

철형은 상반신을 일으켜 물그릇을 받아 들고 꿀꺽꿀꺽 단숨에 들이켜고 나서 도로 몸을 벌렁 누였다. 그러곤 머리맡의 권련을 뽑아 물고 라이터를 댕겼다. 그는 반듯이 누운 채 담배연기를 내뿜었다. 한동안 천장을 향해 퍼지는 자연을 멍하니 바라보다가, 책에서 눈을 뗄 줄 모르는 철준에게로 시선을 돌렸다.

잠시 후에야 철준은 자기에게 쏠린 철형의 시선을 의식하고 몸을 반쯤 그쪽으로 돌렸다. 한순간 형제는 서로를 똑같이 응시했다. 철형이 '피식' 냉소를 띠었다.

"무슨 웃음이 그래?"

철준은 자기가 조소를 당한 것 같은 언짢은 기분으로 되쏘았다. 그렇잖아도 그는 어젯밤의 일이 궁금하기도 해서 거기에 관해 물어볼 양으로 철형이 잠에서 깨기를 기다리던 참이었다. 그러니까 철준으로서는 형이 먼저 말문을 엶으로써 자연스레 대화의 문이 열린 셈이었다.

"네가 하고 있는 모습이 기특해 보여 그런다."

철형은 여전히 냉소적인 표정을 지우지 않았다.

"세상 구경을 나보다 삼년 먼저 했다고 그리 어른스럽게 굴 건 없잖아?"

철준은 오늘만은 물러서지 않고 결론을 낼 기세로 눈을 똑바로 뜨고 철형을 쳐다보았다.

"허허, 그렇게 오페라 가수 같은 표정을 지을 것까진 없잖아?"

철형이 짐짓 비야냥조로 대응했다. 그로서도 동생이 어떤 화두를 꺼낼 것인가를 짐작할 수 있었기에 나름대로의 방어 태세를 취하려는 심산이었다.

"그래서 형은 그처럼 여유만만하게 술이나 마시고 돌아다니면서 집안일엔 나 몰라라 하는 거야?"

철준 또한 자신의 발언이 형의 비위를 건드리게 되리라는 걸 잘 알면서도 거리낌없이 내뱉었다. 철형의 본심의 발로를 유도하기 위해선 자극이 필요했던 것이다.

"흥, 가장(家長)다운 소리를 하는군, 내가 제일 듣기 싫어하는! '큰형님이 안 돌아오면 둘째형이 집안일을 도맡아야 될 거 아냐' 라는 소린 왜 안 하지?"

철형은 대놓고 빈정거렸다.

"내가 말하고 싶은 건 형의 사고방식이야. 형은 우리 집 식구가 아니야? 하늘에서 뚝 떨어지기라도 한 거냐구? 우리 집안에 형 같은 에고이스트는 없단 말야."

"닥쳐!"

철형은 동생의 말을 격한 어조로 자르며 머리를 치켜들어 철준을 노려보았다. 그가 앉은 자세고 철준이 바로 옆에만 있었다면 주먹이라도 날아갔을지 모를 일이었다. 철준은 일단 외면했다.

"그래, 난 에고이스트인지도 몰라. 다들 날 변종으로 보고 있겠지. 돌연변이로."

이윽고 침묵을 깬 철형이 냉소적인 투로 내뱉으며 반쯤 타들어간 담배를 나무재떨이에다 신경질적으로 비벼댔다. 다시 목이 타들었다. 하지만 이번에는 참을 수밖에 없었다.

"앞으로 어떡할 작정이야?"

철준은 철형의 밀항 의도를 에둘러 물었다.

"……뭘?"

"형의 진로 말이야."

"진로……? 꽤 거창하군."

철형의 대응은 여전히 비아냥거리는 투였다. "하지만 네가 알 바 아니야. 아무도 알 필요 없다구. 지금 네가《한글독본》을 배우고 있듯이, 난 나대로 갈 길이 따로 있단 말이야. 내가 바라는 세계가."

"그 세계가 도대체 어떤 세계냔 말이야."

"아직은 밝힐 단계가 아니고, 지금 네 앞에서 말할 필요도 없지만…… 다만 한 가지 분명한 것은 앞으로 난 이 집에, 아니 퀴퀴한 퇴비 냄새가 물씬물씬 나는 이런 시골에 처박혀 살진 않는다는 거야, 절대로!"

"큰형이 안 돌아오고 누나도 떠나 버리게 되면 아버지 어머니가 집안일을 전담하셔야 되고, 기력은 날로 떨어지실 텐데, 그래도 형은 나 몰라라 할 수 있단 말이야?"

"걱정도 팔자라더니……. 형 문제는 이미 물 건너간 거야. 그렇지만 아버지 어머니는 앞으로도 십년은 충분히 활동하실 수 있어. 그러니 네가 대학을 졸업할 때까진 걱정 붙들어매도 돼."

"나를 위해서 있어 달라는 게 아니잖아? 적어도 가문의 문제엔 법도와 질서가 있는 게 아냐?"

"이봐, 강철준!"

철형이 느닷없이 빽 소리를 질렀다. "네가 나 대신 전 가산을 상속받는다고 해도 그 문제로 시비할 생각은 추호도 없으니까 그런 데는 신경 끄라구. 매사에 법도니 질서니 하는 따윈 난 딱 질색이야. 우리 세대엔 그 고리타분한 인습에서 탈피할 수 있는 새로운 인식이 필요해. 너의 귀국 후의 언행을 보면

현대 교육을 받은 놈치곤 사고방식이 진부하단 말야."

철형은 마치 교수가 학생에게 강의를 하듯 일방적으로 뇌까렸다. "요즘 같은 경우에 처해서 가만히 생각해 보면, 우리 부모님이 '나' 라는 존재를 차남으로 출생시켜 준 것도 일종의 신의 섭리인지도 몰라. 내 쪽에서 볼 때는 여간 다행한 일이 아니거든."

'점입가경이군!'

오늘따라 형에게 정나미가 떨어진 철준은 '전 형 한 사람을 없는 셈 치겠어. 형도 이 동생을 잊어버려 줘.' 하고 쏘아붙이고 싶었으나 차마 입 밖으로 나오진 않았다.

"물론 네 말대로 어떤 면에선 가문이나 가통도 무시할 순 없지. 하지만 그게 어디서나, 누구에게나 필요한 절대적인 덕목이 될 수는 없어."

철형은 반 동강의 담배에다 불을 붙이며 말끝을 달았다. "넌 나보고 에고이스트라지만, 인간이란 자기가 타고난 천성을 뒤집는 것은 곤충의 탈바꿈처럼 순리적인 게 못 돼. 거기에 무리가 가해질 경우 예상치 못한 위험이나 모순이 빚어지고, 그것은 주위에까지 영향을 미치게 마련이지. 난 이것이 싫은 거야. 그 누구에게도 구속됨이 없이 내 천성과 생리대로 살고 싶을 뿐인 거야. 결과가 좋든 나쁘든 그 책임은 오직 '나' 라는 개체에서 끝나는 거지. 네가 보기에는 단세포적이라고 할지 모르지만."

철형은 자의식에 빠진 듯, 처음과는 달리 여유로운 표정까지 지었으나, 철준은 '그건 형의 궤변에 지나지 않아!' 하고 내심 외치며 방문을 발칵 열고 마당으로 나왔다.

제3장 떠나간 아들과 돌아온 아들

13

12월 하순. D마을에는 올겨울 들어 첫눈이 내렸다. 밤새 쉴새없이 내린 함박눈으로 온 누리가 은세계로 바뀌어 있었다. 언제 어디서나 눈만 들면 시야에 들어오는 민둥산, 그 아래로 기복을 이루며 뻗어내린 구릉과 분지, 확 트인 목초지며 그 사이사이에 돌담으로 구획된 농지, 새끼로 얽어맨 바둑판 같은 초가지붕, 울타리 삼아 두른 담벼락을 따라 늘어선 갈잎나무와 늘푸른나무, 마당이며 그 밖으로 곧게 뻗은 올레 — 그 어느 한 군데고 백설에 덮여 있지 않은 곳이 없었다. 별반 나다니는 사람도 없는 이 고즈넉한 설야(雪野)를 참새 떼만이 먹이를 찾아 호르르 호르르 날아다녔다.

'어쩌면 풍경이 이다지도 아름다울까? 동화 속의 세계처럼!'

방문을 열어젖힌 하나에는 눈앞에 펼쳐진 설경을 평화로운 마음으로 바라보며, 자연의 아름다움을 찬탄했다. 거연히 자연의 품속에 안기고 싶은 마음에 그녀의 발걸음은 철준의 방으로 향했다. 간밤에 철형이 귀가하지 않은 걸 알고 있었으므로 철준을 찾아가는 데 별 거리낌이 없었다.

"공부하는데 찾아와서 방해되는 거 아냐?"

"마침 잘 오셨어요. 그렇잖아도 빨리 끝내고 누나한테 가려던 참인데…….
이쪽 아랫목으로 앉으세요. 그쪽은 차요."

철준은 모처럼 하나에의 명랑한 모습을 대할 수 있는 게 짜장 반가웠다.

"나 철준일 유인하러 왔는데 괜찮겠어? 저 아름다운 설경 속으로."

"역시 이심전심이네요. 나도 오늘은 첫눈이 내려서 누나와 함께 레크레이션을 나가 볼까 하던 참이었는데."

"레크레이션?"

"예, 사냥 말예요. 산새, 꿩, 노루……, 사냥감이 얼마든지 있어요. 누나가 점심 준비 할 동안 내가 도구를 마련해 놓을게요. 할아버님이 거기엔 도사시거든요."

"어머, 그런 게 있었어? 정말 재밌겠다. 호호호."

하나에와 철준은 오랜만에 유쾌하게 웃을 수 있었다.

점심식사 후 두 사람은 발목까지 파묻히는 눈길을 3,4십 분이나 걸어 올라갔다. 간헐적으로 '쏴아' 하고 소나무숲과 덤불을 스쳐가는 바람소리에 섞여 다른 팀 사냥꾼들의 인기척이 어렴풋이 들릴 뿐, 산속은 적막강산이었다.

"이쯤인가 봐요, 할아버님이 말씀해 주신 덤불 많은 데가."

철준이 갑자기 발걸음을 멈췄다. 하나에도 그 자리에 선 채 '휴우' 하고 긴 숨을 내쉬었다. 두 사람 다 얼굴이 상기되고 이마와 콧잔등에 구슬땀이 맺혀 있었다.

"온몸이 후끈한데요. 누나, 처음으로 올라오느라 힘들었죠?"

철준이 점퍼 단추를 끄르며 심호흡하는 하나에를 쳐다보았다.

"아니, 무척 상쾌해. 저기 흩어져 있는 집들이 그림 같아."

하나에는 멀리 산 아래로 내려다보이는 마을을 가리키며 손수건으로 얼굴의 땀을 닦았다.

"이제부터 꿩의 보금자리를 찾는 거예요. 누나, 덤불을 잘 살펴보세요, 꿩이 지나간 길이 있나 없나."

"어떤 게 길인지 내가 볼 줄 알아야지."

"나도 할아버지한테 들은 것 말곤 아는 게 별로예요."

철준은 사방을 두리번거리며 덤불 옆을 지날 때마다 몽둥이로 덤불을 철썩철썩 후려쳤다.

"이건 뭐야?"

철준을 뒤따르던 하나에가 무심코 덤불 속을 가리켰다.

"누나, 바로 이거예요! 여기서 저 속까지 깊숙이 뚫렸잖아요? 말하자면 꿩에겐 하나의 복도예요. 여기가 문인 셈이죠. 이 입구에다 코(가느다란 강철 올무)를 쳐 두는 거예요. 코가 이처럼 가는 데다 덤불 속이니깐 꿩들이 알아차릴 수가 없거든요."

철준은 덤불 속으로 길게 뚫린 입구에다 집에서 준비해 온 꿩코를 매달았다.

"눈이 이렇게 쌓였는데……?"

"지금은 마을 근처에 내려가 먹이를 찾아 먹다가 이곳의 눈이 녹을 때쯤 하면 제 보금자리로 찾아오거든요."

"거기에 쉽사리 걸릴까?"

"그럼요. 여기를 통과만 하는 날엔 영락없어요. 이 코의 둘레가 꿩의 머리보다는 크고 몸통보다는 작거든요. 그러니 머리만 걸렸다 하면 '캑'……."

철준이 고개를 옆으로 수그리며 꿩이 숨지는 시늉을 해 보이자, 하나에는 "아이, 가엾어라." 하며 상을 약간 찡그렸다.

철준은 또 다른 덤불 앞에 쭈그려 앉아 꿩코를 매달던 동작을 멈추고 하나에를 올려다보았다. "근데 누나, 큰형님이 어렸을 땐 여기서 얼마나 많은 꿩을 잡았는지 아세요? 할아버님이 말씀하시는데 한 겨울에 십여 마리씩 잡았대요. 아까 누나가 처음 발견한 그 자리에서도 잡았는지 몰라요."

"그래에?"

하나에는, 철민이 어린 시절 뛰어다니던 장소라는 생각이 들자, 문득 감회가 새로워지면서 그의 모습이 눈앞에 선히 떠올랐다. 잠시 우두머니 서 있는 두 사람 옆 덤불에서 한 쌍의 멧새가 푸드득 날아오르며 그들을 놀라게 했다.

"이제 그만 돌아갈까?"

하나에가 갑자기 찌푸러진 하늘을 올려다보았다.

"이게 마지막째예요."

철준이 꿩코를 달고 나서 잔가지로 은폐하며 허리를 굽힌 채 대답했다.

두 사람이 산을 내려오기 시작했을 때에는 헝겊 조각 같은 눈송이가 펄펄 흩날렸다. 철준이 하늘을 향해 입을 벌렸다. 입 안으로 떨어진 눈송이가 혓바닥에 닿자마자 싸늘한 감촉을 남기며 녹아 버린다.

하나에는 철준의 천진스러운 모습을 보고 즐거워하며 내심 부러워지기까지 했다. '하지만 철준인 새봄이 오면 이곳을 떠나겠지?'

마을 가까이 이르렀을 땐 세차게 내리던 눈도 그치고 하늘 한구석에 푸른 빛이 보였다.

"철준이가 학교에 가고 나면 이런 레크레이션도 못 하겠지?"

하나에는 머지않아 맞이하게 될 새로운 석별을 벌써 실감하듯 마음의 공허감을 감추지 못했다.

"방학 때마다 내려올 건데요 뭐."

"내려온다고? 그럼 성내(城內: 제주읍) 학교가 아니야?"

"아버지가 허락만 해 주신다면 서울로 가고 싶어요."

"그래, 이왕 다닐 바엔 이름 있는 학교에 들어가야지."

하나에는 막상 이렇게 말하긴 했으나, 일시에 마음속 깊이 스며드는 고적(孤寂)한 심정을 막을 길이 없었다. 천만다행히 그녀의 기대에 때맞추어 철민이 돌아온 후에 떠난다면 모를까, 그도 돌아오지 않고 철준마저 훌쩍 떠나 버리게 되는 날엔 실로 그녀에겐 참기 어려운 이중의 고독이 엄습할 것이었다.

14

정초를 맞이한 S마을은 이미 신정(新正)을 일주일이나 넘겼는데도 설 기분이 가시지 않아, 이 집 저 집에선 윷놀이와 화투놀이로 여가를 즐기고 있었다.(당시엔 신정을 쇠는 집이 일부 있었다.) 초이튿날 정오에 집을 나온 철형도 일주일 간을 줄곧 그들 몇몇과 어울려 동가식서가숙하며 밀항 정보를 곁들인 잡담을 나누다가 화제가 시들해지면 윷판이나 화투판으로 자리를 옮기는 식으로 시간을 죽이고 있었다. 보름 전에 해산물을 싣고 부산으로 나간 배의 귀항을 기다리고 있는 참이었다. 애초 예정은 8일 전, 그러니까 지난 12월 말일에 귀항하기로 되어 있었으나, 풍랑 관계로 출항을 못하고 있다는 기별이 왔기 때문이었다. 그 배가 돌아오기만 하면, 철형은 그의 염원인 밀항 계획이 실천에 옮겨지는 것이다. 때문에, 지금의 그에겐 그 이상의 중대한 일이란 있을 수가 없었다. 잠시나마 본의아니게 친구들에게 폐끼침을 무릅쓰고라도.

"정 형, 파도가 좀 잔잔해지는 모양인데 내일쯤은 올 만도 하잖아?"

화투판이 끝나 모였던 사람들이 돌아가 버리자, 화투장으로 '가보' 를 떼던 철형이, 파수꾼이 새벽을 기다리는 심정으로 물었다.

"어련히 알아서 할라구. 몸이 단 건 저쪽이니까."

철형과 동갑내기인 정석태(鄭錫泰)가 상반신을 비스듬히 벽에 기댄 채 다 타들어가는 꽁초를 몇 모금 힘껏 빨고는 재떨이에다 비벼 껐다. 십여 년 전 도일한 후, 광복이 되어도 귀국하지 않은 양친의 거류를 기화로, 또 철형의 적극적인 부추김에 마음이 동한 정석태는, 이번에 계획하고 있는 밀항 그룹의 일원일 뿐 아니라, 사실상 일을 앞장서 주선하고 있는 행동대장이기도 했다.

"이크! 오늘은 단번에 떼지는 걸 보니 내일쯤 배가 돌아올 징조겠는데?"

철형의 옆에서 한시도 눈을 떼지 않고 젖혀지는 화투장을 한 장 한 장 지켜보고 있던 오중권(吳仲權)이 무릎을 탁 쳤다.

"때가 됐나 보군!"

철형도 만족해하며 자기의 화투 점을 그대로 간직하려고 화투를 오중권에게 넘겨 버린다. 오중권도 패를 섞어 치고는 죽 늘어놓더니, 넉 장의 귀신(비)이 나오기 전에 딱 떨어졌다. "이쯤 되면 그냥 있을 수 없는데?"

"여보, 여기 술상 새로 좀 봐 와."

정석태가 건넌방의 아내에게 큰 소리로 일렀다.

그들은 하나같이 어린애들처럼 신이 났다.

"자네들은 이제까지 줄곧 여기서 살아와서 어떤진 모르지만, 정말이지 난 이런 곳에 일 년만 더 있으라면 아마(머리)가 백팔십도 돌아 버릴 것 같아."

철형이 들뜬 기분으로 하는 소리였다.

"태어나서 평생 이런 촌구석에서 썩을 것 같더니……, 어디 강 형 덕에 팔자 한번 고칠 수 있으려나."

"인생은 어차피 가쓰야꾸(화투놀이의 일종)가 아닌가? 쥔 패가 형편없더라도 바닥에서만 잘 일어나 주면 되는 거야. 껍데기만 갖고도 될려면 소명(홍단)에다 대명(솔 광, 벚꽃 광에다 매화 열 끗)까지 따라붙게 되잖나!"

오중권과 정석태가 제각기 한마디씩 운명론을 폈다.

"안주가 시원찮아서……."

정석태의 아내가 만삭이 된 몸으로 술상을 들고 들어와서는 거북스러운 자세로 내려놓았다.

"난 집사람의 해산이 달포밖에 안 남았는데, 빨리 떠나게 돼도 실은 걱정이야."

아내가 나가고 나자, 정석태가 쓴웃음을 지으며 잔에다 술을 따랐다.

예상대로 풍랑이 어지간히 가라앉자, 이튿날 오후에 부산으로 갔던 배가 귀항했다. 이제 그들의 출향(出鄕)은 시간문제였다. 정석태와 선주 사이에 집합 장소와 시간만 결정되면 일단은 끝나는 셈이었다. 밀항 선비(船費)는 미리 약조되어 있었으니까.

철형과 오중권은 심심파적으로 만지던 화투장마저 걷어치우고 정석태가 돌아오기만을 기다리고 있었다.

"일이 예상외로 급하게 됐는걸."

저녁때가 훨씬 넘어서야 돌아온 정석태가 부랴부랴 방 안으로 들어서며 하는 첫말이었다.

"아니, 어떻게 됐길래?"

팔베개를 하고 모로 누워 있던 두 사람이 이구동성으로 물으며 벌떡 일어나 앉았다.

"삼일 후에 뜨자는 거야."

"지연되느니 차라리 잘된 일 아닌가. 그래 언제로 약속했나?"

철형이 조급스레 묻자, 오중권이 "풍랑은 괜찮을까?" 하고 염려스러운 표정으로 정석태를 쳐다보았다.

"감시를 피하기엔 오히려 어느 정도 풍랑이 있는 편이 낫다는 거야."

"맞아. 그래 오케이했나?"

"쇠뿔도 단김에 빼야지. 선주 얘기는 내일이라도 바로 뜨자는 걸 기관사가 출항 전에 기관을 좀 손봐야겠다고 해서 십이일 새벽 다섯 시로 정했네."

정석태가 주머니에서 담뱃갑을 꺼내며 선주와 합의를 본 경위를 털어놓았다.

"잘했네."

철형이 정석태의 꼬나문 담배에다 라이터불을 댕겨 주었다. "그럼 내일 다른 마을 사람들에게도 연락을 해 줘야겠군?"

"그쪽은 선주가 알아서 연락한다니깐 우린 그날 약속 시간에 돌곶이에 모이기만 하면 돼. 이제 남은 건 각자 집에서 송별회를 하는 것뿐이야. 하하하."

정석태는 부러 느긋한 자세를 보이며 화제를 여담으로 이끌었다.

"그나저나 우리야 임자 없는 몸이니까 그만이지만, 자넨 첫 애기도 못 보고 떠나게 돼서 어쩐담."

오중권이 가부좌를 튼 모양새로 딱해하는 듯 정석태에게 말했다.

"남양 군도로 가는 것도 아닌데 뭐. 앞으로 왕래가 수월해질 날이 오겠지. 별탈 없이 잘 자라고만 있으면 이 애비 덕에 동경 구경하게 될지 누가 알아……. 헌데 강형도 일단 집엔 갔다 와얄 것 아닌가?"

"올 때만 해도 다신 안 올라갈 생각이었네만 아무래도 인사는 드리고 떠나야겠어. 뱃삯도 좀 모자라고."

15

정석태의 집에서 저녁 겸 건배를 들고 나온 철형은, 얼근해진 기분으로 삼십 리나 되는 밤길을 혼자 오르기 시작했다. 달은 이미 지고 난 뒤였으나 길옆에 군데군데 쌓여 있는 잔설들이 희끄무레하게 비치며 길을 안내해 주었다. 불시에 강도라도 뛰쳐나올 듯한, 도로 주변의 울창한 송림에 삭풍이 몰아칠 때마다 '휘잉 휘잉' 으스스한 바람소리를 일으켰으나, 아직 체내에 남아 있는 알코올 기운과 모처럼 이루어진 출향의 설렘으로 그런 두려운 분위기를 몰아낼 수 있었다.

"고향 산천이여, 안녕 안녕……. 이 내 몸 다시 돌아온단 기약은 없다마는, 이 고장의 순박한 농민들이 오래오래 평화로운 삶을 누리도록 해 주려무나."

철형은 그답지 않게 센티한 기분으로 웅얼거리며 정면만을 보고 부지런히 발길을 옮겼다.

그가 집에 도착했을 때는 철준의 탁상시계가 자정을 5분 남겨놓고 있었다. 이제 취기도 거의 가시어 맑은 정신으로 돌아와 있었다. 방 안의 온기가 차디찬 전신에 훈훈한 김처럼 서려 옴을 감촉했다. 일시에 긴장이 풀리면서 피로가 밀려들었다. 입 안이 쓰디썼다.

문 여는 소리에 철준이 눈을 뜨고 고개를 까딱 들었다간, 철형임을 확인하곤 도로 머리를 베개에다 처박으며 눈을 감아 버렸다.

"잠이 안 든 모양인데 나하고 얘기 좀 할까?"

철형은 외투만을 벗어 벽에 걸고 나서 방바닥에다 벌렁 드러누웠다. 철준은 겉잠 상태로 철형의 다음 말을 기다렸다.

"너와의 마지막 대화가 될지도 모를 텐데, 웬만하면 내 말을 듣고 자지 그래."

철형의 어조는 그 어느 때보다도 부드러웠다. 철준은 '마지막 대화' 라는 말에 정신이 번쩍 들면서 "으흠." 하고 대답 대신 헛기침을 했다. 듣고 있을 테니 계속하라는 신호로.

"철준아, 드디어 떠날 때가 왔다. 다시 언제 만나리란 기약이야 할 수 없지만, 살아 있는 한 상봉할 기회는 있겠지."

"……!"

"내가 가서 뿌리를 내리기만 하면 너를 부를 수도 있는 문제고……. 어쨌든 애당초부터 우리 집안 사람들은 농촌 생활에 적응할 수 있는 체질이 못 되는 모양이야. 아버지가 그 좋은 샘플이지."

철형이 독백처럼 읊조리는 것을 철준은 눈을 뜬 채 말짱한 정신으로 듣고 있었다.

"그동안 형이랍시고 형답게 떳떳이 해준 게 하나도 없었다. 그러니 내가 떠난다고 해서 하등 아쉬워할 것도 없을 줄 안다. 차라리 속 시원한 일일지도 모르지, 네 입장에선."

철형의 언사는 평소의 그답지 않게 비정함과 냉정함에서 벗어나 센티하기까지 했다. 이별의 애틋함이란 이런 걸까?

철준은, 형이 말을 하며 마음의 눈물을 삼키고 있다는 생각이 들면서 지금까지 느껴 보지 못했던 혈연의 정이 느껴웠다.

"나 같은 자기주의자에 비하면 넌 어디를 가나 환영받을 수 있을 거야. 휴머니스트니까."

철형은 일어나 앉아 담배에 불을 붙였다. "앞으로 아버지를 비롯한 집안 사람들을 잘 보살펴 드리거라. 물론 내가 말하지 않아도 잘 하겠지만. 형님은 돌아올 가망이 구십구 퍼센트 없다고 봐얄 것이고, 그럴수록 하나에에 대한 부담도 가중되겠지. 행여 천우신조로 돌아오시거든 이 못난 동생은 오직 자신만을 위하여 떠났다고…… 사실대로…… 전해 줘."

철형은 울음이 나오려는 것을 혀를 꽉 깨물어 막았다. 철준은 베개에 얼굴을 묻은 채 말없이 듣고만 있었다. 한참 동안 무거운 침묵이 흐르는 가운데 어느 집에선가 계명성이 은은히 들려왔다.

강씨 일가는 길목까지 나와서 철형이 멀리 사라져 가는 뒷모습을 물끄러미 바라보았다. 모두들 눈시울이 젖어 있었다.

"고집스럽기는!"

강씨는, 철형이 내리막길을 돌아 자취를 감추자, 발길을 돌리며 중얼거렸다.

"아버지보다 선발(先發)을 하게 되어 죄송합니다."

철형이 아침에 강씨 앞에 부동자세로 꿇어앉았다가 입을 연 첫마디였다.

"그게 무슨 말이냐?"

강씨는 아들의 말뜻을 직감하면서도 짐짓 물었다.

"모레 출항하기로 약속이 됐습니다."

"역시 넌 편리한 몸이로구나, 이 애비에 비하면."

강씨는 철형의 밀항을 용인하지 않을 수 없었다. 허락하지 않는다고 아들을 주저앉힐 수도 없거니와, 논쟁을 해 봤자 아들을 이기지 못할 게 뻔한 노릇이기 때문이었다.

"더 이상 제 가는 길을 막진 않으실 줄 알고 인사를 드리는 겁니다."

"말린다고 듣겠니? 칼자루를 쥐고 있는 건 너니까."

강씨는 아예 체념한 형국이었다.

"아버지, 불초 이 자식의 처신을 너그러이 헤아려 주시기만을 바랄 뿐입니다."

철형은 인사를 겸한 보고 절차가 감정에 끌리지 않고 되도록 빨리 끝나기를 바랐다.

"긴 이야기는 하고 싶지 않다. 언제 어디서 무엇을 하든 네 몸 하나만은 자신이 책임져라."

처연(凄然)한 기색이 강씨 얼굴에 역력히 떠올랐다.

"어머니, 금의환향하겠다는 상투적인 말씀은 드리지 않겠어요. 저는 자신을 위해서만은 누구 못지않게 철저할 자신이 있습니다. 그러니 형님처럼 저의 행운을 위해 기도를 드릴 필요는 없습니다."

"그래 그래, 네 맘을 잘 알겠다. 그저 어딜 가나 몸 건강하구……, 객지 생활이 어렵거든 언제든지 돌아오너라. 틈틈이 소식 전하는 것을 잊지 말고. 알겠니?"

강씨 부인은 철형의 손목을 부여잡고 한참이나 놓을 줄을 몰랐다. 역시 모성애란 열 손가락처럼 어느 하나에도 차별없이 골고루 미치는 것일까.

"하나에 상, 처지가 뒤바뀐 것 같군요……. 형님의 일에 대해선 뭐라 얘기하지 않겠어요."

"알겠어요. 어디 가든지 몸 성히 지내기를 바라겠어요."

하나에는 여태까지 심적으로나마 철형에게 따뜻이 대해 줄 수 없었던 것을 면구스럽게 여기면서 다정한 눈길로 답례를 보냈다.

"자, 집안의 모든 일을 잘 부탁한다, 철준아!"

철형은 할아버지와 할머니에게 인사를 드리고 나서 철준의 양 어깨를 덥석 잡고 세차게 흔들었다.

"내가 하고 싶은 말은 나중에 편지로 전할게. 무사히 도착하는 대로 연락 줘."

철준은 형의 어깨에다 얼굴을 묻었다. 형제 간에 처음으로.

16

철형이 떠나 버린 강씨 집안에는 여느 땐 느낄 수 없었던 소연한 분위기가 감돌았다. 그가 떠나기 전이라고 했자 집에 붙어 있는 날이란 고작해야 일주일에 하루 이틀이었지만, 불과 두 계절을 채우지 못하고, 바다 건너 왔던 후

조처럼 훌쩍 가 버리고 난 지금, 남아 있는 사람들에게 안겨 주는 여운은 예상외로 공허했다.

"바다 날씨가 변덕이 심할 텐데……. 며칠 동안만이라도 풍랑이 잔잔해 줬으면."

강씨 부인은 염려스러운 표정으로 싸락눈이 세차게 내리는 창밖을 내다보았다. 철형이 떠나고 나면서부터 강씨 부인에게 지워진 심적 부담은 배가(倍加)된 셈이었다. 철민에 대한 기원과 함께 철형의 무사함을 바라는 곡진함 또한 다르지 않았으니까.

오늘 새벽에도 강씨 부인은 백설이 흩날리는 마당 한켠에서 하나에와 나란히 철민에 대한 기도를 마친 후, 하나에를 먼저 들여보내고 혼자 철형의 앞길의 행운을 빌었다.

"작은형은 워낙 자기 보호가 철저하니까 만에 하나 조난사고를 당하더라도 반드시 헤어날 수 있을 거예요."

철형이 떠난 후 처음으로 강씨 부인 방으로 건너온 철준이, 지금쯤 거친 파도를 헤쳐 가고 있을 밀항선 선실 내의 철형을 연상하며 어머니를 위안했다.

"아버진 어디 가셨나 봐요?"

아까부터 강씨가 보이지 않았으므로 철준이 별생각 없이 물었다.

"조반 잡수시곤 구장 댁에 다녀온다며 나가셨단다."

"아, 엊저녁 부락서기가 왔던데, 이(里)사무소에서 무슨 회의라도 있나 보죠?"

"글쎄, 그냥 나갔다 온다고만 하시고 나갔으니깐 나도 잘 모르겠다……. 부락서기라니, 그럼 엊저녁 내가 빌레네 집에 간 사이에 왔었던 모양이구나. 무슨 일로 다녀갔을까?"

강씨 부인은 좀처럼 나들이를 하지 않는 남편이 외출을 한 데에 은근히 의아심이 일었다. 혹시 이제 곧 떠날 마음의 준비라도 하는 것이 아닌가 하고.

"오신 담에 여쭤 보면 알 수 있겠죠 뭐……. 근데, 어머니."

철준이 잠시 강씨 부인의 눈치를 살피며 물었다.

"왜?"

"아버님도 일본으로 가시는 게……."

그때, 뽀드득 뽀드득 눈 밟는 소리가 철준의 말을 끊었다. 강씨가 돌아온 것이었다. 방 안으로 들어서는 그의 얼굴이 전에없이 화색을 띠고 있었다.

"무슨 좋은 일이라도 있어요?"

강씨 부인이 남편의 표정을 뜯어보았다.

"외방 사람을 만나고 오는 길이오."

"외방 사람이라뇨?"

"홍 구장 친척뻘 되는 여잔데, 그 사람 남편이 K마을 사람이야. 남양에서 돌아왔다는데, 자기네 대열 후미에서 한고장 사람 같은 이를 보았다는 거야."

"예? 우리 마을 사람이래요?"

강씨 부인의 얼굴에 놀라는 빛이 가득하면서 가슴이 철렁 내려앉았다.

"그렇다는군."

"아니, 우리 마을이라면 남양에서 안 돌아온 사람이 철민이밖에 없잖아요?"

강씨 부인이 조바심쳤다. "그래 어떻게 알았대요?"

"부산 관리소에서 귀향 절차를 마치고 나오는데, 홍 구장 친척과 일행인 동료가 알려주더라는 거요."

"아니, 직접 물어보진 않았대요?"

"수속을 다 끝내고 시내에 나와서야 '당신과 동향인도 있는가 봅디다.' 하고 말하더라지 뭐요."

"동향인이라면 다른 마을 사람도 있을 게 아녜요?"

"검사관 앞에서 본적지를 대는데, 동리 이름이 우리 D마을 같더라는 얘기요."

"그럼 우리 철민이가 이제 정말 돌아온단 말예요?"

순간, 강씨 부인은 두 손을 꼭 모아 눈을 감고는 '하느님, 부디 이번만은 소원이 성취되도록 해 주시옵소서!' 하고 여느 때보다 더욱 각별히 기도를 올렸다.

"그 사람은 언제 왔대요?"

"이제 사흘째 된다는군."

"그 사람한테 이름을 물어볼 걸 그랬어요, 아버지."

옆에서 듣고만 있던 철준도 꿈에서 갓 깨어난 양 어리둥절한 기분이었다. 당장 하나에한테 달려가 알리고 싶었으나, 좀 더 확실해지기까지 기다려 보자며 자제했다.

"나라고 뭐 가만있었는 줄 아니? 재차 물어보았지만 자기 동료가 이름을 제대로 듣지 못했다는 거야. 그 사람 입장에선 별달리 관심을 가졌던 것도 아니니까."

"아이고, 저런! 그걸 들었어야 하는 건데……."

강씨 부인은 아쉬움을 금치 못했다.

"우리 마을 사람이라면 지금쯤 돌아올 때가 됐잖겠어요?"

철준은 줄곧 하나에를 생각하며 한 가지라도 더 확인하려 들었다. "인상 같은 건……?"

"그런 데까지 관심을 기울였을 리 없지."

"어떻게 좀 더 알아보는 수가 없을까요?"

강씨 부인은 안절부절못하고 잇달아 물었다. "그분이 아직도 구장 댁에 있나요?"

"있기는 하지만 임자가 가 봐도 대답은 달라질 게 없어요. 이대로 이삼일만 더 기다려 봅시다."

"그래도 제가 직접 한번 만나보고 오겠어요."

강씨 부인은 벌떡 일어서서 부랴부랴 나들이 차림을 했다.

바로 그때.

"철준이 어머니! 철준이 어머니……!"

귀에 익은 빌레 어머니의 숨 가쁜 목소리가 마당으로 다가왔다. 강씨 부인이 후다닥 문을 열었다.

"철민이가 왔어요! 빨리 나와 보세요! 아이고, 숨차……."

"예? 우리 철민이가……?"

강씨 부인의 경악에 찬 소리와 동시에 방 안에 있던 세 사람은 마치 강한 용수철에 튕긴 물체처럼 한숨에 마당으로 뛰쳐나갔다. 양말 바람으로.

"누나, 큰형님이 오셨어요!"

저만치서 낡은 군복에 배낭을 매고 걸어오는 사나이를 확인하자, 철준은 다람쥐처럼 잽싸게 하나에 방으로 달려가 두 손으로 문을 활짝 열어젖혔다.

"……!?"

아랫목에서 담요 속에 하반신을 묻은 채 다리를 펴고 철민의 사진을 들여다보고 있던 하나에는 소스라치며 사진첩을 내려놓았다.

"형님이 오셨다니까요!"

"철…… 민…… 씨가……?"

그녀는 믿기지 않는 듯, 꿈을 꾸다 깨어난 사람처럼 멍하니 철준을 올려다보았다.

"빨리 나오세요. 누나가 앞장서서 마중을 해야지요."

철준은 눈 묻은 양말 바람으로 방 안으로 들어가 하나에의 손목을 잡고 이끌었다. 하나에는 얼떨결에 철준을 따라 밖으로 나갔다. 어느새 강 노인과 현 노인도 올레 밖까지 나와 있었다.

너무 갑작스러운 철민의 출현에 얼이 나간 것일까? 모두들 철민의 모습이 점점 가까워 오는데도 움직일 줄 모르고 목석처럼 우두머니 서서 그를 지켜보기만 했다.

"뭐하세요, 누나? 얼른 달려가 형님을 맞아야죠."

철준의 재촉에도 하나에는 눈바닥에 얼어붙은 듯 꼼짝도 않았다.

'지금 내가 허깨비를 보고 있는 게 아닐까? 엉뚱한 사람이 우리 집을 잘못 알고 찾아오는 건 아닐까? 그동안에 나를 까맣게 잊어버리지나 않았을까?"

오랫동안 쌓여 온 연결(戀結)의 정과 생사에 대한 갈등, 현실로 나타난 재회라는 감격 들이 순식간에 교차하면서 그녀를 한자리에 못 박히게 한 것이었다.

"형님!"

기다리다 못한 철준이 일착으로 부르짖으며 달려갔다. 철민은 다가드는 철준의 모습을 위아래로 한번 훑어보고는 "오, 철준이!" 하고 감격 어린 목소리로 답하며 철준의 두 손을 잡았다.

"애, 철민아! 네가 정말 죽지 않고 살아 돌아왔구나! 아이고, 내 자식……!"

뒤이어 달려든 강씨 부인이 철민의 어깨를 덥석 껴안더니 아들의 까칠까칠한 뺨을 양손으로 연신 쓰다듬었다.

"어머니!"

철민은 마디가 굵은 거친 손으로 강씨 부인의 저고리 고름을 만지며, 눈물이 흘러내리는 어머니의 얼굴을 감격스레 뜯어보았다. 지척에서 자기를 주시하고 있는 하나에의 존재는 까맣게 모른 채.

하나에는 여전히 망부석처럼 한곳에 발을 붙이고 선 채, 철민의 인상적 특징인 부리부리한 눈망울을 뚫어지게 바라보았다. 다른 사람 아닌 분명한 철민인가를 확인이라도 하려는 듯.

다소 지쳐 있는 눈빛에다 낯빛은 토인처럼 그을어 있었고, 입언저리와 턱엔 수염이 텁수룩이 덮여 있었지만, 어디를 뜯어보나 외상없는 철민이었다. 하나에는 남몰래 자신의 손목을 꼬집어 보았다. 아팠다. 정녕 꿈은 아니었다.

"아 참, 내 정신 좀 봐. 저기 하나 짱이 와 있는 걸……!"

강씨 부인이 자기 기분에만 정신이 팔려 있음을 퍼뜩 깨달으며 고개를 돌려 하나에를 가리켰다. 철민의 시선이 반사적으로 하나에에게로 옮겨졌다. 두 사람의 시선이 마주치는 찰나.

"철민 씨!"

마치 강한 전자석에 감응된 쇠붙이처럼 하나에는 달려들어 철민의 품에 안겼다. 상대가 자신의 면모를 확인할 겨를도 없이.

언어가 무슨 소용이 있으랴.

기다림에 지친 하나에에게 대화란 차라리 시간 낭비였다. 감격의 눈물이 양 볼로 하염없이 흘러내렸다. 말없이 하나에의 등을 애무하던 철민이 잠시 후에야 "하나 짱, 여기까지 와 주었군!" 하고 꿈속처럼 낮은 소리로 말했다. 사실, 이 극적인 재회는 철민에게 있어선 전혀 예기치 못했던 일이었다. 하긴 그 처절하기 이를데없는 전장에서 다른 전우들처럼 사생결단하고 최후까지 분전하지 않고 살아서 돌아온 것이 오로지 하나에의 애틋한 호소 때문이긴 했지만, 이미 남양 군도의 어느 밀림에서 야수의 먹이가 되었거나 남태평양의 물귀신이 돼 버렸을 것이라 생각했어야 할 자기를 그녀가 기다리고 있다는 사실 — 그것도 이역만리 타국 땅의 두메산골까지 와서 — 만은 상상조차 못한 일이었다.그가 포로수용소에서 석방되기 전, 그의 가족이 귀국했다는 통지를 받았을 때까지도.

"내가 꿈을 꾸고 있는 건 아니겠지?"

철민이 까맣게 그은 얼굴에 빙그레 웃음을 띠며 손등으로 눈을 비볐다.

"아녜요. 자, 한번 확인해 봐요."

하나에가 고개를 가로저으며 철민의 뺨에다 자기의 차가운 손을 대고 속삭였다.

"진짜 차갑군!"

"됐어요, 그럼……. 아버님께도 인사드려야지요, 저기."

하나에의 말에 철민이 고개를 들고 "아, 아버지!" 하고, 하나에가 가리키는 강씨 쪽으로 다가갔다.

"그래, 됐다. 우선 집으로 들어가자."

철민과 하나에의 감격 어린 재회 장면을 목격한 강씨는 흐뭇한 마음으로 그들을 앞세워 집으로 향했다.

17

철민은 잇따른 동네 방문객들에게 인사를 하느라 앉은 자리가 더울 새 없었다. 저녁도 되기 전에 그의 집 방 안과 마루에는 사람들로 법석거렸다. 그들은 철민이 내놓은 야자를 한 조각씩 맛보기로 받아먹었는데, 그것은 그가 남양에서 지니고 온 유일한 소지품으로서 그의 남양 원정의 상징물이기도 했다.

"남양 사람들에겐 이것이 식량이나 다름없어요."

철민은 주위에 둘러앉은 사람들에게 그곳의 생활을 설명하면서, 백설이 덮인 아늑한 마을 풍경과는 반대로 지금도 폭양이 내리쬐고 있을 적도 직하의 열대림을 머릿속에 되새겨 보았다.

"그래, 그동안 고생이 얼마나 많았는가?"

"정말 천우신조일세. 모두가 죽은 줄로만 알고 있었는데……."

"여부가 있겠어요. 그동안 철준이 어머니가 얼마나 치성을 드렸는데."

"아무렴요, 두말할 나위가 없지요. 비가 오나 눈이 오나 하루도 빠짐없이 기도를 드린 그 지성에 하느님도 탄복을 하신 거지 뭡니까."

"허지만 뭐니뭐니해도 저 며느님만큼 애를 태운 사람이 또 어디 있을라구요?"

남녀 노장년들이, 남의 일이 아닌 양 반가움과 치사를 아끼지 않았다.

"그게 다 여러 어르신들께서 염려해 주신 덕분이라 생각합니다."

철민은 감개무량하면서도 한편으론 여정이 완전히 끝났다는 것이 실감나지 않았다. 다시 몸을 추슬러 어디론가 발길을 옮기지 않으면 안된다는 잠재의식 같은 것이 마음 한구석을 차지하고 있었다.

"남양은 몹시 덥다면서?"

강 노인과 절친한 김 노인이 철민의 검게 그은 얼굴을 보며 물었다.

"직접 가 보지 않고는 얼마만한 더윈지 실감을 못합니다. 냄비뚜껑에 계란을 풀고 햇볕에 놓으면 금새 반숙이 될 정도니까요. 거기다 사시사철 여름뿐이고요."

"어허, 그런 데서 어떻게 사람들이 살아가누?"

"그래도 지내다 보니 버텨집디다. 제 발바닥을 보십시오."

철민은 양말을 벗고는 발바닥을 사람들 앞에 드러내 보였다.

"아이쿠! 거 발바닥에 뭘 댄 게 아닌가?"

사람들은 철민의 발바닥을 들여다보곤 눈을 크게 뜨며 놀랐다. 그것은 사람의 발바닥이라기보다 쇠가죽을 받쳐 댄 듯 두툼하고 딱딱하게 굳어져 있었다.

"맨발로 지내다 보니 발바닥이 익어서 굳어진 겁니다. 지금이라도 이 맨발로 저 눈밭 위를 걸어도 한동안은 끄떡없을 겁니다."

철민은 이방인처럼 멋쩍게 웃었다.

"아무튼 우리 마을엔 올해 기적이 일어난 것일세. 자네, 이젠 철민이도 돌아오고 했으니 정식으로 며느리를 맞아들여야지 않겠나?"

마을 일 때문에 좀 늦게 참석한 홍 구장이 강씨의 팔목을 잡고 흔들어댔다.

"안 그래도 곧바로 의식을 올릴 참일세. 하하하."

강씨는 득의만면하여 너털웃음을 연발했다.

강씨네에서는 날을 기다릴 사이도 없이 이틀 뒤에 철민과 하나에의 혼인식을 치르기로 결정했다.

다음날. D마을에서 기르던 것 중 무게가 실한 2,3십관(貫; 1관은 3.75킬로그램)짜리 돼지를 두 마리나 잡았고, 동네 이 집 저 집에서 선사 들어온 닭만도 서른 마리가 넘었다.

아침나절부터 뒤뜰에서는 청장년들이 나무에 매달았던 돼지를 끌어내려 그슬리느라 법석을 떠는가 하면, 부엌 앞에서는 닭의 깃을 뽑기에 손이 모자랄 지경었다. 오후가 되면서 청년들은 마당의 제설 작업을 마치고 나서 면포

장막을 치고는 짚을 깔고 그 위에다 멍석을 펴느라 분주했고, 부엌과 헛간에선 아낙네들이 음식을 장만하느라 시끌벅적했다. 어제 아침까지만 해도 소연하고 우수에 잠겼던 강씨 집안이 하루 만에 희열과 생기로 가득 찬 분위기로 일변한 것이었다.

이러한 법석 가운데 철민은 하나에의 방에서 그녀가 준비해 준 면도기로 텁수룩한 얼굴의 수염을 밀어 댔다. 철민은 거울에 비친 하나에의 아름답고 단아한 자태에 무량한 감개를 느끼면서, 뜨거운 사의(謝意)를 행동으로 보여주고 싶었으나 조금만 참자고 자신에게 타일렀다. 이제 그 지긋지긋하던 전쟁도 완전히 막을 내린 이상, 그들 두 사람을 갈라 놓을 장애물이란 아무것도 없었다. 기나긴 남은 시간의 흐름 속에서 마음껏 과거의 회포를 풀고 미래의 행복을 설계할 수 있을 터였다.

그렇기에 철민은 보다 뜻깊고 격정적인 '첫날밤'을 위해 어젯밤 하나에의 처녀림을 훼손하지 않고 곱다시 보냈거니와 오늘밤도 그럴 것이었다.

"물이 다 데워졌을 텐데 목욕을 해야죠. 밖이 몹시 추운데 괜찮겠어요?"

하나에는 면도가 거의 끝난 철민의 얼굴을 들여다보며 몸을 일으켰다.

"그동안 태평양의 소금물에 바랜 몸인데, 앞으로 죽을 때까지 감기만은 내 몸에 얼씬도 못할 거야."

철민은 고개를 돌려 등 뒤의 하나에에게 싱긋 웃어 보였다.

"그럼 변소 옆에 목욕칸을 만들어 놓을 테니 면도 끝나는 대로 그리로 오세요……. 냄새가 좀 나겠지만 여기저기서 사람들이 일을 하고 있어서 자리가 거기밖에 없어요."

철민이 면도를 마치고 뒤뜰을 돌아 뒷간으로 갔을 때, 하나에는 나무막대와 우장(雨裝)으로 칸막이를 하고 있었다.

"아니, 철준이보고 좀 하라지, 하나 짱이 손수 하고 있어?"

"일손이 모자란걸요."

하나에는 종종걸음으로 부엌으로 가서 양동이에 더운물을 날라 왔다.

"철민 씨, 춥지 않게 하세요."

칸막이 밖에서 물을 넣어 주는 하나에의 음성이 철민에겐 그 어느 때보다도 영롱하고 다정하게 들렸다.

"열대 지방 사람들은 감기란 병을 모른대두."

우장 하나를 사이에 두고 들려오는 하나에의 맑은 목소리에, 오랜 세월 속에 쌓여 있던 남성의 욕구가 순간적으로 용틀임치는 걸 의식하면서 철민은 수풀이 무성한 그곳에다 마구 비누칠을 했다.

"물이 모자라지 않겠어요?"

하나에는 또 한 양동이를 떠다 우장 안으로 밀어 넣으며 물었다.

"이거면 됐어. 이제 그만 떠 와."

"수건이랑 내의랑 모두 여기 있어요."

하나에는 우장 위쪽에다 수건과 옷을 나란히 걸쳐놓는다. "저 먼저 들어가 있을게요."

"알았습니다, 마이 달링!"

철준은 하나에를 향해 농조로 말하며 온몸에 더운물을 끼얹었다. 새 팬티와 면 내의를 주섬주섬 입고 난 그는 날아갈 것 같은 개운한 기분으로 콧노래를 부르며 하나에의 방으로 걸음을 옮겼다.

한랭한 바깥 공기와는 달리 훈훈한 온기가 감도는 방 안에는 철민이 몇 년 동안 맡아볼 수 없었던 감미로운 방향(芳香)이 그의 몸과 마음을 더욱 무르녹게 만들었다.

'이제야 비로소 인간세계로 돌아왔구나!'

철민은 화장대 거울에 자기 모습을 비춰 보며 심호흡을 했다. 심장박동이 갑자기 빨라지고 줄기차게 뛰놀았다.

"이리 앉으세요."

하나에는 철민에게 방석을 내주며 조용히 무릎을 꿇었다. 엷게 화장을 한 얼굴에다 모처럼 몸소 고데로 살짝 파마까지 한 그녀의 아리따운 모습을 철민은 부리부리한 눈망울로 마주 보며 무릎을 굽혔다. 하나에가 정중히 상반신을 숙여 절을 하자, 철민도 허리를 꺾어 답례했다.

"우리가 꿈속에 있는 건 아니겠지?"

철민은 팔을 뻗어 하나에와의 공간을 없애 버린다.

"제가 하고 싶은 말인걸요."

하나에는, 맹수같이 거세게 끌어안는 철민에게 몸을 맡기며 그의 턱밑에다 속삭였다. 둘은 동시에 상대의 입술을 찾았다. 숨 막힐 듯한 뜨거운 입맞춤이 이어졌다.

"앞으로는 무슨 일이 있어도 제 곁을 떠나면 안돼요."

하나에는 철민의 팔에 안긴 채 어린애처럼 그의 등을 애무했다. 철민은 대답 대신 강렬한 키스로 응해 주었다.

"내일 입을 예복을 입어 봐야죠."

하나에는 철민의 품에서 떨어져 나오며 말했다.

"제가 어머님을 모셔올게요."

하나에가 방을 나가더니 잠시 후에 강씨 부인과 함께 들어왔다.

"이제야 우리 철민이 제 모습으로 돌아온 것 같구나. 자, 이것을 입어 보도록 해라. 이쪽 것은 하나 짱이 입고."

강씨 부인은, 말끔하게 면도를 하고 목욕까지 한 철민의 정결한 모습을 흐뭇한 표정으로 바라보며, 가지고 들어온 신랑 신부의 한복 보퉁이를 두 사람 앞으로 밀어 주었다. 철민과 하나에가 난생처음으로 대하는 한복을 어색한 동작으로 몸에 꿰는 것을 강씨 부인이 지켜보며 일일이 매무시를 고쳐 주었다.

"어디 보자, 참으로 잘 어울리는 한쌍이로구나!"

예복을 다 갖추고 나자, 강씨 부인은 철민과 하나에를 번갈아 보면서 더없이 만족스러워했다.

혼례식은, 말과 가마가 필요없이 철민이 의식상이 차려진 안채 건넌방에서 바깥채의 하나에 방으로 가서는 둘이 함께 나와 팔짱을 끼고 마당 한 바퀴를 돈 다음, 하나에를 건넌방까지 데려다 주는 간단한 절차였다.

철민은 곧바로 남자 하객들한테로 가서 어울렸고, 하나에는 통닭이며 삶은 계란 등 각종 음식이 가득한 상 앞에 다소곳이 앉아 옆자리의 대반(對盤)이 떠 주는 두 술의 밥과 국을 입 안으로 받아 오물거렸다. 방 밖에는 신부를 구경하느라 동네 처녀와 젊은 아낙네들이 목을 빼고 늘어서 있었다.

연지 곤지도 찍지 않고 가볍게 화장만 한 청초한 하나에의 모습을 지켜보면서 한마디씩 찬사를 던졌다.

"어쩜 저렇게 고운 분이 이런 시골까지 다 왔을까?"

"선녀가 내려온 게 아냐?"

"그럼 철민이 오빠가 나무꾼이고?"

저녁 무렵부터는 동네 사람들이 온 집 안과 마당을 메운 가운데 여흥이 시작되었다. 처마 밑에 매단 호롱불 아래서 한겨울의 추위도 아랑곳없이.

"오날, 이역만리 남양 군도에 파견되었다가 천우신조로 살아 돌아온 강철민 군의 행운과 전도를 위하야 우리 다 같이 축하하면서, 마음껏 먹고 마시고 창가하고 춤추며 놀아 봅시다. 그러면 먼저 오늘의 주인공인 강철민 군의 인사말씀이 있겠습니다."

철민이 어린 시절 다녔던 같은 서당의 학동이자, 지금은 해안가 P마을의 면사무소에 근무하는 L서기가 사회자로 문턱께에 서서 사방을 둘러보며 서두를 꺼냈다. 사방에서 박수갈채가 터져 나왔다.

철민은 사회자 옆으로 걸어 나가 정중히 허리를 굽힌 뒤 "여러분, 다들 바쁘실 텐데도 불구하고 이렇게 많이 참석해 주셔서 대단히 감사합니다." 하고 말머리를 꺼내곤 자기가 남양 전선에서 겪었던 모험과 사지에서 구출된 경위들을 요약해서 들려주었다.

"그런데 사회자님, 한 가지 제안이 있습니다. 이왕이면 신랑 신부를 한자리에 모시고 전도를 축복하는 게 어떻겠습니까?"

어느 축하연이건 개그 역은 있는 법이라, 아까부터 여장을 하고 얼굴에 화장까지 한 채 신부 방을 기웃거리던 한 청년이 하나에의 공개를 제창했다.

"옳소!"

"그거 참 좋은 제안이오."

마당에서 찬성의 목소리가 일제히 터졌다.

개그 역은 철민의 의사는 아랑곳없이, 빽빽이 들어앉은 사람들 틈을 비집고 건넌방으로 들어갔다. "신부님, 잠깐 밖으로 나와 주셔야겠습니다."

개그 역의 느닷없는 틈입에 하나에는 당황스러워하며 얼굴에 홍조를 띠었다. "아이, 이걸 어쩌지요? 말도 제대로 못하는데."

"어려워 말고 편한 마음으로 나가서 인사하고, 신랑과 함께 노래나 한 곡조 부르면 돼요."

낮에 대반 노릇을 했던 여인의 자상스러운 권유에 따라 하나에는 한 손으로 얼굴을 가리며 조심조심 마루로 발을 옮겼다. 그리고 하객들을 향해 공손히 인사를 하고 서투른 한국어로 간략하게 자기소개를 한 후, 철민의 의견에 따라 '아리랑'을 합창했다.

뒤이어 본격적으로 벌어진 여흥은 남녀노소가 어우러진 가운데 갖가지 가락과 춤으로 온 집이 떠나갈 듯 흥청거리다가 자정이 훨씬 지나서야 마지막 청년층까지 다 물러갔다.

"아~, 정말 멋진 잔치였어!"

거나하게 취한 철민이 하나에의 방으로 들어서더니 긴장이 풀린 듯 긴 하품을 토했다.

"그래요, 참으로 즐거운 시간이었어요."

하나에는 철민의 불콰한 얼굴을 보며 벽장에서 이불을 내려놓았다. "전 이 마을 사람들이 그토록 놀기 좋아하는 줄은 정말 몰랐어요."

하나에는 철민의 웃저고리를 받아 장 속에 넣으며 말했다. 그녀 역시 개그 역과 신랑 친구들로부터 억지로 받아 마신 몇 잔의 술로 얼굴이 아직까지 홍조를 띠고 있었다.

"하나 짱의 마음이 즐거운 걸 보니 나도 즐겁군."

이윽고 신혼부부는 원앙금에 들었다.

"이게 얼마 만이지?"

철민은 한 팔로 하나에의 목을 받쳤다.

"철민 씨가 남양 군도행 수송선을 타기 전날……."

"그러니까 2년이 넘었군……. 그동안 외로웠지?"

그는 다른 팔로 그녀의 허리를 힘껏 감아 안았다.

"말로 다 표현할 수가 없어요."

신부는 신랑의 팔베개 위에서 고개를 끄덕이며 털북숭이 가슴을 애무했다.

"이렇게 황홀한 비너스를 두고 나이팅게일의 벗이 될 뻔했다니……."

철민은 매끄럽고 탄력 있는 하나에의 전라를 아낌없이 탐색했다.

"철민 씨의 용기를 신이 지켜 주신 거예요."

하나에는 철민의 입술을 더듬으며 매달리듯 그의 목을 그러안았다. 2년여 동안 그들의 가슴속에서만 흐르던 강렬한 인화물이 일시에 발화되면서 줄기차게 타오르기 시작한 것이다. 이 순간 그 누구도 진화시킬 수 없는 뜨거운 불길이 간단없이 가빠지는 숨결 소리와 함께 점점 거세게 타오르면서 두 몸뚱이의 구석구석을 불살라 갔다. 희끄무레한 등잔불만이 가물거리는 가운데.

제4장 일제 황군의 망령

18

얼마간 밀월의 나날들이 꿈결처럼 흘러갔다. 그러나 두 사람의 밀월은 오래가지 않았다. 철민의 팽배했던 정력과 가슴 벅찼던 희열이 자기도 모르게 시나브로 식어 가기 시작한 것이다. 그것은 앞으로 '태평양 전쟁'과 같은 불의의 장애가 두 번 다시 일어나지 않을 것인즉, 하나에와 남은 생애를 느긋하게 살아갈 수 있다는 마음의 여유이자 긴장의 해이일 수도 있었다.

하루하루 시간이 흐를수록 철민에게는 장차 하나에와 아들딸을 낳고 행복 단란하게 살아갈 꿈보다는 적도 직하의 타라와 전선에서 하나 둘 산화해 간 전우들의 장면이 부지불식간에 시시때때로 떠오르면서 그의 마음을 산란하게 만들었다.

그러던 그가 어느 날 갑작스레 철준의 방에 나타났다.

"네가 보기엔 어떠냐?"

"……뭐가요?"

밑도끝도 없는 철민의 느닷없는 물음에 철준은 종잡지 못하고 얼떨떨해 했다.

"요즘의 우리 모습……, 하나에와 나 말이다."

"원, 형님도 별 질문을 다 하시네. 그야 이십 세기의 'D마을의 에덴동산'이지요."

철준은 별생각 없이 웃으며 농까지 곁들였다.

"그래……?"

철민은 쏟아지는 함박눈을 바라보며 몇 개비 안 남은 '스트라이크' 담배를 뽑아 성냥불을 그어 댔다. 수용소에 있을 때 미군에게서 배급받은 것을 아껴 가며 피워 온 것이었다.

"철형이가 떠날 때 나에 대해 뭐라고 하지 않더냐?"

"별다른 얘기 없었는데요."

"하나에한테도?"

"'형님의 일에 대해선 뭐라 얘기하지 않겠어요.' 라고 한 게 전부예요."

"단지 그뿐……? 왜, 죽은 게 틀림없으니 돌아가라 하잖고?"

"그럴 수야 있나요? 기다리는 형수님 마음을 생각해서라도."

"철형이로선 내가 살아 있으리라곤 아예 생각조차 못했을 거야."

철민은 마음속에서 우러나오는 비굴감을 참을 수가 없었다. '비겁한 놈이야, 난.'

이러한 자조의식이 들자, 뭇 사람들뿐 아니라 형제들조차 자기에게 조소를 보내는 것 같았다. '철형이 그놈이라면 틀림없이 자결했을 거야!'

"근데 그건 왜 물으세요, 형님?"

철준은 잡고 있던 펜을 책상 위에 놓으며 우울해 보이는 형의 표정을 읽었다.

"참으로 부끄러운 일이야."

철민은 다시 담배를 피워 물었다.

"뭐가 말씀예요?"

"……."

철민은 문턱에 걸터앉은 채 담배연기만 눈발 속으로 날려 보냈다.

철준은 형의 심정을 알아챈 듯 조용히 물었다. "싸움터를 생각하고 있는 거죠?"

"너라면 이런 경우 어떻게 하겠니?"

"어떤 경운데요?"

“자기의 휘하 장병들이 모두 전사하고 동료들마저 자결해 버려서 혼자 남게 되었다면?”

철민의 고개가 언뜻 자기 어깨 쪽으로 돌려졌다. 연상이 착각을 낳은 것이다. 거기엔 이미 대위 견장은 없었다. 자기가 입고 있는 윗도리가 하나에가 떠 준 스웨터임을 안 철민은 괴로운 듯이 초점 없는 눈동자를 허공으로 향했다.

“형님은 일군(日軍)들과 죽음을 함께하지 못한 것을 후회하는 건가요?”

철준은 ‘전우’라고 말하려다가 짐짓 ‘일군’이라 바꿔 표현했다.

“질문한 건 내 쪽이 먼저야. 대답부터 해 봐.”

“이 세상에 형님을 비겁자라고 할 사람은 아무도 없어요. 적어도 조선인…….”

“너한테 동정을 얻으려고 질문한 게 아니야.”

철민은 철준의 말허리를 잘랐다. “조건을 달지 말고 네 솔직한 생각만 얘기해 봐.”

“저 같으면 결코 스스로 목숨을 끊는 짓은 안 할 거예요.”

철준은 내심 계속될 질문의 답변 준비를 하면서 곁눈으로 형의 표정을 살폈다.

“부하, 동료들이 다 희생되었는데도?”

“그래도 죽을 필요까진 없지요. 솔직히 양심의 가책 정도는 모를까, 죽을 이유는 못 되지요.”

“어째서?”

“첫째, 자살은 죄악이고…….”

“전장엔 성서 따윈 없어!”

“둘째, 자기 목숨만큼이나 아껴 줘야 할 연인이 애타게 기다리고 있고.”

“조건은 다른 사람들도 똑같아!”

“어째 같을 수가 있어요?”

"다른 게 뭐야?"

"형님이 일본사람이에요?"

"……."

"일본 사무라이(무사)의 후예라도 되느냔 말예요. 그렇다고 형수님이 형님보다 일본에 더 충성심을 갖고 있는 것도 아니고 말입니다."

철민은 동생의 반론이 상식적으로 타당성이 있다고 생각하면서도 그 모두를 시인해지지가 않았다.

"하지만……."

철민은 줄달아 붙인 담배를 깊숙이 빨고는 한줄기의 연기를 뭉클 토해냈다. "일본인이냐 조선인이냐를 가지고 생각할 문제가 못 돼. 인간의 본능이란 점에서 볼 땐 생명에 대한 애착심은 매한가지니까."

"싸우는 명분이나 목적이 다른 민족인데두요?"

철준은 형의 사고방식이 안타까울 만큼 왜곡되어 있다고 생각했다.

"직접 당해 보지 않고는 이해를 못할 거야, 내 심정을."

"그럼 형님은 그런 정신 상태에서 어떻게 생명을 부지할 수 있었죠?"

"나도 모르겠어. 그때의 생각은 지금과는 달랐으니까."

"잘못 생각했다는 건가요?"

"전혀 그렇다는 건 아니지만, 그렇게까지 '나' 만을 위했어야 했느냐는 생각이 나를 가만두지 않는 거야."

"과민한 자괴감이에요. 만일 형님의 사정이 지금과 정반대가 되었을 경우, 남은 사람들이 겪게 될 슬픔이나 불행도 생각해 보셔야죠. 특히 형수님의 경우 말예요. 그런 점을 따져 보면 형님의 생환이야말로 우리 집엔 더없는 의미를 지니고 있는 거라구요."

철준은 자신의 설득력을 다해 형의 자괴감을 돌이키려 애썼다.

그러나 철민의 자괴감은 날이 갈수록 더해만 갔다. 그 딴엔 하다못해 철준의 말을 빌려서라도 시시각각 죄어 오는 자신의 생환에 대한 강박관념에서 헤어나 보려고도 했지만, 그건 단순히 일시적인 위안에 지나지 않았다.

'이다지도 괴로울 줄 알았더라면 차라리 그때 주저없이 결행했어야 하는 건데……. 역시 비겁의 소치야.'

올레 밖을 어슬렁거리던 철민은 자신도 모르는 사이에 동구까지 나와 있었다. 그는 쌓인 지 오래된 눈을 발길로 걷어찼다. 그는 가쁜 호흡 하나 몰아쉼이 없이 단련된 다리로 나무 한 그루 없는 민둥산의 능선을 타고 한 지점을 향하여 성큼성큼 걸어갔다. 마치 가죽장화에다 일본도를 차고 진지를 순찰하는 듯한 폼으로.

한참 만에 그는 발걸음을 멈추고 우뚝 섰다. 왼손이 대퇴부에 가 멎었다. 대검(帶劍)한 줄로 착각한 것이었다. 순간 그는 방금 동작한 왼손의 무감각에서 공허감을 의식했다. 잠시 멍하니 서 있던 철민은 눈앞에 맹수의 아가리같이 뚫어진 호(壕)를 주시했다. 일군(日軍)들이 파 놓은 방공호였다. 그는 허리를 굽히고 호 안을 들여다보았다. 입구에 눈이 쌓여 있는 굴속은 무덤처럼 괴괴했다.

"칙쇼(제기랄)! 이런 안전지대에 참호가 다 뭐야. 방아쇠 한번 당겨 보지도 않고 낮잠들이나 잤겠지. 그러다 심심하면 사냥이나 하고, 코흘리개들에게 건빵을 나눠 주면서 헤헤거리고 우쭐거렸겠지. 적도 직하의 정글지대에서 야수처럼 추격당하면서 고전분투하는 참상이야 상상조차 했을 리가 없지."

철민은 굴속을 걸어가며 혼자 뇌까렸다. "나가누마(長沼) 소좌, 이마무라(今村) 대위, 와타나베(渡邊) 소위, 후지와라(藤原) 군조…… 모두 용감한 전우들이었어. 장렬하게 사라져간 전우들이여! 나를 비겁자라고 비웃지 말아 주게."

철민은 굴속의 흙벽에다 이마를 박는다. 울퉁불퉁한 벽에 부딪친 이마에 황토가 묻고 핏줄기가 흘러내렸다. "아니야. 비웃어도 좋아. 얼마든지 냉소를 퍼부어도 좋아."

철민의 머리에는 전우들이 차고 있던 단도로 하나하나 배를 가르고 쓰러지는 장면이 필름의 영상처럼 스쳐 지나갔다. 뒤이어 초췌한 병졸들이 선혈이 낭자한 상사의 주검을 굽어보며 거수경례를 한다. 주검 아래 깔린 하얀 보자기에 흥건히 고인 피가 사방으로 검붉게 물들어 간다.

'기회를 놓쳤어! 내가 결단을 내릴 수 있는 건 바로 그때였는데!'

철민의 손은 무의식중에 대퇴부에 다시 와 있었다.

"아아!"

철민은 신음 같은 비명을 지르며 극도의 혼란을 차단시키려는 듯 두 팔로 머리를 감쌌다. 털썩 주저앉을 뻔한 몸을 가까스로 가누며 맥없이 발길을 돌렸다.

19

"아니, 이마가 왜 그래요?"

방에서 철민의 바지를 다리고 있던 하나에가, 이마에 엉겨붙은 핏줄기며 흙자국이 남아 있는 남편의 얼굴을 불안스러운 눈빛으로 바라보았다. 안 그래도 요즘 며칠 동안 남편의 범상치 않은 태도를 의아해하면서 예의 주시해 온 터였다.

"누구하고 싸웠어요?"

"……."

철민은 묵묵부답으로 꽁초를 입에 물고 성냥을 드륵 그어댔다.

"무슨 언짢은 일이라도 있었어요?"

하나에는 숯불다리미를 놋대접에 올려놓고는 화장대 서랍을 열어 약을 찾았다. 철민은 여전히 입을 다문 채 연기만 허공으로 날려 보냈다.

"어쩌다 피까지……?"

하나에는 남편의 이마를 솜으로 조심스레 닦은 다음 상처에다 요오드팅크를 발라 주었다.

"미안해……."

철민은 풀죽은 소리로 중얼거렸다.

"무슨 말이에요?"

철민의 눈동자를 응시하는 하나에의 머리에 불길한 예감이 번개처럼 스치고 지나갔다.

"히데오(秀雄)와의 신의를 저버렸어, 난."

"오빠가 어쨌는데요?"

"히데오와 함께 뉴기니 전선으로 갔어야 했는데……, 나만 살기 위해서……, 난 비겁자야, 비겁자!"

철민은 방바닥에 엎드려 얼굴을 양팔 안에 파묻었다. 하나에는 어안이 벙벙했다. 무슨 말을 어떻게 해야 좋을지 몰랐다.

"당신을 위해서도 불명예스런 일이고."

철민은 마치 포수에게 상처입은 짐승처럼 몸을 뒤틀며 신음했다.

"전 조금도 그렇게 생각지 않아요, 철민 씨. 오빠도 속으로 당신과의 동행을 원치 않았을 거예요. 당신은 오빠와는 사정이 다르잖아요? 전 오빠의 마음을 잘 알아요. 제발 오빠 때문에 당신의 마음을 괴롭히지 말아요."

하나에는 철민의 머리 위에서 애원하듯 말했다.

"부하들과 동료들의 주검마저 내버려두고……."

철민의 감정은 하나에의 위무를 조금도 받아들이지 못했다.

"반드시 전우들과 죽음을 같이하는 것만이 가치 있고 바람직한 건 아니잖아요? 당장은 괴롭겠지만 전장에서의 일은 그런대로 다 잊어버리고 이제부턴 우리의 앞일에 대해서만 생각하기로 해요. 네? 철민 씨!"

하나에는 철민의 목을 안고 호소했다.

"차라리 기억상실증에라도 걸려 버렸으면……."

"그럼 여태껏 당신만을 기다려 온 저는 뭐지요?"

하나에의 입술이 파르르 경련을 일으켰다.

"나, 나도 모르겠어……."

철민의 신음소리가 더욱 거칠어졌다.

"제가 가 버릴까요?"

"그게 아니야. 하나 짱을 대하기가 수치스럽고……, 두려워졌어."

철민이 엎드린 채 팔을 들어 좌우로 흔들며 더듬거렸다.

"철민 씨!"

하나에는 갑자기 목멘 소리로 부르짖으며 남편의 상반신을 안아 일으켰다. 하나에를 보는 철민의 눈동자는 완전히 초점을 잃고 있었다.

"당신답지 않은 말이에요. 왜 옛날과 같이 대담하고 당당하지 못하세요? 철민 씨, 그때처럼 쾌활하고 활기 넘치는 모습을 보여주세요, 네?"

하나에는 철민의 무릎에 쓰러졌다. 하염없이 흐르는 눈물이 철민의 무릎을 뜨겁게 적셨다.

철민이 엎어진 채 신음하다가 잠이 들자, 혼자서 안절부절못하던 하나에는 남편을 바로 누여 베개를 받치고 이불을 덮어 주고는 저녁 지을 생각도 잊은 채 철준의 방으로 달려갔다.

"이 일을 어떡하면 좋지, 철준이?"

하나에는 철민의 번민하는 모습을 본 그대로 털어놓았다.

"결국 형수님한테까지……. 보통 문제가 아니군요."

"철준이한테도 그런 얘길 했어?"

"전혀 그런 기미를 모르고 계셨어요?"

"며칠 전부터 기분이 울적한 것 같긴 했지만 지금처럼 심각한 줄은 몰랐어."

하나에는 두려운 눈빛으로 울상을 지었다. 철준은 난감했다. 그래도 철민이 돌아오기 전에는 빈말이나마 하나에의 마음을 위로해 줄 얘깃거리가 있었데, 이제 그가 엄연히 모습을 나타낸 마당에 무슨 말로, 어떻게 위로할 수 있단 말인가!

"그래도 형님의 심정을 가장 잘 헤아려 줘야 할 사람은 누구보다도 형수님이 아니겠어요? 그러니까 형님의 마음의 병을 치유해 드릴 수 있는 분도 역시 형수님이라 생각해요."

'이제 철준이마저 형을 부담스러워하는 걸까?'

하나에는 철준을 서늘한 눈빛으로 바라보며 "하지만 아까 상황 같아선 자신이 없어. 옛날과는 너무 많이 변해 버렸어, 정말 무서워." 하고 고개를 가로 저었다. "난 우리가 다시 만난 순간부터 옛날로 돌아갈 수 있으리라 믿었는데……. 차라리 이럴 줄 알았더라면……."

하나에는 착잡한 마음에 말끝을 맺지 못했다. 두 눈에 맺힌 눈물로 눈앞이 흐려졌다. 할 말을 잃은 철준은 몸을 일으켜 벽에 걸린 수건을 집어 하나에에게 건네주었다.

"무슨 말소린가 했더니 네가 와 있었구나."

그때, 강씨 부인이 철준의 방문을 조용히 열더니 안으로 들어왔다. "얼굴이 왜들 그러냐?"

강씨 부인은 침통하게 앉아 있는 두 사람의 낯빛을 번갈아 보다가 "너 울었구나?" 하고, 물기가 남아 있는 하나에의 뺨을 들여다보았다. 두 쪽 다 아무런 반응이 없었다.

"무슨 언짢은 일이라도 생긴 거니?"

강씨 부인은 그제야 하나에가 전에없이 저녁 지을 시간에 철준의 방으로 건너온 것이 심상치 않은 일이라 생각했다.

"어머니는……."

철준은 말문을 열었다가 잠시 망설이듯 강씨 부인의 눈치를 살폈다.

"그래, 내가 어떻다는 거냐?"

강씨 부인이 철준의 말을 재촉했다.

"어머닌 큰형님을 태내에 가졌을 때 무슨 죄라도 지었었나요?"

철준은 불만스러운 어조로 하나에가 알아들을 수 있도록 일본어로 말했다.

"아니, 얘, 너 갑자기 그게 무슨 말이냐?"

강씨 부인은 적이 놀라는 표정을 지었다.

"그렇지 않고서야 왜 형님의 삶이 이다지도 얄궂고 고약하냔 말예요. 애꿎게 형수님까지 괴롭히고……. 결국 지금 와서 보면 형님은 형수님을 괴롭히기 위해 이 세상에 태어난 사람 같아요."

"얘야, 도대체 형이 어쨌길래 그러니?"

강씨 부인은 아들에게 말하며 눈길은 며느리에게 돌렸다.

"살아 돌아온 걸 후회스러워하고 있어요."

하나에는 눈시울의 물기를 수건으로 찍어냈다.

"무슨 소릴?"

강씨 부인은 소스라치게 놀랐다.

"아직도 일본 덴노헤이까(天皇陛下:천황폐하)에 충성을 다하지 못한 걸 후회하고 있는 거예요. 그동안 어머니와 형수님이 드렸던 정성이 도로 아미타불이지 뭐예요!"

강씨 부인의 얼굴이 금세 사색이 되었다. "오늘 낮에 산엔 뭐 하러 갔었다니?"

"……?"

"산에 갔었대요?"

철준과 하나에의 시선이 동시에 강씨 부인의 얼굴로 집중되었다.

"산으로 올라가는 걸 네거리 집 김씨 노인이 보셨다던데?"

일순, 철준의 머리엔 한 가지 직감이 반사적으로 떠올랐다. 문만 열어젖히면 시야에 들어오는 산등성이, 그 등성이의 군데군데 시커멓게 입을 벌리고 있는 구덩이! 이것은 강씨 집 마당에서도, 아니 D마을의 어느 위치에서나 시야를 벗어나지 않는, 제국 군대가 남기고 간 치욕스러운 유적이었다.

"어디 갔었는지 아는 모양이구나, 넌?"

강씨 부인이, 고개를 끄덕이는 철준에게 확인했다.

"참호에 대한 향수를 못 잊어하는 거예요. 저기 산등성이에 있는 굴을 찾아 갔던 거라구요."

철준은 문을 발칵 열고는 어둠 속에 윤곽만이 보이는 오름을 가리켰다.

하나에는 철준이 알려주는 새로운 사실에 우두망찰하여 능선 쪽을 바라보았다. 사실, 그녀로서는 철민의 이마의 상처를 보았을 때만 해도 눈길에 미끄러졌거나 숲 속을 거닐다 나뭇가지에 찔린 정도로 간주했었다. 또한 그의 자괴적인 번민도 낮 동안 혼자서 무료한 시간을 보내는 가운데 일어난 일과성일 것이려니 애써 치부하면서, 그러한 남편의 심기를 순화시킬 방도를 의논하기 위해 철준을 찾아온 것이었다. 한데 철준의 말 그대로라면 사태는 예상외로 심각하고 절망적인 것이 아닐 수 없었다.

"어머님, 이 일을 어떡하면 좋아요?"

하나에는 애연(哀然)한 심정으로 산 쪽으로 향했던 시선을 강씨 부인에게로 옮겼다.

"도무지 믿기지 않는 일이다만, 설마……."

강씨 부인은 절망에 찬 며느리의 시선을 받으며 말끝을 이으려 했으나, 가슴으로 밀려오는 허탈감을 어쩔 수가 없었다. "허지만 너무 상심하지 마라. 갑작스레 환경이 바뀌다 보니 엊그제 같던 과거가 되살아나서 그러는 거겠지. 차차 시간이 흐르면 현실에 적응하게 안되겠니……? 아버님한테도 말씀드려서 좀 더 심기를 편히 가지라고 타이르시도록 하마."

강씨 부인은 며느리를 애써 위로하면서도 자기 또한 내심 여간 우려스럽지 않았다.

"모든 분들한테 걱정만 끼쳐 드려 죄송해요, 어머님. 철준이한테도 마음의 부담만 주고……."

하나에는 떨리는 목소리로 말하며 수심에 가득 찬 시어머니와 시동생의 얼굴을 쳐다보았다.

20

한밤을 자고 난 철민의 기분은 엊저녁같이 침울하지는 않았다. 그런데 안채에서 아침식사를 마치고 혼자 방으로 오면서 시야에 오름의 능선들이 들어오자, 그는 자기도 모르게 산등성이를 올라가고 싶은 충동을 느꼈다. 언제나 눈만 들면 산허리에 붙박여 있는 동혈들이 마신(魔神)과도 같이 다시금 그의 마음을 사로잡는 것이었다.

'이따가 오후에 가 볼까?'

그때, 노크 소리가 들리더니 강씨 부인이 문을 열고 말했다. "철민아, 잠깐 우리 방으로 건너오너라. 아버님이 하실 말씀이 있으시단다."

"무슨 말씀인데요?"

철민은 자기도취의 무드가 깨져 버린 것을 못마땅해하면서 마지못해 어머니를 따라 방을 나갔다.

"게 앉거라."

강씨가 턱짓을 하고는 아들의 눈빛이며 앉은 자세를 유심히 살폈다. 눈빛에 총기가 사라지고 앉음새도 예전과 달리 흐트러진 것을 한눈에 직감할 수 있었다.

"제게 하실 말씀이 뭡니까?"

아버지의 눈치를 살피던 아들이 먼저 입을 열었다.

"다른 게 아니라 내가 우선적으로 당부하고 싶은 말은……."

강씨는 잠시 뜸을 들이곤 말을 이었다. "너는 우리 집안의 장손이란 걸 항상 잊지 말아라. 우리 집안의 대들보란 사실을 말이다."

"아버진 벌써부터 그런 걱정을 다 하세요? 아직 할아버지와 아버지가 멀쩡하게 살아 계신데."

철민의 반응은 무관심에 가까웠다.

“네 정신상태를 말하는 거다. 이제부턴 이 집 장남으로서 가사에 전적으로 관심을 가져야 한단 말이다. 과거지사는 그만 묻어 버리고.”

강씨는 행여 아들에게 심적인 상처를 줄까 봐 조심스럽게 에둘렀으나, 철민의 대답은 엉뚱했다.

“전 곧 일본으로 가야 합니다. 하나 짱과 함께……. 히데오의 사후(死後) 문제도 알아볼 겸.”

아들의 생뚱맞은 소리에 강씨는 할 말을 잃었다. 이럴 수가 없다. 아들에게서 예전의 예의바르고 조리정연한 언사는 흔적을 찾아볼 수가 없었다. 진짜 철민 본연의 영혼은 남양에다 내팽개쳐 버리고 육신의 빈껍데기만 돌아왔단 말인가!

“그건 안된다!”

강씨가 한마디로 거절했다.

“왜 안됩니까?”

철민은 반항조로 물었다.

“지금은 일본 왕래가 옛날 같지 않아. 가고 싶다고 아무나 마음대로 갈 수 있는 상황이 아니라니까. 하나 짱이 여기 있는 게 정 마음에 걸린다면 내가 먼저 가서 자리를 잡은 다음에 찬찬히 준비해도 늦지 않아.”

강씨는 아들을 회유했다.

“그게 정말이에요, 아버지?”

강씨의 말에 철민의 부리부리한 눈이 휘둥그레졌다.

“글쎄, 아직은 단언할 수 없지만 금명간 친구에게서 연락이 오면 결정이 날 거다.”

“좋습니다. 그럼 아버지가 자리를 잡는 대로 우리를 데려가겠다는 약속을 해 주세요.”

“약속하마. 그 대신 이 아버지도 조건이 있다. 첫째, 그동안은 네가 우리 집안의 가장이 돼야 한다.”

"그럼 저더러 우리 집안일을 다 맡아서 처리하라는 건가요?"

"장남으로서 가정의 관리를 주관하라는 말이다. 물론 서신으로 나하고 상의하면서. 너의 어머니도 옆에 있으니 너무 어렵게 생각 마라."

"그래, 철민아, 매사에 마음을 편히 갖도록 해라."

강씨 부인이 남편의 말을 거들었고, 이에 놓칠세라 강씨가 말끝을 달았다.

"그리고 또 한 가지. 그 지난 군대 생활부터 잘라내야 한다. 물론 네 마음의 갈등을 전혀 이해 못하는 바는 아니다. 생사를 넘나드는 격전장에서 살아 돌아온 너로선 죽은 전우들에 대한 애도의 정을 하루아침에 떨쳐 버릴 순 없겠지. 하지만 죽은 사람도 있고 산 사람도 있는 것, 그게 바로 전쟁이야. 언제까지고 감상에 젖어 있을 수는 없잖냐? 더욱이 넌 일본인이 아니라 엄연히 조선 사람이야. 그걸 잊지 마라."

"국적이 문제가 아닙니다. 생사를 같이한 사람이 아니곤 그런 전우의식을 이해할 수 없어요. 당시의 실상에 아무리 초연해지려고 안간힘을 써도 나도 모르게 어느새 머리의 이 구석 저 구석에서 생령처럼 고개를 드는 거예요."

철민은 손짓까지 해 가며 말하다가, 한낮의 겨울 햇볕에 녹아 떨어지는 낙숫물 소리에 번쩍 귀를 기울였다.

"심신이 한가한 탓이야. 환경이 급변한 탓도 있고. 시간이 해결해 줄 거야. 이제 곧 봄이 되면 우리 집에도 할 일이 많아질 거야. 일에 파묻혀 봐라. 그러다 보면 과거지사는 눈 녹듯 사라져 버릴 거다. 더군다나 네겐 옆에서 너만을 바라보고 사는 하나 짱이 있지 않니. 그애와의 앞날을 생각해서라도 지나친 감상은 금물이야. 앞으로 내 말을 명심하도록 해라."

강씨는 자기의 할 말은 이제 끝났다고 생각하면서 "친구에게서 의외로 연락이 빨리 와서 내가 떠나게 되더라도 집안일을 잘 부탁한다." 하고, 간단하고도 단호하게 말했다.

그런 일이 있은 지 사흘 후, 강씨는 일본에 있는 친구(마산 출신 교포)로부터 한 통의 서신을 받았다. 달포 전 보냈던 편지의 답장이었다.

康本様(야스모토 씨)

우선, 철민 군의 무사한 귀환에 대해 원지에서나마 진심으로 축하하는 바일세. 더욱이 그로 인해 자네와 내가 다시 상봉할 수 있게 되었으니 이 역시 반가운 일이 아닐 수 없네.

그렇지 않아도 파괴된 채 손을 못 보고 있는 공장 시설을 복구해 볼 생각이었지만, 아직은 경기가 워낙 나쁜 데다 같이 손을 잡고 일할 적임자도 찾지 못하여 노심초사하던 중이었는데, 마침 예기치 않게 자네의 서신을 받고 보니, 나로선 동반자를 만났다는 기쁨과 함께 새로운 용기를 얻게 되었네.

자네도 알고 있겠지만, 종전 후 여기는 맥아더 사령관의 연합군 점령하에 있으며, 재벌도 해체되었네. 전쟁의 상처가 복구되려면 아직도 요원한 감이 있기는 하나, 살아남은 국민들은 전국 각지에서 부흥에 열심히 활약들을 하고 있다네. 어차피 재건이 될 땅이라면 함마를 쥐어야 할 손이 따로 있는 게 아니잖은가?

이곳 상황이 그러한즉, 뒷짐만 지고 이대로 있다간 호기를 놓치지나 않을까 해서 자네의 도일을 서슴지 않고 권려하는 바일세. 원래 부(富)란 잿더미 위에서부터 시작된다지 않는가.

연(然)이나, 한 가지 염려되는 것은 본지까지의 안착 문제인데, 역시 자네 말처럼 '그 편'을 이용하는 길밖에 현재로선 별 방책이 없다고 생각되네.

매사에 용의주도한 자네에게 첨언이 필요하겠나만, 무리가 가지 않는 한 하루라도 속히 실천해 줬으면 하는 바람일세.

미구에 상면할 때까지 부디 옥체 성하고 가내 균안을 기원하며.

쇼와 21년 2월 8일

金村勝男(가네무라 가쓰오)

"으음!"

편지를 거푸 두 번 읽고 난 강씨의 마음은 수학여행을 앞둔 소년처럼 설레었다. 적어도 그가 편지의 사연을 읽고 음미하는 동안만은 그것 이외의 일들은 염두에서 사라져 있었다. 한 가정의 세대주로서의 책임감이며, 철민의 정신이상에 대한 처방이며, 그에 수반되어 나타날 갖가지 고민거리를 속절없이 떠안고 가야 할 하나에의 기구한 타국살이, 그리고 머지않아 상경하는 철준의 학업에 대한 뒷바라지, 향후 자기를 대신해 모든 집안일을 도맡지 않으면 안될 부인의 고생스러움, 또 이제는 아들의 금의환향을 기다리기보다 무덤으로 가는 날이 언제일까를 헤아릴 노부모의 여생 돌보기 등 — 모든 번거롭고 부담스러운 집안 문제는 강씨의 뇌리에서 멀찌감치 벗어나 있었다.

"가네무라 그 친구, 역시 내 생각이 간절한 모양이야."

강씨는 자긍심을 느끼며 손에 들었던 편지를 부인에게 건네주었다.

"하지만 경기가 나쁘다지 않아요? 패망한 지 일 년도 안됐는데 형편이 오죽하겠어요?"

편지를 읽고 난 강씨 부인의 반응은 부정적이었다. 여태껏 부인으로서는 남편의 일본 밀항 시도를 표면상으론 반대하지 않았었지만, 막상 이런 상황에까지 이르고 보니, 새삼 야속한 마음과 함께 은근한 불안감을 의식하지 않을 수 없었다.

"지금보다 더한 악조건도 겪어낸 난데, 그만 것쯤 못 버텨낼라구. 한 2,3년 고생할 각오는 돼 있으니까. 그리고 그 친구와 함께라면 힘든 일도 반감될 거요."

남편의 말에 강씨 부인은 대답하지 않았다. 강씨도 더 이상 말을 하지 않았다. 결별을 앞둔, 지천명(知天命)을 넘긴 부부의 착잡한 심사가 분위기를 무겁게 했다.

점심식사 후 밀항선을 알아보기 위해 강씨가 집을 나가고 나자, 강씨 부인은 갑자기 적막감이 들면서 거의 무의식적으로 방문을 열고 바깥채를 향해 철준을 불렀다.

"어머니 혼자 계셨군요?"

철준은 방 안으로 들어서며 강씨 부인의 그늘진 얼굴을 한눈에 알아차렸다. 철민이 귀환한 이래 어머니 얼굴에서 떠나지 않았던 화색을 요즘 와서는 찾아볼 수가 없었다.

"학교 갈 준비는 잘 하고 있는 거니?"

강씨 부인은 이마에 얹고 있던 손을 내리며 아들을 쳐다보았다.

"일본 학교의 재학증명서는 받아 놨구요, 한국의 편입 대상 학교도 몇 군데 알아보고 있어요."

철준은 어머니가 무슨 말씀을 하려나 하고 표정을 살피며 옆에 앉았다.

"그러고 보니 너도 곧 서울로 떠날 때가 됐구나."

"아버지가 그래 주신대요?"

"너도 알다시피 그런 덴 인색해하실 아버지가 아니잖니? 기왕에 갈 바에야 학자금이 다소 더 들더라도 이름 있는 학교엘 가야 되잖겠니? 입학금이랑 하숙비 문제는 일단 상의가 됐으니 너는 편입학 수속 절차나 착실히 챙기도록 해라."

"학비가 다소의 차가 아닐 텐데요?"

"그래도 너 한 사람의 뒷바라지쯤이야 못하겠니?

"당장 입학금부터가……."

"윗동네 고냉이머리 밭을 팔기로 했단다. 네 아버지도 가시려면 뱃삯이 적잖이 들 게고, 겸사겸사 우선은 그 수밖에 없지 않니?"

강씨 부인은 차근차근 말했다.

"너무 무리한 부담을 끼쳐 드리는군요."

철준은 진심으로 고마워하면서 한편으론 식구들에게 송구스럽기도 했다.

"그만큼 앞으로 우리 집에서의 네 위치가 중요하고, 또한 네게 거는 기대도 큰 것이란다."

부인은 무릎 가까이 앉아 있는 철준을 마주 보며 마음속으로 덧붙였다. '장차 우리 집안일은 네가 떠맡아야 할 것 같구나. 철형이는 이미 떠나갔고, 철민이는 저런 상태고, 이제 네 아버지마저 가 버리고 나면 우리 집안을 이어갈 사람은 너뿐이야.'

강씨 부인은 철준을 전에없이 탐탁스럽고 믿음성 있게 여기면서 가문에 대한 한 가닥의 희망을 그에게서 찾으려 했다.

"어머니."

은근한 철준의 목소리를 강씨 부인은 시선으로 받았다.

"저……, 서울 가는 거 단념할까 봐요."

철준이 망설이다가 말했다.

"갑자기 그게 무슨 소리냐?

강씨 부인은 놀라움을 금치 못하며 정색하고 물었다.

"아무리 생각해 봐도 집안의 장래가 걱정스러워요."

"네가 그런 말을 한다고 이 어미가 위안이 될 거라 생각하니?"

강씨 부인은 언성을 높이고 따지듯 하더니 "내가 너무 내 생각에만 정신이 팔렸나 보구나." 하고 목소리를 누그러뜨렸다. "학업을 계속하는 것이 너 자신만을 위하는 일로밖엔 생각이 안 되니?"

"……."

"네 소견이 그렇게 옹졸하다고 생각해 본 적이 없었는데……. 네 앞에서라고 하는 말은 아니다만, 난 우리 집 식구들 중에서 가장 믿고 싶은 사람이 너란다."

철준은 잠자코 듣고만 있었다. 형과 형수의 난처한 처지를 사례로 들면서 자기의 견해를 털어놓는 것이 오히려 어머니를 더욱 상심하게 만들 뿐이라고 여겨졌기 때문이었다.

"사나이에게 가장 중요한 것은 흔들림 없는 결단력이라고 나는 생각한다. 일시적인 아량이나 온정적인 행동은 당장은 그럴듯한 처신처럼 보이지만, 결국엔 십중팔구 후회하게 되는 거란다. 아마 내가 네 아버지의 뜻에 이제껏 순종할 수 있었던 것도 네 아버지의 과단성 때문이었을 거다. 그러기에 귀국 시에만 해도 오자는 대로 따라 나섰고, 이번 떠나는 일에 대해서도 굳이 만류하지 않는 거란다."

강씨 부인의 입에서 거침없이 흘러나오는 말은, 철준에게 지금까지 미처 몰랐던 어머니의 새로운 일면을 보여줬을 뿐 아니라 상당한 공감을 불러일으키기도 했다.

"그렇지만 어머니, 그러려면 거기엔 행동의 결과도 스스로 감당해 나갈 만한 자신이 있어야 하잖겠어요?"

"물론이지. 내 말은 결과까지를 넣고 하는 거란다. 결과를 두려워해서야 과감한 결단을 내릴 수 없는 일 아니겠니?"

"제가 거리끼는 점은 바로 그거예요."

"알겠다. 네 마음을 이해할 수 있겠구나. 네 조심스런 마음가짐이랄까, 아직 넓은 사회의 풍상을 겪어 보지 못한 탓이겠지. 그 점을 단련하기 위해서라도 혼자 타향살이를 체험하는 것은 네 장래를 위해 반드시 필요한 과정임을 알아야 한다. 그러니 우리 집안을 걱정해서 주저앉는다는 생각에 앞서, 우리 집안을 위하여 서울로 떠난다는 생각을 갖도록 해라."

강씨 부인은 말을 마치고 나서야 마음이 다소 가벼워진 듯 안색이 제 모습으로 돌아왔다.

21

철준과 강씨 부인이 방에서 이야기를 나누고 있을 즈음, 하나에는 동네 언저리에 있는 연자방앗간을 지나 산으로 이어진 언덕을 허위단심 달려가고 있었다. 하나에가 점심식사 설거지를 마치고 방으로 돌아왔을 때 방은 비어 있었고, 그녀가 직감적으로 마당으로 뛰쳐나와 산으로 눈길을 돌리는 순간, 연자방앗간 뒤쪽 비탈길을 올라가는 철민의 형체를 목격한 것이었다.

'오늘은 내 눈으로 직접 확인해야겠다!'

이미 눈이 다 녹아 버린, 나무 한 그루 없이 적황색 토양만 드러낸 산등성이의 한 지점을 향하여 성큼성큼 접근해 가는 철민의 모습을 하나에는 한시도 놓치지 않고 지켜보았다. 드문드문 돌출된 바위에 몸을 숨기면서.

이윽고 동혈 옆에 이르자 철민은 양손 손가락을 원형으로 구부려 눈으로 가져갔다. 산 아래를 향해 몸을 백팔십도로 회전시키는 것으로 보아 적의 진지를 관측하는 동작인 성싶었다. 잠시 후 그는 눈에 대었던 손쌍안경을 내리고 좌우를 왔다갔다했다. 서편으로 기울어진 햇빛을 받은 산등성이는 영사기의 광선을 받은 스크린처럼 환히 비취어, 철민이 땅을 굽어보는 모습까지 하나에의 시야에 들어왔다. 그리고 그의 발걸음이 동혈로 다가가더니, 마치 맹수의 입에 삼켜지는 먹이와도 같이 날름 빨려 들어갔다.

하나에의 가슴이 철렁 내려앉았다. 공포를 동반한 극도의 불안감이 머릿속을 번개처럼 스쳤다. 그녀는 더 생각할 겨를도 없이 단숨에 허겁지겁 산을 내려와 정신없이 집으로 달려갔다. 숨이 턱까지 차오르고 다리가 후들거렸다.

"철준이, 빨리 좀 나와 봐!"

하나에는 숨을 헐떡이며 소리를 질렀다.

"왜 그러세요?"

철준이 후닥닥 문을 열어젖히며 앉은 채로 상반신을 문지방 밖으로 내밀었다.

"지금 형님이 산에서……!"

하나에는 손으로 산을 가리키며 어쩔 줄을 몰라했다.

"어서 가요."

철준은 즉각 점퍼를 걸치며 따라 나섰다.

하나에는 눈에 잘 익지도 않은 산을 앞장서서 뛰다시피 올라갔다. 석양마저 산모롱이 뒤로 사라져버린 막바지 겨울의 산야는 그녀의 얼어붙은 마음만큼이나 한층 음산스러웠다.

앞서 가던 하나에가 동혈 가까이에서 걸음을 뚝 멈추었다. "여기야."

손으로 굴을 가리키는 하나에의 이마에선 땀방울이 빗물처럼 흘러내렸다. 직경이 1미터가량 되는 굴의 입구에는 주위의 무너진 토석 부스러기들이 마구 흩어져 있었다.

"제가 들어가 볼까요?"

철준이 굴 입구로 한 발을 들여놓았다.

하나에는 철준이 굽어보는 굴 안쪽을 두려움에 찬 빛으로 살피며 가슴을 손으로 눌렀으나, 철준은 벌써 굴속으로 발을 내딛고 있었다.

"형수님은 밖에 계세요."

"같이 가."

하나에가 철준의 뒤를 따라 들어섰을 때, 안쪽에서 호령하는 듯한 말소리가 들려왔다. 두 사람은 동시에 발걸음을 멈추고 귀를 기울였다.

"제군들이 보는 바와 같이 우리의 용감한 전우들은 대일본제국을 위하여 장렬히 전사했다……."

순간, 하나에는 자신의 귀를 의심하는 듯 새파랗게 질린 모습으로 철준을 쳐다보았다.

"이제 전 대원 중 남은 병력은 삼십이 명. 그러나 전의를 잃지 말고 최후의 일각까지 용전분투하기 바란다……."

더듬거리듯 하던 철민의 육성은 점점 열을 올리며 크게 들려왔다. 하나에가 전신에 전율을 일으키며 멍해 있는 동안, 철준은 재빨리 음향을 따라 철민의 옆까지 다가가 있었다.

"형님!"

그는 비명에 가까운 소리로 부르짖었다.

"으음, 누구얏?"

철민은 반사적으로 몸을 홱 돌렸다. 무덤같이 어둠침침한 굴속, 그는 마른 나뭇가지를 지휘봉 삼아 땅바닥에다 두 다리를 버티고 서 있는 것이 아닌가!

"이게 뭐예요, 형님!"

"아니, 하나 짱이 어찌 이런 곳엘……?"

철민의 멍한 동공이 어둠 속에서 철준 대신 옆에 서 있는 하나에를 주시했다. 하나에로선 몸을 움직이고 입을 놀릴 기력조차 마비되어 버린 것 같았다.

"형님, 여기가 어딘 줄 알고 그러세요? 어서 집으로 가요."

철준은 형의 팔을 끌어당겼다. 이 무슨 기막힌 운명인가! 철준은 그 자리에서 형을 붙들고 통곡하고 싶었다. 아니, 형을 때려눕혀 돌멩이로 머리라도 쳐주고 싶었다.

'차라리 이럴 바엔 남양 전선에서 박격포탄에 날아가 버리고 말 일이지. 형수님은 이제 어떡하란 말입니까!'

철준은 속으로 울부짖었다.

"잠깐 기다려. 이제 곧 나가누마 소좌님이 오실 텐데."

철민은 실없는 웃음까지 지었다. "그리고 내가 언젠가 말했던 이마무라 대위, 와타나베 소위도……."

"형님, 제발!"

철준은 고함을 질러 철민의 말을 가로막았다. "집으로 가욧!"

그는 다짜고짜로 형의 팔짱을 끼었다.

"집? 살아서 돌아갈 수는 없어. 이겨야 갈 수 있어. 그래서 우리 가족, 아참, 하나 짱도 만나는 거야."

철민은 점점 넋 나간 소리만 뇌까렸다.

"철준이, 이걸 어떡하지?"

하나에는 철준의 어깨를 붙들며 오열했다.

22

그로부터 한 달여 동안 강씨 집안에서는 정신과 의원이며 민간요법에다, 불공에서부터 점술, 굿에 이르기까지 갖은 방법으로 철민의 정신질환을 치료해 보았으나, 일단 고장난 대뇌의 정신중추 기능은 일말의 회복 기미도 보이지 않았다. 거기에다 쏟아 부은 막대한 비용에도 불구하고.

그러나 강씨 집안이 철민으로 말미암은 타격은 한갓 금전에만 국한된 문제가 아니었다. 그보다도 더 큰 대미지는 누구 한 사람 어쩌지 못하는 정신적 충격이었다. 하나에야 더 말할 나위도 없는 일이었지만, 그에 못지않게 강씨 내외와 철준, 그리고 강 노인과 현 노인에 이르기까지 비탄 속으로 몰아넣으면서 그들의 넋을 앗아가 버린 것이다.

우선 그들 모두에게서 볼 수 있는 공통점은 생기의 상실이었다. 온종일 집안에 말소리가 안 들렸다. 끼니때가 되어도 제대로 수저를 드는 사람이 없었다. 때때로 드나들던 동네 사람들마저 발길이 뚝 끊어졌다. 이제 무엇으로 생기를 되찾을 것인가!

'신은 애당초 없었어! 신이 있다면 이런 가혹한 형벌을 내릴 리가 없어. 내가 진생에 무슨 몹쓸 짓을 했다고.'

하나에는 생전 처음 신의 존재를 부정했다. 그녀는 이젠 철민에 대해 체념하고 있었다. 아름다운 꿈, 행복한 미래의 설계, 지고한 이상은 이제 부질없는 남가일몽이 되고 만 것이다. 하나에는 거울에 비친 자신의 얼굴을 무심코 보았다. 반년도 채 안된 세월인데 벌써 몇 해가 지난 듯한 느낌이었다. 그 매초롬하던 얼굴에 가뭇가뭇한 김이 서려 있었고, 강마른 몰골에 퇴색해 버린 피부도 가려볼 수 있었다.

'앞으로 어떻게 할까?'

그녀는 별 가치조차 느껴지지 않는 미래, 아니 자신의 거취를 막연히 생각해 보았다. 그러나 생각은 일보도 전진함이 없이 제자리를 맴돌기만 했다. 이렇다 할 뚜렷한 목표도 없으려니와, 설령 있다손 치더라도 거기에 이르기까지 자신이 의지할 만한 조각배도, 노도, 상앗대도 떠오르질 않았다.

'눈 딱 감고 고국으로 돌아갈까?'

한순간이나마 새로운 항로를 위한 키를 잡아 보려던 하나에는 이내 마음속으로 도리질을 했다. 이제 와서 고국으로 돌아간다고 한들 누구 한 사람 자기를 반가이 맞아 줄 이 없다. 조소와 냉대가 앞설 것이다. 차라리 여기 있는 게 낫겠지 하고 나름대로 구실을 만들어 보았으나, 그보다도 정작은 일주일 전부터 체내에서 일어난 생리의 변화를 마음에 두고 있었다. 경도(經度)가 멎은 것이었다.

하나에는 거울을 보며 헝클어진 머리를 두 손으로 쓸어 넘겼다. 그때 강씨 부인이 방문을 노크하며 조용히 문을 열었다. 마지막 굿을 치른 후로 고부 단둘이만 얼굴을 마주하기는 처음이었다.

"들어오세요."

하나에는 맥없는 소리로 말하며 가볍게 목례를 했다.

"휴우."

강씨 부인은 긴 한숨을 내쉬며, 첫눈에 알아볼 만큼 초췌해진 며느리의 얼굴을 살펴보았다. 두 사람 다 상대편의 안색에서 짙은 비감을 절감했다.

"이젠 할 말이 없구나."

시어머니의 말에 하나에는 답변 거리를 찾을 수가 없었다. 두 고부가 합심하여 기원했던 모든 일이 물거품이 되어 버린 마당에 이상 더 피차의 마음을 달래어 줄 만한 명분 따위가 남아 있지 않았던 것이다.

"나갔니?"

강씨 부인이 철민을 두고 묻는 말이었다. 하나에는 고개만 끄덕였다.

"멀쩡했던 애가 그놈의 전쟁통에 저렇게 결딴나 버리다니……!"

강씨 부인은 원통스러운 기색을 감추지 못했다. 게다가 노상에서 뭇 사람들에게 손가락질을 받아 가며 놀림감의 대상이 될 아들의 앞날을 생각하니 며느리에 대한 안타까움에 가슴이 미어지는 듯했다.
"얘야."
강씨 부인은 하나에를 부르고는 잠시 생각에 잠겼다가 "네가 지금보다 좀 더 마음의 안정(安靜)을 찾을 수 있는 방법은 없겠니?" 하고 며느리의 의중을 타진해 보았다.
"……?"
하나에는 시어머니의 말뜻을 알 듯 말 듯 한 모습으로 마주 보았다.
"뒤늦은 얘긴지 모르겠다만, 사정이 이렇게 된 이상 네게 앞길의 선택을 권유하고 싶구나. 네가 여기 머물러 있는 것보다 더 나아질 수 있는 길이 있다면 서슴지 말고 네 편할 대로 해도 좋다는 말이다. 물론 이건 강요를 하는 건 아니다. 우리 집에선 네가 조금이라도 더 나아질 수 있는 길이 있기만 하다면 도와줄 의무가 있으니까."
강씨 부인은 하나에가 자기의 의사대로 훵허케 떠나 버릴 경우의 공허를 동시에 실감하면서도, 며느리의 앞길을 진심으로 열어 주려 했다.
"어머님의 말씀을 충분히 이해할 수 있어요. 허지만 이제 와서 제 일신의 편안만을 바라고 떠나고 싶은 생각은 없어요. 그리고……."
하나에는 말을 망설였다.
"혹시 아버님과 동행할 생각은 없니?"
강씨 부인은 마침내 나름의 결론을 내렸다. 그러나 하나에의 반응은 뜻밖에도 자기의 생각과 동떨어진 것이었다.
"제가 이곳을 떠난다고 지워진 운명의 멍에를 벗어날 수 있겠어요? 고국에 돌아간다고 해서 편안해질 수 있으리란 보장도 없는 거구요. 설령 그렇더라도 제 과거는 과거대로 평생 제 마음에서 떠나질 않을 거예요. 그리고 어머니……, 이제 전…… 홀몸이 아니에요."
"그럼 아이를……!?"
강씨 부인은 경탄스러운 표정으로 말을 잇지 못했고, 슬픔 때문인지 감격 때문인지, 아니면 그 두 감정이 뒤엉켜서인지 하나에의 눈에서는 두 줄기 눈물이 주르르 흘러내렸다.

이런 두 고부의 애환은 아랑곳없이 시간은 속절없이 흘러 마침내 철준과 강씨는 일주일 간격으로 서울과 일본으로 떠나갔다.

이제 남자라고는 온종일 밖으로만 나도는 철민과, 뒷간에 가는 일 말고는 하루 내내 방 안에서 장죽을 입에 물고 앉아 있는 강 노인뿐이었다. 여인들도 삼대 고부가 밥상머리에서 얼굴을 대하는 시간 외엔 각자 자기들 방에만 붙박여 있기 일쑤였으므로 집 안은 절간처럼 고즈넉했다.

아침 한나절의 집안일을 마치고 난 하나에는 모처럼 뒤뜰의 펀펀한 돌반석 위에 나른히 걸터앉아 시야에 들어차는 신록의 자연 속에다 자신의 고달픈 마음을 담가 놓고 있었다. 사방에 호수처럼 펼쳐진 푸른 보리밭이며, 덤불 사이사이에 화사하게 피어 있는 복사꽃들, 그 위로 눈을 들면 비비베베 노래 부르며 하늘 높이 날아오르는 종다리들.

하나에는 멀리서 시선을 당겨 바로 눈앞에 만발한 유채꽃들을 보았다. 희고 노란 나비들이 두 나래를 하늘거리며 이 꽃 저 꽃으로 날아다녔다. 그녀는 유채꽃 줄기를 잡아당겨 코끝에 대고 꽃송이에서 풍기는 짙은 향내를 맡았다. 그때 문득 뱃속의 곰질거림을 느꼈다. 그녀는 복부에다 손을 얹어 보았다. 분명히 태동(胎動)의 감촉이 손바닥으로 전달되었다.

'내 몸에 새로운 생명이 자라고 있다니!'

불현듯 환희 같은 것이 그녀의 심장을 고동치게 했다. 그런 가운데, 하나에가 아내도, 며느리도 아닌 지난 시절 행복했던 추억이 눈앞의 노오란 유채꽃밭 위에 꿈결처럼 아롱아롱 펼쳐지는 것이었다.

제5장 피어나던 시절

23

화창한 가을날이었다.

집 안 청소를 마친 하나에는 에이프런을 벗어 의자에 걸치고는 종종걸음으로 욕실로 다가가며 "다네 짱, 목욕물 아직 안 데워졌어?" 하고 낭랑한 목소리로, 욕탕 아궁이에 불을 때고 있는 하녀에게 물었다.

"조금만 더 기다리세요."

욕실 벽 너머에서 하녀의 말이 들려왔다.

"빨리 해. 오빠가 올 시간이 얼마 안 남았는데."

"네."

이 세상에 혈육이라곤 오빠 하나밖에 없는 하나에에겐 그가 곧 집안의 가장이자 그녀의 보호자였기에 하나에는 평소에 오빠를 아버지처럼 대했고, 그가 육사(陸士)에 입교한 후에는 외출날이 손꼽아 기다려지는 것이었다. 마치 출장 간 아버지의 귀가를 기다리는 어린 딸처럼.

일찍이 독실한 기독교 신자였던 어머니는 산후 출혈로 하나에를 낳은 지 사흘 만에 세상을 떠났고, 의회 내에서 자유주의적 경향의 온건파였던 아버지마저 '2·26 사건(1936년 2월 26일에 일어난 군사 정변)'으로 군부 과격파의 조종에 의해 암살당하고 말았다.

하루아침에 조실부모 신세가 된 두 남매는 아버지 동료들의 도움으로 장례를 마친 후, 그들의 권유에 따라 도쿄의 집을 정리하고 고향인 오사카 교외로 이사했다.

그후, 오빠 히데오는 무슨 결심을 했는지 육사에 입학했고, 하나에는 여전

(女專) 진학을 포기하고 혼자 가사를 돌봤다.

"아무리 여자지만 학업은 계속해야 하지 않겠니? 아직은 학비를 염려할 형편도 아닌데."

오빠가 육사로 떠나기 전, 하나에가 전문학교 입학을 접을 뜻을 밝혔을 때 동생을 종용하며 한 말이었다.

"그런 문제 때문에 학업을 단념하는 건 아녜요, 오빠."

"그렇다고 설마 공부가 싫은 건 아니겠지?"

"싫다기보다 그 의의를 찾을 수가 없어요. 의욕도 느끼지 않구요. 그러니 저를 그냥 내버려 두세요. 저 역시 오빠가 군인이 되는 걸 원치 않지만 오빠의 뜻을 만류할 생각은 없어요."

하나에는 설득하듯 차분하게 말했다.

"의의랄 것도 없이, 학업이란 지식을 쌓는 데 목적이 있는 게 아니겠니? 자신을 위해서 말이야."

"자신을 위하는 게 아니에요. 군국(軍國)에 대한 맹목적인 몸바치기예요. 국민 개개인은 그 '군국' 이라는 거대한 기계의 부속품에 지나지 않아요."

"하나에! 무슨 말을 그렇게 함부로……?"

히데오는 짐짓 놀라는 표정을 지어 보였다.

"오빠한테니깐 말이지만, 전 내 나라가 무서워졌어요."

"과민반응이야. 대일본제국의 신민(臣民)이라면 국가의 권위를 부정할 순 없는 거야."

"지금과 같은 군국주의 통치라면 앞으로도 나라에 대한 애착이 느껴질 것 같지 않아요."

"우선 네 사고방식을 고치도록 노력해 봐. 아버지에 대한 생각 때문에 그러는 줄 안다만, 차차 시간이 해결해 줄 거야."

히데오는 진정으로 담담하게 말하며 동생의 어깨를 툭툭 쳤다.

결국, 하나에의 진학 문제는 설득하지 못하고 사관학교에 입학했지만, 그후로도 동생에 대한 오빠로서의 배려와 애정에는 변함이 없었다.

"오늘도 그분이 같이 오시나요?"

하녀가 장작 연기 때문에 흘러나오는 눈물을 옷소매로 닦으며 물었다.

"그분이라니?"

하나에는 시치미를 뗐다.

"아이, 언니두. 잘 아시면서 그러시네. 야스모또 중위님 말예요."

열다섯 살 된 하녀는 얄밉잖게 눈을 치떴다.

"글쎄, 오빠 말은 동행한다고 했는데……."

설레는 가슴을 가누지 못하는 하나에의 얼굴에는 절로 홍조가 번졌다.

히데오가 육사를 졸업하던 날, 그는 철민을 동반하고 집에 왔었다. 어깨에 소위 계급장을 단 철민의 모습이 하나에의 눈에는 더없이 멋지게 보였었다. 무엇보다도 일인답지 않게 헌칠민틋한 햇병아리 장교는 확실히 하나에의 마음을 매료시켰다. 갓 낭랑십팔세에 접어든 무르익은 처녀로서 혈기발랄한 청년 장교를 대하는 순간, 호수같이 잔잔하던 그녀의 가슴에 이제껏 느끼지 못했던 잔물결이 일렁인 것은 당연한 것이었으리라.

"하나 짱, 인사드려. 나와 입학 때부터 고락을 같이하는 오빠 동기생이야."

히데오는 '철컥' 하는 금속성과 함께 대검을 풀어 테이블 위에 얹었다.

"하나에예요."

다소곳이 숙인 그녀의 얼굴이 발개졌다.

"야스모또 데쓰도시입니다. 오빠를 통해 얘기 많이 들었어요."

철민은 하나에의 모습을 찬찬히 바라보았다. '상상했던 것 이상으로 예쁘고 참하구나!'

"휴가예요, 오빠?"

하나에는 숙였던 고개를 들며 물었다.

"그래, 앞으로 일주일 간은 자유로운 몸이지. 자, 내 방으로 가서 옷을 갈아입게나. 자네 집엔 내일 가고."

히데오는 앞장서서 철민을 자기 방으로 안내했다.

"자네가 말하던 부모님이시구먼?"

철민은 대검을 풀어 책상 옆에다 세우며 첫눈에 띈, 벽 한복판에 걸린 액자를 보면서 고개를 두어 번 가로저었다.

"왜 그러나? 내가 닮지 않았다는 건가?"

히데오가 예상했었다는 투로 반문했다.

"자네는 그런데, 한 사람은 어머니의 전부를 쏙 빼닮았군 그래."

"하나에 말인가?"

철민은 대답 대신 고개를 끄덕이며 복판의 가족사진 액자 주변의 여러 사진들에서 동료 부모의 생전의 신분을 확인할 수 있었다. "자네를 달리 봐야겠네."

"무슨 뜻이지?"

"참으로 훌륭한 양친을 두었군!"

철민은 한동안 액자에서 눈을 떼지 않은 채, 방금 전에 대했던 하나에의 모습을 사진 속의 부모와 대비해 보았다.

"두 분 다 한세대 앞선 리버럴리스트이셨어. 자유주의 사상의 뿌리가 깊지 못한 현 시대에 살아가시기엔 시기상조인 분들이었지."

히데오는 남의 말 하듯 해학까지 곁들였다.

"그럼 자넨 돌연변인가?"

철민은 권련에다 불을 댕겼다.

"그러니깐 자넬 만나게 된 거 아닌가. 무관(武官)이라면 '무' 자만 들어도 고개를 흔들던 양반이셨지. 아마 살아 계셨다면 이 안또 히데오(安藤秀雄)는 야스모또 데쓰도시란 인간을 아예 만나지도 못했을 거야."

"이것도 인연일까?"

철민이 유카타(浴衣; 목욕 후나 여름철에 입는 무명 홑옷)를 갈아입으며 물었다.

"조화옹의 붓장난이겠지. 마음대로 이리 찍 긋고 저리 찍 긋고……. 그러다 접선이 되는 거지."

"붓장난? 하하하, 그거 참 재미있는 표현이구먼."

두 사람은 호쾌하게 웃으며 욕실로 향했다.

"이젠 집에 하녀 하나를 둬야겠구나. 별일이야 없지만 너 혼자선 적적하고 할 테니 말이야."

목욕을 마치고 난 히데오가 철민과 함께 점심을 들면서 옆에 앉은 하나에에게 말했다.

"지금까지도 그냥 지내왔는걸요 뭐, 오빠"

하나에는 단정히 꿇어앉은 채 대답했다.

"그래두 말동무라도 있어야 하지 않겠니? 앞으로는 나도 수입이 생길 것이고, 너도 이따금 외출을 하려면……. 너보다 어린 여자아이로 어디 좀 알아봐."

히데오는 이젠 사관이 되었다는 마음의 여유 때문이기도 했지만, 은연중 철민을 의식하게 되면서 동생을 보다 자유로워지게 해 주고 싶은 생각이 들었다.

"자네가 너무 하나에 씨를 소홀히 했었군 그래?"

철민이 옆에서 분위기를 맞추었다.

"하기는 나도 능력이 없긴 했지만, 얘가 원치를 않아서 그랬던 거지. 워낙 가계부에 철저해서."

히데오는 철민을 넘겨다보며 한쪽 눈을 찡긋했다.

"아이 참, 오빠두."

하나에는 히데오의 옆구리를 가볍게 팔꿈치로 찌르면서 곱게 눈을 흘겼다.

"과연 듣던 대로군요."

"아녜요. 밤낮 하는 일 없이 놀고먹기만 하는걸요."

철민의 말에 하나에는 낯을 붉히면서 "그럼 좋아요. 오빠가 정 그러시다면 제가 사람을 알아볼게요." 하고 얼른 주전자를 들어 두 개의 컵에다 물을 따랐다.

이런 하나에의 모습에서 철민은 자신도 모르는 새 그녀에게 깊은 호감으로 끌려가는 것을 어쩌지 못했다,

"그런 의미에서 오늘은 우리 하나 짱 구경 하나 시켜 줄까?"

히데오는 동생을 쳐다보며 빙긋이 웃음지었다.

"단순히 그런 의미에서라면 전 안 갈래요."

내심 마냥 즐거운 하나에의 태도에선 아까 철민을 처음 대했을 때와는 달리 응석까지 엿보였다.

"나보고 가라는 소리보다 더한데?"

철민이 멋쩍은 시늉을 하자, 히데오가 "난 그러고 싶은데 하나 짱이 싫어하는 것 같은걸, 하하하." 하고 웃었다.

"같이 가세요."

하나에는 그녀대로 득의만면해 있었고, 철민 또한 화기애애한 그 자리에 어울리게 된 것이 뜻밖의 행운을 얻은 듯 흐뭇했다.

세 사람은 한 편의 영화를 관람한 뒤, 오랜만에 오사카의 밤거리를 거닐었다. 덴노사(天皇寺)에서 오사카 성, 우메다(梅田)역을 거쳐 요도 강(淀川)변을 끼고 모리구치(守口) 시까지 시간 가는 줄 모르게 돌아다녔다.

그로부터 철민은 마치 정기우편물과도 같이 한 달에 꼬박꼬박 한 번씩 히데오와 더불어, 때론 혼자서 하나에를 찾게 되었고, 하나에 역시 그의 방문을 가슴 설레며 기다려졌던 것이다.

24

하나에가 목욕을 하고 화장을 끝냈을 무렵에 철민이 도착했다. 사복 차

림이었다. 예정 시간보다 30분가량 늦은 것이 오히려 하나에에게는 잘된 일이었다.

"히데오는 부대 이동 관계로 외출이 어렵게 돼서 나 혼자 왔어요."

"그럼 오빠도 이동이 되나요?"

하나에는 다소 의외로운 기색으로 물었다.

"확실한 것은 부대 편성이 끝나 봐야 알 것 같아요."

철민은 하나에가 밀어 주는 안락의자에 앉으며 대답했다.

"그 대원들은 어디로 이동되지요?"

"아마도 남양 군도겠지요."

"거긴 전투가 치열하다면서요?"

하나에는 염려스러운 빛으로 철민의 옆 의자에 조용히 앉았다. 향기로운 분 냄새가 철민의 코끝으로 풍겨 왔다.

"전선치고 치열하지 않은 곳이 없지요."

철민은 분위기와는 어울리지 않는 화제가 거북스러웠다. 이를 의식한 듯 하나에가 "댁에 들렀다 오시는 길인가요?" 하고 말머리를 돌리며 철민의 사복 차림새를 유심히 살폈다. 그의 시간 여유를 헤아리기라도 하듯이.

방금 전에 목욕을 하고 단장을 한 그녀의 모습이 철민의 눈엔 그날따라 유난히 싱그럽고 발랄하게 보였다.

"오늘은 히데오의 몫까지 내가 해 드리려구요."

철민은 의식적으로 손목시계를 보았고, 하나에는 그의 마음을 읽은 듯 얼른 의자에서 일어섰다.

"오늘 뭐 특별히 볼일이 있는 건 아니죠?"

철민의 말투는 미리 다짐이라도 받는 듯 신중했다.

"오빠와 철민 씨를 기다리는 것이 특별한 볼일이었어요, 오늘은."

하나에는 농에다가 자기의 진심을 솔직하게 담아 말했다.

"나가지요, 그럼."

철민은 몸을 일으켰다.

"저녁 준비를 시켜 놨는데……."

"저녁식사는 교또(京都)에 가서 합시다."

철민의 말에 하나에는 급히 자기 방으로 건너가 부랴부랴 외출복으로 갈아입었다.

"철민 씨도 남양 군도로 가시게 되나요?"

교토행 급행열차가 플랫폼을 벗어났을 때, 철민의 옆에 앉아 있던 하나에가 그를 바라보았다.

"내가 어느 나라 군인인데요?"

철민은 눈웃음을 지으면서 목에 걸린 인식표(군번)를 와이셔츠 칼라 밖으로 내보였다. "명령에 살고 명령에 죽는 게 군인이에요."

'역시 오빠와 다를 바가 없구나!'

하나에는 내심 서운해하며 나직이 중얼거렸다. "저로선 수긍이 가지 않네요."

"이런 때일수록 마음을 굳게 가져야 해요. 지금은 전시니까 국민 모두가 나라만을 생각할 때예요."

철민은 겉으론 태연한 표정을 지어 보였으나, 사실 그라고 해서 심적으로 평온하기만 한 것은 아니었다. 벌써부터 하나에가 자신의 부대 이동 문제에 대해 우려의 시각으로 바라보고 있다는 사실을 의식하지 않을 수 없었던 것이다.

"우리가 같이 나온 건 데이트를 즐기기 위한 것이니까 오늘만은 다른 일은 다 잊어버려요."

철민은 차창에 비친 하나에의 우수 어린 표정을 보면서 분위기를 바꾸려 했다.

그들이 교토에 도착한 것은 석양녘이었다. 교토의 거리는 어지러운 전시와는 아랑곳없다는 듯 천년의 고도답게 정연하고 평온했다. 그런 시가의 분위기 때문인지 철민과 하나에의 마음도 열차 안에서와는 달리 차분히 가라앉아 있었다.

역전의 한 이탈리아식 식당에서 저녁식사를 마치고 나온 두 사람은 택시편으로 도심지를 벗어나와, 가로등이 밝혀 주는 나라(奈良) 가도를 한가롭게 나란히 걸었다. 한 발짝 두 발짝 포도 위를 옮겨 디딜 때마다 뚜벅뚜벅, 또박또박, 구둣소리가 경쾌한 리듬을 자아냈다. 모처럼 타지에서 가져 보는 둘만의 오붓한 데이트였다.

"히데오의 말처럼 인간을 다스리는 조화옹의 붓장난이란 참 오묘한 거예요."

철민은 하나에의 반대편으로 고개를 돌려 담배연기를 공중에다 날렸다.

"오빠가 그런 말을 다 했어요?"

"조물주께서 붓을 잡고 이 데쓰도시와 히데오로부터 선을 쭉 그어 '육사'라는 한 점에서 만나게 한 거예요."

"어머나! 참 재밌는 말이네요."

하나에는 철민의 한쪽 팔을 가볍게 끼며 덧붙였다. "잘된 접점인가요?"

"그렇고말고요. 거기에서 또 '하나에'라는 점까지 보조선도 그어 주었으니까요."

철민은 하나에와 나란히 거니는 내내 그녀와의 결연(結緣)을 조화옹이 자기에게 베풀어준 더없는 선물이라 단정했다.

'역시 서로 정신적 감응이 일어난 것일까?'

하나에는 말 대신, 끼고 있던 철민의 팔에 힘을 가했다. 자신의 마음속에 품고 있는 것과 똑같은 진심을 상대편에서 먼저 자연스럽게 전해 주는 게 그녀를 더욱 마음 편하게 해 주었던 것이다.

"내 말이 빗나간 해석일까요?"

철민은 점점 어린아이가 되어 갔다. 하나에가 자기의 구애에 공명을 일으키고 있음을 그녀의 언어에서, 또 팔의 압력에서 뚜렷이 전달받고 있으면서도 그 이상의 수긍을 확인하고 싶은 심사였다.

"그렇다고 대답하면 어떡하시겠어요?"

하나에 역시 응석받이가 되면서 철민을 올려보았다.

"글쎄……, 육사 학적부에서 이 야스모또 데쓰도시 이름을 지워 버려야 되겠지요."

"어마! 그런 끔찍스런 말을……."

하나에가 놀라는 척 발걸음을 멈췄다.

"하하하…… 그럼 제적은 면할 수 있는 건가요?"

철민도 그 자리에 서며 유쾌하게 너털웃음을 터뜨렸다. 아무리 주고받아도 끝이 없을 밀어를 나누는 동안 그들의 발걸음은 어느새 공원의 입구를 들어서고 있었다. 분지의 가을 기온이라 옷자락으로 스며드는 밤바람이 제법 싸늘했다.

"스웨터를 입고 올걸 그랬어요."

철민은, 스커트에다 블라우스 차림으로 쌍그렇게 보이는 하나에의 손을 자기 손아귀에 넣었다.

'제 마음은 훈훈한걸요.'

하나에는 마음으로 말하며 "너무 많이 걸은 것 같아요." 하고 가까이 있는 벤치를 보았다. 여기저기에 많은 연인들이 쌍을 이루어 벤치에서 속삭이거나, 손에 손을 잡고 거닐고 있었다.

"이런! 숙녀 마음을 이렇게 모르다니. 우리도 저기 좀 앉읍시다."

철민의 열없어하는 표정에 하나에도 마주 보고 웃으며 연못이 보이는 벤치에 나란히 앉았다. 그들은 수면에 반사되는 별빛과 불빛을 바라보면서 다 같이 앞으로 엮어 갈 사랑의 설계도를 머릿속에 스케치하고 있었다.

두 사람은 처음 대했을 때 느꼈던 감성에서부터 방금 전 포도를 거닐면서 나눈 언어와 행동에 이르기까지 둘 다 애정에는 의심의 여지가 없음을 자인하면서도 서로가 보다 확실한 애정을 구체적으로 다짐받기를 갈구하고 있었다.

철민은 자신의 몸이 달아오르는 것을 느끼면서 하나에의 얼굴로 시선을 돌렸다. 하나에는 눈을 감은 채 두 손을 모으고 있었다.

"기도를 드린 건가요?"

하나에가 손을 내리고 눈을 떴을 때 철민이 물었다.

"하느님께 하루속히 종전을 시켜 달라고 빌었어요."

"결국 그날이 우리 일본의 승전일이 될 거예요."

철민은 힘주어 말했으나, 하나에는 아무 반응이 없었다.

"하나에 씨, 그때까지 참고 기다릴 수 있죠?"

"철민 씬 저보다 일본을 더 중히 여기세요?"

하나에는 부질없는 물음인 줄 알면서도 자신의 마음을 숨길 수가 없었다.

"그런 말이 어딨어요?"

철민은 안타까운 듯 중얼거거렸다. "나라에 대한 충성도 중요하지만, 하나에 씨도 나에겐 없어서는 안될 존재예요. 하나에 씨, 사랑합니다."

철민은 방금 전까지의 침착성과는 딴판으로 세차게 하나에의 몸을 그러안았다. 그녀는 순순히 철민의 넓고 튼튼한 가슴에 안기며 철민의 뜨거운 입술에 자기의 것을 맡겼다. 강렬하면서도 감미로운 포옹과 키스로 둘은 하나가 되었다.

"하나에 씨, 내가 꼭 개선할 테니 나를 믿고 기다려 줘요. 날 잊지 말아요."

한참 후 철민이 죄었던 팔을 풀며 나직이 말했다.

"그건 제가 하고 싶은 말인걸요."

하나에는 철민의 귓전에 속삭였다. 둘은 또다시 뜨거운 포옹과 키스로 하나로 덩어리지었다.

25

그로부터 철민과 하나에의 애정은 제철을 맞은 과일처럼 무르익어 갔다. 그러나 해외 전선에서의 전황은 날이 갈수록 치열해지고 있었다. 일본이 진주만을 기습한 이래 전열을 가다듬은 연합군이 미드웨이 제도를 시작으로 솔로몬 군도에 이어 마셜 군도로 반격을 개시함에 따라 군국이 점령한 태평양의 여러 기지가 위협을 받으면서 전세는 역전되기 시작했다. 뿐만 아니라, 1942년 4월에는 미군의 항공모함에서 발진한 B-25 폭격기가 천2백 킬로미터나 떨어진 본토의 도쿄를 비롯한 나고야, 고베 등의 주요 도시에 주간 폭격을 감행했다. 그럴수록 오직 승전 일념에만 광분한 대본영(大本營)은 수많은 장병들을 해외 전선으로 상품을 수출하듯 증파시켰다. 히데오가 해외 전선으로 전속명령을 받은 것은 그해 말경이었다. 드디어 올 것이 온 것이었다. 그러나 놀란 것은 히데오가 아니라 하나에였다.

'아버지, 어머니, 이젠 이 집을 누가 이어가지요?'

의자에 앉은 채 책상 위에 놓여 있는 부모의 사진을 들여다보던 하나에는 몸을 일으켜 히데오의 방으로 가더니, "결국은 저 혼자만 남게 되는군요?" 하고, 출정에 앞서 소지품들을 가방에 챙기고 있는 오빠에게 말했다. 그녀는 장병의 해외 파견을 사지(死地)로의 유배와 동의어로 인식하고 있었다. 국가총동원령을 제정한 군부가 중요시하는 육탄돌격의 정신주의와 이에 맹종하는 장병들의 속성을 잘 알고 있었기 때문에.

'철민 씨도 예외일 수가 없겠지?'

생각이 거기까지 미치자, 하나에는 일껏 진정해 온 마음의 평화가 한순간에 산산히 부서지는 듯한 불안감에 휩싸였다.

"그렇게 상심하지 마라. 나라가 위태로울 때 구국을 위해 나서는 건 국민의 의무잖니? 더없이 영광되고 자랑스러운 일로 여겨야지."

가방의 지퍼를 '지익' 닫으면서 히데오는 벽에 붙어 있는 '진충보국(盡

忠報國)' 이라는 포스터를 쳐다보았다. "이제까지 네가 우리 집을 잘 꾸려 나갔지 않니. 그런 상황의 연장이라고 생각하면 돼. 내가 죽으러 가는 것도 아니고. 그리고 당분간은 야스모또 군이 남아 있을 테니까 한결 의지가 될……."

히데오는 담담한 어조로 말했으나, 하나에는 '당분간' 이란 말에 민감한 반응을 보이며 그의 말을 잘랐다.

"오빠, 그렇다면 철민 씨의 출정도 시간문제 아녜요?"

"……."

"네? 왜 대답을 못 하세요?"

"본토 수비도 중요하니까 무작정 해외 파병을 하진 않을 거야. 전세에 따라 남게 될 수도 있어."

히데오는 극히 원론적인 말로 하나에를 위안하려 했지만, 그녀는 날로 불리해져 가는 전세를, 전황 보도가 아닌 상식과 육감으로 파악하고 있었다.

"전세가 유리하다면 어째서 하루가 멀다 하고 그 많은 장병들을 사지로 몰아넣겠어요?"

하나에의 속눈썹에 물기가 어렸다.

"네가 그처럼 슬퍼하면 내가 마음 편히 떠날 수 없잖니? 다른 사람의 처지도 헤아려 줘야지."

히데오는 가슴에 사무치는 애절함을 가까스로 억누르며 손목시계를 보았다. "시간이 얼마 안 남았어. 야스모또 군과 나고야에서 만나기로 했는데. 자, 어서 출발하자."

끽다점(喫茶店:다방)은 송 · 유별(送留別)을 하는 가족과 장병들로 만원을 이루고 있었다.

"여길세."

하나에와 함께 문을 열고 들어서는 히데오를 보며 철민이 손을 쳐들었다.

"먼저 와 있었군."

히데오는 허리에 찬 일본도를 손으로 받치며 맞은편 자리에 하나에와 나란히 앉았다.

"기운을 내세요, 하나에 씨! 그리고 오빠의 장도를 빌어 주세요."

철민은 우수 어린 하나에의 핼쑥한 얼굴을 쳐다보았다.

"네, 이제부터 열심히 주님께 기도드릴 거예요. 이럴 줄 알았으면 계속 교회를 다녔어야 했는데."

하나에는 고개를 끄덕이며 애써 미소를 지어 보였다.

"뒷일은 모두 자네에게 부탁하겠네."

히데오는 자리에 앉으면서부터 줄담배를 피우며 실내를 두루 살폈다. 자욱한 자연 속에서 수많은 눈동자와 입들이 쉴새없이 대화와 의사를 나누고 있었으나, 그들의 눈 언저리엔 하나같이 우수의 빛이 어리어 있었다.

나라에 바치려고 키운 아들을
빛나는 싸움터로 내어 보낼 때
눈물을 흘릴쏘냐 웃는 얼굴로…….

끽다점 안의 축음기에서 흘러나오는 장행곡(壯行曲)의 경음악이 구슬프게 사람들의 애를 끊었다.

"행선지는……?"

철민이 차를 마시며 히데오에게 물었다.

"그게 무슨 상관인가? 태평양상의 어느 도서 지역. 중학교 때 지리 시간에 배운 열대밀림을 견학하는 셈 치면 되겠지."

"어딜 가든 소식 주는 걸 잊지 말게."

"오, 물론. 편지지 위에 포탄이 떨어지지 않는 한."

히데오는 열대의 한 밀림 속에서 펜을 잡고 있는 자신의 모습을 머릿속에 그려 보면서, 지금 자기가 앉아 있는 끽다점이 하나에와 철민과의 동석으로선 십중팔구 최후가 될지도 모른다고 생각했다.

"자, 나가세. 이별주 한잔 해야지."

이렇게 말하는 철민 역시 히데오와 재회를 기약하기란 무망한 것으로 여겨졌다. 세 사람은 근처 식당으로 자리를 옮겼다.

"야스모또, 이제 우리 하나 짱의 행 · 불행은 오직 자네의 손에 달렸네. 떠나는 몸으로서 염려되는 건 오직 동생의 장래뿐일세. 여태껏 난 무엇 하나 동생을 위해 떳떳이 해준 게 없어. 어려운 부탁이지만 내가 하지 못한 일을 자네가 맡아 해 주게. 나의 마지막 부탁일세. 하나 짱, 내 얘기 알아듣겠지?"

히데오는 철민과 동생을 번갈아 보았다.

"하나에 씨에 대해선 내가 있는 한 염려하지 말게. 끝까지 지키겠네."

"오빠, 제 걱정은 마세요. 아무쪼록 오빠 몸이나 조심하고, 꼭 이기고 돌아오세요."

"그럼 여기다 손을 얹게. 하나 짱도."

히데오가 손을 내밀자, 철민과 하나에가 손을 포갰다.

"됐네. 자, 그런 의미에서 건배를!"

히데오는 세 개의 잔에다 술을 따랐다. 그리고 모두 잔을 높이 들었다.

"천황폐하의 만수무강과……."

"대일본제국의 승전을 위하여!"

26

히데오가 떠나 버린 후로는 하나에가 마음을 의지할 데라곤 오직 철민 한 사람뿐이었다. 그렇기에 하나에가 철민을 기다리는 마음은 날이 갈수록 애틋하고 간절할 수밖에 없었다. 그러나 시시각각 변하는 철민의 주변 상황은 하나에의 바람대로 따라 주지 않았다.

첫째, 철민의 외출 횟수가 전보다 훨씬 줄어든 것이었는데, 그것은 날로 불리해져 가는 전세 때문이었다. 못해도 한 달에 한 번은 지켜지던 외출이 잘해야 두 달 지나 하루쯤 어렵사리 빠져나왔다간 살인적인 헤어짐의 아쉬움만을 남긴 채 귀대하지 않으면 안되었던 것이다.

그런 가운데나마 하나에의 마음을 달래 주는 건 일주일에 한 번씩 꼬박꼬박 도착되는 소식이었다. 철민의 친서가 날아오거나, 아닐 땐 운전병이 외출 시에 스리쿼터를 문 앞에 대어 놓고는 잠깐 들러 철민의 안부며 그녀가 즐겨 먹는 젤리를 상자째 전해 주고 가곤 했다. 철민이 직접 찾아 주는 것이 다시 없는 소망이긴 했지만, 그나마 간접적으로라도 일주일에 한 번씩 철민의 무사함을 확인할 수 있는 편지나 운전병이 애오라지 그녀의 궁금증과 불안감을 풀어 주는 위안감이자 활력소가 아닐 수 없었다.

"혼자 오시지 말고 야스모또 대위님하고 같이 오시지 그래요."

철민을 향한 애틋한 연모의 정은 그녀의 마음속에서 맴돌다 못해 애꿎은 운전병에게까지 옮겨지는 것이었다.

"사모님도 참, 제가 무슨 끗발이 있다고……. 도조(東條英機 도조 히데키;당시 일본의 총리 겸 육군 · 내무 대신) 각하께 부탁을 하셔야죠."

까까머리 병장은 하나에를 '사모님'이라 호칭하면서 까맣게 탄 얼굴에 하얀 이를 드러내며 조크를 던졌다.

"이거 좀 수고해 주세요."

다과를 대접하고 난 하나에가 답장과 함께, 철민을 위해 미리 마련해 둔 과일 광주리를 건네주면 운전병은 서둘러 받아들며 거수경례를 하고는 엔진의 여운만 남긴 채 황망히 사라져 버리는 것이었다.

'계속 이런 상태로만 지낼 수 있어도 다행일 텐데……. 그러다가 종전이 되면 얼마나 좋을까!'

하나에는 창문가에 손으로 턱을 고이고 서서 나고야의 북동쪽 하늘을 망연히 바라보았다. 그러고 있는 순간만은 그녀는 오빠 히데오를 까맣게 잊고 있었다. 철민 한 사람만 자기 옆에 건재해 있기만 하면 슬픔도, 괴로움도 모르고 지낼 수 있을 것 같았다.

27

그날 오후, 하나에는 오빠 히데오의 편지를 받았고, 그로부터 사흘 후에 철민이 외출을 나왔다. 50여 일 만의 만남이었다.

오늘일까 내일일까 하고 소식을 기다리던 하나에는 스리쿼터의 브레이크를 밟는, 귀에 익은 소리에 슬리퍼를 신은 채 문밖까지 달려 나갔다.

"오빠 편지 받으셨어요?"

"그래서 이렇게 부리나케 달려왔잖아요. 연대장 기합보다 히데오의 명령이 무서워서."

철민은 싱긋 웃으며 슬리퍼 바람으로 달려나온 하나에의 발을 보다가 그녀를 껴안듯이 하고 집 안으로 들어갔다.

"오빠가 뭐라고 했길래요?"

하나에의 기쁜 말소리가 입김을 느낄 수 있을 만큼 철민의 턱밑에 닿았다. 순간, 철민은 대답할 사이도 없이 그 억센 손으로 하나에의 가냘픈 양 어깨를 잡아끌면서 입을 맞추었다.

"이제 히데오가 내게 내린 명령을 알았어요?"

20여 초가 지난 후에야 철민이 그러안았던 하나에의 어깨를 풀면서 또 빙긋이 웃었다. 하나에는 대답 대신 다소곳이 고개를 끄덕였다. 금세라도 눈물방울이 떨어질 듯이 행복에 겨운 모습으로.

"이 부대라면 어디쯤 되지요?"

잠시 후 철민과 마주 앉은 하나에는 봉투에 적힌 군사우편 번호를 내보이며 물었다.

"과달카날일 거예요."

"어디 있지요?"

하나에는 오빠가 떠난 후로 생각나면 들춰보던 세계지리부도를 가져다 오세아니아 페이지를 펼쳐 보였다. 파란 대양 위에 깨알 같은 점들이 파리똥처럼 불규칙하게 산재해 있었다.

"하나에 씨가 한번 찾아봐요."

철민도 지도 위에다 눈을 주었다. 하나에는 시선을 모아 하와이 제도로부터 서쪽으로 여러 섬들을 하나하나 손가락으로 짚어 갔다.

"어쩌면 이런 깨알 같은 곳에 그 많은 사람들이……?"

하나에는 지도 위에 시선을 박은 채 혼잣말처럼 중얼거렸다.

"그 점들이 모두 우리 본토를 지켜 주는 울타리예요. 수많은 병정들이 파견되는 것도 그 섬들을 빼앗기지 않기 위해서지요."

철민이 말하며, 언젠가는 자신도 사령부가 그리는 색연필선에 따라 그 중의 한 곳으로 이동하게 되리라는 생각에 잠겨 있는데, "아, 여기 있군요." 하고 하나에가 남위 10도선을 타고 있는 과달카날 섬을 연필 끝으로 가리켰다.

이 섬 안에 험한 산과 질펀한 소택지와 우거진 정글이 있고, 이들을 요새 삼아 화력을 구축하고 적을 노리며 피를 흘린다는 것이 한 장의 지면을 펼쳐 보고 있는 하나에로서는 쉽사리 실감이 나지 않았다.

"전황은 어떻대요?"

"현재는 방어태세인 것 같던데, 적의 반격이 언제 가해지는가가 문제겠지요."

철민은 연합군의 반격으로 이미 라바울과 과달카날 사이의 보급이 끊어졌다는 것을 알고 있었지만, 그런 상황까지 하나에에게 말하고 싶진 않았다.

"오빤 철민 씨가 여기(본토)서 종전을 맞이하길 바라고 있어요."

"희망 사항이겠지요. 그대로만 된다면야 더 바랄 나위 없겠지요. 하지만 일찍 종전을 맞기엔 우리가 지켜야 할 마당이 너무 넓어요."

철민이 체념하듯 말하며 " 나 목욕 좀 할 수 있어요?" 하고 하나에를 쳐다보았다.

"오늘 안 돌아가셔도 되나요?"

하나에는 철민의 말에서 시간의 여유로움을 직감하면서 갑자기 가슴이 울렁거리기 시작했다. "제가 얼른 목욕물을 준비할게요."

"그럼 아궁이 불은 내가 땔게요."

히데오가 떠날 무렵, 하녀 다네코가 그만둔 것을 알고 있는 철민은 몸을 일으키며 소매를 걷어붙였다.

"우선 옷부터 갈아입으세요. 가요, 오빠 방으로."

철민의 손을 잡고 히데오의 방으로 간 하나에는 옷장에서 당코즈봉(무릎 아랫부분의 통이 좁은 바지)과 점퍼를 꺼내 주었다. "목욕 후에 갈아입을 옷은 여기다 따로 준비해 놓을게요."

철민이 손수 물을 데우고 목욕을 하는 동안, 하나에는 세탁해 옷장에 넣어두었던 히데오의 유카타며 내의를 꺼내 다다미 바닥에 가지런히 놓은 후 저녁 준비를 했다. 요리하는 일손이 여느 때보다 한결 가볍고 마음도 느긋했다.

"우사기 우사기, 나니 미떼 하네루"

(토끼야 토끼야, 무얼 보고 깡충거리니)

하나에가 생선튀김을 만들며 흥얼거리는 소리에

"주고야 오스끼사마 미떼 하네루."

(보름날 밤 달님을 보고 깡충거리지.)

하고 철민이 뒤를 이어 부르며, 유카타를 입고 나왔다.

"철민 씨도 그 동요 기억하세요?"

"누구에게나 동심이란 있는 법이죠."

"동심으로 돌아가고 싶어요. 맑고 순수한……."

하나에는 뒤돌아보면서 천진난만하게 미소를 띠었다. 두 사람은 밥상을 사이에 두고 행복스럽게 마주 앉았다. 마치 신혼부부처럼.

"만작(晩酌:저녁 반주)을 하셔야죠?"

하나에는 도자기 병을 들고는 "오빠가 즐겨 마시던 거예요." 하고 잔에다 청주를 따랐다.

"안 그래도 생각이 간절해서 부탁하려던 참인데, 역시……."

흔쾌히 잔을 들고는 거푸 몇 잔을 마시고 난 철민은 알맞게 취해오른 기분으로 하나에를 그윽이 바라보다가 "하나에 씨!" 하고 근엄하게 불렀다.

"네?"

갑작스러운 어조의 변화에 하나에의 눈이 동그래졌다. 철민은 말을 하려다 먼저 술부터 입에다 털어 넣었다.

"어서 말씀해 보세요."

"나의 청을 들어 줄 수 있어요?"

하나에는 몸이 인형처럼 고정되면서 정색을 했다. "무슨……?"

"하나에 씨, 당분간 우리 집에 가 있을 수 없어요?"

"철민 씨 댁엘요?"

하나에로선 너무나 뜻밖이었다.

"하나에 씨 혼자만 있는 것이 나로선 불안스러워서 그래요."

철민은 히데오의 편지 사연을 재음미하며 말했다.

"말씀은 감사하지만 댁의 분들에게 번거로움을 끼쳐드리고 싶지 않아요. 차라리 오빠 말대로……."

'결혼……?'

기분 좋게 오르던 취기가 일순간 딱 멎는 것 같았다. 하나에와의 결합을 히데오가 철민에게도 암시하고 있었던 것이다. 물론 자기 자신도 히데오로부터 편지를 받기 전에 이따금 머릿속에서 그려 본 일은 있었지만, 막상 결정을 내리려니 너무나 신중한 문제가 아닐 수 없었다.

"공연히 하나에 씨를 희생시키고 싶은 생각은 없어요. 전시의 군인 아내들의 운명이 어떤 것인지를 잘 알잖아요? 더구나 난 본국인도 아니고……."

"철민 씨, 전 이제까지 그런 거 생각해 본 적이 없어요. 생각하고 싶지도 않구요. 오직 철민 씨와 함께 있는 것, 제 생각은 그것뿐이에요. 그리고 전 그걸 희생이라고 생각지 않아요. 신께서 우리에게 내려 주신 은총이라 여기고 싶어요."

자신의 마음을 솔직히 밝힌 하나에는 호소하는 듯한 눈빛으로 철민의 반응을 기다렸다.

"우선 내가 제안한 말을 잘 생각해 봐요."

"철민 씨도."

하나에는 고개를 끄덕이며, 철민의 불쾌해진 얼굴을 쳐다보았다. 그녀는 조용히 상을 물리고 나서 히데오의 방에 잠자리를 마련했고, 옆에 선 채로 말없이 지켜보던 철민이 하나에에게 손을 내밀었다. 하나에가 스스러운 듯 잠시 고개를 숙이자, 철민은 두 팔로 그녀를 번쩍 들어 안고는 요 위에다 누였다.

둘은 곧 하나가 되었다. 위안도 체념도 아니고, 그렇다고 미래의 희망도 보장받을 수 없는 복잡미묘한 감정으로 철민은 현재라는 시점 위에다 자신을 내어던졌다. 내일이라는, 예측을 불허하는 지휘관들의 전략에 얽매여 앞뒤를 헤아리기엔 머릿골이 고달팠고, 하나에가 인정하질 않았고, 그 위에 자신의 젊음이 기염을 토하며 욕구를 풀무질하고 있었다.

'내일은 또 내일의 태양이 뜨겠지.'

철민은 적어도 지금 이 순간만은 온갖 부담감을 떨쳐 버리려 마음쓰면서, 예술품이라고밖엔 표현할 수 없는 하나에의 육체를 힘껏 끌어안았다. 그리곤 손이 가는 대로, 입술이 가는 대로 자신이 맞이한 예술품의 곳곳을 하나도 남김없이 감상해 갔다. 언젠가는 꼭 한번 이와 같은 과정을 매우 자연스러운 상태에서 거치게 되리라는 것을 마음의 여유가 있을 때마다 상상해 보긴 했지만, 지금처럼 불안정한 시기에 뜻밖의 장소에서 이성의 신비를 최초로 경험하게 되리라곤 미처 예기치 못했던 일이었다. 하나에 역시.

"문명이 원망스럽지 않으세요?"

나긋나긋한 하얀 팔로 철민의 목을 감은 하나에의 속삭임이 철민의 귀를 간질였다.

"무슨 말……?"

철민의 육체적 동작이 그의 혀놀림을 방해했다.

"역사가 도로 태초로 거슬러 올라갔으면 좋겠어요."

하나에는 황홀경에 도취되어 철민의 행위에 모든 걸 내맡겼다.

"화약 냄새 없는, 평화로운 에덴동산으로? 우리가 지금 그곳에 와 있지 않아요? 아담과 이브의 낙원에."

철민은 머리 한구석에서 고개를 들려는 전쟁이란 번거로움을, 하나에란 예술품으로 상쇄시키려 했다.

'우리 둘만에 충실하자!'

그는 자신의 팔에 의지한 하나에의 머리를 가슴에다 얹었다. 뜨거운 살과 살이 마찰을 일으키면서 내일의 번거로운 일과를 하나하나 불살라 버리고 있었다.

"하나에 씨, 내일부턴 우리 집에 가 있어 줘요."

한 차례의 격정이 지나가자, 철민은 자기 팔베개에 얼굴을 묻고 있는 하나에의 눈물을 입술로 닦아 주었다. "수고로운 일도 있겠지만, 그런대로 혼자 있는 것만큼 외롭지는 않을 거요."

그는 하나에와의 행위에서 이제까지 느껴 보지 못했던 중요한 짐을 짊어진 듯한 부담을 절감했다. 마치 남의 땅에 파종을 하고 작황을 염려하는 소작인의 심정 같은.

'조선 남자가 일본 여자와 피를 같이 나눈다?'

"며칠 간 생각할 시간을 주세요. 집의 정리 문제도 있고."

하나에는 상반신을 드러낸 철민의 판판한 가슴을 애무하며 말했다.

28

사랑의 여신이 두 사람을 외면한 것일까. 밀월 같은 밤을 두 번 다시 가져보기도 전에 결별의 날은 예상외로 빨리 닥쳐왔다. 철민에게 전속령이 떨어진 것은 하나에에게서 편지—그의 집으로 들어가기로 작정했다는—를 받은 날 오후였다.

"짐은 차차 옮기기로 하고 우선 우리 집부터 갑시다."

저녁 늦게 부대에서 부리나케 달려온 철민은 장화를 벗을 사이도 없이 하나에를 재촉했다. 예고 없는 철민의 출현에 일순 반색을 하던 하나에는, 철민의 서두르는 모습에서 신변의 심상찮음을 직감하고는 초조한 마음으로 철민을 따라 나섰다.

"결국 떠나시게 되나 보군요?"

히가시요도가와 구(東淀川區)로 가는 차 안에서 하나에는 불안을 감추지 못하고 넌지시 물어봤다.

"……내일 출발이에요."

철민은 말없이 고개를 끄덕이다가 무겁게 한마디로 대답했다.

"너무 뜻밖이네요."

"군대니까."

"오빠와 같은 지구인가요?"

"떨어져 봐야 알겠지요. 남방 전선이 워낙 넓어 놔서……."

"열대지방임엔 다를 바가 없군요."

하나에는 벌써부터 적도의 혹서와 말라리아를 염려하고 있었다.

"히데오의 말대로 적도지방을 견문하는 셈 치면 되는 거예요. 너무 신경 쓰지 말아요."

철민의 마음은 자신의 몸보다 하나에에게 대한 위안이 앞섰다.

"철민 씨, 물론 전투 시에도 조심하셔야겠지만 갖가지 풍토병에 주의하세요. 특히 말라리아가 극성이라니."

하나에는 철민의 무사한 생환을 직접 호소하는 대신 그의 생명에 대한 경각심을 불러일으키려 했다.

"어머니, 저번에도 말씀드렸지만, 앞으로 하나에 씨를 잘 부탁드려요."

하나에를 데리고 집으로 들어간 철민이 강씨 부인에게 정중히 부탁하자, "안녕하셨습니까, 어머니?" 하고 하나에가 깍듯이 인사했다.

"어서 와요, 하나에 양."

그동안 철민과 함께 몇 번 들러 구면이 된 강씨 부인은 일어서서 하나에의 손을 잡으며 반갑게 맞이했다.

"어머니, 마침 우리 집엔 딸이 하나도 없으니 새로이 딸을 얻은 셈 치시고 딸처럼 허물없이 지도하고 보살펴 주세요."

철민이 다다미 위에 엉덩이로 걸터앉으며 다소 마음의 여유를 보였다.

"그럼, 그래야 하고말고……. 그보다도 네가 걱정이 돼서 그렇지. 전쟁이 끝날 것 같은 기운은 없고 점점 심해져만 간다니 떠나보내는 사람들 마음이……."

강씨 부인은 겉으로는 내색하지 않았지만, 속마음은 철민이 이미 사지에 내몰린 것처럼 여겨졌다.

"모든 군인이 가야 할 곳을 제가 조금 늦게 가는 걸로 생각하세요. 영영 못 돌아올 데를 가는 것도 아니고. 어머니, 너무 염려 마세요. 하나에 씨도."

"어딜 가든 네 몸 성히 있다가 무사히 돌아오기만을 빌겠다. 나라도 중요하지만 네 몸이 몇 곱절 소중한 거란다, 이 어미에겐. 또 하나에 양에게도 그렇고. 이 점만은 항상 마음속에 새겨 두거라."

"염려 마세요. 명심하겠습니다, 어머니."

철민은 일어서서 거수경례를 하고는, "귀대 시간이 얼마 남지 않았어요. 아버지와 동생들에게도 하나에 씨를 잘 부탁한다고 말씀 전해 주세요. 하나에 씨, 잘 있어요." 하고 양손으로 강씨 부인과 하나에의 손을 각각 잡고 작별 인사를 했다.

제6장 적도 직하

29

타라와 섬——.

북위 1도 21분, 동경 172도 56분, 진주만 남서쪽 4천 킬로미터, 그리고 대전 초기부터 중부태평양상의 일본 연합함대 기지였던 트루크 제도 남동쪽 2천 킬로미터 지점에 위치해 있다. 따라서 길버트 제도 중에서 가장 중요한 전략적 기지로, 일본군 수비대 사령부가 있는 베티오에는 본도(本島) 유일의 비행장까지 갖추고 있었다.

길버트 제도는 중부태평양에 산재한 마셜, 캐롤라인, 마리아나 군도 등과 같은 산호초 군(群)을 연결하는, 미군의 중부태평양 공략 전선의 한 기지로, 이들 섬의 점령을 목표로 하여 일본 본토 폭격 거리까지 서서히 북상하자는 것이 해군 측의 계획이었다.

이미 육상부대 사령관 맥아더 휘하의 보병에 의해 솔로몬 군도의 과달카날을 비롯, 부건빌, 라바울, 동부 뉴기니 등 남서태평양의 중요 기지를 점령당한 일본 대본영은 새로운 주요 국방선을 뉴기니 서부→캐롤라인 군도→마리아나 군도로 수정하여 그렸다.

이에, 미국 참모본부 합동위원회는 맥아더의 격렬한 항의에도 불구하고 미니츠 제독에게 길버트 군도 정복을 명령했다.

작전명―갈바니크(電擊).

D데이―1943년 11월 20일 아침.

상륙작전 지휘관에는 리치먼드 터너 해군 소장, 그리고 실제 상륙작전에는 과달카날 작전에서 용맹을 떨친 줄리언 스미스와 수송선단 지휘관인 홀랜드

스미스 소장이었다.

한편, 일본군 수비 사령관은 시바자키 게이지(柴崎惠次) 해군 소장으로, 4천 8백 명의 병력으로 막강한 방어 진지를 구축하고 있었다. 요지(要地)는 남서단의 베티오 섬으로, 일본군의 장비는 80밀리에서 20센티까지의 포가 20문, 야포 25문, 35밀리 포를 장비한 경전차 7대, 중기관총 31정이었다. 이 같은 화력으로 무장된 해군 육전대와 포수의 전투 능력은 최상급이었다. 이들은 과거의 전투에서 뛰어난 솜씨를 유감없이 발휘했을 뿐 아니라 다방면에 만능인 투지만만한 전투원들이었다.

한마디로 베티오 섬은 전체가 하나의 거대한 요새였다. 전 해안선에 걸쳐 시야에 노출되지 않고는 접근할 수 없도록 용의주도하게 조성된 사계(射界)를 지닌 일련의 진지와 토치카, 총좌와 포대가 호시탐탐 적군의 출몰을 노리고 있었다. 또한 엄체진지(掩體陣地)는 탄력 있는 야자 통나무와 산호모래로 겹쳐 싼 두꺼운 층으로 구축되어 있어 대구경 포탄이나 폭탄에도 끄떡도 하지 않을 정도였다. 때문에 이 진지를 격파하는 데에는 수비병 하나하나를 죽이는 방법밖에 없었다.

이렇듯 면밀히 구성된 화망(火網)에다 해안선에서 50 내지 백 미터 지점의 해중까지 가설해 놓은 유자(有刺) 철조망, 수중 바리케이드, 그리고 수면 하의 콘크리트 각재(角材)가 숲을 이루고 있으니, 수비군의 2배 조금 넘는 병력으로 공격하기엔 난공불락의 요새라 아니할 수 없었다.

"어림없는 일이지. 미국은 1백만 군대로 1백년이 걸려도 이 베티오 섬은 점령할 수 없어!"

사령관실을 왔다갔다하며 어둠이 짙어 가는 해안선을 바라보던 시바자키 소장은 의미심장한 어조로 타라와의 사수를 새삼 결심하는 것이었다.

동이 틀 무렵.

수십 초 동안 쌍안경으로 시계(視界)를 관측하던 철민은 굳은 표정으로 쌍안경을 눈에서 떼었다.

'드디어 때가 왔군!'

육안으로는 해안선 멀리 있는 새카만 점들이 해중에 떠 있는 보초(堡礁)처럼 보였지만, 렌즈에 수렴된 물체는 수십 척의 수송선 주위를 개미 떼처럼 움직이고 있음이 분명했다.

동녘 해안이 차차 진주홍으로 물들면서 점들의 윤곽만 뚜렷해져 갈 뿐, 적도의 대양은 마냥 고즈넉하기만 했다. 이 극도의 고요가 해안선을 주시하고 있는 수비대들의 긴장감을 더욱 팽팽하게 만들었다. 그러나 이 같은 긴장도 잠시 뿐. 날이 밝기가 무섭게 적의 공격은 바다가 아니라 하늘에서 시작되었다. 한 편대의 함재기들이 야자수 밀림 위를 저공비행하면서 폭격과 기총소사를 가해 댔다.

"저까짓 건 문제가 아니야."

후지와라 군조가 하늘을 쳐다보며 얕보는 순간, 이번에는 해상으로부터 함포사격이 개시되었다. 전함 3척, 순양함 5척, 그리고 구축함 9척으로 편성된 막강한 화력지원함은 수비대의 방위 포진을 순식간에 무력화시킬 기세였다. 육중한 포탄이 진지 주위에 작렬했고, 뒤이어 4개 파로 나뉜 공격대가 소해정의 공격 진로 표지를 따라 상륙용 주정에 실려 꼬리를 물고 공격개시선을 향해 밀려오기 시작했다.

"발포 준비!"

철민은 눈에서 쌍안경을 내리며 호령했으나, 그로서는 쌍안경에 들어차는 병력과 화력에서 적군의 위세를 최초로 실감하는 순간이기도 했다.

'이제 나의 모든 걸 하늘에 맡기자!'

철민은 자신의 생명에 전전긍긍하느니 차라리 초연해짐으로써 마음의 평정을 유지하려 했다. 어차피 사수와 점령이라는 상반된 목적하에 벌어지는 전투인 이상, 피아가 처절한 희생을 무릅써야 함은 하나의 명제가 아닌가.

이윽고 적군의 돌격파(突擊波) 주정은 종대로 수로를 거쳐 초호에 진입, 공격개시선에 이르자 베티오 섬을 목표로 횡렬로 전환했다.

"발포 개시~."

호령의 마지막 여운이 사라지기도 전에 해안 방위 포진이 일제히 불을 뿜었다. 파랗던 에메랄드 산호초 해안이 순식간에 붉은빛으로 변하면서 수많은 시체와 화기가 물 위를 넘실거렸다.

"어떤 일이 있더라도 현 방위선을 끝까지 사수한다. 이 환초 바닥에서의 후퇴는 곧 독 안에 든 쥐다."

철민은 수미터 전방의 와타나베 소위의 땀에 젖은 등과 개미 떼처럼 밀어닥치는 적 해병들을 번갈아 바라보았다. 와타나베의 오뚝한 콧날 측면이 전투모에 꽂힌 풀잎 사이로 비쳤다. 용맹스러우면서 부하 사랑하기로 중대 내에서 정평이 나 있는 그다.

"잘 알고 있습니다, 중대장님."

와타나베는 고개 한 번 돌리지 않고 전방을 향해 화력을 가했다.

적군의 함포 사격은 한 시간이 넘도록 집요하게 계속되었으나, 일본군 수비대는 사소한 피해도 없다는 듯이 적군의 선단을 향하여 마치 사격훈련이라도 하듯 유유히 반격했다. 설상가상으로 미군은 지원 계획도 순조롭지 않았고, 돌격파들의 집결 시간도 들어맞지 않았다. 그럼에도 각각 1개 대대로 구성된 상륙 부대는 수비대의 섬멸적인 저항을 뚫고 북쪽 해안(레드비치 1 · 2 · 3호)을 향해 밀어닥쳤다.

삽시간에 이 해안 일대는 쌓이는 미 해병의 시체로 담을 이루었고, 특히 레드비치 2호(제2대대)의 사투는 정면과 양 측면의 맹사(盲射)로 치명적인 타격을 받는 가운데 대대장마저 전사함으로써 부대원들은 저격병의 좋은 목표가 되기도 했다. 한마디로 거의 전멸이었다.

그러나 증가된 제4파의 상륙으로 진지전과 백병전 끝에, 오후 6시경 해서 마침내 미 해병은 베티오 섬 북서단의 그린비치 일각 및 레드비치 2호와 3호를 잇는 부두를 간신히 교두보로 확보, 비행장 구내까지 전진해 갔다.

밤이 되자 바닷물이 빠지면서 해안선에는 산호초와 함께, 상륙작전으로 죽은 시체들이 즐비하게 드러났고, 아침이 되어 태양이 떠오르면서는 시체에서 풍기는 악취가 온 섬을 진동할 지경이었다. 결국 미군 측으로 볼 때, 지금껏 태평양상에서 감행한 그 어떤 계획적 공격보다도 큰 규모의 상륙작전이었으나, 병력 소모 또한 엄청난 것이었다.

다음날에도 수비군과 상륙군의 공방전은 치열했으나, 전황은 수비대에 불리해져 갔다. 하룻동안 미 상륙군 1개 대대는 그린비치 서단 일대를 확보하면서 내륙으로 육박하기 시작했고, 교두보를 확보하고 있던 부대는 비행장을 중앙돌파하여 남쪽 해안 일부를 점령했다.

이제 수비대의 방위진은 동서로 양분되었다. 해안선을 거의 빙 둘러싸듯 구축해 놓았던 난공불락의 수비대 근거지와 총포 엄체물이 하나 둘 무너지면서 사상자도 속출했다. 사방이 온통 신음과 비명으로 아비규환을 이루었다. 고통 속에서 신음하다 지친 부상병들 중에는 남은 손으로 배를 갈라 자결했고, 양팔이 달아난 자는 발가락으로 방아쇠를 당기거나, 둘이서 수류탄을 안고 자폭을 감행하기도 했다.

철민은 부하들에게 향했던 고개를 무겁게 원위치로 돌렸다. 들것으로 옮겨지는 부상병들을 똑바로 볼 수가 없었던 것이다. 포탄에 한쪽 팔다리나 하반신 전체가 달아난 그 끔찍한 참상을.

'내가 왜 이러지? 약해져선 안된다! 전장에서 사상자가 발생하는 건 필연적이잖은가?'

철민은 갑자기 자신도 모르게 마음이 흔들리는 것을 의식하면서 두 눈을 지그시 감았다.

30

'백만 명의 군대가 백 년 걸려도 점령 못한다……?'

철민은 시바자키 소장이 장담했던 말을 떠올리며 고개를 가로저었다. 길이 약 3.5 킬로미터밖에 안되는, 카빈 소총 모양의 길쭉한 베티오 섬은 불과 개전 이틀 만에 개머리판 부분에 해당하는 반쪽을 적이 확보하고 말았던 것이다.

'망망대해의 한줌밖에 안되는 환초. 이 섬의 함락은 시간문제다. 그런데도 이토록 엄청난 희생자를 내다니, 무모한 소모전일 뿐이야……. 이것을 해결해 줄 전지전능한 절대자는 없을까? 그런 위대한 능력자가 나타나서 더도 덜도 말고 이 지구상의 열 명 정도만 다스려 주면 될 텐데……. 우선 당장 도조 히데키 총리와 루스벨트 대통령을 말려 놓고, 다음엔 히틀러, 무솔리니, 스탈린, 처칠……, 그리고 맥아더, 아이젠하워, 몽고메리, 괴링, 주코프…….'

철민은 생뚱맞은 생각을 하면서 전의를 상실해 가고 있었다. 그러나 그의 상상과는 아랑곳없이 상륙 부대의 병력과 화력이 속속 증대되면서 섬의 동쪽으로 죄어들었고, 그럴수록 수비대의 저항도 필사적이었다. 상륙 부대가 하나의 진지를 격파하면 또 하나가 나타나고, 그것을 파괴하면 또다시 연이어 나타나곤 하면서 총화의 벽은 끊임없이 그들의 전진을 가로막았다. 이른바 '코르크 병마개 빼기 식(式)' — 방위 시설을 하나하나 격파하는 — 의 느림보 작전으로는 희생자만 늘어날 뿐, 수비대의 분산 거점은 약화되지 않았다.

그러자 3일째 아침이 되면서 마침내 함포사격과 함재기의 공중폭격이 재개되었다. 그 견고함을 자랑하던 토치카도 빗발처럼 날아드는 폭탄과 포탄에 하나하나 무너져 갔다.

'바로 저거야. 우리의 기를 무참히 꺾어 버리는 것은 저 물량전이야. 저런 어마어마한 군비 능력도 헤아리지 못하고 진주만을 기습했단 말인가? 아이들의 전쟁놀이도 아닌데.'

일순, 철민은 군인이라기보다 마치 종군기자 같은 기분으로 토치카에서 나왔다. 그가 휘하 부대의 현황을 파악하기 위해 지근한 진지에 이르렀을 때, 공기를 가르는 날카로운 소리와 함께 함포의 직격탄이 포대 모서리에 요란하게 작렬했다. 그가 반사적으로 땅바닥에 엎드리는 순간, 포탄과 포대의 무수한 파편들이 불규칙한 각도로 사방으로 흩어졌다.

잠시 후 철민은 고개를 들어 하늘을 쳐다보았다. 파란색의 느낌으로 생사의 판별은 할 수 있었다.

"중대장님, 다치신 데는 없습니까?"

포대 안에서 달려나온 후지와라 군조가 철민을 조심스레 안아 일으켰다.

"난 괜찮아. 포대 안은 어떤가?"

"예, 인명 피해는 없습니다. 바깥쪽 벽만 파괴됐을 뿐입니다."

후지와라 군조가 말하며 철민을 일으켜 세우려는데, 진지에 있던 와타나베 소위와 가나야마(金山) 오장(伍長)이 달려왔다.

"중대장님, 괜찮으십니까?"

"괜찮아."

그는 부축하려는 두 사람을 제지하며 일어서려다가 "아!" 하고 소리를 지르며 도로 주저앉았다. 왼쪽 무릎에 통증을 느끼면서 발을 디딜 수가 없었다.

"제게 업히십시오."

가나야마 오장이 철민의 앞에 등을 돌려 앉자, 와타나베 소위가 땀과 모래로 범벅이 된 손으로 철민의 상반신을 부축했다.

그로부터 수시간 후, 목이 타들어가는 갈증이 철민을 잠에서 깨어나게 했다. 그는 생소한 환경에 다소 놀라며 눈을 크게 뜨고 저녁놀이 비쳐드는 어슴푸레한 방공호 안을 휘이 둘러보았다. 응급치료로 다리의 통증은 가셨으나 온몸이 욱신거렸다.

철민은, 모래주머니에 앉아 두 손으로 구구식총을 짚은 채 꾸벅거리고 있는 가나야마 오장을 확인하고는 안도의 빛을 띠며 고개를 쳐들어 불렀다. "가나야마 오장!"

"예, 예엣!"

오장은 몸을 벌떡 일으키며 대답했다.

"목이 타는 것 같다. 나 물 좀……."

철민은 상반신을 일으키며 얼굴을 찡그렸다.

"예, 여기 있습니다."

가나야마 오장이 얼른 자신이 차고 있던 수통의 뚜껑을 열고 내밀자, 철민은 빼듯이 받고는 꿀꺽꿀꺽 들이켰다.

"아~, 이제야 정신이 드는군!"

철민은 냉수에서 기력을 되찾은 듯 한결 가라앉은 기분으로 물었다.

"전황은?"

"소강상탭니다."

"적군의 진격로는?"

"북서단의 만곡부를 완전 점령했습니다. 그리고 남중부 해안도."

"이제 곧 소탕전이 시작되겠지. 지금쯤 적의 참모들이 작전계획을 세우고 있을 테니까."

"우리도 당하고만 있진 않을 겁니다. 오늘밤 대대 병력을 재정비하여 역습할 준비를 하고 있습니다. 백병전까지도."

오장은 적군의 화기 따위는 염두에 두지 않고 있었다.

"으음……. 우리로선 그것이 최후의 수단이지."

철민은 비장한 어조로 말하면서도 속으로는 '하지만 모두 부질없는 짓거리야!' 하고 자탄했다. 그는 눈을 감고 얼마 후에 벌어질 피비린내 나는 전투와 필연적으로 그에 수반되는 엄청난 희생을 머릿속에 그려 보았다. 그 헤아릴 수 없는 희생자 가운데 자신의 포함될 것까지를 예상하면서.

"가나야마 오장."

철민은 뜻밖의 은근한 목소리로 불렀다.

"옛?"

"자넨 부친이 조선인이라면서?"

"……."

"왜 대답이 없나?"

철민은 눈을 가느다랗게 뜨고 오장의 쭈뼛거리는 옆모습을 살폈다.

"하고 많은 한또징(半島人) 여자들을 놔두고 하필이면 나이찌징(內地人) 여자와 짝을 지을 게 뭡니까? 끝까지 책임도 못 지면서."

"아, 그랬었군. 왜, 일본 여자의 몸에서 태어난 게 싫은가?"

철민의 가슴에 야릇한 감정이 일었다.

"남들처럼 떳떳하게 태어나지 못했으니까 하는 소리죠."

철민이 대답 대신 눈을 감는 심정을 아는지 모르는지, 오장은 묻지도 않은 말을 거리낌없이 털어놓았다.

"어머닌 처녀 시절에 저를 배었었답니다. 아버지가 젊었을 땐 바람깨나 피웠나 봅니다."

"뭘 하시지?"

"전쟁 전까진 동남아 일대를 무대로 밀무역을 했다는데, 전쟁이 터지고 나선 행방을 알 길이 없습니다."

"어머닌?"

"아버지의 행방이 묘연해진 후 한 남자를 따라 삿포로(札幌)로 날아 버렸죠. 풍편에 들으니 제 동생뻘 남매가 있다더군요. 그러고 보면 여자의 몸이란 퍽 편리한……."

"알았어. 그만!"

철민은 날카로운 톤으로 오장의 말을 가로막았다.

"……?"

어리둥절해하는 오장의 얼굴을 보면서 철민은 화두를 살짝 돌렸다. "그런 자네가 왜 입대했지? 보니깐 자넨 지원병이던데?"

"저 같은 부류의 인간에겐 군대란 참으로 편리한 곳이죠. 모든 골치 아픈 일은 싹 잊어버리고, 그저 적을 향해 방아쇠만 당기면 되니까요."

"일종의 현실도핀가?"

"제 운명의 시험장이기도 하지요. 신(神)이 이제 이쯤에서 가나야마 다로(太郎)의 삶을 마감하랄지, 살아남아서 제2의 인생을 도모하랄지를 판결하는 시험대 말입니다."

오장은 알쏭달쏭한 비유를 하며 입가에 냉소까지 흘렸다.

"운명의 시험장? 운명의 시험장이라……."

입속말로 되뇌는 철민의 머리에 불현듯 하나에의 편지가 연상되었다.

"가나야마 오장."

"예?"

"내 상의의 안 포켓을 봐."

철민은 몸을 일으키려다 상처의 아픔을 느끼고 도로 드러누웠다.

"뭡니까?"

"응, 그 안의 편지를 꺼내 줘. 그리고 불을 켜라."

오장은 램프에 불을 켠 다음, 벽에 걸린 철민의 상의에서 봉투를 꺼내 넘겨주었다.

"피곤하면 자도 좋아."

철민은 오장에게 이르곤 희끄무레한 석유램프 불빛 아래서 편지를 펼쳐 들었다. 이곳에 배속된 후 하나에로부터 두 번째로 받은 것이었다.

나의 사랑하는 철민 씨.

이렇게 사진으로나 볼 수 있는 이역만리 낯선 곳에서 보내 주신 철민 씨의 글월을 받아 보는 기쁨, 철민 씨의 얼굴을 대하는 것과 다름이 없군요. 먼저, 철민 씨의 무사하심을 하느님께 감사드립니다. 이곳의 집안 식구들도 모두 잘 계시답니다.

날마다 열백 번을 불러도 철민 씨에 대한 그리움과 애틋함을 덜 길이 없는 하나에이기에, 오늘 철민 씨의 편지와 동봉한 사진을 받자마자 남쪽을 향해 조용히 무릎 꿇고 앉았습니다.

사랑하는 철민 씨.

이 지구상의 전 인류가, 아니 전쟁을 주도하는 수뇌급 몇 사람만이라도 전장에 떠나보낸 사랑하는 연인의 애달픈 심정을 단 일 퍼센트나마 헤아릴 수 있다면, 피차없이 처참한 희생을 무릅쓰게 마련인 포성을 그치게 하는 데 조금도 주저함이 없을 것입니다.

원수(元帥), 대장, 소좌, 대위, 조장, 이등병 할 것 없이 그들에겐 모두 사랑하는 아내와 연인이 있고, 그들을 그리는 어버이와 형제자매가 있습니다. 어느 누가 자기의 사랑하는 임을, 자식을, 형제자매를 전장의 이슬로 사라지기를 원하겠습니까. 어느 가정이라 해서 생존의 기망(祈望), 애타는 기다림, 전사통지의 비통함 — 이 같은 이중삼중의 애절함과 고통을 안고 하루하루를 불안과 절망 속에서 살아가기를 바라겠습니까.

사랑하는 철민 씨.

이토록 모든 사람들이, 더욱이 굳세지 못한 여성들이 자기의 임을 그리워하며 애태우는 마음은 이 하나에라고 해서 예외일 수는 없습니다. 아니, 저야말로 철민 씨를 떠나선 생각할 수 없는 존재입니다. 엎드려 빌건대, 결코 평범한 희생일랑 과감히 물리치세요. 오직 철민 씨에게만 의지하고 있는 이 하나에를 생각해서라도.

사랑하는 철민 씨.

끝내, 이런 비보를 철민 씨가 돌아올 때까진 알려드리지 않으려고 했는데…….

오빠가 뉴기니 전선에서 전사하셨습니다. 저의 슬픈 마음 어찌 글로 다 표현할 수 있겠어요. 하지만 제가 오빠의 전사통지서를 받고도 당장 주저앉아 버리지 않고 정신을 가다듬을 수 있는 힘이 생겨나는 것은 오로지 철민 씨가 계시기 때문입니다.

나라를 위한 충성! 참으로 값지고 거룩한 일이겠지요. 그러나 저에겐 한 기(基)의 화강암에 새겨지는 철민 씨의 이름 넉 자보다도 줄기찬 맥박이 뛰고 있는 철민 씨의 생명이 더욱 소중하고 고귀하다는 것을 한시도 잊으시면 안돼요. 철민 씨의, 나라를 위한 공로가 길이길이 빛날 후세만을 생각함으로써 오늘을 저버리기엔 이 하나에는 너무도 나약하고 소견이 좁습니다.

이 순간에도, 그리고 또 내일도 열대의 어느 밀림과 계곡에서 대전(對戰)에 만전을 기하고 계실 철민 씨의 모습을 그려 보며, 철민 씨에게 항상 신의 가호가 있으시기를 기원합니다.

다음 소식 드릴 때까지 건투하시길 빌면서.

쇼와 18년 9월 30일

당신의 하나에 올림

벌써 십수 차례 읽어보는 사연인데도 오늘따라 구구절절이 철민의 가슴에 사무치는 것이었다. 그는 한 손에 편지를 든 채 한 손으론 하나에의 사진을 뚫어지게 쳐다보았다. 그 다정다감한 하나에가 이지적인 모습으로 다가와 '철민 씨, 절대로 죽어선 안돼요!' 하고 다짐을 두는 것 같았다.

한참 만에 철민은 양손에 들었던 편지와 사진을 얼굴 위에 얹었다. 그리고 눈을 감았다. 삶을 애절하게 호소하는 하나에와 전사한 히데오의 모습이 눈앞에 어른거렸다. '이런 상황에 나보고 살아 달라고……?'

철민의 뇌리에는 이제껏 느껴 보지 못했던 생과 사의 갈등이 난무했다.

'히데오가 죽었다? 그래, 인간은 죽기 위해 태어났다고 '죽음'을 논할 때마다 유머를 섞어 가며 입버릇처럼 말했었지. 자기 아버지를 예로 들면서 인생의 목숨은 초로와 같다고 역설하던 순진한 소피스트. 언젠가는 일본 군부의 모순을 타파하고 진정한 민주주의 국가 건설이란 꿈을 실현하기 위해 육사를 택했다면서, 도쿠가와 이에야스(德川家康)가 자기의 롤모델이라며 그의 좌우명 —'인생은 무거운 짐을 지고 먼 길을 가는 것과 같다. 서두르지 말지어다.'— 을 강조하던 이상주의자. 그러면서도 국가 없는 국민이란 생존할 수 없다며 뉴기니 전선 사수를 부르짖던 내셔널리스트!'

철민은 임지로 전출되기 전, 뉴브리튼 섬의 라바울에서의 감격적인 마지막 상봉을 회상해 보았다. 히데오가 그 치열했던 솔로몬 제도의 과달카날 전투에서 구사일생으로 사선을 넘어온 직후이자, 일본 연합함대 사령장관 야마모토 이소로쿠(山本五十六) 대장이 군용기를 타고 라바울을 떠나 부건빌 섬에 착륙하던 중 미군 전투기의 기습공격으로 전사한 무렵이기도 했다.

"지성을 갖춘 나라라면 적국일지언정 명장을 살려 두는 법이거늘, 소위 일등 문명국이라는 미국이 일본의 사령장관 을 습살(襲殺)하다니!"

까맣게 그은 히데오의 얼굴에 원통스러운 기색이 역력히 떠올랐었다.

"원래 전쟁이란 게 그런 거 아닌가? 무조건 적을 죽이고 보는, 지성이고 문명이고 인정사정 볼 것 없는 무자비한……!"

철민은 냉엄하게 말하고는 목소리를 누그려뜨렸다. "자네는 아테나(전쟁의 여신)께서 지켜 주셨군."

"그 여신의 미소가 자네 머리 위에도 줄곧 머물러 주시기를 바라네."

히데오는 쓸쓸히 웃었다. 그들은 야자수 그늘 백사장에서 에메랄드빛 바다를 바라보며 아쉬운 대로 반나절 간 회포를 풀었었다.

'그것이 마지막 만남이 될 줄이야. 생과 사의 갈림길이 그다지도 허무하다니…….'

철민은 두 팔로 머리를 감싸 안았다. 새삼 삶에 대한 본능과 죽음에 대한 공포가 엄습하면서 그의 정신을 교란시켰다. '하나에, 나도 살고 싶어요. 하지만…….'

철민은 속으로 부르짖었다. 그는 무릎 상처의 정도를 가늠해 보려고 몸을 일으켜 다리를 움직여 보았다. 하지만 낭패였다. 친친 동여맨 붕대 속에서 느껴지는 고통이 편지를 상의 포켓에 넣는 동작도 어렵게 만들었다. 그는 바로 세우려던 몸동작을 포기하고 침대에 벌렁 누워 버렸다.

어느새 가나야마 오장은 모래주머니에 앉아 벽에다 몸을 기댄 채 집총자세로 코를 골고 있었다. 철민은 오장을 깨우려다가, 침대 옆에 놓인 목발을 보고는 그것을 들어 벽에 걸린 상의를 내렸다. 그러곤 호주머니에서 수첩을 꺼내, 어쩌면 마지막이 될 비망기를 적기 시작했다.

— 쇼와 18년 11월 23일.

적군이 육해공 삼면으로 시시각각 옥죄어 온다. 이런 템포라면 24시간 내에 동단까지 이를 것이다. 한 차례 훑고 나면 내륙부의 소탕작전으로 들어가겠지. 이제 아군의 운명은 경각에 달려 있다. 물론 '천황을 위해 죽는 것은 영원히 사는 것이다.' 라는 전범령(典範令)에 따라 모두들 옥쇄작전으로 맞서겠지. 그러나……. 그러나 너무 아깝다. 그 꽃다운 나이에 단 한 번의 꿈을 피워 보지도 못한 채 이역만리에서 원혼이 되어 적도의 하늘을 맴돌게 되다니! 한줌의 재로나마 고국 땅에 묻히지 못하고. 승전군이라면 총대에 철모를 얹어 군목이 기도문을 낭송하는 가운데 사자(死者)들의 명복이라도 빌어 주련만.

아니, 그것은 아무래도 좋다. 원혼으로 맴돌건, 천당의 낙원으로 들어가건 그게 무슨 대수겠는가. 적의 총탄과 포탄에 사지가 달아나지 않고, 화염방사기에 통닭구이가 되지 않고, 심장의 고동만 멈추지 않는다면……. 그리하여 정다운 고국 땅으로 돌아가 그리운 가족의 품에 안길 수만 있다면, 그 이상 또 무슨 바람이 있겠는가!

생명! 모든 것을 초월한 지존한 것이다. 그것이 사라졌을 때 다른 모든 것은 무의미해진다. 부귀영화도, 권세도, 명예도, 사랑도, 그리고 국가도.

국가! 누구를 위한 국가인가? 천황폐하인가, 아니면 자손만대의 국민인가? 그럼 나는 뭔가? 아니, 저 대량 살상전의 숱한 총알받이들은 무엇이란 말인가? 포커놀이처럼 전쟁 도박꾼들이 집었다 던져 버리는 카드인가, 아니면 군비 실험장의 모르모트란 말인가?

얼마 안 있어 그 실험 중인 어느 병기 하나가 내 몸에 처박힐 것이고, 나는 단말마의 몸부림을 치다가 죽어 가겠지. 극약을 투여당한 실험용 쥐가 파르르 경련을 일으키다 쭉 뻗어 버리듯이.

그러나 내 몸 하나 죽는 것 자체만은 두렵거나 억울하지 않다. 다만, 그것을 비보로 접하게 될 내 사랑하는 하나에가 안타깝고 애처로울 뿐이다. 나의 생존을 그토록 기원하고 갈망해 마지않는 하나에가.

사랑하는 하나에여!

미구에 나의 전사통지서를 받더라도 너무 슬퍼하지 말아요. 우리만이 당하는 일이 아니니 말이오. 전 일본군, 아니 이 시대에 태어난, 이른바 열강이라는 나라의 젊은이들에게 있어선 공통적인 운명일지도 모르오. 도쿄와 오사카뿐 아니라 워싱턴, 런던, 베를린, 로마, 파리, 모스크바 할 것 없이 도처에 수많은 하나에가 있다는 것을 생각하면서 눈물을 거두도록 해요.

단, 훗날, 이 지구상에 포연이 걷히고, 평화의 종소리가 울려 퍼지고, 이 태평양의 녹슨 병기들이 깨끗이 제거되어 아름다운 환초가 관광지로 개발되는 날, 야자수 우거진 해변을 거닐면서 잠시만이라도 이 강철민을 — 히데오 오빠와 함께 — 추억해 주면 되는 거요.

나의 사랑하는 하나에여!

내가 먼저 가더라도 부디 행복하고 보람된 삶을 영위하기 바라오.

안녕, 안녕!

〈누구든지 이 비망록을 발견하는 사람은 아래의 주소로 보내 주시기 바랍니다.〉

철민은 여기에 영문(英文)을 병기하고, 자기 집 주소를 적었다. 그가 수첩을 접어 상의 주머니에 넣은 후 목발로 다시 벽에 걸어 놓으려 하고 있을 때, 와타나베 소위가 들것을 든 한 명의 병사와 함께 방공호로 들어왔다. 졸고 있던 가나야마 오장이 화들짝 놀라며 일어섰다.

"중대장님, 이동하셔야겠습니다."

와타나베 소위가 철민에게 황급히 다가서며 말했다.

"동쪽으론가?"

철민은 자신의 예감이 들어맞아 가는 데 불안을 느끼며 물었다.

"예, 적군이 더욱 근접해 오고 있습니다. 더 이상 진격하지 못하도록 오늘 밤 이 선에서 반격을 개시할 겁니다. 가나야마 오장, 혼다(本田) 상병과 함께 중대장님을 모셔. 시간이 없다. 빨리빨리!"

와타나베 소위가 들것을 가리키며 명령했다. 두 병사는 철민을 들것에 옮기고 와타나베 소위를 따라 밖으로 나왔다. 모두들 말없이 엄체물을 따라 빠른 걸음으로 이동했다.

"와타나베 소위, 여기 있어도 괜찮나?"

철민은 들것 옆을 따라 걷는 소대장에게 미안스러운 생각이 들었다.

"예, 총공격 개시까진 아직 시간이 있습니다. 그리고 2중대장님이 우리 중대 지휘를 맡고 있습니다."

철민의 중대인 제1중대의 제1소대장 와타나베 소위는 허리를 굽히며 낮은 소리로 대답했다. 직속 소대장들 중에서 철민이 가장 미더워하고 정이 가는 부하였다.

임지로 파견되어 오던 어느 날, 철민은 바람을 쐬기 위해 갑판에 올라갔다가, 한쪽 외진 곳에 앉아 사진으로 시선을 쏟고 있는 와타나베의 모습을 발견했었다.

"아까부터 안 보이길래 어딜 갔나 했더니……."

철민은, 당황스레 벌떡 일어서는 와타나베를 웃음으로 대하며 그에게 손을 내밀었다. 상대의 놀란 얼굴이 순간적으로 풀리며 손바닥으로 가렸던 사진이 철민의 손으로 넘겨졌다.

"동생 같진 않은데……?"

사진 속의 주인공을 감상하고 난 철민이 '애인인가?' 하는 말을 에둘러 표현했다. "미인이구먼. 대학생인가?"

"D여전 2학년입니다. 제 열렬한 팬이었지요."

와타나베의 얼굴에 밝은 웃음이 피어올랐다.

"그러다가……?"

"전국 고교야구 선수권 대회 결승전에서 역전 만루 홈런을 날리는 바람에 완전히 제 품에 안기고 말았죠."

와타나베의 어린애다워지는 순수한 감정이 철민에게도 공감을 불러일으켰다.

"허허, 그 홈런이야말로 바로 큐핏의 화살이었군 그래."

철민은 와타나베의 어깨를 툭 치고 사진을 돌려주며 하나에를 생각했다.

"와타나베 소위를 무척이나 그리워하겠지?"

"빨리 안 돌아가면 간호병으로 지원해서라도 찾아오겠다나요."

"찾아오기 전에 돌아가야지."

철민과 와타나베는 함선의 난간에 나란히 서서 하나같이 자신의 연인들과의 미래를 떠올려 보았었다.

'그 아리따운 여전생도 이제 다신 영영 와타나베를 볼 수 없게 될지도 모른다. 백구가 포물선을 그리며 펜스 너머로 떨어지는 그 장쾌한 홈런도 추억 속으로 사라지리라.'

철민이 들것에 실려 가면서 갖가지 상념에 사로잡혀 있을 때, 해안 쪽에서 갑작스레 기관총 소리가 밤의 공기를 찢어 댔다.

"아군의 반격이 시작된 것 같습니다."

와타나베 소위의 말과 동시에 응전하는 적군의 중기관총 소리와 수류탄의 파열음이 들려왔다.

"저 구축물로 들어가라."

와타나베 소위의 명령에 따라 철민의 들것을 든 병사들은 급한 걸음으로 지근 거리에 있는 반파된 요새로 피신했다. 통신 센터로 쓰였던 곳인지 요새 안에는 파손된 무전기와 끊어진 전선들이 어지럽게 널려 있었다.

"중대장님, 일단은 여기 계십시오. 적군을 무찌른 후 모시러 오겠습니다."

와타나베 소위의 말에 철민은 대답하지 않고 눈을 감아 버렸다.

'이봐, 와타나베. 보다시피 난 지휘할 능력이 없다. 하지만 더 이상의 반격이나 항전은 무모한 희생을 낳을 뿐이야. 이 마당에 옥쇄작전이 무슨 의미가 있단 말인가! 자네가 안 돌아가면 찾아오겠다고까지 하던, 자네를 못 견디게 그리워하는 사랑하는 연인도 한 번쯤은 생각해 봐야잖은가?'

철민은 마음속으로 와타나베를 상관이 아니라 일개 동료 — 순수한 인간 — 로서 타일러 보았다. 생각이 거기까지 미치자, 이번에는 '철민 씨, 결코 평범한 희생일랑 과감히 물리치세요.' 하는 하나에의 편지 구절이 그녀의 애틋한 영상과 함께 토키처럼 그의 귓가에 쟁쟁히 울려왔다.

"중대장님, 공격 시간이 다 돼 갑니다. 가야겠습니다. 혼다, 가자!"

총공격 시각인 새벽 4시에 맞추어 와타나베 소위는 혼자 상병을 데리고 요새를 나갔다.

"그래, 부디 조심해라!"

철민은 부하들의 등을 향해 한마디 던졌다.

31

아군의 총공격은 첫 반격을 감행한 지 한 시간 후에 개시되었다. 약 2개 중대의 병력이 함성과 사격을 가하면서 잡목림에서 돌격해 나갔다. 이에 호응하여 기관총이 적군을 향해 일제 소사를 가했다.

반격을 받은 적의 해병은 소총에서부터 수류탄, 박격포, 그리고 총검에 이르기까지 화기를 총동원하여 응수해 오면서 일대 치열한 백병전이 벌어졌다. 거기다 적군의 포사격도 다시 합세하여 포탄이 방어 진지의 7,8십 미터 앞까지 떨어지는 가운데 함포사격까지 가해 왔는데, 포탄의 섬광과 달빛으로 피아의 진형이 확연히 드러났으므로 목표를 잘못 보는 일은 거의 없었다.

총공격을 개시한 지 한 시간도 못 되어 돌격군의 모습은 포격과 함포사격의 탄막 속에서 자취를 감추었다.

날이 밝아 오면서 적군 진지 전면에는 쓰러진 2백여 명의 돌격군 사체가 즐비했고, 포와 함포로부터 집중사격이 가해진 지역에서는 포탄으로 희생된 백명이 넘는 수비대의 시체가 발견되었다.

마침내 76시간의 격전 끝에 섬은 점령되었고, 전투 개시 4일 만에 일본군 수비대의 조직적 저항도 멈추었다. 그러나 이것이 곧 미군의 승리는 아니었고, 일본군 수비대 전원의 죽음을 뜻하는 것도 아니었다.

베티오 섬의 동부에는 아직도 5백 명에 가까운 수비대가 남아 있었고, 엄체물 곳곳에서 아직 생존해 있는 대원들이 산발적인 저항으로 적군을 괴롭혔다. 특히 포위된 곳에서의 저항은 실로 처참하리만큼 격렬했다. 그들은 막강한 적의 화력을 무릅쓰고 돌격으로 최후를 마감하거나, 공격 능력이 완전히 상실되면 자결이란 방법으로 귀중한 생명을 초개처럼 내던졌다. 때문에 미해병은 다시 이 조그만 섬에서 며칠 더 철저한 소탕전을 벌여야만 했다.

총성이 멎자, 수비대의 패잔병들이 숲 속에서 하나 둘 나타나면서 형편없는 몰골과 행색으로 동쪽을 향해 어슬렁어슬렁 걸어갔다. 이 처량하기 짝이 없는 광경을 철민은 요새 안에서 망연히 바라보면서 "저럴 바엔 차라리……." 하고 중얼거리더니 날카롭게 소리질렀다. "가나야마 오장!"

"옛, 중대장님."

"우리 중대 위치를 아나?"

"예, 저쪽……."

"통신병을 찾아봐."

"예, 알겠습니다."

대답과 동시에 가나야마 오장은 패잔병들이 걸어오는 쪽으로 달려갔다.

"무라따(村田) 병장, 부름을 받고 왔습니다."

십여 분 만에 가나야마 오장을 따라온 통신병이 거수경례를 하며 숨찬 소리로 복명했다.

"대대 본부를 불러라."

철민의 명령에 통신병은 즉시 무전기를 내려놓고 송신기의 손잡이를 돌렸다. 그러나 반응이 없다.

"통신이 두절된 것 같습니다."

"계속 보내 봐!"

철민의 신경질적인 목소리.

통신병은 같은 동작을 되풀이하다가 "역시 안됩니다, 중대장님." 하고 낭패스러운 표정을 지었다.

'이미 옥쇄했단 말인가?'

철민은 착잡한 심정으로 우두망찰하니 바깥쪽을 바라보았다. '이제 남은 건 대대장과의 담판뿐이다. 아니면 나의 독단으로라도.'

철민은 마음속으로 다짐했다.

날이 환히 밝았을 때 와타나베 소위가 대원들을 이끌고 요새로 돌아왔다. 축 늘어진 몸에다 땀과 모래로 얼룩진 군복이며 몰골이 군인이라기보다는 차라리 해적의 잔당이라고 하는 게 어울릴 것 같았다.

철민은 그 처참한 모습을 하나하나 바라만 볼 뿐, 한동안 입을 열지 못했다. 게다가 팔다리가 날아가고 복부에 관통상을 입은 부상병들을 대하자, 못 볼 것을 본 것처럼 고개를 돌리며 이맛살을 찌푸렸다. 그들은 위생병의 보살핌도 받지 못하고, 찢어낸 군복 자락으로 상처를 싸매거나 틀어넣어 출혈만을 간신히 막고 있었다.

"다른 소대장들은……?"

철민은 한참 만에 무겁게 입을 열었다.

"모두 전사했습니다."

와타나베 소위가 침통한 어조로 대답했다. 제1중대의 전 소대장 중에서 혼자만 살아남은 데 대해 말할 수 없는 죄책감과 자괴감을 느끼면서.

'역시 예측했던 대로였다!'

철민은 더욱 참담해지는 심정으로 물었다. "2중대장도……?"

"전투 중에는 계속 지휘를 하셨는데, 아침에 찾아보니 안 보였습니다."

와타나베 소위는 의아스러운 표정으로 대답했다.

"보이지 않는다……?"

철민은 난감해하며 부상당한 다리로 땅바닥을 짚어 보았다.

"남은 중대 병력은?"

"현재 부상병을 빼고 32명입니다."

"보급품은?"

"바닥이 났습니다."

'서른두 명? 이제 승부는 끝났다. 저들만이라도 살려야 한다.'

철민은 생각하며 소위에게 지시했다. "전 대원에게 휴식을 취하도록 하라. 부상병들은 여기 있는 약품으로 가능한 데까지 치료해 주고. 어두워지는 대로 출발한다. 목적지는 대대본부."

"옛, 알았습니다."

와타나베 소위는 철민의 앞에서 물러나와 부상병들 쪽으로 갔다.

"이봐, 날 차라리 죽여 줘!"

복부에 관통상을 입고 드러누워 있는 후지와라 군조가 자신의 상처 부위를 옷자락으로 막고 있는 혼다 상병에게 신음하듯 말했다. 출혈이 멎지 않고 계속 흘러나오면서 헝겊을 검붉게 물들였다.

"자, 구급약이다. 우선 지혈부터 시켜 봐."

와타나베 소위는 혼다 앞에 구급약품 상자를 내려놓으며 신음하는 부상병들을 둘러보았다.

"자, 전원 출발!"

사위가 어둠으로 덮이자, 철민은 목발을 짚고 일어서며 명령했다. "이 들것을 후지와라에게…….”

“괜찮으시겠습니까?”

와타나베가 염려스럽게 철민을 쳐다보았다.

“저들에 비하면 이건 부상도 아니다.”

철민은 그러나 목발에 의지해 다친 다리를 땅에 디딜 때마다 쑤셔 오는 통증을 느꼈다. 낮 동안 이글거리는 대기 속을 무겁게 흐르던 화염과 연막이 가라앉아 버린 숲 속은 오히려 음산스러우리만큼 고요하고 썰렁했다.

대원들은 야자수숲 아래를 실루엣처럼 서서히 움직이기 시작했다. 와타나베가 앞장을 서고, 철민은 대원들의 후미를 목발을 짚고 따라갔다. ‘저들만이라도 살려야겠다. 대대장에게 과감히 건의해야 한다. 군법회의에서 총살형을 받는 한이 있더라도.’

철민은 목발을 옮기며 생각했다.

‘일개 지휘관으로서 그따위 말을 할 수 있나? 대일본제국의 군대에 귀관 같은 비겁자가 있다니, 천황폐하에 대한 불충을 무슨 죄로 다 받겠는가! 귀관은 총살이다!’

대대장의 격분에 찬 모습이 눈앞에 클로즈업되었다. 철민의 얼굴에 식은땀이 비오듯 흘러내렸다.

“일단 정지시켜!”

대원들이 대대본부에 가까워졌을 때 철민은 바로 앞의 병사에게 명하곤, 뒤돌아선 와타나베를 손짓으로 불렀다. “소대장, 정찰병을 보내서 대대본부의 상황을 알아보도록 하라. 나머지는 여기서 대기하도록 한다.”

철민은 한쪽 목발로 좌측 십여 미터 전방에 보이는 방공호를 가리켰다. 세 명의 정찰병이 떠난 뒤, 일행은 소대장을 앞세워 방공호로 접근했다. 철민도 뒤따라 목발을 옮기는데…….

“앗!”

방공호 안으로 들어가던 와타나베 소위가 비명을 지르며 뒤로 물러섰다.

뒤따르던 발걸음이 일제히 멎었다.

"뭐얏?"

철민이 나직이 부르짖으며 재빨리 목발을 움직여 소대장에게로 다가갔다.

"대대장님이……!"

"대대장님?"

"자, 자결하셨……."

소대장의 말이 채 끝나기도 전에 철민이 황급히 방공호 안으로 들어갔다. 그리고 뒤이어 들어간 대원들이 어두컴컴한 방공호 안을 플래시로 밝혔을 때, 그들은 또 하나의 시체를 발견하곤 다시 한 번 숨을 죽이지 않을 수 없었다. 나가누마 대대장의 발치에 이마무라 대위의 주검이 거의 직각을 이루고 쓰러져 있었던 것이다.

"2중대장님 아닙니까?"

와타나베 소위의 경악한 목소리.

"대대장님, 이마무라 대위!"

철민은 다리의 통증도 의식하지 못한 채 털썩 주저앉으며, 흰 보자기 위의 두 시체로 자기의 얼굴을 가까이 가져갔다. 아직 채 마르지 않은, 바닥에 고인 피가 철민의 군화를 검붉게 물들였다. 누군가가 일장기를 품 안에서 풀어내어 두 주검 위에 덮어 주었다.

그때, 정찰 나갔던 병사들이 돌아와 "대대본부 막사가 박살이 났습니다." 하고 보고했으나, 허탈 상태에 빠진 철민과 휘하의 대원들은 망연자실하여 방공호 바닥에 주저앉고 말았다.

32

그날 밤, 또 한 가지 참사가 발생했다. 허탈과 절망, 격전과 굶주림으로 지칠 대로 지친 대원들은 방공호 벽에 몸을 기대자마자 자신들도 모르는 새 사르르 눈이 감겼다. 철민도 심신이 괴롭고 고달팠다.

그런 와중에 시시각각 가빠지는 호흡과, 그렇다고 구명을 기대할 수 없는 후지와라는 기다렸다는 듯이 가까스로 몸을 일으켜, 세상모르고 코를 고는 혼다의 옆구리에 찬 단도를 살그머니 뽑았다. 그는 예리한 금속 날을 지그시 바라보며 천장을 향해 등을 깔고 반듯이 누우면서 동시에 단도로 힘껏 자신의 복부를 갈랐다.

"대일본제국 만세!"

절규와도 같은 외마디 비명에 주위의 대원들이 눈을 떴을 때는 이미 모든 것이 끝나 있었다. 대원들은 누구 한 사람 꼼짝하지 않았다. 감정이 메말라 버린 탓일까, 생명의 존엄성이라곤 모두가 마비되어 있었다. 납덩이같은 분위기가 방공호 안을 가득 메웠다. 철민은 고개를 무겁게 늘어뜨린 채 대원들의 인솔 문제를 생각해 보았다. '차라리 여기서 깨끗이…….'

철민은 '할복'을 생각했다. 하지만 그에 연이어 또 하나의 상념이 자성체처럼 그의 뇌리에 달라붙고 있었다.

'한 기의 화강암에 새겨지는 철민 씨의 이름 넉 자보다도 줄기찬 맥박이 뛰고 있는 철민 씨의 생명이 더욱 소중하고 고귀하다는 것을 한시도 잊으시면 안돼요.'

철민은 자신도 모르는 새 이 한 구절을 토씨 하나 틀리지 않고 암기하고 있었다.

'황국은 장교 하나를 잘못 길렀다. 적성검사부터 미스였어.'

그러다가 철민은 수마에 빠져들었다.

아침에 잠에서 깨었을 땐 대원 중 3명의 병사가 보이지 않았다. 탈영한 것이었다.

"칙쇼오!"

와타나베 소위가 화를 벌컥 내며 주위 사병들을 노려보았다.

이때였다.

확성기를 통하여 투항을 권하는 미군의 목소리가 들렸다.

〈일본군에게 고한다! 토치카나 방공호 속에 있는 일본군은 속히 투항하고 나오라. 투항하는 자는 해치지 않고 포로로서 안전을 보장한다. 앞으로 30분 이내에 안 나오면 투망식으로 소탕전을 벌이겠다〉

확성기에서 흘러나온 음향은 아침 공기를 타고 일대에 메아리쳤다. 전 대원의 시선이 철민에게로 쏠렸다.

"중대장님, 어떡하시렵니까?"

와타나베 소위가 정색을 하고 물었다.

'……결코 평범한 희생일랑…….'

"빨리 돌격 명령을 내리십시오!"

와타나베의 결연한 의지가 철민의 사고(思考)를 반박했다.

"소대장, 백기를 만들어."

이 한마디가 나오는 데 수십 초의 시간이 걸렸다.

"백기요? 투항한단 말입니까!"

"와타나베! 만용을 부리지 마라. 용기와 만용은 달라. 더 이상 대원들의 무고한 생명을 희생시켜선 안돼!"

철민으로선 호소와도 같은 설득이었다.

"전 거역하겠습니다. 저 혼자서라도 싸우겠습니다."

와타나베는 벌떡 일어서서 부하들의 눈치를 살폈다. 모두가 묵묵무언이었다.

"소대장, 이건 명령이다!"

철민의 엄한 한마디에 와타나베 소위는 방공호 한가운데에 우뚝 선 채 잠시 생각에 잠겼다.

"가나야마 오장, 이것을 대검에 달아."

철민은 뒷주머니에서 흰 손수건을 꺼내 던져 주었다.

순간, '에잇!' 하는 외마디 탄성과 함께 와타나베의 단도가 자신의 배를 갈랐다. 그러고는 '대일본제국 만세'를 외치면서 쓰러질 때까지 부릅뜬 눈으로 철민을 똑바로 노려보았다.

방공호 밖 저 멀리에선 야자수숲 언저리의 비목 앞에서 미군 군목이 성경을 들고 기도를 올리고 있었다.

제6장 '적도 직하'의 전투 장면은, PARIS MATCH LAROUSSE(佛), 小學館(日) 공동 편집 《전사 제2차 세계대전 실록》(중앙문화사, 1980년) 3권 제27장 〈공포의 섬 타라와〉의 일부를 인용・참조했음.

제7장 수난의 서곡

33

40주(週) 동안의 기대와 희망, 초조와 불안, 그리고 육체적인 고통 끝에 하나에는 아들을 분만했다. 순산이었다. D마을에 정착한 이래 줄곧 가벼운 일이나마 육체적인 활동을 해 온 때문이리라.

'오, 하느님, 감사합니다.'

아기가 태어나던 날, 하나에는 아기를 향해 누운 채 눈물이 글썽해지도록 몇 번이고 신에게 감사했다. 사실상, 이번 순산한 아기야말로 그녀에겐 그 무엇과도 바꿀 수 없는 보배로운 선물이 아닐 수 없었다. 광인을 아버지로 한 아이라거나, 쪽발이 여인을 어머니로 둔 아이라는 따위의 지엽적인 문제를 헤아리기에 앞서, 우선 자신의 유일무이한 혈육이 탄생했다는 사실이 그녀에게 희망의 싹을 틔워 주었다. 남편이 실성하면서부터 잃어버렸던 마음의 의지 대상을 재발견한 것이었다.

'하느님, 우리 아기에게 거룩한 은총을 내려 주시고, 끊임없이 보살펴 주시옵소서.'

하나에는 자신의 탯줄에서 떨어져나간 지 한 달도 되지 않은, 쌔근거리며 자고 있는 아기의 발간 얼굴을 들여다보면서 장차 아들이 심신에 별탈없이 건강하게 자라 주기를 기원했다. 동시에 그녀는, 철민이 옛날과 같은 건전한 정신으로 아기의 출생을 맞아 줄 수 있었다면 얼마나 경사스럽고 행복한 일일까 하며, 그런 상황을 머릿속에 그려 보기도 했다. 철민이 "어디 보자, 우리 개똥이. 엄마를 닮았나, 아빠를 닮았나?" 하며 만면에 희색을 띠고 번쩍 쳐들어 올리는 모습을.

그러나 그것은 애초부터 현실과 전혀 빗나간 상상, 아니 그야말로 환상이었다. 하나에가 해산하던 날만 해도 저녁 늦게야 어슬렁어슬렁 집에 들어온 그는, 강씨 부인이 환하게 웃으며 득남 소식을 알려주었는데도 무표정한 채 끝까지 타들어간 담배만 빼끔거리며 무의식적으로 하나에의 방을 기웃거리곤 아무 말 없이, 철준이 쓰던 자기 방으로 돌아가 버리는 것이었다.

그런데 하루 이틀 시간이 흐르면서 그녀의 심적인 괴로움은 단지 남편 한 사람 문제로만 그치는 것이 아님을 절감하기 시작했다. 머지않아 아기가 동네 아이들과 어울려 놀 만큼 철이 들었을 즈음, 뭇 아이들의 놀림감이 되지 않으면 안될, 참담한 광경을 떠올려 보지 않을 수 없었다.

'얘네 아버진 아무도 없는 산에서 혼자 막 떠든대. 일본말로.'

'니네 아버진 광질다리(미치광이)지?'

'그래, 전쟁터에 나갔다가 돌아 버렸대. 우리 엄마가 광질다리 아들하곤 놀지 말래.'

'그리구 얘네 어머닌 일본사람이다?'

'아버진 광질다리고, 어머닌 일본 쪽발이고……, 참 우습다. 하하하…….'

하나에는 눈앞에 떠오르는 뇌쇄적인 장면들을 떨쳐 버리기라도 하려는 듯이 베개 위에서 머리를 세차게 흔들었다.

'우리 아기를 여기서 키워선 안돼!'

잠자던 아기가 기지개를 켜더니 으앙거리기 시작했다.

"우리 개똥이가 깼나……?"

강씨 부인이 말하며 걸어오는 발소리가 들렸다.

"어이구, 우리 개똥이가 잠을 다 잤나 보구나. 어디 쉬야 했나 보자."

방으로 들어온 강씨 부인이 아기의 기저귀를 펼쳐 보더니 "이놈이 시원하게 쌌구나." 하며 손수 갈아 채우고는 아기를 안아 들었다. 칭얼대던 아기는 할머니 품 안에서 울음을 멈추고 빨간 주먹을 입으로 가져갔다.

"젖 먹일 시간이 됐네요."

하나에는 몸을 추스르며 저고리 앞섶을 헤쳤다.

"자, 엄마한테서 찌찌 먹어야지."

강씨 부인이 아기의 볼에다 입을 맞추곤 하나에에게 넘겨주자, 아기는 엄마의 부른 젖무덤에 볼을 파묻고는 천진난만하게 젖을 빨아댔다.

"또 나갔지요?"

하나에는 우정 철민에 대해 물어봤다.

"언젠 집에 붙어 있니?"

"밖에라도 나가지 말았으면……."

"종일 붙잡아 둘 수도 없는 노릇이고, 그냥 놔둬야지 어떡하겠니?"

두 사람은 잠시 말이 없었다. 결코 바라지 않는 화두를 입에 올리는 것이 그들에겐 마음 괴로운 일이긴 했지만, 번번이 그 때문에 방 안 공기를 무겁게 만드는 것은 이 집안의 어쩔 수 없는 현실이기도 했다.

"지금쯤 삼촌이 편지를 받았겠죠?"

하나에는 문뜩 무슨 생각이라도 한 듯 강씨 부인에게 물었다. 아기는 젖을 입에 문 채 잠이 들어 있었다.

"그럼, 받아 보고도 남았겠지. 일본 아버지도. 이제 곧 답장이 올 거다."

강씨 부인은 하나에의 품에서 아기를 안아다 구덕(바구니)에다 누였다.

"어머니."

하나에가 조용히 입을 열었다.

"그래, 무슨 할 말이라도……?"

강씨 부인이 눈으로 재촉했다.

"미리 말씀드리는 건데요. 이담에 아기를 삼촌한테 보낼까 봐요. 혼자 뛰놀 만큼 자라면."

하나에의 말은 퍽 조심스러웠다. 강씨 부인은 놀라워하는 표정을 지었으나, 이내 담담함을 되찾았다.

"무슨 말인지는 알겠다만, 어디 그게 쉬운 일이겠니? 무엇보다도 어린것이

외로워서 지내기가 힘들 텐데."

"그렇지만 여기 있는 것보다는 애를 위해선 좋을 것 같아요. 장차 교육상으로도 유익할 거구요."

"글쎄, 그건 애어멈이 알아서 할 일이다만……. 그때까진 아직 시간이 많이 있으니 차차 생각해 봐도 되잖겠니? 그동안에 철준이도 올 것이고……."

부인은 철준을 생각하며 난처한 심정으로 말끝을 흐렸다.

"알고 있어요, 어머니. 삼촌하고도 상의할 거예요. 하지만 어머님께 미리 다짐을 받아두고 싶어요."

하나에는 사정하듯, 그러나 분명하게 말했다.

그때 밖에서 "편지 왔습니다." 하는 집배원의 소리에 부인은 얼른 방문을 열고 나갔다.

"철준이한테서 답장이 왔구나."

강씨 부인이 편지를 들고 들어오며 반가워했다. 방금 전까지 그늘졌던 얼굴 표정이 환하게 바뀌었다.

"받자마자 한 모양이군요."

하나에도 얼굴이 밝아지면서 부인이 넘겨주는 편지를 받고는 가위로 겉봉위를 잘랐다.

그리운 형수님께.

매양 받아 보던 형수님의 글월 중에서 오늘의 것이야말로 저에겐 가장 기쁜 사연이 아닐 수 없습니다. 물론 할아버님과 할머님, 그리고 어머님께서도 더없이 기뻐하고 계실 줄 압니다. 참으로 가슴이 뿌듯해지면서 안도의 숨이 절로 나옵니다. 조카의 태어남으로 인해 형수님이 그동안 겪으셨던 고통의 보람을 어느 정도 느끼셨을 것이고, 앞으로의 생활에도 외로움을 덜 느끼시면서 새로운 희망을 안고 살아갈 수 있을 테니까요. 무엇보다도 모자가 다 같이 건강하다니 한층 다행스럽게 여겨집니다.

누구를 닮았는지는 모르지만, 멀리서나마 아기의 그 빨간 얼굴에 짓는 티 없는 방싯거림과 으앙거리는 울음소리를 보고 듣는 듯합니다. 아마도 형수님이 가장 많이 정성을 기울였고 고통도 많이 겪으셨으니 엄마를 닮았겠죠?
아무튼 이제부턴 저에게도 삼촌이라 불러줄 조카가 있다는 것만으로도 저를 의젓하고 어른스럽게 만드는 것 같습니다. 앞으로 조카를 위한 일이라면 형수님과 형님 일 못지않게 저의 마음을 다할 것입니다.
형수님.
지난번 송금해 주신 하숙비는 감사히 받았습니다. 학비는 물론이고 매달 하숙비를 받을 때마다 집안 여러 어른들께 대해 송구스러운 마음 셀 수 없이 들곤 하지만, 어차피 한 가지 목적을 위해 고향을 떠나온 이상, 올라올 때의 각오로 초지를 굽히지 않고 노력을 경주하여 집안 식구들의 은혜에 보답하리란 마음만을 굳게굳게 다짐할 뿐입니다.
형님의 상태는 그대로겠지요? 항상 형님 때문에 번민하고 계시리란 건 헤아리고도 남습니다만, 돌이키기에는 이미 늦어 버린 운명의 시계 같은 것. 그로 인하여 상심하기보다는 앞으로 형수님을 맞이할 새로운 시곗바늘, 조카의 미래에 기대와 보람을 실으셔서 형수님의 앞날이 희망찬 하루하루가 되기를 바랍니다.

단기 4280년 3월 10일

철 준 드림

〈추신〉
집안 어른들께 상의드리지 않고 저 혼자 결정한 일입니다만, 이번에 저는 가정교사 자리를 구했습니다. 그래서 앞으로는 방학 때 쉬 내려가지 못할지도 모르겠습니다.

하나에는 철준의 편지를 시어머니 앞에서 찬찬히 읽어 내려갔다. 행간 하나하나에 담긴 정성스럽고 진솔한 사연들이 하나에의 가슴에 사무치면서 눈시울을 뜨겁게 만들었다.

"조카가 무척 보고 싶을 거다."

편지의 사연을 다 듣고 난 강씨 부인도, 형수를 생각하는 아들의 심정을 갸륵해하며 입가에 웃음을 머금었다.

"집에 있었으면 아마 아기를 보러 들락거리느라 야단이 났을 거예요."

하나에의 말은 마치 철준의 마음을 환히 들여다보고 하는 것 같았다. 스스로가 생각하기에도 놀라울 정도로 하나에는 철준이 언제 어디서나 한결같이 자기에 대한 안위와 격려를 아끼지 않는 것으로 확신해 마지않았다. 이러한 믿음은 일본 땅을 떠나오면서부터 이제까지 줄곧 지녀 온 것으로, 앞으로도 갖가지 어려움을 헤쳐 나가야 하는 그녀에겐 어두운 밤바다에 반짝이는 하나의 등대와도 같은 것이었다.

34

하나에가 상한 마음으로 기다리고 있는 것을 아는지 모르는지, 해가 서산 너머로 기울어져 가는데도 철민은 철모르는 동네 꼬마들과 더불어 이야기를 하느라 시간 가는 줄 몰랐다. 설렁한 연자방앗간에서 여남은 살짜리 코흘리개들이 철민을 가운데 두고 빙 둘러앉아 있었다. 그런 중에 철민은 애들에게 군사훈련을 설명하고, 전투 경험을 들려주고, 남양 토인들의 생활과 미군들의 모습을 이야기해 주었다.

"일본 군인과 미국 군인의 총은 다 같아요?"

어린애들의 첫째 흥밋거리는 역시 총이었다.

"아아, 그건 다르지. 우리는 구구식이나 삼팔식총을 쓰고, 걔네들은 카빈총을 쓰지."

"어느 게 더 좋아요?"

"먼 데 있는 걸 정확히 맞히려면 구구식이나 삼팔식이 낫지. 하지만 가까운 거리에서 한꺼번에 많은 사람을 쏘는 덴 카빈이 유리해."

"아저씨도 쏘아 보셨어요?"

"암, 쏘아 봤구말구. 그렇지만 난 장교였으니까 일본도에다 권총을 찼었지."

철민은 마치 지금도 그것들을 패용(佩用)하고 있기라도 한 듯이 폼을 잡았다. 하나에가 보았더라면 실로 한심하리만큼 유치찬란했다. 그만큼 철민의 정신 수준은 여남은 살의 어린이와 다를 바가 없었던 것이다.

"일본도가 뭐예요?"

"응, 장교들만 차는 긴 칼이야. 쭉 뽑으면 시퍼런 날이 번쩍번쩍하지."

철민은 눈을 크게 뜨며 칼을 뽑는 제스처를 썼다.

"아저씨도 그걸로 미국 군인을 죽여 보셨어요?"

아이들은 철민의 이야기에 눈망울을 굴리며 점점 흥미를 더해 갔다. 철민은 빙그레 웃으며 도리질을 했다. 수척한 얼굴에다 수염마저 시커멓게 자란 것이, 옛날의 늠름하고 패기 넘치던 장교의 모습은 흔적조차 찾아볼 수 없었다.

"권총으로도 못 쏴 보셨어요?"

철민은 입가에 희미한 웃음을 띄우며 고개를 끄덕였다. "쏠 기회가 없었어."

철민은 머리가 무거운지 주먹을 쥐고 후두부를 몇 번 툭툭 쳤다. 그는 애들이 모아다 준 꽁초를 까서 종이에 말아 물고 성냥불을 댕기더니 엄지와 검지로 끄트머리를 바짝 잡고는 양 볼이 오므라지도록 맛있게 빨아댔다. 아침에 강씨 부인에게서 받은 반 갑의 담배는 이미 바닥이 나 있었다.

"아저씨, 이거 뭐라고 쓴 거예요?"

이번엔 아이들 중 가장 나이 많은 놈이 일어본 소설 쪼가리를 주머니에서 꺼내더니 철민에게 건네는 것이었다.

"어디 보자, '남자 더하기 여자는 사랑…….'"

철민이 맨 윗줄 원문의 한 구절을 다 풀이하기도 전에 아이들이 까르르 웃어댔다.

그때 넌지시 하나에가 방앗간 입구로 들어섰다. 꼬마들은 일제히 우르르 밖으로 빠져 달아났다. 어둠이 깃들기 시작한 방앗간엔 철민과 하나에가 지키는 침묵만이 흘렀다.

'매일 이런 곳에서……?'

하나에는 눈물이 쏟아지려는 것을 가까스로 참으며 민망과 수치와 비감이 뒤엉킨 시선으로 철민을 망연히 바라보았다. 그러다 나온 말이 "가요." 외마디였다.

하나에는 남들이 볼까 봐 두려운 마음으로 십여 미터 앞장서서 걸음을 재촉했으나, 철민은 언제나처럼 산책이라도 하듯이 느릿느릿 걸었다. 그래도 하나에는 아무 말 못하고 앞서 가다가 이따금 먼발치에서 뒤를 돌아볼 뿐이었다.

"저녁때가 되면 찾으러 가지 않아도 돌아와야지요."

하나에는 마당에 이르자, 잠자코 뒤를 따라온 철민에게 딱하다는 투로 불평했다. 그러나 철민은 무표정한 모습으로 귀담아듣는 기색도 보이지 않았다.

그들의 인기척에 저녁을 짓고 있던 강씨 부인이 부지깽이를 든 채 밖으로 나와 두 사람을 말없이 번갈아 보았다.

"더운물 있어요, 어머니?"

"그래, 저쪽 작은 솥에 데워 두었다."

강씨 부인이 뒤따라 들어와 거들려는 것을, 하나에가 몸소 대야에 물을 떠다가, 멍하니 문지방에 걸터앉아 있는 철민의 앞에 갖다 놓았다. "얼른 씻고 저녁 드세요."

철민은 알았다는 듯이 고개를 두어 번 끄덕였다.

방으로 돌아와 보니 아기는 구덕 안에서 쌔근쌔근 자고 있었다. 방금 전까지만 해도 심란스러웠던 하나에의 마음은, 아기의 잠자는 모습을 보는 순간, 적이 평온을 되찾을 수가 있었다.

'귀여운 우리 아기!'

하나에는 조용히 '브람스의 자장가'를 콧노래로 부르며 상반신을 굽히고는 아기의 볼에 입맞춤을 했다. 자기도 모르는 새 흐르는 눈물이 아기의 볼로 흘러내렸다. 바깥 공기를 쐬고 들어온 엄마의 싸늘한 뺨의 체온과 따뜻한 눈물의 감촉 때문인지 아기는 얼굴을 꼼질거리더니 눈을 빠끔 떴다. 신기하리만큼 울지도 않고, 초롱초롱한 눈으로 엄마를 올려다보았다. 하나에는 더 재우려고도 하지 않고 기저귀를 갈아 채웠다.

"까꿍, 우리 아기 언제 깼어? 어디, 엄마하고 찌찌 먹을까?"

하나에는 아기를 포대기로 머리까지 싸안고 부엌으로 갔다. 강씨 부인이 저녁상을 다 차려놓고 하나에를 부르러 나오다가 "응, 마침 오는구나." 하면서, 따로 차려놓은 밥상을 들고 강씨 노인 방과 철민의 방으로 차례로 날라다 주었다.

"요게 엄마 온 줄 알고 깼구나……. 이젠 젖살도 오르고. 이리 주렴."

숟갈을 들려던 강씨 부인이 하나에에게서 아기를 안아 받으려는 것을 "어서 드세요, 어머니. 젖을 먹여야겠어요." 하고, 하나에는 아기에게 젖을 물린 채 숟가락을 들었다. 이제 시골 엄마의 티가 하나 둘 몸에 배기 시작한 것이었다.

35

하나에는 저녁식사를 마친 후, 아기를 할머니에게 맡기고 철민의 방으로 건너갔다. 굴묵(온돌)에 불을 때기는 했지만, 하루 종일 비워둔 탓으로 방 안은 썰렁한 게 음산스럽기까지 했다.

철민은 희끄무레한 등잔불빛 속에서 비스듬히 벽에 기대앉았다가, 하나에가 들어가자 아무 말 없이 껌뻑이는 눈으로 그녀를 올려다볼 뿐이었다.

"일어나세요. 이부자리를 펴 드릴 테니."

철민은 앉은 채로 몸을 윗목으로 이끌었다. 하나에는 벽장에서 요를 내려 아랫목에다 깔고는 그 위에 이불을 덮었다. 땀내와 담배 냄새가 뒤섞인 매캐한 냄새가 물씬 풍겼다. 이불잇과 베갯잇을 빨아 간 지가 며칠이 안되었는데도 때와 흙으로 얼룩져 있었다.

하나에는 이부자리를 다 펴고 나서 잠시 망설였다. 여느 때는 철민이 들어오기 전에 이부자리를 펴 놓고는 이내 방을 나갔었는데, 그날은 그녀에 의해 평소보다 일찍 철민이 돌아왔으므로 바로 나와 버리기가 좀 뭐했던 것이다.

"내일부턴 밖에 나가지 말고 집에서 지낼 수 없어요?"

하나에는 몸뻬 입은 두 무릎을 방바닥에 모아붙이며 사정하는 빛으로 철민을 응시했다. 하지만 철민은 대답 대신 생기 없는 눈동자만을 굴리더니 "나 담배 한 까치만……." 하고 손을 내밀었다.

하나에는 가라앉았던 설움이 다시 북받쳤다. 그것은 철민이 자신의 말에 동문서답을 했다는 점에서라기보다 그가 아내의 평소 당부조차 분별하지 못할 만큼 의식을 상실해 버린 데 대한 서글픔 때문이었다.(화제를 염려한 강씨 부인의 지시에 따라 저녁 후의 담배와 성냥은 금기물임을 누누이 강조해 온 터였다.)

"담배는 저녁 이후엔 안되는 줄 아시잖아요?"

"……."

"제발 내일부턴 밖에 나가지 말아 주세요."

하나에는 자기의 부탁이 부질없는 일인 줄 알면서도 마치 아이를 타이르는 어머니처럼 철민에게 다가앉으며 양손으로 그의 손을 잡고 어루만졌다. 꺼칠하고 싸늘한 감촉을 느끼면서 동시에 형언할 수 없는 공허가 그녀의 전신을 물결처럼 흘렀다.

'여보, 어쩌다 이렇게 목석같은 인간이 돼 버렸어요? 지난날 교또 공원에서, 오사까의 우리 집에서 저의 온몸을 뜨겁게 태워 주던 그 불꽃 같던 정열은 다 어디로 증발해 버렸나요?'

하나에는 한 손으로 철민의 윤기 없는 야윈 뺨을 쓰다듬었다. 마치 골격을 만지고 있는 것 같은 깡마른 피부와 까칠까칠하게 자란 턱수염에서 그녀는 깊은 연민과 황량감을 다시 한 번 맛보지 않을 수 없었다.

"내일 아침엔 면도를 하세요. 제가 해 드릴게요……. 자, 여기 담배 있으니 오늘 저녁만 피우세요."

하나에는 몰래 준비해 두었던 한 개비의 담배를, 꺾은 소매에서 꺼내 철민의 입에 물려 주머니에서 성냥 — 항상 밤에는 압수해 버리는 — 을 찾아내어 불을 붙여 주었다. 철민은 맛있는 음식을 엄마에게서 받은 어린애 같은 반가운 표정으로 담배를 깊숙이 빨고는 연기를 길게 토해냈다. 한 모금의 담배와 하나에의 따스한 손길이 그의 신경에 경미한 자극이라도 전달했음인지 철민은 마네킹같이 뻣뻣하던 고개를 돌려 하나에의 얼굴을 보며 고개를 끄덕였다.

"주무셔야죠."

하나에는 몸소 철민의 겉옷 단추와 혁대를 끌러 옷을 벗겨 준 후, 자기도 그의 뒤를 따라 이불 속으로 들어갔다.

제8장 꼭두각시 박두만

36

서울 용산구 후암동, 한 적산 가옥 2층방.

철준은 한참동안 훑고 있던 신문을 책상 위에 내려놓고는 창가로 가서 밖을 내다보았다. 아직 3월 하순이라 다다미방은 썰렁한 데다 냉기마저 감돌았으나, 시야에 어리는 남산 기슭의 아지랑이는 그런대로 이른봄의 감각을 돋워 주고 있었다. 그런데도 바깥의 화창한 날씨와는 달리, 철준의 마음은 방안 공기만큼이나 음산스럽고 어수선했다.

올해로 귀국한 지 세 번째 맞는 봄이었지만, 철준으로서는 막연하게나마 조국 광복에 걸었던 기대를 반의반도 채울 수가 없었다. 아니, 기대는커녕 오히려 날이 갈수록 혼란스러워지는 시국을 접하면서 우려와 실망이 더해만 갔다.

철준이 귀국하던 해 연말연시만 해도 '신탁통치안'의 반대(반탁)와 찬성(찬탁)으로 갈라져 우익계와 좌익계의 학생들이 대립 · 충돌하는 양상을 신문지상을 통하여 심심찮게 보았었다. 하지만 그는 그러한 대립과 충돌이 신생 국가들이 독립 초기에 겪게 마련인 홍역 같은 것이려니 하고 대수롭지 않게 여겼었다. 그런데 자신이 막상 상경한 이후로도 수도 서울을 비롯하여 전국 곳곳에서 좌 · 우익 간에 크고 작은 사건 — 살인, 방화, 테러, 파업, 맹휴, 위폐제조 등이 잇달아 발생하면서 시시각각 전 사회가 혼란 속으로 빠져들고 있었다.

여기서 잠깐 당시의 중요 혼란상을 짚고 넘어가기로 한다.

광복이 되던 해 12월에 모스크바 삼상(미 · 영 · 소 외상) 회의에서 4대국(미 · 영 · 중 · 소)의 신탁통치안이 결정되자, 이승만, 김구 등 민족 진영이 주동이 되어 범국민적 반탁운동을 벌였으나, 이듬해 1월 박헌영이 주도하는 좌익 진영의 공산당이 태도를 돌변해 찬탁으로 돌아섬으로써 신탁통치를 둘러싼 분열이 일어나면서 이를 불씨로 급기야 정치싸움은 남한 전역으로 번져가기 시작했다.

원래 좌익 세력은 미 군정의 개방정책에 편승하여, 정치 활동의 핵심체로서 좌익계 노동 단체와 청년 단체를 움직여 왔는데, 이들은 전국조선노동조합평의회(전평)를 결성해 파괴 공작의 한 수단으로 노동쟁의를 벌였고, 이에 맞서 우익 세력은 대한노동조합총연맹을 조직해 대항했다.

이 좌 · 우익의 세력 싸움에는 청년들도 행동 전위대로서 역할을 했는데, 좌익 청년 단체는 조선민주청년동맹(민청)이고 우익 청년 단체는 조선민족청년단(족청)이었다.

이런 가운데 1946년 9월, 극심한 식량난에 의한 쌀값 폭등으로 서울 주변의 철도 종업원 1만 5천여 명이 식량 특별배급과 대우개선을 내걸고 파업에 들어가 경찰과 충돌이 일어났다. 이를 계기로 공산당 지령에 의해 전평(全評) 산하 노동조합과 노동자들이 동정파업을 벌임으로써 철도는 물론 전신, 전화, 해운 등 중요 운수 · 통신 기관이 며칠씩 마비되었고, 이것은 마침내 시위 군중과 경찰의 마찰을 유발하여 '10월 대구 폭동'(시위 군중이 수십 명의 경찰관을 납치, 고문, 화형, 사살, 산 채로 껍질 벗기기 등을 자행)으로 확산되면서 소요 사태는 영남과 호남 일대를 휩쓸었다.(반동분자와 악덕지주 및 극우 인물 살해, 경찰 기관과 극우 단체 사무소 습격 등)

좌익 세력의 파괴 활동은 여기에 그치지 않고 다음해 1월 영등포역에서의 좌우 노동조합원의 유혈 충돌에 이어, 민전의 주도로 전국적으로 거행된 3 · 1절 시민대회를 계기로 서울 남대문에서는 가두시위를 벌이던 군중과 이를 저지하는 극우파 청년 당원들 간에 육박전이 벌어져 2,3십 명의 사상자를 냈다. 이에, 군정 경찰이 좌익측 시위 참가자 1천 명가량을 검거하자, 좌익은 그 달 22일 총파업을 단행했다.(전국의 공장과 광산, 학교뿐 아니라 경성전기, 전남의 관

공서, 금융 · 보험관리국 등 군정의 국가 내부 기구까지)

한편, 이런 혼란을 틈타 조선공산당은 당비 조달 및 남한의 경제를 교란시킬 목적으로 대량의 위조지폐를 인쇄(조선정판사 위폐사건)했는가 하면, 학원 내에도 좌 · 우익 학생으로 갈라져, 좌익 학생 대표들이 서울대 국립대학안(국대안)을 반대하는 동맹휴학 파동을 일으키기도 했다. 또 이런 와중에서 여운형과 장덕수 같은 정치 거목들이 백주에 암살되는 참변도 발생했다.

이렇듯 좌익 활동이 극성을 부리자, 미 군정 사령관 하지 중장은 좌익 세력의 검거와 단속에 나섰고, 미국은 제2차 미 · 소 공동위원회의 결렬을 계기로 한국 문제를 유엔에 상정키로 결정하고 '통일 독립' 을 위한 '총선거안' 을 내놓기에 이르렀다.

그 결과, 유엔한국위원단을 설치하고 한국에 파견시켰으나, 이들의 활동에 반대하는 소련의 책략과 공산계의 비협조로 한반도 전역에서의 선거는 불가능해졌고, 민족 분열은 더욱 심각해진 것이다. 그리하여 1948년 2월을 기해 점령군의 군사분계선인 38도선도 정치 분계선으로 굳어져 갔고, 5월 10일에는 유엔의 결의에 따라 남한에서만 총선거가 실시되기에 이른다.

이로써, 조국 광복이라는 감격도 한순간의 함성뿐, 그토록 염원하던 통일 독립국가의 건설은 뒤로한 채, 나라 안은 온통 우익과 좌익의 대립으로 마치 이데올로기의 각축장을 방불케 하는 형국이 되었다.

37

'이런 좌 · 우익의 대립과 투쟁이 언제까지 계속될 것인가?'

철준은 방금 전에 읽은 신문 기사 — 지난달 민전이 주도한 '2 · 27 구국투쟁(민중봉기)에 이어, 작년 '3 · 22 총파업 1주년 기념 총파업 등에 의한 단정 · 단선(單政單選) 반대 투쟁을 계속 확산시킨다는 — 를 떠올리며 창가에서 몸을 돌려 책상으로 다가갔다. 탁상시계가 3시 20분을 가리키고 있었다. 그는 옷을 외출복으로 갈아입었다.

그때, 계단을 밟는 소리가 들리더니 한 청년이 미닫이를 열고 불쑥 나타났다. 철준은 무의식중에 꾸벅 목례를 했다. 며칠 전 아랫방에 하숙을 정해 온 전문대생이라는 말을 주인 아주머니를 통해 들었을 뿐 아니라, 아침때 세면장에서 두어 번 대면이 있었기 때문이었다.

철준의 목례에 상대편은 붙임성 좋게 만면에 웃음을 머금으며 고개를 끄덕였다. 역삼각형의 얼굴에 짙은 눈썹이었고, 신장은 보통이었으나 떡 벌어진 어깨가 유도 선수 같은 체격이었다.

"나 박두만(朴斗萬)이오."

상대편은 철준에게 다가서며 절도 있게 손을 내밀었다.

"강철준입니다."

철준이 마주 손을 내밀자, 손등에 못이 박인 두꺼비 같은 손이 억센 악력으로 철준의 손을 쥐었다가 풀면서 "진작 올라와서 인사를 나눴어야 했는데……." 하고 나름의 예의를 갖췄다.

"아닙니다, 제가 먼저 찾아뵀어야 하는걸……, 연장자신데."

"아니지, 내가 후래자(後來者)니까……. 하숙집 룰은 나도 잘 알지."

박두만은 격식을 지키려 하면서 반말을 구사했는데, 그것이 어르며 뺨치는 것 같아서 철준으로선 결코 유쾌하지 않았다.

"잠깐 앉으시죠."

철준은 마지못해 보조의자를 권했다.

"어디, 나가려는 참이오?"

그는 그렇게 물으면서 동시에 엉덩이를 의자에 붙였다.

"네 시부터 학생 개인지도가 있어서요."

철준도 하릴없이 자기 의자에 걸터앉았다.

"아 참, 아르바이트를 한다던가……? 한데 오늘은 일요일 아니오?"

상대는 철준을 생각해 주는 투로 말하며 책상 위에 펼쳐진 채로 있는 신문의 굵은 제목들을 건성으로 훑어보았다.

"아, 요즘이 학생의 월말고사 때라서 특별히 봐 주는 거예요."

철준은 사실 그대로 말했다.

"아무리 시험 때지만 너무하지 않아요? 다들 쉬는 일요일에까지 부려먹으려 들다니. 그래, 미스터 강은 해 달라는 대로 순순히 응한 거요?"

"학생 본인이 싫다면 모를까, 한 점이라도 성적을 더 올리고 싶어하는데, 가르치는 내가 마다할 순 없잖아요?"

철준은 상대방의 의중은 개의치 않고 태연한 표정으로 웃음까지 지어 보였다.

"도대체 어떤 가정이오? 내가 관여할 바는 아니지만."

"한마디로 자녀 교육에 관심과 성의를 쏟을 만큼 생활의 여유가 있는 가정이죠."

"부러워요?"

"뭣을요?"

"그 집 환경 말이오."

"부러워하고 말고 할 문제가 못 되지 않아요? 그곳은 하나의 완성된 가정이고, 저로 말하면 아직 배우고 있는 몸이니까 비교할 대상이 아니지요. 오히려 전 그들과 대등한 환경, 어쩌면 그보다 더 나아지기 위한 하나의 수단으로서 내 노력을 제공하고 있을 따름이니까요."

"어허, 미스터 강은 내 말의 취지를 캐치 못하는구먼. 난 현재 미스터 강이 그러한 노력을 제공하지 않으면 안되는 근본적인 원인을 말하고 있는 거요. A라는 집안의 자식은 호의호식하면서 가정교사라는 고용인을 두고 여유만만하게 공부하는 반면, B란 집안의 자식은 학자금 마련을 위해 귀중한 시간을 소비해 가며 아등바등해야 하는, 말하자면 불평등의 모순을 지적하고 싶은 거요. 이건 극히 간단한 예(例)에 불과한 것이긴 하지만."

박두만의 어조는 부드럽게 들렸지만, 그 근저에는 어설프게 주입된 사상으로 인하여 굴절된 억지 논리가 도사리고 있었다.

'좌익이란 게 이런 것인가?'

철준은 박두만의 저의를 헤아리면서도 아무런 응수도 하지 않았다. 그의 말에 섣불리 말려들고 싶지도 않았거니와 시간도 없었다.

"그런 것들이 봉건주의, 제국주의의 잔재요. 이를 과감히 타파해야 하오. 이 땅에 부르주아가 득세하고 노동자, 농민들 위에 군림하는 한 평화적인 민족 통일을 이룩하기란 백년하청이오. 그리고 또……."

박두만이 말끝을 달려는 것을 철준이 의식적으로 가로챘다. "나는 아직 배우는 도중에 있어요. 물론 갈수록 어지러워지기만 하는 나랏일을 염려는 해야지요. 그러나 거기에 끼여들어 누가 옳고 누가 그르다고 성토하고 싶은 생각은 추호도 없어요. 다만, 제가 해야 할 본분에 충실하면서, 한편에서 돌아가는 정세를 예의 주시하고 하나하나를 나름대로 판단하고 싶을 뿐이에요. 적어도 지금으로선 말입니다."

철준은 탁상시계로 눈을 돌리며 얼른 몸을 일으켰다. "저 시간이 돼서 가봐야겠군요."

"아, 그렇군. 그럼 나머지는 다음 호에 계속!"

둘은 피차 개운찮은 기분으로 계단을 내려왔다.

'도대체 저자가 왜 나에게 그런 말을 지껄이는 것일까? 봉건주의니 부르주아니 하면서 행여 나를 반(反)봉건, 반부르주아 투쟁에 끌어들이려는 수작은 아닐까? 그리고 다음 호에 계속이라니 금명간 또 개개겠다는 건가?'

전찻길을 가로지른 철준은 갈월동 굴다리를 빠져나와 청파동의 포장된 비탈길을 올라갈 때까지 줄곧, 좀 전에 박두만이 늘어놓았던 어쭙잖은 소리에서 신경을 뗄 수가 없었다. 마치 전염병 환자가 한지붕 아래에서 한솥밥을 먹는 것처럼 꺼림하고 찜찜한 것이, 이제까지 자유스러웠던 심신이 갑자기 속박당하는 기분이었다.

'호랑이 굴에 들어가도 정신만 차리면 되겠지.'

이런저런 생각을 하는 가운데 철준은 어느새 콘크리트 담으로 높다랗게 두른 울타리의 대문 앞에 이르러 벨을 누르고 있었다.

"선생님이야?"

5,6초 후에 달려 나오며 문을 연 건 가정부가 아니라 철준에게 셈본(수학)과 이과(자연) 위주로 개인지도를 받고 있는 국민(초등)학교 6학년인 지영(志英)이었다.

"응, 나야."

철준은 대답하며 지영이 열어 주는 쪽문을 통해 정원으로 들어섰다. 실내에서 타고 있는 '엘리제를 위하여' 의 피아노곡이 밖에까지 흘러나왔다.

"선생님, 오늘은 왜 늦었어? 지금 네 시 삼십 분인데."

운동화 뒤축을 꺾어 신고 나온 지영이 철준을 쳐다보며 물었다. 지각을 따진다기보다 언제고 시작 시간 10분 전까진 도착하는 철준이 오늘따라 늦은 것이 이상해서였다.

"미안해. 나오려는데 마침 친구가 찾아와서."

철준은 임기응변으로 대답했으나, 그 순간에도 박두만의 억센 주먹과 번득이는 눈초리가 눈앞에 떠올랐다.

"그런 걸 난 괜히 걱정했지 뭐예요. 삼십 분이나 늦기에 선생님이 오늘은 안 오는 줄 알았어요."

"안 오긴. 내가 제일 싫어하는 사람이 책임감 없는 사람인데. 자, 들어가자."

철준은 지영의 손을 잡아 이끌었다. 일식(日式)으로 지은 2층 목조 가옥은 좀 낡아 보였지만, 눈어림으로도 2백여 평은 됨직한 넓은 정원에는 벽돌을 박아 만든 하트형의 화단이 정연하게 꾸며져 있고, 그 옆의 한반도형 인공 연못에서는 형형색색의 붕어 떼들이 유유히 헤엄을 치고 있었다. 거기다가 담장을 따라선 진달래, 개나리에서부터 매화, 벚꽃, 목련, 장미, 라일락, 모란, 무궁화, 동백 등에 이르기까지 철따라 완상할 수 있는 꽃나무들이 즐비하게 심어져 있는 것이, 누가 보아도 이 가정의 정서와 생활의 여유를 짐작하고도 남을 만했다.

'정원 바닥이 벽돌 대신 잔디였으면 금상첨환데…….'

철준은 항상 이 집의 대문을 들어설 때마다 느껴지는 생각을 다시 해 보면서, 하숙집을 나올 때와는 달리, 마음의 평온을 회복할 수 있었다. 철준이 지영과 함께 현관 마루로 들어섬과 동시에 피아노 음향이 뚝 멎었다.

"언니, 선생님 오셨어."

지영은 2층 방으로 올라가려다, 피아노 앞에 앉아 있는 언니 앞에서 멈추어 섰다.

"좀 늦었습니다."

철준은 직전에 지영을 대하던 모습과는 다르게 다소 부자연스러운 자세로 상반신을 숙였다.

"아이, 뭘요. 일요일에 쉬지도 못하고……."

중학교 6학년(고등과 3년)으로 철준과 동년배인 지윤(志倫)은 그를 대하자, 의자에서 일어서며 일말의 스스러움도 없이 밝은 표정으로 철준을 맞이했다.

38

철준이 지영의 학습지도를 끝마쳤을 때, 지윤이 쟁반에 커피포트와 찻잔을 얹고 2층으로 올라왔다.

"늦게까지 수고가 많았어요."

지윤은 책상 위에다 커피 쟁반을 내려놓고는 의자를 끌어다 지영을 사이에 두고 앉았다.

"수고랄 게 있나요? 지영이가 나보다도 열성적인데……. 요즘 들어 셈본 실력이 날로 늘고 있어서 나도 보람을 느끼고 있어요."

"그래요? 아버지가 아시면 매우 기뻐하시겠어요."

지윤 역시 만족스러운 듯 밝게 웃으며 커피포트를 기울였고, 철준은 그녀의 섬세하고 하얀 손을 유심히 보았다.

"선생님, 난 내려가서 피아노 칠래."

커피를 홀짝홀짝 다 마시고 난 지영이 철준과 지윤을 흘끗 보고는 두 사람 사이를 빠져나가 버렸다. 전등불이 환한 방 안엔 잠시 침묵이 흘렀다. 철준은 그와 같은 정숙한 분위기에 잠겨 있는 것이 조금은 부자연스러우면서도 그 자리에서 벗어나고 싶진 않았다.

"선생님과 사모님께선 어디 가셨나요?"

철준이 애써 침묵을 깨뜨렸다.

"네. 아버진 일이 많아서 요즘은 일요일에도 출근하세요. 어머닌 외할아버지 제사라 신당동 외삼촌 댁에 가셨고."

"민중봉기다, 요인암살이다 하고 자고 나면 각종 시국 사건들이 잇달아 발생하고 있으니 검찰에서도 처리할 일이 산적하겠지요."

철준은, 안경 속에서 번뜩이는 한경훈(韓景勳) 검사의 예리한 눈매를 연상하며, 그의 유전자를 받은 지윤의 이지적인 모습과 빛나는 눈동자를 바라보았다. 연속 꽃무늬가 있는 미색 원피스에 감색(紺色) 스웨터를 걸친 옷맵시가 한결 세련미를 돋워 주었다.

"그래서 전 요즘 같은 시대엔 아버지의 직업이 별로 마뜩하게 여겨지지 않아요. 오히려 위구심을 느낄 때가 많아요."

"그건 어떤 점에서죠?"

지윤의 뜻밖의 말에 철준이 의아스레 물었다.

"사상범을 척결한다는 점에선 국가를 위해 공헌하는 일이 되겠지만, 그것의 제재를 받은 사람은 항상 적의를 품고 있을 게 아녜요."

"보복을 염려하시는 거군요? 하지만 누가 하든 우리 사회에 공산주의자들이 활개치는 것만은 막아야지요. 우리나라가 공산국가가 되어선 절대 안되니까요. 난 부르주아니 프롤레타리아니 하는 걸 정확히 모르지만, 공산주의 사회보다 민주주의 사회가 국민들이 살기에 훨씬 낫다는 것만은 분명히 압니다."

"그건 나도 마찬가지예요. 공산주의에 대해 아는 게 별로예요. 다만, 공산주의자들이 목적을 달성하기 위해선 수단과 방법을 가리지 않는다는 것과, 자기들의 반대자들은 정적이든 반동분자든 악랄하고 무자비하게 제거한다는 것만은 분명히 알아요. 그것도 아버지 서재에 들어갔다가 우연히 책상 위에 놓인 유인물을 보고 말예요. 대충 읽었었는데, 지금 기억나는 건 요즘 신문에 자주 오르내리는 박헌영(남조선 노동당 위원장)이 일제 때 일본 경찰에 체포됐을 당시 미친 척하느라 자기가 싼 대변을 제 손으로 집어 먹었다는 거예요. 그리고 또 하나는, 레닌 밑에서 트로츠키와 함께 혁명 운동을 했던 스탈린은, 레닌이 죽은 후 자신이 세운 '일국사회주의' 노선을 반대하고 망명한 트로츠키를 하수인으로 하여금 멕시코까지 쫓아가서 암살시켰다는 거였어요. 박헌영이나 스탈린이나 똑같이 소름끼치지 않아요?"

"참으로 끔찍한 사실(史實)을 알게 되었군요. 앞으로 선생님의 어깨가 더 무거워질 수밖에 없겠어요."

철준의 말에 지윤은 무의식중에 동생의 책상 위 벽에 걸린 성모 마리아 상을 쳐다보다가 화제를 돌렸다.

"철준 씬 앞으로 어떤 직업을 원하세요?"

철준은 예기치 못한 지윤의 질문에 일순 망설이는 빛을 보이다가 "나같이 뱃심이 약한 놈은, 항상 변함없는 '자연의 법칙'과 인연을 맺는 것이……." 하고 어색하게 웃었다.

"과학자를 원하시는군요?

지윤의 이지적인 얼굴에 짓는 밝은 미소가 철준의 마음을 강하게 흡인했다. 서로 공감을 불러일으키기라도 한 듯이.

"자연은 항상 정직하고, 인간을 배반하지도 않고, 인간에 의해 왜곡되지도 않으니까요."

철준은 천진난만하리만큼 거리낌없이 자신의 의향을 지윤에게 피력했다.

'참으로 나이브한 사나이야!'

지윤은 표면으로는 강직해 보이면서도 그 밑바닥에 흐르는 따스한 친근감을 은연중 철준에게서 발견한 것 같았다.

"기대가 되는군요."

"아직은 하나의 꿈에 지나지 않아요."

"하지만 뜻이 있는 곳에 길이 있다지 않아요?"

지윤의 말에는 그 나름의 격려의 뜻이 담겨 있었다. 철준은, 오늘따라 유난히 명랑해 보이는 지윤의 미소 어린 모습을 보며 즐거운 마음을 감추지 못했다. 아래층에서 울리는 독일 민요 '소나무'의 피아노 선율만 영롱하게 들릴 뿐, 밤은 조용히 깊어 가는데 한 검사 내외는 아무도 돌아오지 않았다.

"선생님, 엄마나 아빠가 돌아오시거든 가."

철준이 2층에서 내려오자, 지영이 피아노 건반 위에서 손을 멈추고 달려들어 철준의 몸에 매달렸다.

"선생님 일도 보셔야지, 여기 오래 계시면 되니?"

지윤이 가볍게 동생을 제지하긴 했으나, 그녀로서도 널따란 집에 자기들 자매만 덩그러니 남아 있는 채 철준을 보내 버리기엔 어딘가 허전한 데가 있었다. 중년의 가정부는 있었지만.

"언니랑 아주머니가 계신데 뭐."

철준 역시 지영을 달래면서도 내심은 그게 아니었다. 밤저녁에 두 자매만을 두고 휭허케 나와 버리는 게 매정스러운 것 같기도 했지만, 그보다도 하숙집으로 돌아갈 마음이 내키지 않았다. 썰렁한 다다미방 위에 몸을 누여 천장의 도배지 무늬를 헤아리며 고향의 집안일을 걱정하느니보다는 아늑한 방 안에서 아름다운 피아노의 선율을 들으며 지윤과 마주 앉아 따스한 정담을 나누고 싶은 마음이 더 간절했던 것이다.

'이런 때일수록 절도를 잃지 말아야 한다!'

철준은 순간적으로 정신을 가다듬고 현관으로 걸어나왔다. "지영이, 내일 시험 잘 봐."

"너무 늦은 것 같아요. 어두운데 조심해 가세요."

지윤이 동생과 함께 대문 바깥까지 나와서 철준을 배웅했다.

"선생님, 안녕. 그리구 내일은 지각하지 마아."

지영의 응석 어린 낭랑한 목소리가 철준의 귓전에 울렸다.

"예, 명심하겠습니다, 우리 귀여운 제자님. 그럼 안녕히 계세요."

철준은 가로등 아래 비친 두 자매의 해맑은 얼굴을 바라보며 아쉬운 발길을 돌렸다.

'모든 가정이 이 집처럼 평화스러울 수만 있다면……!'

아스팔트 비탈길을 내려오는 철준의 발걸음은 꿈속을 거니는 듯 가벼웠다.

39

그런데 철준이 길거리를 걸어오는 동안 마냥 부풀어올랐던 가슴은, 그가 하숙집에 돌아와 늦은 저녁상을 받고 났을 때 구멍 뚫린 풍선처럼 오그라들기 시작했다.

"철준이 학생, 오늘 낮에 저 방 학생하고 다퉜수?"

밥상을 물리려던 하숙집 주인 아주머니가 복도 끝쪽 박두만의 방을 가리켰다.

"……아뇨. 다툴 건덕지나 있나요?"

철준은 겉으론 태연스레 대답하면서도 바로 신경이 곤두섰다. "혹시 제 욕이라도 하던가요?"

"아니……, 그런 건 아니지만, 내가 저녁을 하면서 친구들과 하는 소릴 들으니깐 학생의 흉을 보는 것 같아서."

"뭐라면서요?"

철준이 다그쳐 물었다.

"그게, 철준이 학생이 들으면 기분이……."

주인 아주머니는 말끝을 흐렸다.

"무슨 말이든 상관없으니 얼른 말씀해 보세요."

"혼자 잘난 척하고……, 뭐, 당돌하다던가……? 호락호락하지 않겠대나 어쨌대나."

"그래, 상대들은 아무 말 없던가요?"

"웬걸, 한 사람은 '하룻강아지 범 무서운 줄 모른다 하더니.' 하고, 다른 하나는 '그런 놈은 우리 민청(民靑)의 맛을 제대로 보여 줘야재.' 라며 두만이 학생보다 더 큰 소리로 말하더구만."

'결국 민청 대원이었구나!'

철준의 뇌리엔 두려움과 울분이 일시에 엄습해 왔다.

"아무튼 철준이 학생처럼 얌전한 사람하곤 다른 것 같으니 조심해요. 무슨 말을 걸더라도 그저 대답이나 하고, 맞먹으려 들질랑 말아요. 요즘같이 어지러운 세상에 까딱하다 다칠라."

주인 아주머니는 진심으로 철준을 염려해 주는 성싶었다.

"다들 나갔어요?"

철준은 불이 꺼져 있는 박두만의 방을 바라보며 물었다.

"저녁때 3인분 밥상을 봐 달라길래 차려 줬더니 먹구들 나가곤 입때 안 들어왔어요. 대학생이라면서 허구한 날 밤낮으로 어울려 쏘다니기만 하니 공부는 언제 하는건지, 원."

주인 아주머니는 못마땅한 듯 혀를 쯧쯧 찼다.

"혹시 평소에 이상한 건 못 느끼셨어요? 그 친구들한테서라도……?"

철준은 기왕 말이 나온 김에 박두만의 정체를 좀 더 자세히 알아보고 싶었다.

"글쎄, 뭐 특별한 건 없고……, 약간 이상하다 싶었던 건 접때 이사오면서 하숙비를 석달치 한꺼번에 주더라구. 여유 있을 때 미리 드린다면서."

"아, 그랬군요."

철준은 고개를 끄덕이며 물었다. "그들이 나갈 때 빈손으로 나가던가요?"

"나가는 걸 봤어야지. 언제, 인사하고 나가는 것도 아니고."

주인 아주머니는 예사롭게 대답하면서 덧붙였다. "내가 밥상을 들고 들어갔을 때, 큰 상자에서 무슨 인쇄물 같은 걸 꺼내 두 가방에다 담고 있는 건 봤다우."

'삐라구나!'

철준은 직감적으로 단정했다.

"아주머니, 혹시 밥상을 물리면서 그 인쇄물 중 남은 건 못 보셨나요? 한 장이라도?"

철준은 눈을 크게 뜨고 박두만의 방으로 시선을 돌렸다.

"종이는커녕 방 안이 말끔하던데?"

주인 아주머니는 대수롭잖게 대답하며 밥상을 들고 나가다가 발을 멈추곤 철준을 보았다. "아, 접때 그 학생의 방을 청소하다가 책상 뒤쪽 아래 종잇장 하나가 끼여 있길래 함께 쓰레기통에 버렸는데, 그게 아직 남아 있을려나……?"

"어디, 바깥 쓰레기통이요?"

"응."

철준은 부리나케 대문 밖으로 나가 맨손으로 뒤지기 시작했다. 맨 위부터 밑바닥까지 휘저은 끝에 철준은 드디어 삐라 한 장을 찾아냈다. 음식물 쓰레기에 섞여 형편없이 더러워지고 구겨져 있었지만 인쇄된 글자는 온전했다.

철준은 삐라를 가지고 냉큼 자기 방으로 올라갔다. 그것은 전평(全評)이 내건 '신 전술'이었다.

1. 8·15 이후 전면적으로 전개하였던 협조합작노선을 근본적으로 변환시

키지 아니하여서는 안될 것.

2. 미국의 트루먼 정책이 일반적으로 제국주의적 반동노선으로 전환되었으므로 중국공산당, 일본공산당과 긴밀히 연결하여 극동에 있어서의 반미운동을 적극화할 것.
3. 남조선에 있어서 북조선과 같이 제반 제도를 무조건적으로 개혁할 것을 강력히 요구할 것.
4. 미 제국주의 정책의 구체적 내용을 해부하여 폭로하고 대중의 강력한 투쟁을 전개할 것.
5. 북한의 제도를 선전하여 남한의 무조건적인 북한화를 도모할 것.
6. 현재까지의 무저항적 태세를 청산하고 적극적 공격태세를 취하고 우익진영에 일대 타격을 줄 준비를 갖출 것.
7. '정권을 군정으로부터 인민위원회에 넘기라' 는 운동을 적극 전개할 것.
8. 이러한 새로운 전술을 실행함에 있어서는 막대한 곤란과 희생도 각오하고 자기희생적 투쟁을 사양하지 말 것.

'이제껏 보도상으로만 접했던 그 좌익의 한 패거리가 한지붕 아래 내 턱밑까지 침투했다니……!'

신 전술의 내용을 읽고 난 철준은 저들의 악착같고 지독스러움을 실감하며 몸서리를 쳤다.

'하지만 결코 부화뇌동하거나 탁류에 휩쓸려선 안된다! 나를 붙들어 주는 손길을 위해서라도.'

철준은 내심 굳게 다짐하면서 지윤을 생각했다.

4월로 접어들면서 앞으로 다가올 대학입시에 본격적으로 대비하느라 철준은 한결 분망해졌다. 뿐만 아니라 대학 입학금 등 학비 문제도 신경이 쓰였다.

'오늘 저녁엔 집에 편지를 써야겠구나.'

그는 서랍에서 편지지와 봉투를 확인하고 나서 등교차 집을 나섰다. 봄의 아침햇살이 남산 위로 눈부시게 쏟아지고 있었다.

그가 갈월동 전찻길에 이르렀을 때, 한 전파사 앞에 많은 사람들이 모여 스피커에 귀를 기울이고 있었지만, 그는 아랑곳하지 않고 줄곧 전차정류장 쪽으로 걸어갔다. 그러나 다음 순간, 스피커를 통해 흘러나오는 아나운서의 육성이 철준의 발걸음을 갑자기 멈추게 했다.

〈……오늘 아침 새벽 두시에 남로당 폭도들이 제주 경찰 지서 열한 곳을 습격하여 순경 두 명이 피살되고 육 명이 부상을 입었으며, 그 밖에 많은 양민이 희생되었습니다…….〉

철준은 초조한 마음으로 전파사 쪽으로 귀를 기울였으나, 마침 효자동행 전차가 이르는 바람에 사람들 틈에 끼여 올라탔다.

그러나 그날의 학교 수업은 듣는 둥 마는 둥이었고, 신경은 온통 고향으로 뻗쳐 있었다.

저녁때, 철준이 지영의 학습지도를 마치고 난 뒤, 가판대에서 사 들고 온 신문의 해당 기사를 읽고 있는데 한경훈 검사가 퇴근하고 들어오는 기척이 들렸다.

"이제 오십니까?"

철준이 얼른 아래층으로 내려가 현관에서 한 검사를 맞았다. 지영도 자기 방에서 나와 인사를 했다.

"그래, 여태 있었구먼. 강 선생네 마을은 별 이상이 없나?"(그는 지영 앞에선 철준을 '선생'이라 호칭했다.)

한경훈 검사는 이미 알고 있는 듯 염려스러운 빛으로 철준을 쳐다보며 물었다.

"그러지 않아도 상세한 상황을 여쭤보고 싶어서 검사님을 기다리고 있던 참입니다."

그날따라 지윤이 외출하고 부재중이긴 했지만, 설령 그녀가 집에 있었다 해도 철준은 대화의 상대를 한 검사로 바꿔야 할 처지였다.

"글쎄, 아직은 나도 자세한 보고를 받지 못했으니까 상황을 파악치 못하겠는데……, 강 선생네 부락이 제주읍에서 가까운가?"

한 검사는 들고 온 가방을 거실의 탁자 위에 내려놓으며 소파에 앉았다. "거기 좀 앉지."

"읍에서 한 칠팔십리 떨어진 곳입니다만, 저의 마을은 해안 일주도로에서 이삼십리나 떨어진 중산간마을입니다. 지서도 없고요."

"아하, 그렇다면 더욱 위험지역이겠는걸? 폭도들이 습격하기에 용이할 테니까. 무엇보다도 지서가 없다는 게 취약점이야. 잘해야 관할 지서에서 한두 명의 순경이 파견나가 있을 정도니까."

한 검사는 가정부가 가져온 커피를 한 모금 마시고는 물었다. "부락명이 뭐지?"

"K면 D리입니다."

"K면 D리라……? 가만."

한 검사는 소파에서 일어나 전화대 앞으로 가더니 경무부를 불렀다.

"다행히 강 선생네 부락은 습격을 당하지 않았다는구먼. 그 바로 아랫부락은 지서가 피습되어 경찰관 한 명이 살해된 모양이야."

수십 초 동안 통화를 하고 난 한 검사가 소파로 돌아와 앉으며 말했다.

"선생님, 이젠 안심해도 되겠네."

지영이 빙그레 웃으며 자기 방으로 들어갔다. 철준은 그제야 안도의 숨을 내쉬었다.

"그렇지만 폭동이 점점 확대될 기세라니까 내일이라도 당장 연락을 해서 당분간 치안이 안전한 부락으로 이사를 하도록 하는 게 좋을 거야."

"예, 잘 알겠습니다. 안 그래도 집으로 편지를 쓰려던 참인데, 지금 돌아가는 길로 바로 쓰겠습니다."

철준은 한 검사의 배려에 고마움과 함께 혈육 같은 친근감을 느꼈다.

"강 군."

철준이 일어서려는데 한 검사가 불렀다.

"예?"

철준이 멈칫하며 한 검사를 쳐다보았다.

"강 군은 해방 전엔 일본에서 살았다지?"

한 검사가 뜻밖의 질문을 하며, 그냥 앉으라는 손짓을 했다.

"예."

철준은 소파에 도로 앉으면서 대답했다.

"아무래도 잘못 들어왔어. 타이밍이 맞지 않았다는 거야. 특히 강 군 같은 학도들에겐……."

한 검사는 담배에 라이터불을 댕겨 한 모금 빨고는 말을 이었다. "좀 더 그곳에 있으면서 학문을 더, 그러니까 학사과정까지 마치고, 나라의 질서도 어느 정도 안정된 연후에 귀국하는 것이 좋았을 텐데 말이야."

"저도 서울에 올라온 후에야 그걸 실감할 수 있었습니다."

철준은 한 검사의 자상스러운 눈길을 마주하며 조심스레 자기 견해를 피력했다. "하지만 지금 우리나라가 겪는 어려움은, 사람이 유아기에 한번은 치르게 마련인 홍역 같은 것이 아닐까요?"

"홍역이라고 하기엔 발진(發疹) 기간이 너무 길어. 해방된 지 삼년이 되었는데도 소아기를 벗어나지 못하고 있잖나. 어린애들 싸우듯이 제각기 저만 잘났다고 아귀다툼만 벌일 뿐, 성숙된 모습으로 통합된 자주성을 확립하지 못하고 있는 거야. 한마디로 말해서 현재 우리나라엔 우국지사가 너무 많은 게 탈이지. 외세에 빼앗겼던 주권을 간신히, 그것도 열강의 영향으로 회복하니까, 이젠 자국의 옛 동지끼리 헤게모니 쟁탈전으로 날을 새고 있어. 이것이 목하 해방 정국의 현주소야."

한 검사는 길게 타들어간 담뱃재를 재떨이에다 털면서 말끝을 달았다. "강

군! 지금은 극도의 혼란기야. 절대 한눈팔지 말고 자신의 본분에만 충실해야 해. 내가 노파심에서 말하는 거지만, 요즘 젊은이들을 보면 마르크스주의니 유토피아니 하면서 섣부른 이념 · 사상에 심취된 자들이 많은데, 거기에 휩쓸려선 안돼."

"전 사상이란 걸 잘 알지도 못하지만, 알려고도 하지 않습니다."

"그러니 더욱 주의를 해야지. 사상이란 순수한 데에 더 파고드는 법이니까. 하얀 솜에 빨간 물이 스며들듯이. 또 공산주의란 당의정(糖衣錠)이나 마약과도 같은 거야. 처음 입 안에 넣으면 달콤해서 자주 받아먹게 되지. 속에 독이 든 줄도 모르고. 그러다 그 성분을 알았을 땐 이미 중독상태에 빠져 버린 뒤라 그걸 거절할 수 없게 돼. 금단현상처럼."

"그렇군요! 분명히 이해가 갑니다."

"강 군이 수물과(數物科) 지망생인 것 같아서 경계심에서 말해 주는 건데, 공산주의 창시자인 마르크스는 '유토피아' 라는 지렁이를 미끼 삼아 '이데올로기' 라는 도미를 낚으려 했던 거야. 그것도 모르고 세계의 가난한 수재들이 그 미끼를 덥석덥석 물었지. 그런 낚시꾼들이 지금 우리나라에서도 방방곡곡에 판을 치고 있는 거야. 참으로 앞날이 심히 우려돼. 강 군도 이 점을 항시 염두에 둬야 해."

"예, 명심하겠습니다."

제8장에서 서술한 전평의 '신 전술' 과 관련된 내용은《해방 전후사의 인식(3권)》(한길사, 2006년) 중 김태승 저 〈미군정기 노동운동과 전평의 운동노선〉에서 일부를 인용 · 참조했음.

제9장 D마을에 불어친 피바람

40

그로부터 일주일쯤 후, 하나에와 강씨 부인은 희미한 등잔불 아래서 철준에게서 온 편지를 놓고 진지하게 서로의 의견을 나누고 있었다.

"어머니, 삼촌의 권유대로 내일이라도 S마을에 내려가서 셋방을 알아보는 게 어떻겠어요?"

하나에는 조용히 시어머니의 의향을 타진했다.

"글쎄, 한두 식구도 아니고……."

강씨 부인은 쉽사리 결단을 내리지 못했다. 실상, 강 노인과 현 노인까지 합해 보아야 아기 말고 다섯 사람이니, 시골의 가족치곤 많은 식구는 아니었지만, 그에 앞서 강씨 부인에게 가장 신경에 걸리는 것은 철민의 문제였다. 정신이상자를 두고 있는 가족에게 어느 집이든 선뜻 방을 빌려줄 리가 만무했기 때문이었다.

하나에는 시어머니가 흐려 버린 말끝의 내용이 무엇인가를 모르지 않았다. 때문에 그녀는 더 이상 권유하지 못하고 고개를 숙인 채 철준의 편지를 만지작거리기만 했다.

"방을 얻는 것도 문제지만 먹고사는 문제도 만만찮지 않겠니? 하루 이틀도 아니고, 또 농사일도 그렇고……."

강씨 부인은 불편한 식구들(철민과 시부모)을 거느리고 낯선 마을로 내려가 번거롭게 지내느니 일단은 D마을에서의 삶을 그냥 유지하고 싶었다.

"양식 문제야 우선 한두 달분만 장만해 가면 안되겠어요? 그 다음은 형편을 봐 가면서 왔다 갈 수도 있을 거구요. 애아버지가 저렇긴 하지만, 아무려면 사람 사는 곳인데 그 마을의 백 집이면 백 집 다 거절하기야 하겠어요? 정

그렇다면 방세를 좀 더 줘서라도 어떻게 되겠지요 뭐.”

하나에는 철민이 걸림돌 같은 존재로 되어 버린 것이 자기 탓이기라도 한 듯 미안쩍어하면서도 한쪽으론 야속한 생각도 들었다.

“내려가기로 작정한다면야 그럴 수도 있겠지만, 당장 산사람(폭도)들이 쳐들어오는 것도 아니고 하니 당분간은 그냥 눌러 있는 게 어떻겠니? 남들 하는 형편도 봐 가면서 결정하도록 하자꾸나. 아무리 방화다, 약탈이다 하지만 이런 산촌에 초가집을 불태워서 무얼 하고, 약탈을 하면 무엇을 뺏아 가겠니? 하늘이 노할 일이지.”

한데, 강씨 부인의 안이한 예상과는 달리, 폭도들에 의해 습격을 받는 마을은 날이 갈수록 늘어만 갔고, 그 만행도 더욱 심해져 갔다. 그들은 야음을 타서 주로 무방비 지역의 산간 부락을 습격하여 가옥을 방화하고 양식을 털어 가더니, 점차 경비가 소홀한 해변 부락까지 급습하여 면사무소, 학교, 교회당, 우체국, 지서 등의 공공시설을 닥치는 대로 방화 · 파괴하였고, 급기야는 민간 가옥까지 불태웠다.

지붕을 억새로 이은 초가집은 처마 한 모퉁이에만 불을 댕겨 놓으면 삽시간에 잿더미로 화해 버렸고, 어쩌다 그들이 급하게 지나쳐 버린 집도 옆에서 날아온 불티가 이내 옮겨 붙으면서 소진되곤 했다.

이렇듯 마을 하나가 하룻밤 사이에 초토화돼 버리는가 하면, 잠을 자다 미처 피하지 못한 집 속에서 생화장당하기 일쑤였고, 재빨리 불을 피해 밖으로 뛰쳐나온 양민들은 폭도들의 눈에 띄는 족족 무참히 죽창과 철창에 찔리거나 총탄에 맞아 쓰러졌다. 원래 화기가 부족했던 폭도들은 4,5명 중 한 명꼴로 총을 든 무장폭도를 배치했는데, 이들은 주로 네거리나 전망이 좋은 곳에 버티고 서서, 방화 · 약탈을 하는 나머지 무리를 엄호하거나, 불길을 피하여 밖으로 뛰쳐나오는 양민을 사살했다.

이런 무장폭도들의 위력 때문에, 하산(下山) 루트를 방어하기 위하여 초소를 지키던 보초병(죽창만을 소지한 마을 민병대)은 대항할 엄두도 못 내고 삼십육계를 놓기가 예사였고(주로 중 · 노년층), 용맹한 청장년들은 초소 근무에 충실하다가 무장폭도의 총탄에 속절없이 희생되었다.

'이러다간 우리 마을도 예외일 수가 없겠구나!'

하나에는 그제 저녁 철민이를 데리러 연자방앗간으로 갔다가, 한 어린이가 멋모르고 웅얼거리던 '혁명가'의 가사 — '공중 나는 까마귀야, 시체 보고 울지 마라. 몸은 비록 죽었으나 혁명정신 살아 있다.' — 를 떠올리며 몸서리를 쳤다.

그녀는 아침 설거지가 끝나자마자 철준에게 답장을 쓴 후 강씨 부인한테로 건너갔다.

"어머니, 저 S마을에 가서 편지 부치고 오겠어요."

"그래. 마침 오늘 장날이고 하니 내려가는 김에 장도 보고 오너라. 창이(아기의 가명)를 데리고 가겠니?"

"네. 그리구 어머니, 저 내려가는 김에 좀 늦더라도 셋방 좀 알아보고 오겠어요."

하나에는 아기를 업으면서 강씨 부인의 표정을 살폈다.

"네 마음이 정 그렇다면 좋을 대로 하렴."

강씨 부인의 대답은 썩 내키는 투는 아니었으나, 그렇다고 언짢은 기색도 아니었다.

41

우체국에 들러 편지를 부치고 난 하나에가 장터를 둘러본 후 필요한 물건들을 사고 났을 때는 파장 무렵이었다. 장꾼들이 하나 둘 짐을 챙기고 흩어지고 있었다. 하나에는 점심 요기를 하려고 장터 입구에 가설된 포장 음식점으로 들어갔다.

"창이야, 우리 여기서 맘마 먹고 가자, 응?"

긴의자에 걸터앉은 하나에는 업었던 아기를 풀어 안고 젖을 먹이려 했다. 옆에서 음식을 먹던 사람들이 익숙지 못한 우리말 발음을 듣고는 힐끗힐끗 쳐다봤다.

"아주머니, 우동 한 그릇만 말아 주세요."

하나에의 두 번째 말소리에 이번에는 음식점 주인이 부지런히 놀리던 손을 멈추고 하나에의 얼굴을 빤히 쳐다봤다. "아기 엄마, 혹시 일본에서……?"

사십대로 보이는 여자 주인은 기억을 더듬는 듯 고개를 갸우뚱했다.

"네에……."

하나에도 같은 표정으로 상대편의 인상을 유심히 살폈다.

"그러니까…… 하나에 상……? 나 모르겠어요? 하까따에서 한동(棟)에 있었던……."

"아, 긴 상(김씨) 아주머니! 이게 어쩐 일이세요?"

하나에는 하마터면 큰 소리를 지를 뻔했다. 그들은 귀국 당시 하카타 임시 수용소에 있을 때 서로 이웃한 자리에서 통성명을 하고 잠시 얘기도 나누었었다. 강씨 부인과 더불어.

"아이구, 세상이 좁기도 하구먼……. 헌데 어디 살아요?"

여주인은 음식 준비할 생각은 잊어버리고 하나에에게로 다가오며 반가워서 어쩔 줄 몰라했다.

"저기 산간마을요."

하나에는 손을 들어 남쪽을 가리켰다.

"그럼 D리(里)?"

"네."

"아이구, 여태껏 위아래 마을에 살면서도 모르구 지냈구먼……. 자, 그럼 조금만 참아요. 늦었지만 점심일랑 우리 집에 가서 하기로 해요. 같이 얘기도 나눌 겸."

김씨 아주머니는 서둘러 가게 안을 마물렀다. 이윽고 손님들이 모두 가고 나자, 그녀는 하나에를 장터에서 십여 분 거리에 있는 자기 집으로 안내했다.

"얼굴이 몹시 상했구먼. 그 곱던 얼굴이."

아주머니는, 햇볕에 그은 데다 기미까지 낀 하나에의 얼굴을 뜯어보면서 "애기는……?" 하고, 하나에가 업었던 아기를 받으며 물었다. 하카타 수용소에서 하나에의 처지를 잠깐이나마 듣고 알았던 터라 궁금증이 났던 것이다.

"그분이 돌아왔어요."

"정말 천행이구먼. 세상에 그런 기적도 다 있다니! 그래, 애아버지는 집에서 뭘 해요?"

아주머니가 감격스러워하며 묻는 말에 하나에는 대답도 못하고 눈물만 글썽해졌다.

"아니, 왜 그래요?"

"그게……."

하나에가 울먹이며 철민의 신상 변화에 대해 대충 이야기하자, 김씨 아주머니는 "아니, 저런……! 쯧쯧쯧." 하고 남의 일 같지 않게 딱해하며 연방 혀를 찼다. "허지만 그게 다 팔자소관이려니 생각하고 이겨 나가도록 해요. 앞으로 애기를 잘 키우면서 살아가는 보람도 있을 테니까. 이놈이 엄마 닮아서 이쁘게도 생겼네."

아주머니는 아기의 볼에 입을 맞췄다.

"아저씬 어디 가셨어요?"

하나에는 손수건으로 눈물을 닦으며 방 안을 둘러보았다. 벽지가 여기저기 뜯어져 너덜거렸고, 구멍 뚫린 창호지는 신문지로 더덕더덕 땜질되어 있었다.

"아저씨? 말두 말아요. 그 양반이 여기 있었으면 내가 장바닥에 나가서 고항(밥) 장사를 하겠어요?"

김씨 아주머니는 잠시 말을 끊었다가, "그때 왔다가는 몇 달 살지도 못하고 도루 휭하니 떠나 버렸지 뭐유. 이 올망이졸망이 새끼들만 고스란히 남겨둔 채." 하고 한숨을 길게 내쉬었다.

"어째 다들 하나같이 그럴까요?"

하나에는 자기네 집에서도 강씨와 철형이 귀국 이듬해에 도일한 사실을 털어놓으면서 동병상련을 느꼈다.

"애들은 모두 몇이죠?"

"사내놈 하나에다 계집애 둘……. 저것들 먹여 살리자, 공부시키자……, 앞길이 막막하다우."

"서신 왕래는 있어요?"

"가던 해에 딱 한 번 오고 난 후론 엽서 한 장 없어요. 풍편에 들으니까 그곳 여자하고 살림을 차렸대나 어쨌대나……. 이곳에서 사는 형편을 보고 갔으니깐 여간해선 쉬 돌아오지도 않을 거유."

김씨 아주머니는 한탄조의 넋두리를 장황하게 늘어놓다가, 큰딸(초등학교 5년생)이 차려 들여온 밥상을 받아 내려놓으며 하나에에게 권했다.

"그런데 아주머니, 한 가지 부탁이 있어요."

하나에는 식사를 하면서, 아까부터 줄곧 생각했던 방 문제를 김씨 아주머니 앞에 꺼냈다.

"뭔지 말해 봐요."

"저…… 어디 셋방 좀 알아봐 주실 수 있어요? 방 두 칸 있는 집으로."

"분가하려고?"

"그런 게 아니라, 아시다시피 요새 시국이 하도 어지러워서 우리 마을에선 마음 놓고 지낼 수가 있어야 말이죠."

"정말 그럴 만도 하구먼."

"오늘 서울 있는 애네 삼촌한테 편지도 부칠 겸 알아보려고 왔는데, 애아버지 때문에 어디다 쉽게 말을 꺼내질 못하겠네요."

하나에는 난처한 기색으로 완곡히 부탁했다.

"딴은 그렇기도 하겠어요. 하지만 사정 얘길 잘 하면 이해해 줄 집이 없지도 않을 거유. 내려온 김에 오늘은 우리 집에서 쉬었다가 내일 아침에 올라가도록 해요."

"저도 그러고 싶긴 한데 장을 본 물건도 있고, 또 어머님이 걱정하실 것 같아서……."

"윗동네 갔다 오고 하면 해가 꽤 기울 텐데? 애 업고 물건까지 들고 가려면 두 시간은 좋이 걸릴 거예요. 그러니 내가 염려스러워 못 보내겠어요. 시어머니도 저녁때까지 안 돌아가면 방 문제 때문에 이곳에서 하룻밤 멎었다가는 줄 아시겠지 뭐. 초조해하지 말고 오늘밤 쉬면서 나하고 같이 실컷 얘기나 해요."

김씨 아주머니는 하나에가 바로 떠나 버리는 것이 무척이나 섭섭한 눈치였다.

"방도 좁은데 저까지, 폐가 안 될지 모르겠네요. 그럼 수고스러우시겠지만 방부터 좀 알아봐 주세요."

하나에는 자의반타의반으로 하룻밤을 김씨 아주머니 집에서 머물렀다 가기로 했다.

그런데 인간의 운명이란 참으로 불가사의한 것! 하필 그날 밤 D마을이 습격을 당하다니!

그 사실을 하나에는 이튿날 아침에야 알게 된 것이다.

42

하나에가 허겁지겁 D마을로 올라왔을 때는 거의 온 동네가 잿더미로 변해 버린 뒤였다. 이 집 저 집에서 타다 남은 세간의 연기만이 간밤의 참사를 말해 주듯 처연히 솟아오르는 가운데, 유가족들의 통곡소리가 조그만 산촌에 구슬프게 메아리치고 있었다.

"어머니!"

하나에는 마당에 들어서기가 무섭게, 불타 버리고 석벽만 남은 집에다 대고 목멘 소리로 불러 보았다.

"어머니, 어디 계세요?"

그녀는 마당과 뒤뜰의 울타리 주변을 우왕좌왕하며 두리번거렸다.

'행여 이분들이 불 속에서……?'

극도의 불길한 예감에 휩싸이면서 하나에는 이웃 빌레네 집으로 줄달음쳐 갔다. 그런데 그의 두 칸짜리 집은 불타지 않은 채 그대로 있었으나, 빌레 어머니와 어린아이들이 가마니때기에 덮인 시체 옆에서 섧게 울고 있었다.

"아니, 어떻게 된 거예요?"

하나에도 울상이 되어 물었다.

"우리 빌레 아버지가 어젯밤 보초 서러 갔다가 그만……."

빌레 어머니는 말끝을 맺지 못하고 시체에 엎드려 통곡했고, 아이들도 어머니 팔에 매달려 훌쩍거렸다.

"아주머니, 저의 집 식구들 못 보셨어요?"

"……안 계세요?"

빌레 어머니는 울음을 멈추고 멀거니 하나에를 올려다보았다.

"네, 아무 데도 안 보여요. 같이 좀 찾아봐 주세요, 네?"

하나에의 애원에 빌레 어머니는 하는 수 없이 남편의 시체를 그대로 둔 채 손등으로 눈물을 닦으며 일어섰다. 두 여인이 작대기로 아직도 불기가 남아 있는 잿더미를 헤치고 있는데, 빌레의 남동생이 질린 얼굴로 달려오며 외쳤다. "창이 엄마, 창이 할머니가 통시(뒷간)에 있어요!"

그 말에 대답할 사이도 없이 단숨에 달려갔을 때, 두 여인은 이구동성으로 '앗!' 하고 비명을 지르지 않을 수 없었다. 뒷간인 돼지우리 한 모퉁이에 강씨 부인과 강 노인, 현 노인의 사체가 피투성이가 된 채 달라붙어 있었고, 그 옆엔 털이 그을려 반죽음이 된 돼지가 꼼짝을 못하고 꿀꿀거리고 있었다.

"아니, 이럴 수가……!"

하나에는 아기를 업은 채 뒷간으로 뛰어들어 사체를 하나하나 일으켰다.

세 사람이 하나같이 가슴, 배, 등허리, 팔다리 할 것 없이 전신이 창에 찔려 유혈이 낭자했고, 일으켜 세운 자리엔 보릿짚북더기가 검붉은 빛을 띠고 질퍽하게 젖어 있었다.

"맙소사! 하느님도 무심하시지!"

빌레 어머니는 하늘을 우러르며 탄식했다.

"남들의 형편을 봐 가면서 하시자더니 결국 이런 참변을 당하시려고……."

하나에는 목이 메어 말을 이을 수가 없었다. 쏟아지는 눈물이 앞을 가렸다.

그녀는 빌레 어머니와 함께 사체들을 뒤뜰의 나무 아래로 옮겨놓았다. 그러고 나서야 하나에는 문뜩 철민의 생각이 나서 물어보았다. "우리 창이 아버지 못 보셨어요?"

빌레네 가족은 어리둥절한 표정으로 아무도 대답이 없었다.

'필시 총소리를 듣고 옛날 생각에 여기저기를 돌아다니다 총에 맞은 게 아닐까?'

하나에는 벌떡 일어서서 뒤뜰에서 올레로 달려 나갔다. 그녀가 한길가에 이르렀을 때, 철민이 저만치서 어슬렁어슬렁 걸어오는 것이 보였다.

"여보……!"

하나에는 달려가 철민의 손을 부여잡았다. "어머님이 참살을 당하셨어요. 할아버님, 할머님도."

하나에의 비통한 소리에도 철민은 눈을 크게 뜨고 미간을 찌푸릴 뿐 아무 말 없이, 하나에가 이끄는 대로 천천히 발을 옮기기만 했다.

습격이 있던 날 늦저녁, S마을에 간 하나에가 돌아오지 않자, 철민은 강씨 부인의 말에 따라 하나에를 마중한답시고 터덜터덜 나갔다가 동구에 있는 방앗간에서 밤을 지샌 것이었다. 행인지 불행인지 이 같은 단순한 연유로 인해 철민은 멀쩡하게 살아남을 수 있었으나, 하나에로서나 강씨 집안으로선 이제 다시 들어서는 고행길이 아닐 수 없었다.

43

"형수님, 어쩌다 이런 기구한 운명을……? 형님으로 인한 비운도 모자라 이 같은 비극까지 겪어야 하다니……!"

하나에의 전보를 받고 곧바로 고향으로 내려오던 날, 철준은 서둘러 가족들의 장사를 치르고 집으로 돌아오자마자 참았던 슬픔과 의분을 이기지 못하고 하나에의 무릎에 엎드려 오열했다. 어머니와 할아버지, 할머니를 한꺼번에 여읜 슬픔도 슬픔이려니와, 하나에가 철민과의 인연으로 말미암아 평생 짊어지게 된 진저리나는 멍에가 무엇보다도 그의 가슴을 애닯고 쓰리게 하는 것이었다.

"항상 나 스스로 생각하고 누차 말하기도 한 일이지만, 모든 것을 내 숙명으로 돌릴 수밖에."

하나에는 자기 무릎 위에서 흐느끼는 철준의 어깨를 어루만지며 위로했으나, 북받쳐오르는 애통한 심정은 그녀라고 해서 쉬이 자제할 수가 없었다.

"그걸 어찌 단순히 숙명으로만 돌릴 수 있겠어요? 형수님의 의지에 의한, 순전히 희생이지요……. 아아, 정말 이다지도 애처로울 수가……."

철준은 하나에의 이슬 맺힌 눈시울을 쳐다보며 자탄(咨歎)했다.

"육십을 인간의 평균수명으로 보더라도 난 아직 반평생을 넘기지 않았잖아? 우리 집안엔 지금도 삼촌이 있고, 아버님도 일본에 계시고, 소식은 없지만 철형이 형도 있잖아? 또 얘 아버지도 비록 저렇긴 하지만 육체만은 살아 있으니까 얼굴은 매일 대할 수 있는 것이고……. 더구나 나에겐 누구보다도 내 삶을 이어 줄 창이가 있어. 창이가 있는 한, 난 내 남은 생애를 살아갈 보람과 희망이 있는 게 아니겠어? 나보다도 돌아가신 분들, 특히 어머님을 생각하면……."

슬픔을 참아내려는 하나에의 눈에서 이슬이 방울져 떨어졌다.

"제 딴에는 형님이 비록 저렇게 되었을망정 좀 더 남부럽지 않은 집안을 이룩해 보려고 했는데…….”

철준은 자기네 가운이 하루아침에 몰락해 버린 듯한 절망감에 빠져들며 다시 한 번 눈물을 삼켰다.

“지금이라고 해서 삼촌의 결심을 실행하지 못할 것도 없잖아? 이렇게 된 이상, 이제부터야말로 우리 집의 장래는 오직 삼촌에게 달렸어.”

하나에는 등에 업힌 채 잠들어 있는 아기를 풀어 안으며, 철준의 마음을 애써 진정시키려 했다.

“하지만 전 시기를 잘못 탔어요. 형수님도 그렇지만 우리 집안 역시 귀국길에 오르면서부터 시대에 역행해 버린 거예요. 형수님, 저 인제 학교를 그만두겠어요.”

“아니, 그게 무슨 말이지?”

철준의 청천벽력과 같은 한마디에 하나에는 아연한 모습으로 그를 쳐다보았고, 철준은 아무 대답 없이 체념 어린 눈빛으로 허공을 바라보았다.

어둠이 깔린 마당에는 아까까지도 소리 없이 내리던 가랑비가 큰 빗줄기로 바뀌어 줄기차게 쏟아지기 시작했다.

“내가 이 집안에 대한 기대를 저버리지 않고 한 가닥 희망을 걸 수 있는 건 삼촌의 장래를 믿고 있기 때문이야. 이런 내 마음을 모르고 있진 않겠지?”

“저도 형수님의 마음을 이해 못하는 건 아니에요. 하지만 보세요. 집은 불타 버리고 쌀 한 톨, 의복 한 벌, 가구 하나 건져내지 못했지 않아요? 우린 내일부터 어디서 무엇을 먹고 어떻게 살아가지요? 밭에 있는 곡식은 어떻게 거둬들이며, 앞으로의 농사일은 누가 맡아봐야 하느냔 말예요.”

철준의 목소리는 말이 아니라 울음이었다.

“삼촌, 의식주는 사람이 살아 있기만 하면 언제든 구할 수 있게 마련이야. 하지만 배움이란 한번 기회를 놓치면 영영 기회가 없는 게 아니겠어?”

불타 버린 집 방 한 모퉁이의 잿더미를 치워내고 서까래 자리에 나뭇가지를 몇 가닥 얽은 위에다 보릿짚더미를 이어 하늘만을 가린 천장에선 빗물이 새면서 여기저기 추적추적 떨어졌다. 철준의 등과 하나에의 머리 위로도.

"그렇지만 형수님이 이제까지 치른 고생만도 이루 다 말할 수 없는데, 이 마당에 형수님만 남겨두고 저 혼자 올라가 공부를 할 수가 있겠어요?"

"이봐, 삼촌. 이번 일이 우리 집엔 큰 불행이긴 하지만, 그 대신 이제 우린 식구가 단출해졌어. 어디 가서 무엇을 하든 우리 세 식구 입에 풀칠 못하겠어? 이곳에 와서 삼년 가까이 사는 동안 난 농촌에 적응할 수 있는 방법을 체득했어. 난 이젠 이 고장의 농민이야. 무엇이든 할 자신이 있어. 그리고 우리에겐 아직 남은 토지가 있잖아? 우선은 그것으로 삼촌의 학비를 마련하고, 내가 S마을에 내려가 무슨 장사라도 하게 되면 생계는 유지할 수 있을 거야."

빗물이 하나에의 두 팔에 안겨 잠자는 아기의 뺨에 뚝 떨어지면서 창이가 눈을 번쩍 뜨고 말똥거렸다.

"창이가 춥겠어요."

철준은 구석에 흩어진 타다 남은 나무토막들을 모아 모닥불을 피웠다. 비를 맞은 나무들은 피직피직 소리를 내면서 매운 연기만 내더니 한참 후에야 타기 시작했다. 불꽃이 두 사람의 얼굴을 어슴푸레하게 비췄다. 하나에의 입술이 파래져 있었다.

"삼촌, 다시 말하지만 삼촌이 학업을 단념하는 것은 나에게 또 하나의 커다란 실망을 안겨 주는 거야. 내 마음을 이 이상 더 슬퍼지지 않게 해 주려면 내일이라도 곧바로 서울로 떠나 줘. 남은 일은 모두 내가 알아서 처리할 테니."

"그럼 형수님은 거처를 옮기실 건가요?"

"응, S마을에 방을 부탁해 두었어. 내일이라도 내려가기만 하면 돼. 그러니 우리 걱정은 조금도 하지 마라. 삼촌의 앞날이 처음 마음먹었던 대로 성공하는 것만이 나의 첫 번째 소망이야. 강철준이가 강철민과 같은 피를 나눈 형제인 이상, 내가 삼촌을 위하는 마음은 그 누구도 막을 수가 없어."

하나에의 파리한 입술 사이로 흘러나오는 조용하면서도 단호한 말은, 좌절과 체념에 빠져드는 철준에게 새로운 용기와 각오를 불러일으켰다.

제10장 무너진 삼팔선 — 운명적 이별

45

하나에의 간절한 권유와 극진한 뒷바라지로 철준은 중학교 고등과 3년 과정을 마치고, 목표로 삼았던 S대학 문리대(물리학과)에 무난히 입학할 수 있었다.

'의식주는 사람이 살아 있기만 하면 언제든 구할 수 있게 마련이야. 그러나 배움이란 한번 시기를 놓치면 영영 기회가 없는 게 아니겠어?'

이렇게 설득하면서까지 철준을 다시 서울로 보내 준 하나에의 깊은 사려가 그로서는 눈물겹도록 고마웠다.

'앞으로 할 일은 그 은혜에 보답하는 길뿐이다. 학교를 졸업하고 일자리를 구하게 되면 형수님을 서울로 모셔오는 거야. 농촌 생활은 그만 청산하고 옛날처럼 다시 도회지에서 살게 해 드려야지. 그때쯤이면 창이도 학교에 들어갈 나이가 되겠고.'

철준은 벌떡 일어서서 이삿짐을 정리하기 시작했다. 벌써부터 하숙집을 옮기고 싶었던 것을, 하숙비 관계며 집안 참사의 후유증으로 차일피일 미루고 있었는데, 대학 진학을 계기로 심기일전과 함께 분위기 일신의 필요성을 절실히 느끼게 되었다. 뿐만 아니라, 박두만이 몹시 껄끄러운 존재임을 철준으로부터 듣고 난 지윤이 두말없이 이사를 권했기 때문에, 다소 무리를 해서라도 차제에 단독 하숙으로 옮기기로 작정한 것이었다.

철준은 자기가 출발할 때까지 제발 박두만이 돌아오지 않기를 바라면서 서둘러 짐을 꾸린 후, 황급히 한길로 나갔다. 그는 먼저 리어카꾼을 부른 다음, 잠시 단골 문방구에 들어가 지윤에게 전화를 걸었다. 이삿짐을 싣고 가는 길에 효창공원 앞에서 만나기로 약속했기 때문에 그 시간을 알려주기 위해서였다.

철준이 새로 이사 온 방은 건물의 뒤쪽 모퉁이에 위치해 있어 창문만 열면 시원한 후원의 전경을 바라볼 수가 있었다. 크지는 않았으나, 책상을 놓고도 옹색한 느낌이 없는 것이, 철준 혼자 기거하기에는 안성맞춤이었다. 거기다 새로 말끔히 도배까지 되어 있어 전등빛의 채광을 한결 돋우어 주었다.

"초대한 건 아니지만, 지윤 씨가 아무래도 잘못 온 것 같군요."

철준은 올 때의 기분과는 달리, 막상 방 안에 들어서는 순간, 자기의 초라한 하숙방과 드넓은 지윤의 저택이 문득 비교가 되는 것이었다.

"갑자기 무슨 말이죠?"

지윤이 책꽂이에 책들을 정리하다 말고 고개를 돌리며 정색을 했다.

"이런 옹색한 모습을 보여 주게 돼서……."

"평생을 이런 곳에서 살 작정이세요, 철준 씬?"

지윤은 철준의 말을 가로채며 그를 똑바로 보았다. 철준은 갑자기 예리한 꼬챙이 끝으로 정수리를 찔린 듯 대답할 바를 몰랐다.

"철준 씬 여태 날 그런 시력 나쁜 여자로 봐 온 거예요? 설마 내가 오늘 지영이를 따라 여기 온 것이 철준 씨 방과 우리 집을 비교해 보려고 왔다고 생각하는 건 아니겠죠? 그렇다고 이삿짐이 많아서 일손을 덜어 주러 온 것도 아니잖아요?"

지윤은, 철준이 무의식중에 자격지심으로 내뱉은 한마디를 놓치지 않고 포착함으로써 자신의 의중을 보다 확실히 효과적으로 드러내려 했다. 올해 고녀를 졸업하고 철준과 같은 대학교의 문리대 영문과에 입학한 그녀는 헤어스타일도 단발머리에서 미디엄 스타일에 웨이브를 준 것이 한결 세련미가 있어 보였다.

철준은 지윤의 따스한 마음의 김을 받아들이기라도 한 듯 가슴이 설레는 것을 느꼈다. 지윤에게 언젠가는 자신의 진심을 고백함으로써 받아내고 싶어 하던 해답을 지금 이 순간에 그녀 스스로 먼저 들려줬으니까.

"더 이상 긴 말은 않겠어요. 철준 씨의 감성이 그 정도로 무디다고 생각하고 싶진 않으니까요."

지윤은, 옆에서 말없이 책꽂이에 책을 꽂고 있는 동생의 손을 잡으며 의자에서 조용히 일어섰다.

45

'평생을 이런 곳에서 살 작정이세요, 철준 씬?'

철준은 한길까지 나가 지윤의 자매를 배웅하고 혼자 돌아오면서, 조금 전 지윤이 진지하게 들려준 한 대목을 찬찬히 곱씹으며 그 말이 지닌 의미를 곰곰이 음미해 보았다.

'몇 년 뒤에 대학을 졸업하고, 직장을 가진 어엿한 사회인이 되는 날, 얼마든지 훌륭한 주택에서 생활할 수 있다는 격려의 말이 아닌가……!'

그가, 이지적이면서도 정감 어린 지윤의 상(像)이 눈앞에 아른거리면서 애틋한 희열에 젖어들고 있을 때.

"강 형!"

귀에 익은 소리가 철준의 발걸음을 우뚝 멈추게 했다. 그는 자기를 부르는 소리보다는 별안간 어깨를 탁 치는 감촉에 화들짝 놀라며 고개를 반사적으로 쳐들었다. 박두만이었다.

"무슨 사색에 그리 깊이 잠겨 있는 거요? 인기척도 모를 정도로."

기분 나쁘리만큼 음산한 웃음기가 그의 노려보는 듯한 두 눈 아래에 떠올랐다.

"아니, 이 시간에 웬일이세요?"

철준의 가슴에 피어오르던 황홀감이 일시에 잦아들어 버리는 것 같았다.

"웬일이라니? 이사한 집을 알려고 모처럼 찾아왔는데. 아따, 강 형, 이사하면 한다고 알려줘야지, 말 한마디 없이, 너무하지 않아요?"

'미스터' 의 호칭이 '형' 으로 격상되어 있었다.

"이사하는 게 뭐 대단한 것도 아닌데, 얘기하고 말고 할 게 뭐 있어요?"

철준은 불쾌감이 왈칵 치밀어오르는 것을 가까스로 참았다. 지윤에 대한 상념이 그로 인해 망가져 버렸대서라기보다 하등의 필요없는, 아니 귀치않은 존재가 쫓아다니는 것이 욕설을 해 주고 싶을 만큼 증오스러웠던 것이다.

"모처럼의 아름다운 여운이 나 때문에 깨져 버린 것 같아 미안하오. 아무튼 이렇게 만난 김에 방이나 구경하고 가야 안되겠어요?"

그가, 철준이 지윤을 배웅하고 오는 시각에 나타난 걸 보면, 필시 이삿짐을 옮길 때부터 철준을 계속 미행한 것이 십상일 터였다.

"그야 어려울 것 없지요. 꼭이 그러고 싶다면 잠깐 들렀다 가시죠."

철준은 마지못해 앞장서 걸어갔다.

"강 형은 참으로 행복하겠수다."

박두만은 방에 들어서자마자 들고 온 종이봉지를 책상 위에 올려놓으며 주위를 둘러보았다.

"뜬금없이 무슨 소리를……?"

철준은 종이봉지 밖으로 삐져나온 팔각성냥과 보라색 양초 봉투를 보면서 시큰둥하게 한마디 내뱉었다.

"아, 애인이 이삿짐을 거들면서 하숙방까지 찾아주는데 행복하지 않단 말이오? 그것도 검사의 따님 되는 미녀가……."

슬슬 비아냥거리는 박두만의 말투에 철준은 심한 욕지기가 나면서 '그따위 말이나 하려거든 당장 나가요!' 라는 소리가 목구멍까지 치밀어올랐으나, 괜히 상대를 자극하여 도리어 언쟁으로 시간을 끄는 건 피하고 싶었다.

"혹시 지금 나한테 무슨 용건이라도 있어요? 설마 행복론을 설명하러 온 건 아닐 테고."

"없으면 빨리 꺼져 달란 소리로 들리는군."

"그렇지 않고서야 나를 미행까지 하면서 찾아올 필요가 없잖겠어요?"

철준의 반문에 박두만은 허를 찔린 듯 움찔하더니 '허허' 하고 헛웃음을 웃었다.

"역시 강형은 센스가 칼날 같단 말이야. 저렇게 명석한 머리에다 마스크도 핸섬하니 검사 따님이 호감을 가질 수밖에……."

"그런 말이라면 이제 됐어요!"

박두만의 너스레에 철준은 퉁명스럽게 소리치며 의자에서 벌떡 일어섰다.

"그냥 앉아 봐요. 실은 강 형한테……."

박두만은 철준에게 앉으라는 손짓을 하며 "한 가지 협조를 부탁하고 싶어 온 거요." 하고, 표정이 싹 바뀌면서 철준의 눈치를 살폈다.

"무슨 일인지는 모르지만 내가 협조할 게 있을 것 같지 않은데요."

철준은 마음을 가다듬으며 박두만의 입을 주시했다.

"아, 그야 있으니깐 찾아온 게 아니오? 어렵지 않은 일이오. 아무튼 꼭 좀 봐줘야 되겠어요."

"대관절 무슨 일인데요?"

철준은 갑자기 위구심이 생겼다.

"다른 게 아니라……."

박두만은 톤을 낮추며 철준에게 바싹 다가앉았다. "내 친구 하나가 검찰에 구속되었는데, 강 형이 말만 잘 해 주면 불기소로 석방될 수 있단 말이오."

"아니, 제가 변호사라도 되나요?"

철준은 첫마디에 펄쩍 뛰며 정색을 했다.

"담당 검사가 한경훈 검사란 말이오."

박두만은 동시에 얼른 뒷호주머니에서 신문을 빼내어 펼쳐 보였다.

〈국회의원 프락치 사건에 대학생 연루 — 용의자 한 명 구속, 두 명 수배 중〉

철준은 신문 3면에 5단으로 뽑은 제호(題號)만을 읽고는 시선을 지면에서 박두만에게로 옮겼다.

"이걸 어쩌란 거예요? 제가 둔갑술을 써서 한 검사가 될 수 있는 것도 아니고. 하기야 설사 그럴 수 있다손 치더라도 어쩔 수 없는 노릇이긴 하지만."

철준은 한마디로 잘라 자신의 태도를 밝히기는 했지만, 박두만이 끌고 들어온 문제가 국가보안법에 관련된 데에는 불안한 선을 넘어 자신의 신변의 위태로움마저 느끼게 했다.

"강 형의 힘에 부치는 일을 부탁하려는 게 아니오. 한 검사 댁의 가정교사란 입장에서, 아니 솔직히 말하면 한 검사 영애(令愛)의 연인이란 점에서 강 형이 미칠 수 있는 데까지의 영향력을 바라는 것이오."

박두만의 태도는 방금 딴사람이라도 된 것처럼 평소의 도도하던 기세가 한풀 꺾인 듯이 보였다. 하지만 그렇다고 해서 철준이 박두만의 귀에 솔깃한 말로 대할 수는 없었다. 그러고 싶지도 않았을뿐더러 그럴 만한 영향력 또한 자기에게는 추호도 있지 않다고 단정했다. '우리의 사사로운 교제를 그런 중대한 국가 문제와 결부시키려 들다니!'

"유감이지만 전 여기에 털끝만 한 영향력도 미칠 수가 없어요."

"강 형! 나도 결코 문제를 쉽게 생각하고 있는 건 아니오. 여기까지 강 형을 찾아올 땐 나름대로 가능성을 헤아려보고 온 거요. 좀 더 인간적으로 이야길 합시다. 사태가 워낙 긴박해서."

"어떻게 하는 게 인간적이죠?"

"내 친구나 나나, 또 강 형이나 다 같이 진리를 탐구하는 학도가 아니오? 누구나 신성한 학원에서 자유로이 인격을 닦고 학문을 연구할 권리를 보장받고 있는 거요. 그래 강형은 상아탑 안에서 교수의 강의를 들어야 할 학생이, 자기의 사상을 주장했다 해서 사직당국에 끌려가 문초를 받고 있는 걸 묵과해 버릴 수 있단 말이오? 강 형에겐 손바닥만 한 정의감도 없소?"

박두만은 사정이나 설득이 아니라 웅변을 하고 있었다. 때문에 흥분한 기색이 얼굴에까지 역력히 떠올랐다.

"그 정도로 정의감이 투철하다면, 그리고 정당성을 자신한다면, 직접 찾아가서 몸소 시시비비를 따질 수도 있잖아요? 애꿎게 나같이 아무 힘도 없는 약자를 이용하려 들 게 뭐예요?"

"아직은 권력에 눌려 그 정의를 인정 못 받고 있지만, 머지않아 쟁취할 날이 올 거요."

"말하자면 나보고 공산당의 한 분자 역할을 해 달라는 거지요? 하지만 알다시피 우리 어머니, 할아버지, 할머니는 빨갱이 폭도들한테 학살당했어요. 그 주의와 사상이 어떻든 동족에게 총부리와 칼을 무자비하게 휘둘러 대는 무리들에겐 고개 하나 까딱하지 않을 거예요. 더구나 국가 안보에 관한 문제를 일개 가정교사라는 알량한 정분 때문에 내 말에 귀 기울여 주실 한 검사도 아니고. 설령 내가 그런 위치에 있다고 하더라도 법을 벗어나는 판결은 절대 안 할 거예요."

"장차 장인이 될 사람의 신조를 대변하는 거요? 그렇지만 그 세도가 결코 오래가지는 못할 것이란 사실을 명심해야 할 거요. 형세가 뒤바뀔 테니."

협박조로 말하는 박두만은 노골적인 적대감을 드러내며 눈에 칼을 세웠다.

46

초여름의 따가운 햇살이 활짝 열린 창을 통하여 한경훈 검사의 서재 벽에 수은빛 막을 펼쳐놓고 있었다. 한 검사는 긴 하품을 토하며 테이블 위에서 돋보기를 집어 들었다.거의 매일이다시피 꼬리를 물고 일어나는 공안 사건에 시달려 온 그로서는 달포 만에 가져 보는 망중한이었다. 그는 오랫동안 밀린 외국 신문을 펼쳐보면서도 머릿속은 연일 조사 중인 갖가지 사건들로 가볍지가 않았다.

생각해 보면, 해방 이래 그가 공안 검사라는 직책을 맡은 4,5년 동안 그의 논고를 통하여 공안 사범들에게 각종 형을 구형해 왔다. 남녀노소를 가릴 것 없이 가벼운 징역형에서 무기징역 또는 사형에 이르기까지 그 수를 손꼽을 수 없을 정도였다. 눈만 감으면 법정을 거쳐간 수많은 상(像)들이 하나하나 눈앞을 어른거리며 지나갔는데, 그것이 종내 사형으로 끝맺었을 경우에는 더욱 또렷이, 그리고 오랫동안 그의 망막에서 좀처럼 지워지질 않았다.

그러한 극형은 최근 1,2년 사이에 주로 거물 간첩이나 남로당 공작원 같은 사상범들에게 내려진 것이었다. 그런 만큼 그가 사건 처리며 자신의 신변에 대하여 소모하는 신경도 여간 민감하고 착잡한 것이 아니었다.

그는 어지러운 머릿속을 씻어 버리기라도 하려는 듯 신문을 들추던 손을 멈추고 앉은 채로 회전의자를 돌렸다. 싱그럽고 아름다운 형형색색의 화초들이 눈앞에 화폭처럼 전개되었다. 예년과 똑같이.

'역시 자연은 우리 인간에겐 질서의 거울이야!'

한 검사는 느긋하게 담배에다 라이터를 댕겼다. 그때 복도를 지나가는 발소리가 들렸다.

"아줌마요?"

그는 가정부려니 생각하고 불렀다.

"저예요, 아버지."

문을 열고 얼굴만을 살짝 들이민 건 지윤이었다.

"지영이 아직 안 끝났니?"

"좀 있으면 끝날 거예요……. 근데 왜요, 아버지?"

정원의 싱싱한 화초들처럼 지윤의 얼굴엔 여전히 생기가 넘쳐흐른다.

"음, 끝나거든 지영이 선생 여기 잠깐 들렀다 가라고 그래라."

"무슨 말씀 하시려 그러세요?"

지윤은 방으로 들어서서 한 검사에게로 다가가며 물었다. 여느 때는 좀처럼 없던 일이라 호기심이 났던 것이다.

"얘기는 무슨? 오랜만에 시간이 났으니깐 지영이 공부도 물어볼 겸 강 군

얼굴이나 보려는 거지."

한 검사는 편안한 자세로 의자에 몸을 젖힌 채 연기를 뿜으며, 대학생이 된 후로 한결 성숙해진 듯한 딸의 모습을 바라보았다.

"인제 끝났나 보군요."

위층에서 호호거리는 지영의 웃음소리를 듣고는 지윤이 방을 나갔다.

지윤의 전갈을 받은 철준은 다소 긴장된 마음으로 한 검사의 서재로 들어섰다. 훈풍에 실려 들어온 라일락 향내가 짙게 풍겼다.

"연일 수고가 많구먼. 거기 앉지."

한 검사는 기다렸다는 듯이 회전의자에서 일어나 탁자 옆의 소파로 와 앉으며 철준에게 턱짓을 했다. 지난해 고향에서 가족의 장사를 지낸 뒤 올라오던 날, 한 검사 내외와 위로의 이야기를 나눈 이후론 한 검사와의 독대 자리는 처음인 셈이었다.

"어때, 중학생이 된 후 우리 지영이 공부가?"

가정적인 화두여서인지 한 검사의 말씨는 여느 때보다 한결 다정스러웠다.

"여전히 잘 합니다. 자습력도 많이 향상됐고요."

"얘길 들어 보니 너무 미국식으로만 가르치는 모양인데, 때에 따라선 스파르타식도 중요해. 말로 안 통할 땐 역시 매로 다스리는 수밖에."

"지영이에겐 미국식이 잘 어울리는 것 같습니다. 저 자신도 그 방법이 좋구요."

"우리 지영일 감싸주는 건 아니겠지……? 하하하."

한 검사는 '역시 그 방법이 정상이지.' 라는 듯 만족스럽게 웃었다. "나도 대학 시절에 일본에서 튜터(가정교사)를 해 봐서 알지만, 속이 상할 때가 많을 거야. 오죽하면 옛날부터 훈장의 똥은 개도 먹지 않는다고 했겠나. 모든 걸 강군한테 일임하고 있으니 앞으로도 잘 보살펴 주게."

"힘닿는 데까지 노력하겠습니다."

그때, 지윤이 환한 얼굴로 찻쟁반을 들고 들어왔다. 철준의 긴장되었던 마음도 한 검사와의 몇 마디 대담으로 풀리는 것 같았다. 그러나 그것도 잠깐이었다.

"요즘 갈수록 학생들의 좌익 활동이 자심(滋甚)해지고 있단 말이야."

지윤이 차를 따르고 나가자, 한 검사가 염려스러운 말투로 화제를 바꾸는 게 아닌가!

'무슨 얘길 꺼내자는 걸까?'

철준은 자신에게 향한 한 검사의 시선이 부담스러웠다.

"강 군, 혹시 성기현(成基鉉)이란 학생 알아?"

뜸을 들이듯 차를 한모금 마시고 난 한 검사가 철준을 쳐다보며 물었다.

"…… 모르겠는데요."

철준은 한 검사의 뜻밖의 거명에 놀라는 빛으로 고개를 갸우뚱했으나, 곧바로 그 이름의 주인공이 누군가를 직감할 수 있었다.

"이런 얘기를 한다고 강 군이 조금이라도 혐의를 느끼거나 나에 대한 의구심을 갖지는 마라. 다만, 그 학생이 강 군을 안다기에 한번 확인하고 싶어서 물어보는 것뿐이니까."

한 검사는 일단 철준을 안심시키고는 말을 이었다. "다름이 아니라 내가 지금 맡고 있는 학생이 성기현인데, 그자가 항간에 세상을 떠들썩하게 한 국회의원 프락치 사건에 연루돼 있단 말이야. 자세한 내용은 말할 필요가 없지만, 성기현 말고 가담자가 둘 더 있어. 지금 수배 중이긴 하지만……."

한 검사의 말이 철준에겐 이실직고(以實直告)하라는 압박으로 받아들여졌다. 철준은 마치 자기가 범죄에 가담하기라도 한 듯한 당혹감과 함께 얼굴의 화끈거림을 동시에 느꼈다. 성기현 외에 가담자가 둘 더 있다면 박두만과 그의 또 다른 동료일 게 거의 확실했기 때문이었다.

"그렇다면 짐작이 가는 것 같습니다. 전번 후암동에서 하숙할 때 아랫방에 있던 학생인데, 그가 성기현과 한패인가 봅니다."

"그럼 그자의 이름을 알겠군?"

“박두만입니다.”

“음, 박두만이라……!”

한 검사는 혼잣말을 하듯 그의 이름을 되뇌었다.

“지금도 하숙처가 거긴가?”

“제가 옮길 때까진 있었습니다만, 그후론 모르겠습니다.”

“서로 잘 아는 사인가?”

“몇 차례 이야기를 주고받았을 뿐입니다. 이따금 치근거리는 것을 의식적으로 피했었죠.”

철준은 어서 빨리 신문과도 같은 질문이 끝나기를 바랐다. 그 자리에 오래 앉아 있을수록 자기가 박두만의 사상에 물들어 첩자 노릇을 하는 것으로 오인받는 것 같아 꺼림해서 견딜 수가 없었다.

“그후론 박두만이란 자를 만나지 못했나?”

이윽고 한 검사는 철준이 내심 꺼리고 있는 질문을 칼처럼 끄집어냈다.

“제가 이사하던 날 저녁에 집을 알아둔답시고 찾아왔더군요.”

철준의 가슴은 불규칙하게 뛰고 있었다. 그 사실을 진작 실토하지 않은 것이 후회스러웠다.

“우리 집과의 관계를 알고 있었구먼, 그자가?”

“네.”

한 검사는 철준의 대답에 무슨 확실한 감을 잡기라도 한 듯 입가에 묘한 웃음을 띠었다. “음!”

그러면서 한 검사는 고개를 두어 번 끄덕일 뿐, 더 이상은 물으려 하지 않았다. 그것이 철준에게는 오히려 극도의 불안과 의구심을 불러일으켰다.

47

한 검사가 철준에게 가했던 질문 아닌 신문에 대한 정해(正解)는 며칠이 지나서야 그의 눈앞에서 실증(實證)되었다. 그날도 철준은 바늘방석에 앉은 기분으로 지영을 가르쳐 주고 나서, 자기혐의에 대한 마음의 수갑을 채웠다 풀었다 하면서 청파동 고개를 넘어 효창동 하숙방으로 돌아왔다.

'박두만이 찾아왔던 그 다음날에라도 한 검사에게 사실을 알려 드렸던들 이렇게 벙어리 냉가슴 앓듯 하지는 않을 텐데…….'

철준은 씻을 생각도 하지 않고 한쪽 손으로 턱을 괴고 책상 앞에 앉아 멍하니 창밖을 내다보고 있었다. 새카만 하늘에 바람 한 점 없이 후터분한 게 당장이라도 비가 쏟아져내릴 것만 같았다.

'아이고, 모르겠다! 될 대로 되라지.'

그는 한 검사 집과의 절연도 이제 시간문제라고 체념하면서 웃옷을 벗어젖혔다. 수건을 등에 걸치고 세면장을 향해 대청으로 나왔을 때, 마당 울타리에 시커먼 그림자가 얼씬하더니 '쿵' 하고 둔탁한 발소리가 들렸다. 철준은 반사적으로 시선을 소리 나는 곳으로 홱 돌렸다. 남방 차림의 한 사나이가 마당 모퉁이를 돌아 허겁지겁 철준의 방 들창가로 달려왔다.

"놀라지 마시오. 나요, 나!"

숨을 죽이며 말하는 사나이는 박두만이었다. 그는, 철준이 얼굴을 확인하기도 전에 구두를 신은 채 창을 냉큼 뛰어넘어 들어왔다.

"강 형, 날 좀 숨겨 주시오. 형사들이 뒤를 쫓고 있소."

박두만은 비굴하리만큼 철준의 손목까지 잡으며 사정했다. 얼굴에는 비지땀이 흘러내리고, 손은 울타리의 가시철망에 긁힌 듯 피가 흐르고 있었다.

"아니, 당신은 나한테 무슨 철전지한을 졌다고 이렇게 줄창 괴롭히는 거요?"

철준은 박두만의 땀투성이 얼굴에서 흙투성이 구두까지 훑어보며, 새삼 그들의 무리에 휘말리는 듯한 공포를 느꼈다.

"이게 마지막이오. 다시는 강 형을 괴롭히지 않을 거요."

박두만은 안절부절못했다. 그의 가슴이 육안으로도 식별할 수 있을 만큼 거칠게 벌렁거리고 있었다. 그러나 철준으로선 박두만의 숨막히는 통사정을 받아들이기엔 자신의 위치가 벼랑 끝에 선 듯 너무도 위태로워져 있었다. 어쩌면 며칠 전 한 검사와의 일이 없었던들 철준은 박두만을 이 순간 한번쯤은 위기를 모면시켜 줄 심적인 여유가 있었을지도 모른다. 하지만 지금은 상황이 판이했다.

"난 애초부터 당신하고는 사상이 달라요. 몇 차례의 대화에서도 그런 점을 깨닫지 못했어요?"

"그렇지만 강 형은 남달리, 얼음처럼 차가워 보이면서도 내면엔 훈훈한 온기를 지니고 있는 사나이요. 내가 지난번 강 형을 찾아왔었고, 지금 이렇게 뛰어든 것도 강 형의 그런 인정을 믿기 때문이오. 강 형, 제발 한 번만 날 도와주시오."

"그럼 난 당신을 위해서 신세를 망쳐도 좋다는 말인가요? 여러 말 할 생각 없으니 소리치기 전에 이 방을 떠 줘요."

철준의 말이 떨어지기가 무섭게 박두만은 품에서 잽싸게 잭나이프를 꺼내 '철컥' 날을 세웠다.

철준은 흠칫 한걸음 물러섰다. 하얀 금속이 불빛을 받아 싸늘하게 반짝였다.

"마지막 수단이야!"

착 가라앉은 목소리가 소름이 끼칠 만큼 살의를 자아냈다. 땁투성이의 역삼각형 얼굴에 박힌 두 눈엔 독사 같은 살기가 어려 있고, 잭나이프를 잡은 손이 금시라도 행동으로 옮길 듯이 부르르 떨렸다.

"피차 지금 죽기엔 젊음이 너무 아깝잖아?"

어차피 이판사판이라는 투의 박두만의 위협이었다.

"나더러 어떻게 하란 거죠?"

철준은 이런 경우 자신이 취해야 할 행동이 어떤 것인지 신속히 대처할 만한 판단이 서지 않았다.

"탈출구를 안내해 줘."

박두만의 언성이 약간 누그러졌다.

"내가 할 수 있는 일은 한 가지뿐이오. 이 집 밖으로 나간 뒤엔 난 모르겠어요."

철준은 발을 떼면서 눈으로 행동 개시를 알렸다. 박두만은 날을 세운 나이프를 손에 쥔 채 철준의 뒤에 바짝 붙어서 후원으로 통하는 창문을 도둑고양이처럼 날렵하게 뛰어넘었다. 두 사람이 담벽을 따라 후원의 쪽문에 이르러 철준이 걸쇠를 풀려 할 때였다.

"이 새끼가!"

틉상스러운 소리와 함께, 박두만이 뒤로 돌아보았을 땐 그의 팔이 두 점퍼 사나이에 의해 억세게 뒤틀려졌다.

"아가가!"

박두만의 비명과 동시에 잭나이프가 그의 손에서 땅바닥으로 떨어졌다.

"어디로 튈려구!"

눈 깜짝할 사이에 그의 손에 수갑이 채워졌다.

"박두만이지?"

키가 훤칠하고 깡마른 형사와 작달막한 키에 어깨가 딱 벌어진 또 한 동료가 사색이 된 박두만의 얼굴을 노려보았다. 철준으로서도 예상치 못한 전격적인 일이었다.

"나를 함정으로 끌어들였구나! 비겁한 새끼!"

박두만의 분노에 찬 눈초리가 철준을 집어삼키기라도 할 듯이 표독스럽게 쏘아보았다.

"잔소리 말고 가!"

키 작은 형사가 박두만의 등을 탁 치며 떼밀었다.

"학생이 강철준인가?"

키 큰 쪽이 철준의 신분을 알고 있는 듯, 굳어졌던 표정이 부드럽게 풀리면서 물었다.

"네."

철준은 상대방을 마주 보면서 이마의 구슬땀을 손등으로 닦았다. 러닝셔츠 바람의 등에 수건이 그대로 걸쳐져 있는 것도 모른 채.

"학생도 일단은 서(署)로 같이 가 줘야겠는데."

키 큰 형사가 울타리 안을 플래시로 한 바퀴 비춰보며 말했다.

그날 밤, 철준은 형사의 지시대로 Y경찰서에 따라가기는 했으나, 박두만에 대한 심문만 받았을 뿐, 별 혐의 없이 다음날 새벽 하숙으로 돌아올 수 있었다.

나중에 고향의 형수로부터 편지를 받아 보고서야 안 사실이지만, 경찰의 사찰계에서는 철준이 모르는 사이에 학교며 전 하숙집은 물론, 고향의 경찰 조회를 통해서까지 그에 대한 신상을 파악했을 정도였다.

"이제서야 말이지만, 사실 그 작자(박두만)와 무관하다는 게 밝혀지지 않았더라면 난 지영이 가르치는 걸 그만둘 작정이었어요."

철준은 효창공원의 잔디 위에 몸을 누여 팔베개를 하고 심호흡을 했다. 파란 하늘과 공원의 초록빛 잔디가 시야를 가득 채워 주면서 그 빛깔이 마음속에까지 스며드는 듯 상쾌했다.

"아버지가 서운하세요?"

지윤은 겸연스러운 표정으로 철준을 보면서, 무릎에 끼었던 깍짓손을 떼어 두 다리를 잔디 위에 나란히 뻗었다. 스커트 아래로 뻗친 쭉 곧은 하얀 다리가 철준에겐 눈부시게 보였다.

"검사님 본연의 직무신데요, 뭐. 더구나 다른 사람도 아닌 지영이의 아버지신데……. 이번 일로 내 신분이 적나라하게 드러나서 차라리 잘된 일인지도 모르죠."

"아다시피 이번 일은 하나의 중대 사건을 조사하는 과정에서 파생적으로 생긴 일이에요. 그러니 모든 걸 철준 씨가 긍정적으로 생각해 주길 바라고 싶어요."

지윤은 철준의 밝은 모습에 안도하면서 물었다. "근데 철준 씬 그런 일을 왜 나한테 말하지 않았죠?"

"이번엔 여검사님의 심문인가요?"

철준은 몸을 지윤 쪽으로 돌려 왼쪽 팔기둥으로 머리를 괴었다.

"나를 경원하세요?"

"지윤 씨가 나 같은 입장이 되어 보면 알게 될 거예요, 내 심정을. 지윤 씨가 단순히 우리 학교 동급생이기만 했더라도 난 서슴지 않고 얘길 했을 거예요. 하지만……."

"듣고 보니 철준 씨의 참마음을 알 것 같네요. 내 생각이 너무 얕았군요."

지윤의 그윽한 눈길이, 철준의 올곧기만 한 품성을 찬양하는 것 같기도 하고, 조용히 나무라고 있는 듯도 했다. 철준은 풀줄기를 이로 뽀독뽀독 끊어 뱉으며 지윤에게 무언의 감사를 보냈다.

"이 다음에 진실로 중대한 일 한 가지만은 꼭 지윤 씨의 힘을 빌리지요."

그는 잔디를 짚고 있는 지윤의 조그만 손을 살며시 감싸쥐었다. "지윤 씨, 우리, 인생을 보다 길게 여행합시다."

48

박두만이 검거된 후 검찰에 송치되고 나자, 철준은 그 어느 때보다도 자유롭고 홀가분한 마음으로 학업에 전념할 수 있었고, 아울러 지윤과의 애정도 날이 갈수록 알알이 여물어 갔다. 그런 가운데 해가 바뀌어 어느덧 6월 하고도 하순에 접어들어 있었다.

그날은 일요일이라 철준과 지윤은 광릉수목원을 함께 산책하기로 약속되어 있었다. 간밤에 주임교수의 논문 자료를 조사하느라 시간이 걸린 데다 일본의 아버지와 고향 형수에게 편지를 쓰느라 늦게 잠자리에 들었던 철준은, 대청마루 건너 주인 방에서 들려오는 라디오 소리를 듣고서야 눈을 떴다.

'음? 벌써 이렇게 됐나?'

탁상시계의 바늘이 여덟 시 반을 넘기고 있었다. 그는 자리에서 일어나 창가로 가서 문을 드르륵 열었다. 새벽까지 내리던 비는 그쳐 있었으나, 하늘은 구름으로 잔뜩 덮여 있었다.

'날씨가 어째 이 모양이야!'

철준이 혼잣말로 투덜거리며 세면장으로 가는데,

"학생, 난리가 났어요. 북한군이 삼팔선을 쳐들어왔대요." 하고, 세탁소에 갔던 주인 아주머니가 다린 양복을 들고 들어오며 상을 찌푸렸다.

"예? 북한군이요?"

철준도 적이 놀라며, 잔뜩 찌푸린 날씨에다 설상가상으로 예기치 못했던 '난리' 라는 말에 기분이 더욱 언짢아졌다.

"아, 그게 어제 오늘 일이야? 그놈들이 늘상 심심하면 하는 짓인걸 뭐. 투닥투닥 총이나 쏘아대다가 말 걸 가지구 뭐 그리 야단법석들이야?"

주인 아저씨는 대수롭지 않은 일이라는 투로 방 안에 앉아 담배를 비딱하게 문 채 신문만 뒤적거렸다.

'아무래도 교외 산책을 다음으로 미뤄야겠구나.'

철준은 치약물이 발등으로 떨어지는 줄도 모르고 칫솔을 입에 문 채 멍하니 섰다가 후닥닥 세수를 마치고 방으로 돌아왔다.

"아주머니, 저 나가서 거리 분위기를 살펴보고 오겠습니다."

아침을 먹는 둥 마는 둥 하고 부랴부랴 하숙집을 나온 철준은 우선 지윤에게 전화부터 걸었다. 교외행 대신 시내에서 만나기로 하고 시간도 오후로 미뤘다.

그가 거리를 지나는 사람들의 표정을 살피며 원효로에 이르렀을 때, 확성기를 단 군 지프가 "국군 장병들은 전원 즉시 원대로 복귀하라."라고 반복해 외치면서 거리를 누볐고, 헌병들이 요소에 배치되어 지나가는 병사들에게 "부대로 돌아가라."고 소리치고 있었다.

'역시 심상치 않구나.'

철준은 불안스러운 마음으로 곧장 발길을 옮겨 삼각지로 향했다. 그가 로터리에 가까운 철로에 이르렀을 때, 무장 병력을 가득 싣고 대전차포를 견인한 트럭들이 전속력으로 북쪽을 향해 질주하고 있었다. 그가 멀어져 가는 마지막 차의 모습을 정신없이 바라보는 순간, 소련제 야크 전투기 한 편대가 느닷없이 나타나더니 여의도 상공에 폭탄을 투하하고는 기수를 용산 쪽으로 돌려 북상하며 기총소사를 가했다.

'전쟁이 터졌구나!'

철준이 불안한 마음을 걷잡지 못하고 삼각지 로터리에 이르렀을 때, 길가 전파사에서 아나운서의 긴장된 목소리가 흘러나왔다.

"오늘 아침 새벽 네 시를 기하여 삼팔선 전역에 걸쳐 북한 공산군이 공격을 개시하였습니다. 그러나 용감한 우리 국군은 즉각 반격을 개시해 적군을 격퇴하고 있으므로 시민 여러분은 안심하고 각자 맡은 바 임무에 충실해 주시기 바랍니다."

얼마 안 있어, 달리는 지프에서 같은 내용의 신문 호외가 길바닥으로 하얗게 뿌려졌다.

거리는 술렁이기 시작했다. 수많은 시민들이 거리로 몰려나와 있었는데, 그들의 일부는 수십만의 북한군이 서울을 완전 포위했다느니, 부산과 인천 등지에 북한군 몇 사단이 침공하여 완전 함락했다느니, 실로 가공할 만한 루머를 퍼뜨리고 다녔다.

철준은 사람들 틈에 섞여 계속 로터리 일대를 돌아다녔다. 거리 곳곳에는 〈전선에 이상없다〉, 〈아군, 맹렬한 반격으로 공산 괴뢰 격퇴 중〉과 같은 각종 벽보가 나붙어 있었다.

'아직은 권력에 눌려 그 정의를 인정 못 받고 있지만 머지않아 쟁취할 날이 올 거요.'

지난해 무심하게 들었던 박두만의 한마디가 지금에 와서야 부질없는 엄포가 아니었음을 실감할 수 있었다. 철준은 손목시계를 보며 지윤을 만나기 위해 전차 정류장으로 황급히 발길을 옮겼다.

그가 지윤과 만나기로 약속한 명동의 '휘가로' 다방 앞에 이르러 잠깐 좌우를 살피는데, 마침 저만치서 그녀가 걸어오는 모습이 보였다.

"왜, 들어가지 않구요?"

철준이 서 있는 것을 보고 지윤이 다가오며 반겼다.

"나도 이제 막 도착했어요. 자, 들어가요."

철준이 다방 문을 열고 지윤을 앞세워 안으로 들어갔다. 담배연기가 자욱한 다방 안에는 문인(文人)으로 보이는 베레모의 중년 남자를 비롯해 여남은 명의 손님들이 끼리끼리 자리를 잡고 앉아 이야기를 나누고 있었다.

"삼림욕을 하고 있을 시간에 음악 감상을 하게 됐군요."

지윤이 창가 자리로 가 앉으며 뮤직박스 쪽을 일별했다. 흘러나오는 곡은 라흐마니노프의 '피아노 협주곡 2번' 이었다.

"선생님께선 댁에 계신가요?"

"오늘 쉬시려고 했는데 아침때 전화 연락을 받고는 급히 나가셨어요."

"아무래도 분위기가 심상치 않아요. 전면전이 일어날 것만 같아요."

철준이 심각해하는 것과는 달리, 지윤은 예상외로 태연스러웠다. "우리 국군이 북진 중이니 걱정 말라지 않아요?"

"전쟁이란 적을 무찌르는 거예요. 아무리 막강한 군대라도 전투 과정에서 피아간에 엄청난 희생이 따르게 마련이죠. 따라서 병력의 보충이 필요하게 되거든요. 전쟁이 전면전으로 확대되면 모든 젊은이들이 총을 들고 전선으로 나가야 해요."

'결국 철준 씨도 전쟁터로 나가야 된다는 말인가?'

그제서야 지윤은 철준의 말의 심각성을 깨달은 듯 얼굴에 그늘이 졌다. "정말 전면전이 일어날까요?"

지윤은 오늘 새벽미사 때 신부님이 기도 말미에 "……이 땅에 평화를 지켜 주소서." 하고 덧붙이던 구절을 떠올리면서 마음속으로 성호를 그었다.

"자고로 전쟁이란, 국민의 뜻과는 아랑곳없이, 몇몇 광신자에 의해 일어나는 거예요. 그러면 교전국 국민들은 '전쟁에 승리하기 위해서', 또는 '나라를 지키기 위해서' 라는 신성한 의무를 짊어지고 싸움터로 내몰리게 마련이지요."

철준은 예전에 철민 형과 하나에 형수의, 출정에 앞서 헤어질 무렵의 일을 생각하며 자꾸만 불안감이 일었다.

"철준 씨, 너무 비관적으로만 생각하지 말고 우리 군을 믿어요. 지금 서울 운동장에선 축구 경기가 열리고 있다잖아요?"

지윤이 밝은 표정으로 철준을 안심시켰다. "우리도 나가요. 기분전환을 할 겸……. '수도' 에서 영국 영화를 상영하고 있어요."

둘이 밖으로 나왔을 때, 거리에는 북한군 남침에 대한 비슷한 내용의 신문 호외들이 여기저기 널려 있었다. 두 사람이 수도극장에서 우리나라 최초의 영국 외화인 '애원(愛怨)의 섬' 을 관람하고 나왔을 때는 저녁 여섯 시가 가까워져 있었다.

"철준 씨, 오늘은 제가 저녁까지 살게요, 괜찮죠? 안 그래도 예정했던 수순이에요."

"지윤 씨 너무 피 흘리는(出血) 거 아니에요?"

"이담에 철준 씨가 수혈해 주면 되잖아요?"

지윤은 철준의 팔짱을 끼고 극장 부근의 일식집으로 이끌었다. 그녀는 앉자마자 식사와 함께 맥주까지 주문하고는 "자, 한잔 받으세요." 하고 철준의 잔을 채워 주곤 자기에게도 따라 달라며 병을 철준에게 넘겼다..

"우리의 영원한……."

"미래를 위하여!"

지윤과 철준은 경쾌하게 잔을 부딪쳤다.

49

〈국민 여러분, 안심하십시오. 유엔이 우리를 도와주기로 결의했습니다.〉

〈燦(찬)! 아군 용전에 괴뢰군 全線(전선)에서 패주 중〉

〈나는 국민 여러분과 함께 서울을 지킬 것을 맹세하는 바입니다.〉

연이어 계속되는 낙관적인 방송과 신문 보도, 그리고 이승만 대통령의 수도 서울 사수(死守)의 담화는, 북쪽에서 들려오는 둔중한 포성과, 공산주의자들이 퍼뜨리는 유언비어 앞에 그 신뢰성을 잃어 가고 있었다.

철준이 어제 동숭동 주임교수 집에 들러, 조사한 논문 자료를 전해 드리고 나왔을 때는 포소리가 더 크게 들려왔다. 26일 오후에 의정부 전선이 뚫리고, 27일에는 창동 방어선도 무너졌던 것이다.

"이봐, 철준이. 아무래도 이번은 종전 같은 국지적인 충돌이 아닌 것 같애. 정부도 수원으로 옮겼다니……."

아침에 철준의 방으로 건너온 하숙집 주인 아저씨가 범상찮다는 기색으로 말했다. "나중에야 어떻게 되든 집사람 친정이 수원이고 해서 우선 거기까지만 내려가 봐야겠어. 철준인 어쩔 텐가? 혼자 집을 지킬 수도 없는 노릇이고……."

한마디로, 방을 떠나 달라는 부탁이었다.

"학생이야 혼자 몸이니 거동도 편하것다, 고향이 제일 남쪽이니 도착하기만 하면 좀 안전하겠수?"

주인 아주머니도 대청에서 짐을 꾸리며 남편의 말을 거들었다.

"그건 그래. 헌데 내가 아는 학생들은 대부분 내려간 모양이던데, 철준인 왜 서두르지 않구……, 같이 갈 사람이라도 있는 건가?"

주인 아저씨의 말에 철준은 대답하지 않았다. 아니, 그럴 정도로 마음이 여유롭지 못했다. 자신의 피란 문제보다도 지윤과의 결별이 더욱 절실하고 안타까울 뿐이었다. 간밤에만 해도 철준은 지영을 가르치고 나서, 좀 더 자세한 전황을 듣고 싶어 밤 열 시가 되도록 한 검사를 기다렸었다. 그러나 그때까지 그는 돌아오지 않았을뿐더러 남은 세 모녀에게서도 피란갈 기미를 엿볼 수가 없었다.

'지윤 씨만이라도 같이 떠나 준다면 얼마나 좋을까!'

철준은 주인 아저씨가 물러가고 나서도 좀처럼 짐을 챙길 기분이 나질 않았다. 그러나 불쾌한 포성이 또 몇 차례 더욱 가깝게 울려오면서 철준의 마음을 조바심나게 했다.

'빨리 짐을 챙기고 지윤 씰 만나야겠다!'

그는 빠른 손놀림으로 간단한 행장을 주섬주섬 꾸려 갔다. 책이며 의류 등 소중한 것들만 골라 트렁크 두 개를 채우고, 나머지 자질구레한 물건은 책상 서랍 속에다 처넣었다. 마지막의 이삿짐이 될 것 같은 예감이 그의 마음을 더욱 착잡하게 만들었다.

'가서 뭐라고 얘기한다?'

철준은 하숙집을 나와 지윤의 집으로 바삐 향했다. 하루에 한 번씩 넘나들던 효창공원 고갯길이 철준에게 작별을 고하는 듯 을씨년스러워 보였다.

'잘 있어. 또 찾아올게. 그리하여 다시 지윤 씨와 함께 맞아 줄게.'

철민은 지지난해 이삿짐을 싣고 지윤의 자매와 함께 이 고갯길을 넘던 추억을 더듬으며 발길을 재촉했다.

철준이 숨을 헐떡이며 지윤의 집에 도착했을 땐 정오가 지난 시간이었다. 그날도 한 검사는 집에 있지 않았다. 왠지 집 안이 휑한 게 전에없이 적막하게 느껴졌다.

"와 주었군요. 정말 마음이 어수선해서 철준 씨한테 가 볼까 하던 참이에요."

지윤의 초조해하는 모습이 철준을 한층 애처롭게 했다.

"급하게 온 모양이군요. 우선 숨부터 돌리세요."

지윤이 철준을 거실 소파로 안내하고 주방으로 가더니 외제 오렌지주스 캔을 가져다 권했다. "드세요."

지윤은 철준의 이마에 맺힌 땀방울을 보며 손수건을 내주곤 옆에서 접부채를 부쳐 주었다. 그럴수록 철준은 자기가 갈 길을 그녀 앞에 선뜻 말할 수가 없었다.

"지윤 씨!"

주스를 한 모금 마시고 난 철준의 조용한 부름에 지윤은 불안스러운 눈빛으로 그의 눈길을 받았다.

"작별 인사를 해야겠어요."

몇 차례의 망설임 끝에 떨어진 철준의 한마디에 지윤의 얼굴엔 금세 우수가 어렸다.

"선생님, 고향으로 가려구?"

피아노 앞에 앉아 두 사람의 대화를 듣고 있던 지영이 철준 앞으로 다가오며 물었다.

"응. 하지만 잠시 동안이야. 공부를 계속하려면 다시 올라와야지."

철준은 지윤에게 할 말을 지영에게 들려주고 있었다. 지윤을 만나기 위해 효창동 고갯길을 뛰다시피 넘어올 때만 해도 그녀에게 할 말이 끝이 없을 것 같았는데, 막상 그녀를 마주하고 보니 그 숱한 이야깃거리가 어디로 숨어 버렸는지 좀처럼 떠오르질 않았다.

"지윤 씨네가 결정할 때까지 나도 떠나지 않으려 했는데, 주인집이 오늘 중으로 피란을 가게 돼서……."

"더 이상 말하지 않아도 철준 씨의 마음을 잘 알아요. 나 역시 헤어지고 싶지 않은 마음은 마찬가지예요. 하지만 일단은 그렇게 하세요. 아주 헤어지는 것도 아니고……, 비록 몸은 떨어져 있더라도 마음만 잊지 않고 있는 한 우린 다시 만날 수 있으니까요."

지윤은 침착한 어조로 자신과 철준을 더불어 위로했다.

"지윤 씨 말을 들으니 내 마음도 한결 가볍고 든든해지는군요."

그때 마침 지윤의 어머니인 장(張) 여사가 나오는 것을 보고 지영이 풀 죽은 모습으로 말했다. "엄마, 선생님이 고향으로 가신대."

"그래, 나도 방에서 들었다. 시국이 이러니 더 위태로워지기 전에 내려가셔야지. 한 분밖에 안 계신 형수님이 몹시 염려하실 텐데."

언제나 상아(詳雅)한 모습의 장 여사가 그날따라 철준에겐 더욱 친밀감을 느껴게 했다.

"그동안 여러 가지로 감사했습니다. 시간 때문에 선생님께는 인사도 못 드리고."

"감사는 무슨……. 오히려 우리 지영일 가르쳐 주시느라 수고만 하셨지. 넉넉히 보답도 해 드리지 못하고, 정말 섭섭해요."

장 여사는 철준을 따라 나오며 "이담에 다시 만나요." 하고 대문 밖까지 배웅해 주었다.

50

"이제 보니 동행인이 있어서 여지껏 지체했었구먼."

철준이 하숙집에 돌아와 주인에게 인사를 하고 나올 때, 대문간에 트렁크를 들고 서 있는 지윤을 보고, 주인 아주머니가 의미 있는 웃음을 지었다.

사실상, 아주머니의 말대로 지윤이 철준의 동행인이기만 했다면, 그것이 비록 피란길일지언정 여행처럼 즐거울 수 있을 터였다.

"무겁겠어요."

의류 따위의 주로 가벼운 물건이 담긴 중형 가방을 든 지윤은, 책이 들어 있는 대형 트렁크를 들고 가는 철준이 자주 손을 바꾸는 것이 딱해 보였다.

"괜찮아요. 이렇게 해서라도 지윤 씨와 함께만 간다면 부산까지라도 거뜬할 텐데."

"철준 씬 나보고 인생을 길게 여행하자고 말했었죠? 그 긴 여행에 비하면 부산 정도는 아무것도 아녜요. 뉴욕, 파리, 런던, 북극, 남극……, 아니 달나라까지라도 함께 가야죠."

지윤은 철준과의 미래를 이 숨가쁜 순간에도 재확인하고 싶었다.

"내가 지금 지윤 씨를 두고 서울을 떠날 수 있는 것도 그러한 미래를 간직할 수 있기 때문일 거예요."

철준은 발을 옮겨 디뎌감에 따라 지윤과 함께하는 시간이 점점 단축되는 것을 아쉬워했다. 그들이 용산역에 도착했을 때는 남하하는 피란민의 대열로 역전과 한강로 일대는 소란과 아우성으로 수라장을 이루고 있었다.

"사람들이 저렇게 많은데 타고 갈 수 있겠어요?"

지윤이 인파에 놀라며 물었다.

"출입구에 매달리든, 지붕 위에 올라타서라도 갈 수 있을 거예요."

철준은 염려 말라는 투로 지윤을 돌아보며 씩 웃었다. 쉴새없이 밀려드는 피란민들이 두 사람의 어깨와 발을 마구 치고 밟으며 지나갔다. 철준은 지윤에게서 트렁크를 받으며 역 안으로 뚫고 들어갈 틈새를 찾았다.

"철준 씨, 이거 내가 늘 소중히 지녀 온 성모 마리아 상이에요. 내가 생각날 땐 언제든지 이걸 꺼내 보세요. 그리고 이 성경책도 갖고 있어요."

지윤은 축소판 《신약성서》를 건네주고는 자기 목에서 목걸이를 풀어 철준의 목에 걸어 주었다. 채 가시지 않은 그녀의 체온이 철준의 목과 가슴에 따스이 전도(傳導)되었다.

"고마워요. 다시 만나는 날까지 지윤 씨가 무사하기를 매일 이 성모 마리아께 기도드릴게요."

철준은 인파 틈에서 잠시 트렁크를 내리고 지윤의 나긋한 어깨를 양손으로 꼭 쥐며 "나의 사랑하는 물망초, 나를 잊지 말아요." 하고 그녀의 볼에 살짝 입을 맞추었다.

"기다릴게요."

지윤은 촉촉이 젖은 눈으로 철준의 얼굴을 쳐다보며 고개를 끄덕였다.

제11장 서울 25시

51

계단을 밟고 올라오는 발소리에 철형(哲炯)은 회전의자를 백팔십도 돌려 바른 자세로 앉았다. 곧이어 '똑똑똑' 노크 소리가 들렸다.

"들어오시오."

그의 예리한 시선이 문으로 향했고, 문이 열리며 들어선 사나이는 박두만이었다. 그는 레닌모(帽)를 쓴 채 절도 있게 거수경례를 붙였다.

"역시 상위(上尉) 동무의 예측이 들어맞았습니다."

의기양양하게 보고하는 박두만의 얼굴에 웃음이 번졌다.

"어떻게?"

박두만의 우쭐거리는 태도에 철형은 내심 여유로우면서도 겉으론 무덤덤하게 물었다.

"상위 동무의 말씀대로 그자의 여편네를 잡아다 족쳤지요."

"순순히 불진 않았을 텐데?"

"말씀도 마십시오. 처음엔 전기 고문을 가했는데도 잡아떼다가 마지막에 아랫도리를 훑어내렸더니 '제발 그만' 하고 불더군요."

박두만은 웃음을 참지 못하는 제스처를 보였으나, 철형은 일순 한쪽 눈을 찡그렸다.

"그래, 어디 있었소?"

철형은 자기의 표정을 감추려는 듯 의자를 돌려 창 쪽을 향한 채 박두만의 말을 등으로 들었다.

"자기 집 다락에 숨어 있는 걸 가지고……."

"내가 말한 '등하불명'의 이론이 주효했다? 역시 사찰계 주임다운 은신이었군."

"그렇습니다. 으레 자기 집에선 삼십육계 놨거니 하는 이쪽의 판단을 역이용한 거지 뭡니까. 사실, 상위 동무의 지적이 없었더라면 우린 독 안에 든 쥐를 고스란히 놓칠 뻔했습니다."

박두만은 득의만면하여 마음에 없는 말도 주워섬겼다. 그도 그럴 것이, 수년을 두고 철창 신세를 면치 못할 사상범인 그가 북한군의 서울 입성으로 하루아침에 해방되었으니 박두만으로선 이제 제 세상을 만난 듯 설쳐댈 만도 했다. 게다가 철형이 정치보위부 소속의 상위인 만큼, 나중에야 어떻게 될망정 당장은 얼러맞추지 않을 수 없는 막강한 상관으로 여겼던 것이다.

"그럼 이로써 우리 지구(地區)에선 반동분자의 색출이 완료된 거요?"

철형은 전체적인 상황을 머릿속으로 파악하고 있으면서도 박두만에게 짐짓 엄숙한 표정으로 물었다.

"아, 아직 거물급 반동으로 딱 한 놈 검거하지 못했습니다."

박두만의 기가 순식간에 움츠러든다.

"누구요?"

"제가 지난번 말씀드린 그 악질 검사입니다."

그는 호주머니에서 명단을 꺼내 이름을 짚었다.

"한경훈? 검사……?"

철형은 중얼거리며 회전의자에서 일어섰다. 그는 박두만을 거의 부동자세로 세워 둔 채 뭔가를 궁리하는 듯한 표정으로 실내를 왔다갔다하더니, 부하를 지그시 바라보며 한마디 자극을 주었다.

"엣또, 한경훈이라면 제일 신경을 써야 할 사람은 누구보다도 박 동무 아니오?"

"죄송합니다, 상위 동무."

"허허. 죄송할 것까지야 없지만, 난 박 동무를 생각해서 하는 말이오. 그 자본주의 반동분자에게 받은 박 동무의 설욕전을 내 눈으로 확인해 볼 기회를 갖고 싶은 거요."

그는 여전히 발을 옮기면서 박두만의 표정을 별견했다.

"하긴 저 역시 신경을 곤두세우고 있는 표적입니다만, 아직까진 행방이 묘연해서……. 하지만 서울에 있는 한 뛰어 봤자 벼룩이죠."

"그럼 그자를 박 동무가 책임지고 처리하도록 하시오. 자신 있소?"

철형의 쏘아보는 눈빛이 또다시 박두만의 얼굴에 꽂혔다.

"옛! 제 손으로 꼭 잡아들이겠습니다. 며칠만 말미를 주십시오."

"좋소!"

철형은 얼굴의 근육을 누그러뜨리며 물었다. "한데, 그 한경훈 집, 가족 상황은 어떻소?"

"여편네까지 넷입니다."

"자식이 둘인가?"

"예, 딸만 둘입니다. 대학생과 중학생."

"음."

철형은 도로 의자에 앉으면서 냉소적으로 말했다. "남자 하나에 여자가 셋이라……? 그렇다면 그자를 색출하기엔 유리한 조건이오."

"……?"

철형의 말에 박두만은 눈을 크게 뜸으로써 그 어의를 물었다.

"온실에서 자란 여자들이란 프롤레타리아에겐 오만하고 도도하지만, 자기들 신변 보호를 위해선 상상외로 허약한 거요. 그 점을 이용하면 다루기에 따라선 그런 부류만큼 정보를 얻기가 쉬운 자들도 없단 말이오."

철형은 마치 박두만에게 힌트라도 주듯이 간략하게 말하곤 등을 돌려 유리창으로 내려다보이는 시가를 조감했다. 네 가닥의 전차 선로가 깔려 있는 아스팔트가, 사정없이 내리쬐는 폭양에 이글거리는 가운데, 완장 대원의 감시하에 남녀 노역자들이 파괴된 도로 보수를 하느라 개미 떼처럼 움직이고, 도로변에는 부서진 건물들이 험상궂게 늘어서 있었다.

"속전속결만이 최상의 방책이야!"

철형은 혼잣말로 중얼거리며 회전의자를 돌려 다시 박두만을 바라보았다. "우리 공화국이 남반부를 조속히 해방시키기 위해서라도 우리 과업을 방해하는 악질 반동들은 모조리 색출해야만 하오. 이번이 박 동무에겐 절호의 찬스요. 동무의 가슴에 영예로운 공화국 훈장을 달 수 있는."

"공화국의 명예를 걸고 책임을 완수하겠습니다."

박두만은 마치 괴뢰사(傀儡師)에 의해 조종되는 망석중이 같은 동작으로 차렷자세를 취하며 철형의 얼굴을 응시했다. 어딘가 복수에 불타는 듯한 눈초리며 매부리코의 인상에다 항시 사라지지 않는 차디찬 표정이 박두만으로 하여금 전신을 위축시키는 듯한 위압감과 복종감을 자아내게 했다.

"용의주도하게…… 기지를 발휘하시오."

"예. 잘 알겠습니다, 상위 동무!"

52

"아버지, 이런 생활이 언제까지 지속돼야죠?"

지윤은 애처로운 모습으로, 덥수룩이 구레나룻으로 덮인 한경훈 검사의 얼굴을 쳐다보았다.

"놈들이 판을 쳐 봤자 얼마나 갈라구. 유엔군이 참전했다니까 우리 군이 서울에 입성하는 건 시간문제겠지."

한 검사는 손에 들고 있던 단파수신기를 놓으며, 수도 서울이 하루아침에 공산 괴뢰의 발굽에 유린된 것을 분통해했다. 한 달 동안이나 은신생활을 해온 그의 창백하고 여윈 얼굴에 구슬땀이 흘러내렸다.

초저녁이기는 했지만 칠월 하순의 삼복더위와, 두 사람이 간신히 몸붙일 만한 토굴 속은 찌는 듯이 무덥고 숨이 막힐 지경이었다.

"아버지 말씀대로만 된다면야 얼마나 좋겠어요!"

지윤은 바가지의 물에 수건을 적셔 한 검사의 얼굴을 닦아 주었다.

"모든 게 고통스럽고 힘들더라도 용기와 희망을 잃지 말고, 어떻게든 아군이 진격해 올 때까지 견뎌내야 한다."

딸의 어깨를 쓰다듬는 한 검사의 움푹 들어간 눈의 동공에 촛불의 상이 어리었다.

"지영이도 잘 있지?"

한 검사는 갑자기 흩어져 있는 가족이 염려스럽고 그리웠다. 북한군에 의해 국군의 창동 방위선이 무너지던 6월 27일, 저녁 늦게 집에 돌아온 그는, 밤 열 시경에 "유엔군이 우리를 도와 싸우기로 했습니다……, 국민은 좀 고생이 되더라도 꿋꿋이 참고 있으면 적을 물리칠 수 있으니 안심하십시오."라는 이승만 대통령의 육성 방송을 듣고는 다소 마음의 여유를 가졌었다.

그러나 그로부터 4시간여 후에 한강 인도교가 폭파되고 서울이 적의 수중에 떨어졌다는 소식을 듣고는 즉시 집을 비우고 온 가족이 신당동에 있는 지윤의 외할머니 집으로 피신했었다. 하지만 일주일 후, 대학생인 지윤의 외삼촌을 의용군으로 끌어넣으려고 내무서원이 들이닥쳤으므로(외삼촌은 이천으로 피신한 후였다.), 그날 대청마루 밑에서 가까스로 화를 모면한 한 검사는 바로 이튿날 밤 거기서 멀지 않은 남산 기슭의 토굴로 은신했고, 장 여사는 가회동 언니(지윤의 이모) 집으로 피신했던 것이다.

"외할머니랑 다 별일 없어요."

지윤은 손목시계를 보았다. 내려갈 시간이었다.

"그후로 내무서에서 찾아오지 않았니?"

"아직까진 없었어요."

"아무쪼록 조심들 하거라. 연고지를 추적해서 언제 들이닥칠지 모르니. 그리고 오늘 이렇게 왔으니 당분간은 오지 말거라. 네 어머니가 하루 걸러씩 들르는데……. 남의 눈도 두렵고."

"네, 알겠어요, 아버지. 저희들 걱정은 마시고 아버지 몸부터 조심하세요."
지윤은 토굴 입구를 막은 돌덩이를 밀치고 어둠이 깔린 바깥 동정을 살폈다.

지윤이 한 검사의 은신처에서 나온 후, 가회동에서 어머니 장 여사와 이모를 만나고 신당동 외할머니 집으로 돌아왔을 때에는 무더위와 두려움으로 온몸에 땀이 후줄근했다.
"다들 별일 없니?"
외할머니인 윤 노인이 대문에 빗장을 지르며 나지막이 물었다.
"네."
지윤이 고개를 끄덕이며 안도의 숨을 내쉬었다.
"그런데 옆집 김 경사 댁엔 네가 나간 지 얼마 후에 내무서원이란 사람들이 와서 김 경사 아버질 붙잡아갔지 뭐냐."
윤 노인은 남의 일 같지 않다는 듯 초조한 표정을 지었다.
"우리 집엔 안 왔죠?"
"그래……, 하지만 언제 불쑥 나타날지 마음이 안 놓이는구나."
"하루속히 국군이 들어와야지, 정말 이대로는……."
지윤은 다시 마음이 불안해지며, 뒤뜰의 간이 목욕간으로 갔다.
"언니, 나 언니가 없는 동안에 〈안네의 일기〉 생각이 났어. 지난 성탄절 때 네덜란드의 수녀님이 들려준 그 유대인 소녀 얘기."
지영이, 목욕을 마치고 방으로 들어서는 지윤의 물기 있는 머리와 얼굴을 쳐다보면서 천진스럽게 말했다. "정말 안네가 가여워. 우리가 그렇게 되는 건 아니겠지?"
"얘는, 불길스럽게 별소릴……. 이제 곧 국군과 유엔군이 서울로 진격해올 텐데."
지윤은 태연스레 말하면서도 한순간 동생의 말에 실감하며 소름이 끼쳤다.
'아니야, 그럴 수는 없어!'

그녀는 도리질을 하며 주저앉았다. 싸늘한 장판 바닥에 두 다리를 나란히 펴고 벽에 기대앉자, 목욕 후의 개운함과 함께 긴장이 풀리면서 잠시 가셨던 철준에 대한 그리움이 뭉게구름처럼 가슴으로 몰려들기 시작했다. 지윤은 책상 서랍을 열어 한 장의 사진을 꺼냈다. 그러고는 서로 어깨 위에 손을 얹고 다정한 미소를 머금은 두 얼굴에서 눈을 떼지 않고 한참동안 들여다보았다. 이러한 사진 감상은 그녀에게 있어선 철준을 떠나보낸 이래 날로 더해져 가는 초조와 불안을 덜기 위해 되풀이하는 일과와도 같은 것이었다. 그녀는 눈으로써 사진 속의 미소짓는 철준과 이야기를 나누고 있었다.

'철준 씨, 우리, 인생을 길게 여행해요.'

이런 지윤을 물끄러미 바라보던 지영이 "선생님 지금쯤 뭘 하고 있을까?" 하며, 언니와 나란히 벽에 기댔다.

"글쎄……."

지윤은 여전히 시선을 사진 위에 둔 채 씁쓸히 대답했다.

"고향에 있을까?"

"지금쯤 군인이 되었을지도 모르지."

지윤은 철준이 국방색 유니폼에 철모를 쓴 씩씩한 모습을 상상하면서 빙그레 웃음지었다.

이때.

'쾅쾅쾅.'

밖에서 요란하게 대문을 두드리는 소리가 들렸다.

지윤과 지영이 화들짝 놀라며 토끼눈으로 서로 얼굴만 쳐다보는데,

"날래 대문을 열라우!"

거친 목소리와 함께 또 한 번 대문이 요동쳤다.

"애들아, 얼른 몸을 피하거라."

종종걸음으로 건너온 윤 노인이 어서 나오라는 손짓을 하곤 대청의 마룻장을 떼고 손녀들을 마루 밑으로 들이밀었다.

“아무도 없소?”

대문이 더욱 요란하게 흔들렸다.

“……누구세요?”

윤 노인이 두근거리는 가슴을 진정시키며 대문으로 나갔다.

“잔소리 말고 날래 대문이나 열라우!”

빗장이 풀리자, 박두만을 비롯한 세 명의 사내가 대문을 밀치며 들어섰다. 한 명은 박두만과 같은 레닌모를 눌러쓴 젊은 내무서원이었고, 또 다른 한 사람은 민간인이었다. 박두만과 내무서원은 사냥감을 찾는 포수처럼 마당 안을 두리번거렸다. 대문간의 외등이 켜져 있지 않았으므로, 안방에서 새어나오는 전등빛의 일부만을 받은 뜰 안은 명암이 뚜렷이 구분되어 있었다.

“한경훈 검사의 장모 맞디요?”

따발총을 든 내무서원이 윤 노인을 노려보았다.

“아……, 예.”

윤 노인이 얼떨떨해했다.

“다들 어디 갔소?”

“누구 말예요?”

“몰라서 묻는 거요? 사위네 일가족 말이오.”

젊은 내무서원의 일방적인 질문이 계속되는 동안, 박두만은 구둣바람으로 마루 위를 왔다갔다하며 손전등을 비춰 가옥의 구조를 살폈다.

“그걸 여기 와서 물으면 어떡해요? 다들 피란갔을 텐데.”

윤 노인은 짐짓 딱하다는 기색을 보였다.

“아니, 뭐라구……? 동무, 그게 사실이오?”

윤 노인을 노려보던 내무서원은 그늘 쪽에 서 있는 삼십대 민간인에게 눈길을 돌렸다. “동무는 뭘 주저하고 있소? 그늘에만 서 있디 말고 이켠으로 나오라오.”

위협적인 한마디에 삼십대 사나이는 비슬비슬 몇 걸음 앞으로 나서며 윤 노인을 보았다.

"아 아니, 자네 추(秋) 서방 아닌가?"

놀란 쪽은 윤 노인이었다.

"……."

사나이는 대답을 못하고 고개를 떨구었다. 그는 한경훈 검사의 동네에 사는, N시장 식품도매상의 점원으로서, 명절이나 제사 등의 대목 때마다 윤 노인 집에 단골로 물건을 직접 배달해 주던 낯익은 얼굴이었다. 어떻게 탐문했는지 그 사나이의 신원을 알아낸 박두만이 그를 앞장세워 여기까지 찾아온 것이었다.

"여기…… 안…… 왔어요?"

사나이는 몹시 난처한 듯 잔뜩 주눅든 목소리로 물었다.

"그래, 자네가 이 사람들을 데리고 왔나……? 허지만 잘못 짚었네. 청파동 딸네 식구들은 벌써 피란을 갔는걸?"

윤 노인은 배은감과 분기가 한꺼번에 치밀었으나 애써 자제했다.

내무서원은 독수리눈으로 윤 노인과 추 서방의 얼굴을 번갈아 부라리다가 "동무는 우릴 농락하는 거요?" 하고 호통을 치며 박두만의 처분을 물으려는 듯 고개를 돌려 찾았으나, 박두만은 보이지 않았다. 그는 뒤뜰에 가 있었다.

박두만이 비추는 플래시의 광속(光束)이 반원을 그리다가, 부엌 뒷문 옆에 칸막이해 만든 간이 목욕간 판자 위에 걸쳐진 지윤의 원피스 위에서 머물렀다. 지윤이 아까 목욕을 한 후, 옷을 갈아입고는 땀에 젖은 옷들을 그대로 두고 갔던 것이다.

박두만은 플래시의 각도를 고정시키고 판자로 다가갔다. 부엌으로 연결된 고무호스가 물에 젖은 채 늘어져 있고, 넓적한 대야바닥에 남아 있는 물기가 플래시의 빛을 받고 반사했다. 그는 포개어 걸쳐진 원피스와 슈미즈를 자기의 왼쪽 팔에다 걸쳤다. 땀냄새가 아닌 독특한 방향이 그의 후각을 민감하게 자극했다.

박두만은 플래시를 45도 각도로 치켜 건물벽을 비추었다. 처마 밑 빨랫줄에 갓 빨아 넌 하얀 팬티가 눈에 들어왔다. 그는 팬티의 여기저기를 만져 보며 수분을 감촉해 보았다.

'으음!'

일순, 야릇한 미소가 입가에 떠올랐다간 사라졌다. 마당에서는 내무서원이 고래고래 악을 쓰고 있었지만, 박두만에겐 '이젠 그럴 필요 없다.' 는 느긋한 마음의 여유가 생겼다. 그는 부엌을 통해 마당으로 나온 후 마루로 성큼 올라서더니, 사방을 다시 한 번 플래시로 비춰 보다가 건넌방으로 불쑥 들어갔다. 불빛에 방바닥에 놓인 책이 비쳤기 때문이었다.

박두만은 얼른 방 안 전등의 스위치를 켰다. 지영이 읽다가 놓아둔 세계 명작 〈사랑의 선물〉이었다. 그런데 그 책 옆에 빠끔히 열린 책상 서랍 속 내용물이 책을 집으려던 박두만의 시선을 단번에 잡아끌었다.

'음, 제대로 들어맞는군!'

박두만은 서랍에서, 철준과 지윤이 나란히 찍힌 사진을 꺼내 들며 회심의 미소를 지었다. '그러문 그렇지!'

그는 밖으로 나오며 구둣발로 마루를 쿵쿵거려 보기도 하고, 플래시로 집 안 구석구석을 비춰 보기도 했다.

"다들 피란갔다구 딱 잡아떼누만요."

마당에 있던 내무서원이 박두만에게 다가서며 고개를 외로 꼬았다.

"이 집에 있는 전등을 모두 켜시오."

그는 옆의 두 사람에게 지시하면서 윤 노인에게 다가가 "이 옷이 늙은이가 입는 옷이오?" 하고, 팔에 걸쳤던 지윤의 옷을 윤 노인의 머리에 후려치듯 내던지며 소리쳤다. 옆에 서 있던 두 사나이의 시선이 동시에 그리로 쏠렸다.

"이 집 안을 샅샅이 뒤지시오."

박두만은 문간에 다리를 버티고 선 채 윤 노인을 다시 한 번 위아래로 노려보았다. 두 사나이가 방 안으로 들어가는 것을 본 윤 노인은 가슴이 철렁 내려앉았으나, 그렇다고 그들을 붙잡고 부인하기에는 물증이 너무나 확실히 드러나 있었다.

'주님, 저의 어린 양들을 지켜 주소서.'

윤 노인은 그 자리에 선 채 눈을 감고 두 손을 모았다. 집 안의 전등불을 모두 켜 놓아 낮같이 밝은 실내를, 박두만의 감시하에 두 사나이가 구석구석 뒤지기 시작했다.

"아무리 뒤져도 집 안에는 없는 것 같습네다."

십여 분 후에 내무서원과 추 서방이 땀투성이가 된 얼굴로 마루로 나오며 내무서원이 말했다.

"그럴 리가 있나……?"

박두만은 문지방을 양다리 사이에 두고 왼손으로 턱을 괸 채 사방을 두리번거렸다.

"분명히 이 집 안에 있을 테니 다시 한 번 이 잡듯이 뒤져 보시오. 다락, 곳간, 변소, 마루 밑 할 것 없이."

"알겠습네다."

내무서원이 다소 언짢은 기색으로 뒤돌아서는 것을 보던 박두만이 문지방을 넘으려다 멈칫했다.

"으음?"

내무서원이 밟은 마룻장의 한쪽 끝이 시소처럼 까딱 들렸기 때문이었다.

"지(池) 동무!"

등 뒤에서 날카롭게 부르는 소리에 내무서원이 우뚝 멈춰 섰다.

"그 마루판자 끝을 다시 한 번 밟아 보시오."

박두만은 플래시로 대청 마룻바닥을 비추며 오른손으로 허리춤의 권총을 뽑았다. 내무서원이 마룻장을 밟자, 다시 그 끝이 올라가는 것을 박두만이 잽싸게 걷어찼다. 그러고는 구둣발 끝으로 잇대어진 마룻장까지 걷어 올렸다.

"두더지가 사는 모양이지?"

박두만은 바짝 긴장하면서 플래시를 마루 밑으로 비스듬히 비추어 몇 차례 훑었다. 땅바닥에 납작 엎드려 있는 지윤의 옆구리가 불빛에 비쳤다.

"마루 밑을 무덤으로 삼고 싶지 않으면 얼른 나오시지."

박두만의 권총이 찰칵 하고 소리를 내는 것을 윤 노인과 추 서방이 겁에 질린 눈으로 마루 옆에서 지켜보았다.

"날래 나오라오, 쌍!"

내무서원이 발로 쿵쾅거리는 순간, 네글리제 바람의 지윤과 지영이 파랗게 질린 모습으로 떼어낸 마룻장 틈을 통해 위로 나왔다. 땅바닥의 흙먼지와 흘러내린 땀 때문에, 두 자매의 온몸이 탄광에서 나온 광부같이 꺼뭇꺼뭇 얼룩져 있었다.

"두더지 두 마리가 더 있을 텐데……?"

박두만이 미심쩍은 눈으로 지윤과 지영을 쳐다보며 "지 동무, 이 마루 밑을 철저히 뒤져 보시오." 하고 내무서원에게 명했다.

"아이구, 얼굴이 이게 뭐람……. 어여 씻거라."

윤 노인이 땀으로 얼룩진 외손녀의 모습을 보며 울먹였다. 지윤과 지영은 참새가슴이 되어, 날카롭게 노려보는 박두만의 시선을 외면하며 외할머니의 모시적삼에 얼굴을 묻었다.

"더 이상 없습네다."

마루 밑으로 들어갔던 내무서원이 4,5십 초 후에 나오며 보고했다.

"이 집에 없다아……? 좋소. 그렇다면 여성 동무께서 우리와 함께 내무서로 가 줘야겠소. 서둘러 준비하시오."

박두만이 네글리제 바람의 지윤을 훑어보며 거만스러운 목소리로 말했다. 지윤은 소스라쳤다. 안색이 백지장처럼 파래지면서 말할 수 없는 공포가 전신을 엄습했다.

"우리 손녀가 무슨 죄가 있다고……?"

윤 노인의 말을 박두만이 잘랐다.

"죄가 없으면 숨기는 왜 숨어?"

"날래 준비하라우!"

내무서원이 지윤에게 다가서며 큰 소리로 윽박질렀다.

"지윤아……!"

"언니!"

윤 노인과 지영이 울먹이며 지윤에게 매달렸다.

53

지윤을 태운 사이드카는 시동을 걸기가 무섭게 골목길을 빠져나와 신당동 로터리를 좌회전하면서부터 아스팔트 위를 쏜살같이 달리기 시작했다. 평행선으로 뻗은 전차 레일이 헤드라이트 빛을 받을 때마다 반사광이 번쩍거렸고, 도로변의 가로수와 건물들이 스크린의 영상처럼 휙휙 스쳐 지나갔다. 별빛 하나 보이지 않는 어둠 속에 드문드문 조는 듯 깜빡이는 불빛이 수도 서울의 야경이라기엔 너무나 삭막하고 황량했다.

"나중에 물어보려 한 건데……, 철준 동무는 고향으로 갔나? 역시 그 친구가 궁금하단 말씀이야."

사이드카가 을지로 입구를 지날 때쯤 해서 운전자(내무서원) 사이드에 앉아 있던 박두만이 침묵을 깨뜨렸다.

"……뭐라구요?"

운전자의 뒷자리에서 공포에 사로잡혀 있던 지윤은, 박두만의 입에서 나온 '철준' 이란 한마디에 또 한 번 소스라치게 놀라지 않을 수 없었다.

"허허허, 그렇게 놀랄 필요 없어. 내가 그의 친구라고 해서 안될 것도 없으니까."

박두만은 고개를 돌려 어둠 속에서 지윤을 살폈다.

"친구라고요?"

지윤의 뇌리에 한때 잊혔던 화상이 전광석화같이 떠올랐다. 철준이 후암동 하숙 당시 그자로 인해 괴로워하는 것을 보고 이사를 권유하기까지 했던 그 문제의 좌익학생. '국회의원 프락치 사건'에 연루되어 철준에게 구원을, 아니 협박을 하다가 검거되어 끝내는 한경훈 검사에게 중형의 구형까지 받았던 공산주의자. 그런 박두만을 지윤은 익히 알고 있었다.

'바로 그자가 악귀같이 내 앞에까지 나타나다니!'

지윤은 소름이 오싹 끼쳤다.

"캠퍼스에서 사귄 동무는 아니지만 어쨌든 인연만은 꽤 오랜 사이지. 아마 한 검사에게까지 나에 대한 실토가 있었다면, 장차 배필이 될 사람에게 그런 중대한 말을 안 했을 리도 없을 텐데? 시골 출신치곤 장래가 촉망되는 친구였어. 마스크도 그렇고."

지윤으로 하여금 어떤 마음의 충동이라도 불러일으키려는 심사였을까, 박두만은 윗호주머니에서 사진을 꺼내 플래시로 비춰 보았다.

"아니, 그건 제 사진 아녜요?"

지윤은 플래시에 비춰진 철준과 자신의 모습을 보는 순간, 심한 능욕감에 치를 떨었다. 마치 자기들의 육신의 부분부분을 박두만의 더러운 손에 의해 마구 할퀴을 당하는 듯한 기분이었다. 지윤은 가만있을 수가 없었다.

"이리 주세요."

지윤이 앞으로 손을 내밀자, 내무서원이 억세게 손목을 가로챘다.

"가만있으라우!"

지윤은 상반신을 일으키면서 사진을 뺏으려 했으나 소용없었다.

"함부로 어딜! 이건 당분간 내게 맡겨 둬."

박두만은 갑자기 거친 목소리로 말하며 심술궂게 사진을 도로 호주머니에다 넣어 버렸다.

그러는 사이, 그들이 탄 사이드카는 남영동 굴다리를 지나 원효로의 내무서 앞에서 날카로운 브레이크 소리와 함께 정거했다. 지윤은 박두만을 뒤따라 내린 내무서원의 주시하에 차에서 내리며 건물을 살폈다. 그것은 그녀도 그 앞을 지나가 본 적이 있는 Y서(署)였다. 출입구 발코니에 달린 빨간 외등 아래 서 있던 두 보초병이 다가서는 박두만에게 거수경례를 했다.

지윤은 박두만을 따라 백열전등이 환히 켜져 있는 방으로 끌려 들어갔다.

"이 여자를 잘 가둬 두시오."

박두만은 내무서원에게 한마디를 남기곤 지체없이 3층 철형의 방으로 올라갔다.

"수고가 많았소. 그 정도면 일의 과반은 이루어진 셈이오."

박두만으로부터 상세한 보고를 받은 철형은, 잠시 들여다보던 벽면의 서울시가 지도—신당동 일대를 중심으로—에서 눈을 돌렸다. 박두만이 입은 상의가 땀에 흠뻑 젖어 등에 찰싹 달라붙어 있었다.

"아, 정말 지독한 날씨군!"

철형의 신경질적인 짜증에 박두만은 뜨악했다. 그가 계단을 올라올 때만 해도, 철형이 자기의 노고에 대해 치하를 아끼지 않을 것이라 기대했는데, 분위기가 예측과 빗나가 버린 것이었다.

"모스크바의 겨울 기온과 짬뽕시켜 놓으면 적당할 것 같구먼."

"우리 공화국이 열대가 아닌 게 얼마나 다행입니까."

박두만은 덩달아 한마디 하며 옷소매로 얼굴의 땀을 문질렀다.

54

그날 밤 바로 유치장에 수감된 지윤은 불안과 공포 속에서 뜬눈으로 지새웠다. 자신을 볼모 삼아 아버지 한 검사의 은신처를 알아내려는 계책임을 모르지 않는 그녀로서는 자기에게 가해질 갖가지 문초와 고문을 각오하지 않을 수 없었다. 예상했던 대로, 아침이 되자 인민군 병사가 지윤을 유치장에서 취조실로 끌고 갔다.

"귀하신 검사 따님을 이런 곳에서 숙박시켜 드려서 안됐구먼. 자, 여기 앉으시지."

박두만은 책상 바로 앞에다 의자를 갖다 놓으며 지윤에게 지시했다. "무엇 때문에 당신을 여기까지 모셔왔는지는 잘 알고 있겠지?"

박두만의 눈초리가 매섭게 번뜩였다.

"글쎄…… 무엇 때문인지……?"

지윤은 자기 나름의 예단에 앞서 그들의 계략을 박두만의 입을 통해 좀 더 확연히 알고 싶었다.

"정말 모르고 하는 소리야? 좋아, 그럼 내가 설명해 드리지. 당신 눈으로 보는 바와 같이 세상은 하루아침에 완전히 뒤바뀌었어. 그 기세등등하던 부르주아들의 권제(權制)가 일조일석에 무너져 버렸단 말이야. 강철준이나 당신의 아버지가 그토록 신봉해 마지않던 자본주의가."

박두만은 저절로 흥분되는 듯 톤을 높여 갔다. "그자들은 강철준의 하숙집 함정에다 나를 빠뜨리고는 연행해 갔던 거야. 우리 위대한 해방군이 아니었더라면 내 아까운 청춘이 철창 안에서 속절없이 희생당할 뻔했었지."

그는 사지에서 극적으로 구출된 사람처럼 표정에 명암이 교차했다.

"그러니까 이제 그걸 보복할 생각인가요?"

지윤이 박두만을 똑바로 쳐다보았다.

"보복이 아니라 그 철저한 반동 사상을 내 손으로 뜯어고쳐 주고 싶단 말이야."

"아버진 어디까지나 나랏일을 오직 법에 따라 시행했을 뿐이에요. 그리고 철준 씨만 해도 아버지에게서 혐의를 받아 가면서까지 그쪽의 신분을 누설하지 않으려고 고민을 했어요. 어차피 아버지의 직업이 그런 이상, 결과가 그렇게 되긴 했지만, 철준 씨가 그쪽의 신분을 염려했었다는 사실만은 지금이라도 알려주고 싶어요."

"다 부질없는 소리야. 이제 와서 나한테 고리타분한 자본주의의 윤리를 강의하려는 거야? 잔소리 말고 어서 그들의 행방이나 바른대로 대."

박두만은 괘다리적게 말하며 눈을 부라렸다.

"하지만 모르는 행방을 어떻게 대죠? 아버지는 한강 다리가 폭파되기 전날 밤 피란을 가셨는데?"

지윤은 정색을 하고 말했다.

"피란을 가? 그렇게 정부 일에 사명감이 투철한 악명높은 검사가 서울을 빠져나갔단 말이야? 그것도 사랑하는 두 딸을 내버려둔 채?"

박두만은 코웃음을 쳤다. 그때, 고문에 시달리는, 찢어지는 듯한 비명소리가 지하실 쪽에서 들려왔다,

"강철준이 피란했다는 건 납득이 갈 수도 있지만, 그러나 당신 아버지만은 형무소에 가득한 나 같은 우리 동지들 때문에라도 쉽게 서울을 뜨지 못했을 거야."

박두만은 자신이 직접 수집한 정보를, 마치 추측으로 판단하는 듯한 인상을 지윤에게 보이려 했다. 사실인즉, 서울이 북한군에게 함락되던 날, 박두만은 풀려나자마자 우선적으로 찾아간 곳이 지윤의 집과 철준의 하숙방이었다. 그가 청파동 한 검사 주택을 찾았을 때에는 그 육중한 철문이 커다란 자물쇠로 견고하게 잠겨 있었다.

'여태 있을 리가 없지.'

박두만은 자신이 당했던 고문의 복수전을 벌일 절호의 기회를 놓친 데 대해 이를 갈면서 동행한 인민군들에게 자물통을 부수게 하여 집 안으로 쳐들어갔었다.

"사모님께선 어디 가셨지?"

박두만의 느닷없는 질문이 지윤을 당혹케 했다.

"……네?"

"당신 어머니도 몰라?"

"아, 네. 아버지와 함께 가셨어요."

"피란을……?"

"안 가시겠다는 걸 제가……."

"계몬가?"

"네……?"

지윤은 박두만의 말을 얼른 알아차리지 못했다.

"아무리 귀하신 검사 남편이긴 하지만, 둘밖에 없는 딸자식을 남겨둔 채 홀홀이 떠나 버릴 정도라면 계모와 다를 게 뭐가 있어? 더구나 온실에서 키운 금지옥엽 같은 딸들을."

"안 가시겠다는 걸 제가 우겨서 억지로 보내 드렸다니까요."

"믿어도 될까, 그걸?"

박두만의 회의에 찬 눈초리가 화살같이 느껴지면서, 찢어지는 듯 연이어 들려오는 비명소리가 지윤을 소름끼치게 했다.

"하지만 완전한 증거가 잡힐 때까진 당신은 여기서 한 발짝도 떠날 수가 없어. 그리고 만에 하나 당신의 말이 거짓이란 게 밝혀질 땐 어떻게 되는지 알겠지?"

박두만은 비명소리가 나는 쪽을 채찍으로 가리키며 으름장을 놓았다.

55

박두만은, 마루 양쪽 기둥 옆에 버티어 서 있는 두 인민군 병사 사이의 문지방 위에 걸터앉았다.

"이리 가까이 와 봐."

방구석에 쪼그려 앉아 오들오들 떨고 있는 지영을 박두만이 눈짓하며 불렀으나, 그럴수록 지영의 몸은 발에 못이 박힌 듯 꼼짝 않고 공포에 찬 눈으로 박두만을 힐끔거릴 뿐이었다.

"나, 너 안 잡아먹어. 무서워하지 말고 이리로 나와 봐."

박두만의 말에 지영이 눈치를 살피며 한 발짝 한 발짝 옮기다가 문지방 가까이 와선 다시 꼼짝하지 않았다. 박두만이 한걸음 내딛기만 하면 닿을 수 있는 거리였다.

"거기 앉어."

차분히 가라앉은 박두만의 목소리에 지영이 문지방 옆에 살그머니 앉았으나, 그녀를 행동하게 하는 건 박두만의 육성이라기보다 독기를 발산하는 듯한 그의 눈초리였다.

"할머니가 언제 나가셨지?"

"……아침에요."

모기소리만 한 지영의 대답.

"어디 가셨는데?"

박두만의 가장된 웃음에도 지영은 대답하지 않았다. 자신의 한마디로 인해 아버지의 은신처가 쉽게 탄로나리라는 것쯤은 지영으로서도 능히 판단할 수 있었다.

"응? 어서 말해 봐."

박두만의 부리부리한 눈빛에 지영의 가슴이 방망이질했다.

"몰라요. 약 지으러 잠깐 다녀오신다고 나가셨어요."

"야악……?"

나지막하면서도 끝이 올라가는 억양에 지영은 가슴이 철렁했다.

"만일 우리가 여기 있다가 할머니가 약을 안 가지고 돌아오면 학생은 어떡하지?"

박두만은 소녀의 단순한 심리를 역이용하려 들고 있었다. "난 언니한테 들어서 다 알고 있어. 할머니가 아버지와 어머니한테 갔다는 걸."

"아버지와 어머닌 피란가셨는걸요."

지영은 앞뒤를 헤아려봄도 없이 언니와의 약속대로만 대답했다.

"강철준 선생도 같이 떠났나?"

"선생님은 그 전날 혼자 떠나셨어요."

"그래……?" 박두만은 내심 쾌재를 불렀다. 철준이 떠난 날이 27일임을 알고 있었기 때문이었다. 공교롭게도 박두만이 철준의 하숙방에 들이닥쳤을때, 벽에 걸린 달력의 27일에 동그라미가 쳐져 있었고, 그 숫자 밑에 '가노라 삼각산아. 다시 보자 한강수야.' 라는 메모까지 적혀 있었던 것이다.

그러고 보면, 한 검사가 피신한 시일은 한강 인도교 폭파 이후인 것만은 저절로 입증될 수 있는 일이었고, 이를 기정사실로 할 경우 한 검사를 색출하는 것은 시간문제라고 단정했다.

이윽고 대문이 열리며 윤 노인이 안으로 들어섰다. 순간, 집 안에 있던 사람들의 시선이 윤 노인에게 집중되었다. 불의의 형세에 윤 노인은 멈칫 제자리에 섰으나, 그의 당혹해하는 표정을 박두만이 놓칠 리 없었다.

"허허허, 그렇게 놀랄 거 없어요, 사람이 사람을 보고."

박두만은 오만스럽게 웃어젖혔다.

"아니, 어저께 우리 지윤이를 데려가구선 오늘은 또 무슨 일로……?"

윤 노인은 짐짓 박두만의 거동을 외면하고, 새파랗게 질려 있는 지영에게 다가가면서도, 그들의 끈덕진 뒷조사에 급기야 탄로되고 말지 모를 사위 한 검사의 신변에 대해 극도의 불안과 두려움을 떨쳐 버릴 수가 없었다.

"약 지으러 가셨다더니 곧바로 사위한테 전해 주고 왔어요?"

박두만의 냉소적인 태도는 윤 노인의 등골을 더욱 오싹하게 했다.

"아, 예. 마침 단골 한의사가 집에 없어서……. 헌데 우리 지윤인 언제 집으로 돌려보내 주는 거유?"

"딴청 부리지 말아요. 아뭇소리 말고 사위가 있는 곳이나 대요. 그 반동분자를 숨겨 놓고도 이 집 가족들이 무사할 줄 알아요?"

방금 전까지의 회유가 갑자기 고함으로 돌변했다.

"아니, 그게 무슨 말이에요? 서울을 떠나 버린 사람을 우리더러 어떻게 하라고……?"

"이 할망구가 누굴 바지저고리로 아나? 좋은 말로 할 때 바른대로 대란 말예요. 한 사람 때문에 여러 사람이 다칠 필요 없잖아요?"

박두만은 윤 노인의 끈질긴 불응에 점점 노기가 받치면서 금시라도 폭력을 휘두를 듯한 기세로 위협했다.

"아이고, 답답도 하셔라. 우리도 모르는 일인데, 그렇게 닦달한들 똑같은 대답밖에 더 나오겠어요?"

"이 너구리 같은 늙은이! 누구를 속이려구."

윤 노인의 말이 떨어지기가 무섭게 박두만의 발길이 윤 노인의 정강이로 날아갔고, 노인은 마룻바닥에 쓰러졌다.

"이 고얀 놈 같으니! 너희들에겐 아비 어미도 없느냐? 누구에게 함부로 발길질이야!"

간신히 몸을 일으켜 박두만을 올려다보는 윤 노인의 주름진 얼굴에 분노와 저주에 찬 경련이 파르르 일었다.

"이 쌍간나 할미장이, 뭐가 어드레? 이 자본주의 악질 분자!"

옆에서 지켜보던 인민군 병사의 세찬 발길이 윤 노인의 옆구리를 걷어찼다.

"에그그……."

윤 노인은 가느다란 비명을 지르며 마루에서 마당으로 굴러떨어졌다.

"할머니, 할머니이……!"

겁에 질린 지영이 뛰어내려가 윤 노인을 안아 일으키며 울음을 터뜨렸다.

"이 반동 족속들을 끌고가시오."

박두만은 살기등등한 상판으로 인민군 병사들에게 소리 질렀다.

Y내무서로 돌아온 박두만은, 잔인하고 혹독한 고문으로 살이 터지고 피투성이가 된 몸뚱이들이 반시체 상태로 축축 늘어져 있는 유치장을 활개치며 분주히 들랑거렸다. 선부르게 마르크스-레닌주의에 물든 일개 좌익 학생이

사상범이란 죄과로 콩밥을 먹고 나온 그에게 길러진 것은 발악과 복수심뿐이었다. 공무원이나 군경 가족은 말할 것도 없고 무고한 양민들까지 오직 복수의 대상으로 치부, 학대함으로써 자기만족을 만끽하려는 것이었다.

이렇듯 그를 지배하는 일그러지고 편협된 감정은, 한때나마 그의 사상적 방향타를 결정적으로 망가뜨리려 했던 한경훈 검사를 최대의 적으로 규정짓는 조건으로 삼는 데 충분한 것이었다.

56

"동무, 십구번을 끌어내시오!"

박두만이 유치장을 지키고 있는 병사에게 명령하고는 취조실로 갔다.

"꿇어앉으라우!"

지윤을 끌고 온 병사가 그녀를 밀치듯 하며 나무 의자에 윽박고는 팔과 몸통을 포승으로 결박했다. 이틀째의 단식과 수면 부족, 얼룩진 땀으로 지윤의 얼굴은 몰라보게 초췌해 있었다.

"그 정도 시간을 줬으면 이제 불 때가 됐을 텐데……?"

박두만은 채찍으로 취조실 창살을 철썩철썩 후려쳤다.

"도강한 아버지를 어떻게 찾아내라는 거예요?"

지윤이 늘어뜨렸던 고개를 들어 박두만을 올려다보았다.

"당신 아버지는 어깨에 날개라도 달렸나?"

그는 간헐적으로 채찍을 휘두르며 지윤의 주위를 원형으로 맴돌았다.

"……?"

지윤은 그의 말뜻을 알 수 없다는 듯 눈빛으로 물었다.

"이십칠일에 떠난 사람은 철준 동무 혼자라면서? 한강 다리는 다음날 여명도 되기 전 두 시 삼십 분경에 폭파되었어. 아무리 막강한 권력을 가진 검사지만, 그 시간에 날아가지 않고서야 도강할 수 없잖나? 당신 동생이 철준 동무에 대해선 거짓말을 안 했을 테니까."

박두만은 원운동을 멈추고 지윤의 표정을 뚫어지게 살폈다. 지윤은 자신의 실망스러운 감정을 내색하지 않을 양으로 고개를 숙였다. 자기가 연행되어 온 후, 지영으로 말미암아 한 검사의 은신처가 드러나고 말지도 모른다며 오금이 저렸던 그녀로선 박두만의 말을 듣자 더욱 초조해지지 않을 수 없었다.

"왜 대답이 없지? 내가 그따위 말에 넘어갈 줄 알아? 더 버텨 봐야 이로울 게 하나도 없어. 순순히 부는 게 좋아."

"서울의 온 시가가 이리 떼들에게 짓밟히고 있는 마당에 '이로움' 따위는 이미 당신네들에게 송두리째 박탈당해 버렸어요. 내게 이로워질 여지가 남아 있지도 않을뿐더러 그것을 빌미로 나를 구슬리려 든다면 당신네 오산이에요."

"뭐야!"

박두만의 눈에서 파란 불꽃이 튀어나오는 듯했다. "끝까지 효녀 노릇을 하겠단 말이지? 이로워질 여지가 남아 있지 않다? 그렇게 막나갈 뱃심이라면 얼마든지 맛을 보여 주지."

박두만이 옆의 사병에게 눈짓으로 매질을 지시했다.

"이 에미나, 참말로 독종이구먼!"

사병은 기다렸다는 듯이 채찍을 휘두르기 시작했다. 쇠가죽 채찍은 팔, 다리, 얼굴, 가슴 할 것 없이 공기를 가르는 예리한 소리를 내며 지윤의 살을 저며내듯 사정없이 할퀴었다. 채찍이 옷을 걸치지 않은 맨살에 휘감길 때에는 금방이라도 피가 터져나올 듯 선홍색 자국들이 잎맥처럼 새겨지면서, 지윤의 입에선 참았던 비명이 절로 새어나왔다. 그러나 채찍을 휘두르는 횟수가 거듭될수록 아픔은 덜했다. 한번 쳤던 자리에 다시 채찍이 닿으면 그곳은 감각이 마비된 듯 아픔을 거의 느낄 수 없었다.

지윤은 아예 눈을 감고 있었다. 그러고는 눈앞에 그려지는 철준의 환영(幻影)으로, 가해지는 매질과 상쇄시키려고 마음을 썼다. 채찍이 세차게 가슴을 할퀼 때에는 두 팔로 철준의 목을 그러안고 그의 가슴에 안겼다.

"그만!"

박두만은 신경질적으로 소리를 질렀다.

"이 간나새끼, 수태 질긴 년이구나야!"

사병은 움직이던 손을 멈추고, 옷소매로 아무렇게나 얼굴의 땀을 문질렀다.

"내 방의 할망구를 끌고 와!"

박두만은 소리치며 축 늘어진 지윤을 독수리눈으로 굽어보았다. '반동의 피가 이렇게 진한 줄은 몰랐는걸. 하지만, 그것이 어디까지 가는지 내 손으로 확인해 주지.'

박두만은 어금니를 악물었다. 회유와 협박, 잠 안재우기, 혹독한 매질 등, 온실에서 자란 검사의 귀녀(貴女)로서는 견디기 어려우리라 여겼던 나름대로의 고문이 무색하리만큼 끈질기게 버티는 지윤의 강인성에 박두만은 치솟는 악을 걷잡을 수가 없었다.

"날래 내려가디 못하간?"

인민군 병사의 따발총 부리가 윤 노인의 등을 떼밀었다. 노인의 힘없는 발걸음이 취조실로 들어서는 순간, 박두만의 표독스러운 눈초리와 애처로운 지윤의 눈길이 노인에게로 옮겨졌다.

"할머니이……!"

지윤이 '결국 올 것이 왔구나.' 하고 체념하는 듯 부르짖었다.

"네가 여기 있었구나. 아이고, 온몸이 저 지경이 되도록……."

윤 노인의 목멘 소리를 박두만이 가로 잘랐다. "여기다 결박해!"

박두만은, 지윤에게서 두어 발짝 떨어진 시멘트 바닥에 무릎꿇린 채 포박당하는 윤 노인 앞에 버텨 섰다. "할머니 동무, 손녀에 대해서 그렇게 몰인정할 수 있어요? 저 지경이 되도록 그냥 내버려둘 거요?"

"너희들 입에서 그런 뻔뻔스러운 소리가 나올 수 있단 말이냐? 몰인정한 게 누구냐? 제 부모 형제도 몰라보는 놈들 같으니……. 이러지 말고 차라리 날 죽여라. 저 어린것이 무슨 죄가 있다고 저렇게 온몸을 피투성이로 만들어

놓고…….”

윤 노인은 몸을 비틀며 반항했으나 부질없는 노릇이었다.

“흥, 나는 당신들을 죽일 목적으로 여기 데려온 건 아니오. 우리 공화국을 위해 협조를 바랄 뿐이지.”

“우린 협조할 게 없다고 진즉 말하지 않았느냐!”

“그건 우리의 수단과 방법에 달린 거니까 두고 보면 알 일이오.”

박두만은 양손을 허리춤에서 떼고 취조할 자세를 취하며 다시 채찍으로 철기둥을 철썩철썩 갈겼다.

“여러 말 하고 싶지 않아요. 한마디로 손녀의 생명이 귀중한 것인지, 사위의 숨어 있는 곳이 중요한 건지 양자택일만 하면 그뿐이오. 어때요? 어디 숨어 있는지 대지 못하겠어요?”

“‘나’ 라고 해서 아버지의 생명보다 귀중할 수는 없어요. 악랄한 당신네들의 만행을 참으면서 사느니 차라리 죽음을 택하는 편이 떳떳해요. 어서 날 죽여 줘요.”

지윤은 결박을 당한 채 부르짖고는 고개를 돌려 윤 노인을 바라보았다.

박두만은 지윤과 윤 노인을 쏘아보며 허리에 찬 권총으로 손을 가져갔으나 뽑지는 않았다. 지윤과 윤 노인의 차디찬 눈매는 삶의 구원을 호소하기보다는 죽음을 각오한 강인한 저항을 나타내고 있었다. 그것이 박두만으로서는 참을 수 없는 굴욕이었다.

이윽고 박두만은 허리춤에서 권총을 뽑아 지윤에게 다가서며 안전장치를 풀었다. ‘딸각’ 하는 금속성 소리가 윤 노인에게는 금방이라도 총부리에서 불이 뿜어나올 듯이 위협적으로 들렸다.

“이놈아, 쏠 테면 나를 쏘아라. 왜 아무 죄도 없는 내 어린 손녀를 죽이려 하느냐?”

윤 노인은 절망적인 상태로 울부짖으며 몸을 버둥거렸지만, 오히려 박두만의 신경만을 긁어 놀 뿐이었다. 그는 의식적으로 권총 잡은 손을 부르르 떨어

보였다.

"결코 비굴하게 당신네들한테 목숨을 구걸하진 않겠어. 어서 방아쇠를 당겨!"

지윤이 결연히 외쳤다. 박두만이 철형으로부터 한 검사의 색출 명령만 받지 않았던들 지윤의 이 한마디가 그의 집게손가락을 놀리는 데 결정적인 작용을 했을지도 모른다. 그러나 그는 그 분개의 해소 방법을 다른 데서 찾았다.

"너를 죽이는 작업은 몇분의 일 초면 끝나. 하지만 내가 즉각 실행하지 않는 건 너보다 철준 동무를 위해서야. 장차 장인 될 사람 때문에 아기자기한 사랑을 결실시키지도 못하고 영원히 '안녕'을 고한다면 너무나 허무하지 않으냔 말야. 안 그래?"

그는 윗호주머니에서 사진을 꺼내 건성으로 들여다보다가, 지윤의 정면 쪽 벽의 가로지른 각목대 위에 세워 놓았다. 그것은 즉시 효력을 내는 듯했다. 1.5미터가량 떨어진 눈높이에 놓여진 사진이 지윤의 눈에 선하게 보이면서, 그녀에게 삶(생의 긴 여행)에 대한 애착을 갑자기 불러일으키는 것이 아닌가!

"누가 보더라도 아까운 일임에 틀림없어, 그 꽃다운 청춘을 마감해 버리는 건……. 지금도 안 늦었으니 잘 생각해 봐."

박두만은 악에 받친 자기의 감정을 억누르고 회유하는 말투로 지윤을 얼렀다.

그때, 저벅거리는 군화 소리에 박두만은 고개를 돌렸다. 철형이 계단을 내려오고 있었다.

철형이 취조실의 문을 여는 순간, 박두만은 반사적으로 몸에 힘을 주며 부동자세를 취했다. 철형은 한 손으로 문을 잡고 밖에 선 채 냉랭한 태도로 취조실의 분위기를 훑어보았다. 그러나 지윤을 마주한 자세에서 그의 시선이 반원을 그렸으므로, 그녀가 눈을 떼지 않고 주시하던 벽면의 사진—철준과 지윤이 미소짓고 있는—은 철형의 눈과 백팔십도를 이룬 상태에서 시계(視界) 밖에 벗어나 있었다.

철형의 꽉 다문 입과 형광을 발하는 듯한 차가운 눈매가 지윤에게 섬뜩하게 느껴졌지만, 박두만에게도 새삼 긴장감을 자아내게 했다.

"잠깐!"

취조의 정황을 간파했다는 듯, 철형은 지휘봉으로 박두만에게 따라오라는 지시를 해 보였다. 박두만은 권총을 케이스에 찔러넣으며 묵묵히 철형을 따라 나섰다.

"아직도 안 불었소?"

철형은 뻔한 사실을 물음으로써 박두만의 무능력을 자인시키려 했다.

"예상외로 완강합니다."

박두만의 대답을 등 뒤로 들으면서 철형이 자기 방으로 들어서자, 의자에 앉아 있던 인민군 소위가 벌떡 일어섰다.

"그래서 처음부터 박 동무 사명의 중대성을 역설한 것 아니오? 우리 공화국의 훈장을 걸면서까지. 역시 박 동무는 그것을 받을 자격이 없는 것 같소. 충성이 부족하단 말이오."

철형은 자못 비판적인 태도로, 평소 왔다갔다하는 버릇과는 달리 자기 책상 옆에 우뚝 서서 박두만을 쳐다보았다.

"오늘 중으로는……."

박두만이 어물거리자,

"듣기 싫소. 벌써 며칠째요? 박 동무와 같은 그런 미온적인 방법으론 그 철두철미한 반동의 씨들을 굴복시킬 수 없단 말이오." 하고 일갈하고는 앞에 서 있는 소위에게 명령했다. "함(咸) 동무가 본때를 보이시오."

"예, 알겠슴메."

함 소위가 대답하고 박두만에게 물었다. "그 막내 에미나 어디 있지비?"

"저의 방에 있습니다."

박두만의 주눅든 대답.

"취조실로 끌고 갑세. 그리고 숯불을 준비하기요."

"예, 알겠습니다."

박두만은 위압에서 헤어나는 기분으로 튀어나듯 철형의 방을 빠져나갔다. 박두만의 뒤를 따라나온 함 소위는 복도에서 담배를 붙여 물며 박두만에게 먼저 내려가라고 손짓을 하고는 느긋이 연기를 뿜어댔다.

57

"마지막이 될지도 모르니 언니와 할머니를 실컷 봐 둬."

박두만이 잔뜩 겁에 질린 지영을 취조실로 끌고 와서는 시멘트 바닥에 팽개치듯 밀어붙였다.

"언니이!"

"지영아~!"

두 자매가 처참하게 울부짖는 광경을 윤 노인이 반실신 상태로 바라보는 사이에, 옆방에서 인민군 사병이 단도가 얹어진 활활 타는 숯불 난로를 들고 들어왔다.

"완전히 달았지비?"

이윽고 취조실로 들어온 함 소위가 사병에게 묻자, 그는 새빨갛게 단 단도를 들어 보였다. 소위는 그것을 받고는 지윤과 윤 노인을 번갈아 보면서 옆의 의자에 갖다 댔다. 의자에선 '지지지직' 소리를 내면서 나무 타는 냄새와 함께 연기가 피어올랐다. 소위는 빨간 불덩이가 사라지기 전에 그것을 지영의 얼굴 가까이로 가져갔다.

"아~! 엄마아!"

지영은 찢어질 듯한 비명을 지르며 양손으로 눈을 가렸으나, 비명을 지른 건 지영만이 아니었다.

"제발 동생만은……!"

지윤이 몸부림치며 애원하듯 소리쳤다.

"앞으로 오분임메! 그 안에 해결이 아이되문 이걸루 이 누깔(눈깔)에다 낙인을 찍읍세."

함 소위는 불에 달궜던 단도를 박두만에게 건네주고는 뚜벅뚜벅 취조실을 나가 버렸다.

"주여, 이것이 주님의 뜻이라면 그대로 따르겠나이다."

지윤은 사진으로 향했던 눈을 감으며 마음으로 성호를 그었다.

'아버지, 용서하세요. 어머니도 이해해 주세요. 이 순간에 제가 택할 수 있는 길은 이 방법밖에 없는 것 같아요.'

지윤의 눈에서 피보다 더 뜨거운 눈물이 주르르 흘러내리면서, 아버지 한 검사가 포박되어 끌려오는 모습이 흐릿한 시야에 영상처럼 스쳐 지나갔다.

"할머니, 아버지 계신 델 가르쳐 주세요."

결과야 마찬가질 것이겠지만, 지윤은 아버지의 은신처를 차마 자신의 입으론 댈 수가 없었다.

"언니이……."

지영이, 곧바로 뒤따라 일어날 아버지의 비극을 직감하면서 언니의 양 어깨를 그러안고 흐느꼈다.

"지영아, 너무 슬퍼하지 마라. 주님께서 보살펴…… 주실…… 거야."

지영의 팔에 안긴 지윤도 북받치는 오열로 말을 잊지 못했다. 이제 '모세의 기적'과 같은 일이 일어나, 서울에 침입한 괴뢰군들을 일거에 쓸어내 버리지 않는 한, 자기네 가족이 무참히 희생될 것임을 그녀는 헤아리고도 남음이 있었던 것이다.

"시간이 다 됐어."

연신 손목시계를 들여다보던 박두만이 큰 소리로 말하며 지윤에게 한 발짝 다가섰다. 그의 발 옆에는 이글거리는 숯불 난로 위에 날카로운 단도가 화염처럼 새빨갛게 달궈져 있었다.

"내 얘길 못 들었어요?"

지윤이 쏘아붙이는 소리에 박두만이 일순 주춤했다.

"어서 할머니를 풀어 드려요. 그리구 우리 지영이도 같이 보내 줘요"

"그래, 은신처가 어디지?"

"그것까지 나더러 설명하라구요? 따라가 보면 알 거 아녜요?"

"음, 할머니가 알려주신다? 허튼 수작 부리는 건 아니겠지?"

박두만이 지윤에게로 바싹 다가가 손바닥으로 그녀의 턱을 받치고는 핥듯이 쳐다보았다. "좋아. 믿어 보지. 할머니 동무, 잠깐만 기다려요."

박두만은 지윤에게서 물러서며 문간의 사병에게 그들에 대한 감시를 지시하고는 취조실을 황급히 나갔다.

"드디어 입이 열렸습니다."

철형의 방으로 부리나케 올라온 박두만이 결과를 보고했다.

"역시 일본 헌병 출신의 솜씨가 다르긴 다르구먼."

철형의 함 소위에 대한 면전 찬양에 박두만이 머쓱해했다.

"그래 어디요, 그자가 숨어 있는 곳이?"

"노인네가 가르쳐 준답니다."

"노인네가 가르쳐 준다……? 엣또……."

철형이 잠시 고개를 치켜올리고 궁리를 하더니 두 사람을 보며 명령했다. "그럼 함 동무가 한 번만 더 수고하시오. 병사들을 데리고. 만일의 경우에 대비해서 박 동무가 은신처로 들어가고, 함 동무는 병사들과 함께 주위에 잠복하시오. 은밀히 도주시킬지도 모르니까. 매사에 주도면밀함을 잊어선 안돼."

제12장 입영 전야

58

무명지 깨물어서 붉은 피를 흘려서
태극기 그려 놓고 천세만세 부르자…….

S마을의 신작로에는 길 양옆에 도열한 초 · 중학생들이 태극기를 흔들며 불러대는 장행곡 속에, 입영하는 장정들을 태운 트럭들이 연일 줄을 이었다. 이웃 면(面)에서 출발해 온 트럭들이 지서 앞에 멈추자, 아침부터 기다리고 있던 이 마을 장정들이 차례로 차에 오른다. 모두들 이마에는 태극 무늬의 머리띠가 동여매여 있고, 가슴에는 〈장하다 우리 대한 아들〉, 〈이기고 돌아오라〉, 〈무찌르자 공산군〉 등의 붓글씨가 씌어진 어깨띠가 둘러져 있었다.

"어머님, 안녕히 계십시오."

"얘야, 부디 몸조심하거라, 이."

"오빠, 씩씩한 군인이 돼서 돌아와요. 기다릴게."

"형, 집 생각 날 땐 나하고 코생이(놀래기) 잡던 거 잊지 마."

트럭 뒤쪽에서 가족들이 손을 잡고 한마디씩 작별의 말을 나눈다.

"부모님, 형제자매 여러분! 우리들은 공산 괴뢰군을 쳐부수기 위하여 떠납니다. 반드시 이기고 돌아오겠습니다. 안녕히 계십시오."

인솔자인 현역군인의 인사말이 떨어짐과 동시에 줄지어 섰던 트럭들이 요란한 엔진 소리와 함께 가솔린 냄새를 풍기며 움직이기 시작했다.

……한 글자 쓰는 사연, 두 글자 쓰는 사연

나라님께 병정 되기 소원합니다.

길가에 늘어선 학생들과 트럭에 탄 장정들의 노랫소리에 이어 울려퍼지는 만세삼창과 함께 트럭들이 뽀얀 먼지를 일으키며 멀어져 가는 모습을 하나에는 아기를 업은 채 물끄러미 바라보았다.

"창이야, 이제 며칠 있으면 삼촌도 떠나간단다. 저 아저씨들처럼."

하나에는 7,8년 전 철민을 남양 군도로 떠나보낼 때의 기억이 엊그제 일처럼 느껴지면서, 입영통지를 받고 기다리는 철준의 출정을 걱정했다.

그녀는 트럭의 행렬이 완전히 사라지고 나서야 달걀꾸러미가 든 광주리를 살펴보고는 장터로 들어섰다. 이미 이 고장에 폭도 토벌은 끝난 상태였지만, D마을에서 내려온 이래 하나에는 농사철 외엔 S마을에 붙박여 살고 있었다. 주인집 뒤뜰 모퉁이를 빌려 부업으로 십여 마리의 닭을 치고 있는 그녀로선 5일마다 서는 장이 용돈벌이뿐만 아니라 나들이로서도 안성맞춤이었다.

그날도 하나에는 달걀을 모두 팔고 간단히 시장을 보고 난 후, 장터 입구에 있는 김씨 아주머니네 간이식당에 잠깐 들렀다.

"어서 와요, 창이 엄마. 이제 올라가는 참이우?"

그녀를 반갑게 맞은 아주머니의 태도는 한결같았다.

"예, 아까부터 보았더니 장사가 잘되는 것 같네요."

"요마적은 입영자들 때문에 손님들이 많아져서……. 헌데 창이 삼촌은 언제유?"

"다음 차례예요. 며칠 안 남았어요."

"아이구, 그놈의 전쟁, 이 시골구석까지 창이 엄말 쫓아와설랑은 속썩일 게 뭐람. 무슨 원수를 졌다구."

"저야 뭐 속 썩을 게 있겠습니까만 얘네 삼촌 때문에 걱정이 돼서……. 장차 우리 강씨 집안의 대들본데."

"그러게 말이유. 허지만 지레 겁부터 먹진 마우. 전쟁두 사람이 하는 건데,

싸움터에 나간다고 다 죽는다면야 이 세상에 살아남을 사람이 얼마나 되겠수? 마음을 대범하게, 편하게 먹어요."

김씨 아주머니의 말은 한낱 위로에 불과한 것이었지만, 듣기엔 시원스럽고 적잖이 위안이 되기도 했다.

"미리 얘기해 두지만, 창이 삼촌이 떠나는 날 아침엘랑 여기 꼭 들렀다 가요. 내 특별히 벤또(도시락)를 마련해 놓을 테니."

"뭐 그런 데까지 신경을 다 쓰세요? 아주머니 일도 바쁘실 텐데."

"안다는 게 다 뭐유. 그래저래 서로 돕고 지내는 거지."

"그렇게 할게요, 아주머니. 고마워요."

하나에는 김씨 아주머니의 후덕한 마음씨에 세상 인정이 메마르지만은 않았음을 새삼 느끼며 집으로 발길을 돌렸다.

그녀가 사는 셋집은 시장통에서 2킬로미터가량 떨어진 맨 윗동네에 있었는데, 4 · 3 사건 당시 폭도들의 습격을 막느라 동네 외곽을 따라 길게 쌓은 석성(石城)이 아직 그대로 남아 있었다. 이 성 바로 아래에 그녀의 셋집이 자리 잡고 있었으므로, 성벽이 곧 뒤뜰의 울타리나 다름없었다.

"창이를 두고 가시랬는데……."

뒤뜰의 동백나무 아래서 닭장을 짓고 있던 철준이 마당으로 달려나오면서, 얼굴에 땀을 흘리며 졸고 있는 조카를 하나에의 등에서 받아 안고는 평상 위에 누였다.

"이렇게 더울 줄 알았으면 두고 가는 건데."

하나에는 머릿수건을 벗어 이마의 땀을 닦으며 말했다. "삼촌 배고프지? 잠시만 기다려요. 시장도 봐 왔으니 얼른 점심을 준비할게."

"아직 저 배고프지 않어요. 우선 씻기부터 하세요."

철준이 하나에를 붙들어 앉히고는 부엌으로 달려가 대야에 물을 떠가지고 나왔다.

"아이 참, 누가 보면 내가 삼촌을 부려먹는 줄 알라."

하나에는 농을 하고 웃으며 대야로 다가가 베적삼을 벗고 씻기 시작했다. 러닝 속으로 비쳐 보이는 축 늘어진 유방도 거리낌 없이. 그 양배추 속잎처럼 하얗고 곱던 얼굴과 목의 살결이 검게 그을고 기미까지 낀 것이 이젠 영락없는 농촌 아기엄마의 모습 그대로였다.

"형님이 올 시간이 됐는데."

하나에가 점심상을 들고 나오자, 철준이 올레 쪽을 바라보았다.

"괜찮아. 먹고 있으면 오겠지. 형님 식사는 따로 준비해 뒀으니까."

하나에의 권유에 두 사람이 숟가락을 들려는데, 철민이 마당으로 슬며시 모습을 드러냈다. 때만 되면 어김없이 나타나는 민화 속의 유령처럼.

두 사람은 무슨 죄라도 지은 듯이 놀란 시선으로 말없이 철민을 바라보다가, 하나에가 얼른 일어서서 바가지로 물을 떠다가 대야에 부어 주었다. 철민은 마치 잘 길들여진 동물처럼 고양이 세수를 하고는, 밥상을 들고 가는 하나에를 따라 자기의 밖거리 방으로 천천히 발을 옮겼다.

철준의 식욕이 한순간에 반감되었다. 언젠가, 서울로 이사가리라고 마음먹었던 것이 역시 희망 사항에 지나지 않음을 절감했다. 늘상 피부로 맞닥뜨리는 일인데도.

"형님은 나 아니곤 그 누구도 돌볼 수가 없어. 그러니 삼촌은 창이만 책임져 줘. 이담에 뛰어놀기 시작할 때쯤 해서."

철민의 방에서 돌아온 하나에 역시 밥을 한 숟갈 입으로 떠 넣었으나, 식욕은 철준과 다를 바 없었다. 그때 잠에서 깨어난 창이가 말똥말똥한 눈으로 엄마를 쳐다보았다.

"아이구, 우리 창이 깼어? 자, 맘마 먹어야지."

하나에가 껴안으려는 것을 철준이 "이리 주시고 창이 맘마 갖다 주세요." 하고 대신 안아 들었다.

"그래, 삼촌한테 가 봐. 이담에 우리 창이 서울 학교에 가면 삼촌이 다 보살펴 주신단다. 알겠니?"

창이는 손으로 눈을 비비며 철준에게 안긴 채 그의 무릎에 앉았다.

'맑고 빛나는 눈빛은 아빠, 곱고 하얀 살결은 엄마, 오뚝한 코는 아빠와 엄마의 것을 빼어다 박은 이 유전자의 복제. 이 복제품의 원판이 저렇게 변이되어 버릴 수가 있을까?'

철준은, 점심을 들고 나서 다시 마당 밖으로 슬렁슬렁 걸어나가는 철민의 등을 바라보며 연민했다.

"삼촌, 창이 땜에 고민하는 거야?"

부엌에서 창이의 음식을 가지고 나온 하나에가 철준의 묵상을 깨뜨렸다.

"아이, 무슨 말씀을. 늘 얘기하듯이 창이는 제가 책임질 테니 그 점에 대해선 염려하지 마세요. 형님을 생각하는 형수님에 비하면 그런 것쯤은 아무것도 아니니까요."

철준은 창이에게 닭죽을 먹여 주는 하나에의 모성을 보노라니 불현듯 지윤의 생각이 떠올랐다.

"아아, 나 좀 봐. 그 여대생, 그렇지, 지윤 씨를 생각하고 있었구나. 그것도 모르고, 난."

하나에는 철준의 목에 걸린 성모 마리아 상을 보며 말했다.

"역시 형수님은 예민하셔. 형수님을 볼수록 지윤 씨의 생각이 더 나요. 정말이지, 형님만 아니었다면 전 용산역에 배웅 나왔을 때 같이 끌고 내려왔을지도 몰라요. 형수님, 제 말을 섭섭하게 듣진 마세요. 요즘 전 밤잠을 제대로 이룰 수가 없어요. 불안해서 못 견딜 지경이에요. 제가 떠난 다음날 새벽에 한강 인도교가 폭파되었다니……."

철준은 마치 지윤이 폭파 참사에 희생이라도 된 듯 안타까운 심정을 감추지 못했다.

"삼촌이 그러면 난 꿈얘기도 못하겠네……. 참으로 희한한 꿈인데."

하나에는 수건으로 창이의 입가를 닦아 주면서 철준의 눈치를 살폈다.

"무슨 꿈인데요?"

철준이 정색을 했다.

"글쎄, 이런 꿈얘길 해도 괜찮을까 몰라. 꿈은 반대라곤 하지만 삼촌이 신경을 쓸까 봐."

"얘기해 보세요. 저 괜찮아요."

"나 얘네 큰삼촌 꿈을 처음 꿨는데……."

"철형이 형 말예요?"

철준이 얼른 하나에의 말을 가로질렀다.

"으응."

하나에는 고개를 끄덕였지만, 철준의 심각한 표정에 망설여지기도 했다.

"꿈을 가지고 무슨 뜸을 그렇게……?"

"그래, 말할게. 앞부분은 기억이 안 나고……, 큰삼촌이 삼촌 결혼식날 우리 집에 나타난 거야. 아버님 어머님 모두 정좌해 계시고, 삼촌과 신부가 신랑 신부 차림으로 맞절을 하려는데, 일본 경관복을 입고 경부(警部;지금의 경감) 계급장을 단 큰삼촌이 조선 순사들과 함께 들이닥치더니, 마련해 놓은 음식들을 오줌 항아리에다 다 처넣어 버리지 뭐야. 서울 색시하고 결혼하지 말라면서. 내가 '큰삼촌, 왜 그래요?'라고 팔을 잡고 말리자, 날 냅다 밀치는 바람에 오줌 항아리 위로 넘어지면서 깜짝 놀라 꿈이 깼어."

하나에는 철준의 권유에 따라 발설을 하긴 했지만 뒷맛은 개운치 않았다.

"그토록 고향 집을 지겨워하며 떠난 형이 꿈에서나마 찾아왔군요. 그것도 무관이라면 질색하던 경찰관이 되어서."

철준은 철형이 고향에 나타났다는 것 자체가 황당무계한 일이라 생각하며 씁쓸하게 웃어넘겼으나, 지윤을 연상하자 찜찜한 여운이 마음 한구석에 앙금처럼 남았다.

'아무리 꿈속이라지만 서울 색시라고 바로 집어낸 건 무슨 조화일까?'

하나에는 입 밖으로 나오려는 것을, 철준을 생각해서 자제했다.

"그나저나 큰삼촌은 지금쯤 어디서 무얼 하고 있을까? 아버님도 소식을 통

모르고 계시니……. 같은 일본 땅에 있다면 한번쯤 찾아가 볼 만도 한데."

"때를 기다리고 있는 거겠죠. 언젠가 폭발을 하고 마는 활화산처럼. 친구든, 식구든 남한테 초라한 꼴은 좀체 안 보이려 하거든요. 특히 싸움에서 남에게 지거나 얻어맞는 일은 죽어도 못 참는 성미구요."

"여자친구들하고도 그랬어?"

"여자친구라뇨? 성깔이 그런데 여자가 따르겠어요? 그럴 리도 없지만 작은형부터가 아예 여자하곤 상대를 하지 않았아요. 제가 아는 한 말예요. 어쩌면 여자 결벽증이랄까 기피증 같은 게 있는지도 몰라요."

'철저한 자기중심주의자……?'

하나에는 생각하면서 입을 열었다. "그런 성격이 좋은 환경하에선 그런대로 정상적인 길을 가지만, 환경이 나빠질 땐 탈선하기가 쉬워. 왠지 난 큰삼촌을 처음 대할 때부터 이따금 위태롭다는 생각이 들곤 했어. 시한폭탄처럼. 그런 점에서 보면 큰삼촌이 일본으로 가고 삼촌이 여기 남아 있는 것이 내겐 여간 다행한 일이 아니야."

그녀는 잠시 말을 끊었다가 다시 이었다. "그래서 난 이제까지 삼촌만 믿고 안심하고 있었는데, 입영영장이 나와서 정말 크게 걱정돼. 여태 말은 안 하고 있었지만……. 듣자니까 대학생은 연기원을 낼 수 있다면서?"

"지금처럼 병력 충원이 시급한 때에 연기원을 낸다고 받아줄지도 모르고, 어차피 갈 바에는 제때에 나가는 게 떳떳하고 홀가분할 것 같아요."

하나에의 말마따나 딴은 철준도 연기원을 내어 일단 전세(戰勢)를 관망하고 싶은 생각도 없지는 않았으나, 어떡하든 하루빨리 서울 땅을 밟고 싶은 것이 그의 솔직한 바람이었다. 오랜만에 보도된, 국군과 유엔군의 반격작전 낭보가 그를 가만히 눌러앉아 있질 못하게 했던 것이다.

'역시 사랑이란 저토록 강하고 희생적인 걸까!'

철준의 심중을 헤아리고 있는 하나에로선 섭섭해하기에 앞서, 지난날 자신이 철민과 떨어져 애끓던 시절을 회상하면서 새삼 사랑의 애틋함을 절감했다.

"들어가서 쉬어. 내일 산소에 가려면 나도 제물 준비를 해야 하니까."

철준은 자기 방으로 들어오자 목에 걸었던 마리아 상을 벽에다 걸고 미술품을 감상하듯 경건히 바라보았다.

'이거 내가 늘 소중히 지녀 온 성모 마리아 상이에요. 내가 생각날 땐 언제든지 이걸 꺼내 보세요. 그리고 이 성경책도 갖고 있어요.'

"거룩하신 마리아님, 저의 사랑하는 지윤 씨를 주님의 은총으로 지켜 주시도록 빌어 주소서. 아멘."

철준은 지윤이 용산역에서 들려주던 말을 기억하며, 마리아 상을 향해 무릎을 꿇고 지윤을 위해 기도를 드린 후, 책꽂이 앞에 세워놓은 사진으로 눈길을 돌렸다.

'지윤 씨, 나 며칠 후면 입대해요. 육지로 가서 보충대에서 몇 주 훈련만 받고 나면 북진하게 될 거예요. 그때까지만 참아 줘요. 나도 지윤 씨가 보고 싶어 미칠 것 같아요.'

사진을 집어 눈앞으로 다그자, 헤어지기 이틀 전날 저녁의 황홀경이 떠올랐다. 그날 저녁 둘이 팔짱을 꼭 끼고 효창공원을 거니는 동안 심장의 고동은 누가 먼저랄 것도 없이 시시각각 방망이질 쳤고, 피아는 그것을 무언으로 감지했다. 둘은 잎이 짙게 드리워진 나무 아래로 발걸음을 옮겼다. 어둠 속에서 두 사람의 번뜩이는 안광이 마주치는 순간, 두 개의 실루엣이 하나가 되면서 서로의 입술을 더듬었다. 둘은 맞닿은 무릎이 파르르 경련을 일으키는 것을 느끼면서, 동시에 한쪽은 상체의 부드러운 탄력을, 다른 한쪽은 하체의 팽만한 압력을 전율(戰慄)로 받아들였던 것이다.

59

이튿날.

하나에와 철준은 아침 일찍 성문을 나서서 D마을로 향했다. 하나에는 창이를 업은 채 돗자리를 들고, 철준은 제물이 담긴 광주리와 낫이 든 망태기를 둘러멨다. 아직 벌초를 하기에는 좀 이른 시기였으나, 철준의 입영 관계로 앞당긴 것이었다.

집에서 멀어질수록 태양이 높이 떠오르면서 늦여름의 햇살이 따갑게 내리쬐었으나, 들판에 부는 시원한 산바람이 땀방울을 들여 주었다. 이제 세벌 김매기도 끝낸 산간밭에는 짙푸르게 자란 조와 밭벼가 뾰족뾰족 이삭을 내밀어 바람에 살랑거리고, 구릉지에서는 소들이 여기조기 흩어져 한유하게 풀을 뜯고 있다. 모습 그대로, 전쟁하고는 아득히 벗어난 목가적인 풍경이었다.

'이런 평화로운 고장에 폭도들이 날뛰었다니……. 이 사상적 대립이 언제까지 갈 것인가?'

"잠시 쉬었다 가, 삼촌"

하나에의 말에 철준은 퍼뜩 제정신이 들며 그녀가 가리키는 펀펀한 바위 위에 걸터앉았다.

"이렇게 앉으니까 지난날 생각이 나. 이 고장으로 오던 첫날, 걸어오느라 힘들었던 일."

하나에가 고무신을 벗으며 철준을 바라보자, 그도 기억이 난다는 듯 마주 고개를 끄덕였다.

"내가 신고 있던 구두 대신 삼촌이 운동화를 주었었지……. 그때만 해도 꿈에 부푼 시절이었는데. 지금의 삼촌처럼."

하나에는 쓸쓸히 미소를 지었다.

"그런 아름다운 꿈들을 전쟁이란 망나니가 여지없이 망가뜨리고 있잖아요. 형수님도 그렇고 저 또한 지금……. 저 바다를 보세요."

하나에의 시선이 철준이 가리키는 바다 쪽으로 옮겨졌다. 산록 고지에서 바라다본 제주해협 수평선에 시커먼 군함들이 정지한 듯 아주 서서히 움직이고 있었다.

"그래, 전쟁이 인간의 꿈을 송두리째 앗아가 버리는 거야."

그들은 일어서서 걸음을 재촉했다.

난리통에 봉분도 제대로 하지 못한 산소는 초라하기 그지없는 데다 잡초까지 우거져 두 사람의 마음을 서글프게 했다.

철준과 하나에는 무덤 주위까지 깨끗이 벌초를 한 다음, 세 기(基)의 묘 앞에 돗자리를 폈다. 그러고 나서 철준은 준비해 간 제물 — 뫼밥, 빙떡(메밀전병), 메밀묵, 고사리나물, 돼지고기 산적, 우럭구이, 참외 등 — 을 차려 놓고 잔에다 술을 따른 후 절을 올렸다.

"할아버지, 할머니, 그리고 어머니. 불초한 이 자식이 이제야 찾아뵈옵니다. 용서하십시오. 지금은 이렇게 변변치 못한 곳에 모셨으나, 시국이 안정되고 제가 제대를 하고 돌아오는 날, 더 좋은 데로 모셔서 봉분도 제대로 하고 산담도 남들 못지않게 쌓아 드릴 테니 그때까지만 기다려 주십시오."

철준은 설움을 참지 못하고 묘 앞에 엎드려 어깨를 들먹였고, 하나에는 그 옆에서 머리를 조아리며 흐르는 눈물을 옷소매로 닦았다.

철준과 하나에는 제(祭)를 올리고 나서 근처의 소나무 그늘 아래로 가서 함께 점심을 들었다. 사방이 탁 트인 산야를 스쳐가는 바람이 그들의 마음까지 씻어 주는 듯 상쾌했다.

"자, 형수님도 한잔 하세요."

뫼에다 뿌리고 남은 술을 철준이 먼저 한잔 마시고는 잔을 하나에에게 건네줬다.

"아이, 삼촌도. 나 언제 술 마시는 거 봤어?"

하나에는 질색이라는 듯 고개를 저으며 손사래를 쳤다.

"괜찮아요. 오늘 같은 날 한잔 하는 건 조상님들도 이해하실 거예요. 저하고의 이별주를 겸해서."

"이별주를 안 마시면 삼촌이 섭섭해하겠지?"

철준의 권유에 마지못해 잔을 받고는 한 모금 마신 하나에가 '아이그' 하고 진저리를 쳤다. 그런 하나에의 모습을 신기로운 듯 보면서 철준은 다른 잔에다 술을 따라 한입에 털어 넣더니,

"우리 만상주께선 언제 이 막내삼촌하고 한잔 하실까?" 하고, 하나에의 무릎에 앉아 메밀묵을 먹고 있는 창이에게 산적을 뜯어 입 안에 넣어 주며 자작자음을 아쉬워했다. 창이는 입을 오물거리며 삼촌을 보고 방싯 웃었다.

"창이야, 아빠는 삼촌만 할 때 얼마나 멋있게 술을 마셨는 줄 아니? 창이 외삼촌하고 밤새 됫병으로 마시고도 끄떡없이 새벽같이 엄마가 보고 싶다며 달려가곤……."

"삼촌, 진짜 나 눈물나게 할 거야? 얘가 어른이 될 때까진 아빠 때문엔 절대로 눈물을 흘리지 않겠다고 결심했는데."

하나에가 철준의 말을 가로막으며, 감회에 찬 눈으로 철준을 바라보았다. 철준은 하나에의 눈길을 피하느라 얼른 자기 잔에다 술을 따랐다. 형수의 호수 같은 마음에다 돌멩이를 던진 것 같아서.

두 사람은 산소에서 그리 멀지 않은 옛 집터를 찾아갔다. 불에 탄 이래 한 번도 사람의 손길이 닿아 본 적이 없는 옛집은 흙 담벽만 엉성하게 남은 옛 모습 그대로였고, 마당에도 울타리의 무성한 나무들만큼이나 잡초들이 우거진 것이 폐허와 다를 바 없었다.

두 사람은 삭막한 마음으로 가장 이웃한 빌레네 집엘 가 보았다. 하지만 이사를 했는지 텅 빈 집에는 인기척은커녕 사람의 그림자조차 찾아볼 수 없었다.

60

철준의 입영을 하루 앞두고 하나에는 센닌바리(千人針)를 마무리짓기 위해 하교 시간 전부터 초등학교 교문 앞에서 기다리고 있었다. 원래는 천 명의 여자가 한 땀씩 붉은 실로 흰 천에다 매듭을 놓게 되어 있지만, 이 고장에서는 용띠나 범띠의 남자들을 골라 나잇수만큼 별표를 떠 놓고 있었다.

"학생 무슨 띠지?"

"용띠요."

"그럼 여기다 학생 나이만큼 별을 떠 줘요. 자, 이 바늘로."

하나에는 교문을 나서는 학생마다 일일이 물어보며 여러 명이 같이 별을 뜨게 했다. 태극 무늬가 그려진 하얀 옥양목에는 조그만 붉은 별들이 빽빽이 수놓여 있었다. 출정한 장병들이 이것을 몸에 두르고 있으면 무사할 수 있다고 믿었던 일본인들의 잔재로, 태평양 전쟁 때에도 하나에는 이런 센닌바리를 떠서 철민에게 보냈었다.

그런데 그토록 지성을 기울였던 철민이, 지금은 학교 운동장 동쪽에서, 신고 있던 검은 '만월(滿月)표' 고무신을 국기게양대에 올려놓고, 높이 세워진 깃대 꼭대기를 우러러보고 있었다. 일제 강점기에 교직원과 학생들이 조회 시간에 그쪽을 향해 신사참배하던 그 소나무숲 아래에서.

그러한 그의 모습을 아는지 모르는지 하나에는 센닌바리의 빈 구석이 다 채워지자, 잘 개어서 손가방에 넣고는 김씨 아주머니네 가게로 갔다. 내일 아침 철준의 도시락을 장만해 주기로 돼 있는 아주머니의 일을 거들어 주기 위해서였다.

간이식당 안은 여느 때와는 달리 손님들이 줄을 서다시피 기다리고 있다가 김밥이며 전 따위를 바구니에 담아 가지곤 황급히 나가는 것이었다.

"웬 사람들이에요?"

식당 구석에 한참 앉아 있던 하나에가, 손님들이 다 나가 버리자 물었다.

"뜨내기 장수들이라우."

"근데 오늘따라 저렇게들 많이……?"

"창이 엄만 여태 모르고 있었구먼. 아까 낮에 피란민들이 한 차 내렸어요. 지금 임시로 공회당에 모여 있는 모양인데, 그 사람들한테 갖다 팔려는 거지 뭐유. 배들이 한창 고플 테니까 값이나 제대루 따지고 사 먹겠수? 내 물건 팔아 주는 건 고맙지만서두 사람들이 그렇게 잇속만 차려서야, 원."

김씨 아주머니는 혀를 끌끌 찼다.

"그래요? 어디서 온 피란민들이래요?"

하나에는 순간적으로 철준을 생각했다.

"그걸 내가 알아요? 한꺼번에 사람들이 밀어닥치는 통에 물어볼 새나 있었나? 헌데 그건 왜……?"

아주머니는 김밥 말던 손을 놓고 하나에를 의아스레 쳐다봤다.

"아, 예. 우리 창이 삼촌이 서울에서 가정교사로 있던 집 식구들을 궁금해해서……."

"허지만 피란민이 어디 한둘이우? 서울에서 이서방 찾기지. 그래도 어디서 온 사람들인지 가서 직접 물어나 보우."

"그래야 되겠네요. 나보다 삼촌보고 직접 가 보라구 해야겠어요……. 아주머니 일손을 좀 거들어 드리려고 왔는데 어떡하죠?"

"거들어 주긴, 나 혼자서두 너끈히 할 수 있어요. 창이도 두고 왔는데 어여 올라가 봐요."

김씨 아주머니가 오히려 그녀를 재촉했다.

'그냥 모른 채 출발하게 내버려 두는 게 낫지 않을까?'

식당을 출발할 때만 해도 급한 마음으로 허위단심 올라온 하나에였지만, 막상 집 가까이 이르자 괜히 실망만 안겨 줄 것 같아서 꽤나 망설여졌다. 하지만 나 몰라라 하고 입을 다물고 지나치려니 그녀의 심성이 그걸 허락하지 않았다.

"삼촌!"

하나에는 정살문 안으로 들어서면서, 창이를 둥개둥개 어르고 있는 철준을 불렀다.

"야아, 엄마 오셨다."

철준이 조카를 땅바닥에 내려놓자, 창이가 "엄마아." 하고 좋아라 되똥거리며 하나에에게로 다가갔다.

"왜 그러세요, 형수님?"

여느 때 같으면 얼른 창이를 안아 주었을 하나에가 정색으로 자기를 바라보고 있는 것이 철준으로선 적이 의심쩍었다.

"공회당에 가 봐."

"예……?"

철준의 어리둥절한 표정.

"육지에서 피란민들이 와 있대. 혹시나 해서 하는 말이지만, 가 보고 나서 실망하려거들랑 가지 말고."

"피란민이요?"

철준은 대답하기가 무섭게 그길로 시장통을 향해 줄달음쳤다.

'이곳에 처음 도착한 피란민이라면 필경 제일 먼저 집을 떠난 사람들일 것이다. 그렇다면 남부보다는 중부지방 사람들일 거야. 그중에서도 생활수준이 높은 서울 사람들.'

철준은 공회당 마당으로 이르는 계단을 단숨에 뛰어올라 건물 안으로 들어갔다. 역시 매일 보아 온 이 고장 사람들과는 얼굴 모습과 옷맵시부터가 달랐다. 비록 허기지고 고달파서 여기저기 드러눕거나, 벽에 기대어 먹느라고 정신이 없었지만.

철준은 문께에 서서 강당 안을 한 바퀴 둘러보며 우선 지윤과 지영 또래의 여자들을 주시했다. 그러나 두 자매는 안 보였다. 아니, 없었다.

"어디서 오셨습니까?"

철준은 이(里)사무소 직원의 안내를 받아 인솔자에게 물어보았다.

"예, 우린 개성에서 왔습니다만 옹진 분들도 몇 세대 있어요."

금니를 한 사십대 남자가 친절히 대답했다.

"혹시 서울에서 온 분들은 안 계십니까?"

"예, 서울 사람들은 여기 없어요. 우린 인천에서 배편으로 바로 왔으니까요."

"서울 사람들의 소식은 아는 바 없습니까?"

“글쎄요, 내가 알기로는 이십칠일 밤 안으로 서울을 떠난 사람들은 밀고 밀리면서 남하했다는데, 그때까지 못 떠난 사람들은 한강 다리가 끊어지는 바람에 빠져나오질 못했을걸요……. 서울에 친척 분이라도 계신가요?”

인솔자는 동정적인 말투로 고개를 갸웃거렸다.

“아, 예……. 잘 알았습니다. 고맙습니다.”

철준은 공회당을 나오면서 형수의 말대로 실망을 하지 않으려고 스스로 마음을 달랬으나, 밀려오는 허탈감만은 어쩌지 못했다.

61

‘역시나구나…….’

허탈한 표정으로 들어오는 철준을 보면서 하나에는 아무 말도 하지 않았다. 애당초 두 사람 다 뚜렷한 기대를 걸었던 건 아니지만, 실낱같은 희망이 사그라지는 데서 오는 공허감을 그녀로선 헤아리고도 남았기 때문이었다.

“얼른 씻고 저녁 들어. 오늘은 떠날 준비를 마치고 일찍 자야지 않겠어?”

하나에는 철준과의 마지막 만찬을 위해, 기르던 닭 중에서 중닭으로 세 마리를 잡아 삶고 있었다.

“형수님, 오늘 저녁 우리 송별 파티 해요. 형님도 곧 오실 테니. 술도 마시고, 노래도 부르고. 예, 형수님?”

철준은 시장통에서 사 들고 온 한 되들이 술병과 ‘백합’ 담배 한 보루를 마루 위에 내려놓으며 말했다.

“물론이고말고, 누굴 떠나보내는 날인데……. 그럼 우리 창인 깨우지 말고 이따가 먹여야겠네.”

그때 마침 철민이 발소리도 없이 슬그머니 마당으로 들어섰다.

“아, 형님. 때맞춰 잘 들어오셨어요. 오늘은 제가 형님 면도를 해 드릴게요.”

가방에서 면도기를 꺼내 온 철준이 세숫대야에 물을 떠다 철민의 얼굴에 비누칠을 하고는 텁수룩이 자란 수염을 밀어내리기 시작했다. 철민은 줄방석 위에 쭈그려 앉은 채 이따금 눈만 찡긋거렸고, 그 광경을 하나에가 물끄러미 바라보며 서 있다가 부엌으로 들어갔다.

"자, 됐어요. 뒤뜰로 가 계세요. 전 램프를 갖고 갈게요."

어둠에 대비하여 철준은 자기 방에서 램프를 가져다 나뭇가지에 매달아 놓았고, 그동안에 하나에는 음식을 차례차례 날라 왔다.

"형님, 저 내일 입대해요."

세 사람이 평상에 앉았을 때, 철준은 하나에가 챙겨 놓은 가방에서 머리띠와 센닌바리 천을 꺼내다가 머리와 가슴에 둘러 보였다.

"아아, 릿빠다(멋지다)!"

철민은 고개를 끄덕이며 퀭한 눈을 크게 뜨고 대견스럽게 바라보았다.

"그런 의미에서 한 잔 받으세요. 형수님도 조금만."

세 사람이 잔을 부딪자, 두 형제는 단숨에 들이켰고, 하나에는 눈을 찔끔 감으며 한 모금 홀짝거렸다. 몇 잔 주고받은 철민이 주머니에서 꽁초를 찾아내어 불을 붙이려는 것을 철준이 앗아 버리며, "형님, 이걸 피우세요." 하고 백합 한 보루를 앞으로 건네주었다.

"오오, 다바꼬(담배)!"

철민은 어린아이처럼 반가워하며 얼른 받아 들고는 포장지를 뜯었다.

"형수님, 우리 불쌍한 형님을 잘 부탁해요."

"삼촌 벌써 취했나? 날 잘 알면서……. 식기 전에 이것부터 들어요."

하나에는 닭다리를 뜯어 두 형제에게 하나씩 쥐여 주었다.

"형수님, 한 곡조 하셔야죠. 그리고 형님도."

철준의 권유에 하나에는 사양함이 없이 예의 그 일본 동요 '토끼야 토끼야……'를 불렀고, 뒤따라 철민은 멋쩍게 소리 없이 웃으며 일본 군가 '야영의 노래'를 읊조렸다.

갓떼구루조또 이사마시꾸
지갓떼 구니오 데따까라와
데가라 다떼즈니 시나리요까.
진군 랏빠 기꾸다비니
마부다니 우까부 하따노 나미…….
(이겨서 돌아오겠노라고 용감하게
맹세하고 고향을 떠나왔거늘
공훈도 못 세우고 죽을 수 있나.
진군 나팔 소리 들을 때마다
눈앞에 떠오르는 깃발의 물결…….)

"다음은 삼촌 차례야."

남편의 창가 모습을 민망스러운 빛으로 바라보던 하나에는 일절이 끝나자마자 철준을 재촉했고, 그의 입에선 바로 노랫소리가 흘러나왔다.

해는 저어서 어두운데
찾아오는 사람 없어.
밝은 달만 쳐다보니
외롭기 한이 없다.
내 동무…….

철준은 목이 메어 노래를 잇지 못했다.

"형수님, 앞으로 계속 피란민들이 들어올 거예요. 올 때마다 찾아봐 주세요. 사진 속의 얼굴을 잘 기억해 두세요. 이름은 한 지 윤, 동생은 한 지 영."

철준이 셔츠주머니에서 사진을 꺼내 보이다가 평상 위에 쓰러렸다. 그 위를 저녁 바람이 산들거리고, 램프의 불꽃이 너울거렸다.

제13장 검사 부녀의 최후

62

"드디어 그 악질 반동분자를 잡아들였습니다."

철형의 방으로 들어서며 보고를 하는 박두만의 뒤로 양팔을 결박당한 한경훈 검사가 따발총을 든 인민군 병사에게 떠밀리듯 들어왔다.

"음, 수고가 많았소."

철형이 날카로운 눈빛으로 한 검사의 위아래를 훑어보았다. 텁수룩한 수염투성이의 납덩이같은 얼굴에다 퀭한 눈, 귓바퀴 아래까지 내려온 머리털이, 안경만 걸치지 않았다면 완전한 딴사람이었다.

'저자가 한때 우리 공화국 혁명 동지들을 벌벌 떨게 했다는 그 서슬 시퍼렇던 공안검사란 말인가!'

철형은 한 검사의 형편없는 몰골에서 '힘' 의 변화무상(變化無常)함을 실감했다. 자신이 여수경찰서 유치장에서 입술이 너덜거리고 코뼈가 부러질 정도로 형사들에게 당했던 고문을 떠올리면서.

"일단 수감시키고 올라오시오."

철형이 명령했다.

"예, 알겠습니다."

박두만이 대답하며 한 검사의 팔을 잡아끌자,

"이보시오, 나 한 가지 부탁이 있소."

한 검사가 돌아서며 철형을 똑바로 쳐다보았다.

"……?"

철형이 의외라는 듯, 입으로 묻는 대신 눈을 부릅뜨고 마주 보았다.

"당신들이 목적했던 바가 이뤄졌으니, 이제 무고한 내 딸아이와 집사람은 돌려보내 주시오."

한 검사는 위엄 있는 어조로 간곡하게 부탁했다.

"그건 내가 알아서 하겠소……. 뭣들 하는 거요, 빨리 끌고 가지 않고?"

철형은 한 검사의 말을 일언지하에 잘랐으나, 툽상스럽게 반말이 나오지 않은 것은 자신도 모를 일이었다.

"무슨 말이 많아!"

오히려 박두만이 반말지거리로 한 검사를 억세게 잡아끌고 내려가더니, 유치장에다 가두고 곧바로 올라왔다.

"이제는 박 동무가 저 악질 반동의 사상을 뜯어고칠 차례요."

"그렇습니다. 저는 이런 때가 오리라 확신하고 기다려 왔습니다."

"됐소, 그럼 마음을 다잡고 해 보시오. 그리고 말이오……."

철형이 일단 말을 끊었다.

"예, 말씀하십시오. 상위 동무."

"아까 그자가 딸과 아내를 돌려보내 달라고 한 말, 어떻게 생각하오?"

"……예?"

"박 동무도 알다시피 우리의 본래 목적은 그 딸의 아버지였지 않소?"

철형이 박두만의 눈치를 흘끔 읽었다.

"안됩니다, 상위 동무. 온실에서 자란 화초같이 약하게 보아 넘길 여자가 아닙니다. 여간 지독한 년이 아닙니다. 그 어미와 함께 인민재판에 회부하는 게 좋을 것 같습니다."

예상외로 강하게 나오는 박두만의 반응에 철형은 고개만 끄덕일 뿐 대답은 하지 않았다.

63

한경훈 검사가 붙잡혀온 것을 고비로 일개월여 동안 그를 비롯한 공무원과 군경 가족에 대한 혹독한 고문과 함께 인민재판이란 미명하에 무자비한 학살이 자행되기 시작했다. 그러나 한 검사의 색출에 그토록 혈안이 되었던 박두만이었지만, 정작 한 검사가 붙잡혀 들어오자, 원한에 사무쳤던 복수의 칼날이 이상하게도 무디어지는 것 같았다. '이래선 안돼!'

박두만은 자기가 더욱 독해져야 한다고 마음을 다잡으면서 '차라리 공판 당시 사형을 구형받았으면 좋았을걸.' 하는 생각까지 들기도 했다. 그런 중형을 받음으로 해서 자신이 현재의 위치에서 앙갚음할 수 있는 구실이 배가(倍加)될 것이기 때문이었다.

어쨌든, 사상범에 관한 한 추상같은 응징을 가했던 한 검사의 철저한 반공사상을 잘 알고 있는 그들로부터 한 검사에게 가해질 최종적인 보복은 불을 보듯 명확한 것이었으나, 그 취조의 담당자가 박두만이고 보면, 비록 그가 칼자루를 쥔 입장이긴 하지만, 어느 모로 보나 한 검사 앞에선 강한 심리적 위압감을 떨쳐 버릴 수가 없었다.

"지난날 나를 검거하던 두뇌회전이라면 오늘의 정세에 대한 선견지명쯤은 있었을 텐데? 더욱이 이승만 정부 고관들이 모두 삼십육계를 놓는 데 같이 끼지도 않고……."

박두만은 애써 자기의 위상에 걸맞은 언사를 구사하면서 없는 위엄을 보이려 했으나, 한 검사의 눈에는 아직도 자기 앞에서 신문을 받던 젖비린내 나는 풋내기 좌익 청년으로밖엔 여겨지지 않았다. 다만 달라진 것이 있다면, 내무서원 복장과 어울리지 않는 레닌모, 그리고 허리에 찬 권총이었다.

한마디로, 한 검사의 눈앞에 전개된 상황은 그 누구도 부인할 수 없는 엄연한 현실이긴 했지만, 하루아침에 마치 환등기의 화상처럼 뒤바뀌어 버린 정국의 사태가 몽환이나 환시인 양 도무지 믿기지가 않았다.

한경훈 검사는 대꾸 대신, 그 '코뮤니즘'이라는 박피(薄皮)로 피복된 박두만을 적개심보다는 오히려 한심스러운 표정으로 쳐다보았다. 그의 눈에 비친 박두만은 레닌이 규정한 대로 '공산주의자들에게 쓸모 있는 얼간이들' — 리모컨에 의해 고분고분 조종되는 로봇에 불과했다.

"왜 그런 슬픈 상을 지으시오? 내게 팔년 징역형을 추상같이 내리던 그 등등한 기세는 다 어디 숨어 버렸소?"

그 물음을 한 검사는 답변할 가치라곤 추호도 없는 우롱으로 치부하면서 여전히 묵묵부답이었다.

"왜 대답이 없소? 사람의 말이 말 같지 않나?"

박두만의 여유로워 보이던 태도가 갑자기 신경질적으로 변했다.

"진정으로 묻고 싶은 말만 물어라. 나에게 농담을 하려고 여기까지 끌어온 건 아닐 테지?"

한 검사의 엄숙한 한마디는 새파란 괴뢰 내무서원의 여유 있는 태도에 찬물을 끼얹었다. 순간, 본능적으로 발작하는 그의 열등의식이 무자비를 조장시켰다.

"이 새끼, 여기가 남조선 법정인 줄 아나! 옛날 버릇을 엇다 쓰려고……!"

그의 손에 잡혀 있던 채찍의 예리한 가죽 오리가 공기를 째면서 한 검사의 얼굴에 휘감겼다. 안경이 떨어져 나가면서 그의 면상에 한줄기 핏발이 선명하게 나타났다. 아픔보다는 체내의 피가 끓어오르면서 역류하기 시작했다.

"모든 것을 고문으로 해결하려 들지만, 그것이 결코 오래가지 못할 것임을 명심해라. 내가 좀 더 일찍 너희들의 남침 야욕과 이 같은 만행을 깨달았으면 그 몇 배의 중형을 내렸을 것이다. 뿐만 아니라 대통령의 무릎에 엎드려서라도 서울 시민들이 이렇게 유린되도록 내버려 두지는 않았을 것이다."

"고문으로 해결하려 한다고? 누가 할 소릴! 내가 당신의 수족인 형사놈들에게 붙잡혔을 땐 어땠는 줄 알아? 여럿이 무작스럽게 주먹과 발길로 온몸을 후려치고 걷어차고, 코피가 흐르는 걸 쓰러뜨려 구둣발로 머리를 콘크리트 바닥에 짓이겼단 말야. 이것 봐. 이게 놈들이 찍어 준 낙관이란 말이야."

박두만은 앞머리의 머리털을 헤쳐 상처 자국을 드러내 보였다.

"하지만 우리 대한민국의 반공 사상과 김일성의 빨갱이 사상을 혼동하지는 마라."

"그것을 알고 있기 때문에 나는 당신을 붙잡아온 거야. 나는 지금 우리 인민공화국을 위해서 당신 같은 반동분자를 처벌할 권리와 의무가 있어. 내가 감방 안에서 와신상담하던 것을 이제야 비로소 실행할 수 있게 되었단 말이야."

박두만은 핏발이 선 눈으로 한 검사에게 접근하며 지하실 입구 쪽을 향해 소리쳤다. "동무, 이자의 웃통을 벗겨!"

"알았습네다."

따발총을 메고 입구에 지켜 서 있던 인민군 사병이 달려오더니 총을 벽에다 세우고는 한 검사의 셔츠를 마구 벗겼다.

"어때, 아직도 그 썩어빠진 자본주의 사상을 버릴 수 없나?"

"썩어빠진 사상은 자본주의가 아니라 너희들이 맹종하는 마르크스-레닌주의다. 나도 그 아편처럼 병약자를 사로잡는 당의정의 마력을 모르지 않는다. 그러나 아편환자의 종말이 어떻게 되는지는 내가 설명하지 않아도 잘 알겠지……?"

한 검사의 말이 채 떨어지기도 전에 박두만의 채찍이 그의 가슴살을 파고들었다.

"너희들이 아무리 발악을 해도 결코 내가 공산주의자가 될 수 없고, 이 나라가 적화될 수도 없는 거야. 내 목숨 하나를 위해 너희들의 고문에 굴복할 줄 아느냐?"

"이 지독한 반동!"

채찍을 내리칠 때마다 힘을 가하는 박두만의 '흑' 하는 숨소리와 채찍소리, 그럴수록 고통을 참느라 안간힘 쓰는 한 검사의 신음소리가 교차하는 고문실은 문자 그대로 살기로 가득 찼다.

"박 동무 잘 만났슴메. 날래 올라갑세."

중앙청 전선사령부에서 막 도착한 함 소위가 현관에서 복도를 꺾어 돌다 고문실에서 올라오는 박두만과 마주치자, 그의 팔을 붙잡고 걸음을 재촉했다.

"무슨 급한 일이라도 있습니까?"

"일단 올라가기요."

함 소위는 뛰다시피 앞장서 계단을 올랐다.

"어쩐 일이오, 이 시간에?"

두 사람이 급히 방으로 들어서는 것을 보고는 철형이 벽에 걸린 시계를 쳐다보았다. 바늘이 오후 여섯 시 정각을 가리키고 있었다.

"우리 인민군이 낙동강 전선에서 패하여 후퇴하기 시작했답니다."

"전진하고 후퇴하는 건 병가상사요."

철형은 함 소위를 마주 보며 짐짓 무덤덤하게 대답했다.

"그러나 워낙 우리의 피해가 커서리 사령부의 공기가 말이 아닙니다."

함 소위의 얼굴엔 긴장된 빛이 역력했다.

철형도 전세를 모르지 않았다. 다부동 전투에서 북괴군의 주력부대 3개 사단(1 · 3 · 13사단)이 격퇴되면서, 남침 당시 제일착으로 서울에 입성했던 3사단장 이영호 소장은 왜관 공방전에서 일찌감치 패주했고, 8월 말을 전후하여 13사단 포병연대장 정봉욱 중좌와 참모장 이학구 총좌가 많은 장교와 병사들과 함께 한국군과 유엔군에 투항했다. 게다가 괴뢰군 수뇌들에겐 유엔군의 '인천상륙작전'과 '반격개시 준비 중'이라는 정보까지 입수된 상태였다.

'이제 곧 공세로 전환하겠지. 일본과 독일 제국을 초토화시킨 그 물량공세로.'

철형은 뭔가를 생각할 때면 하는 버릇대로 벽시계의 흔들이처럼 직선상의 왕복운동을 되풀이했다.

‘‘힘’의 저울추가 또 한 번 자리바꿈을 한다 이건가? 그럼 이번엔 어디로 도타를 놓는다? 북경? 모스크바? 아니, 도꾜……?’

그는 입을 한일자로 다물고 입가에 알 듯 모를 듯한 냉소를 띠었다.

“그래, 그런 전황 때문에 온 거요?”

“그게 아니구, 그것보다도 잡아다 가둬 놓은 반동분자들 처치 문제가 시급한 것 같습니다. 마침 박 동무도 같이 있으니까 들어 두는 게 좋지 않겠습메?”

“듣고 있습니다. 안 그래도 저 역시 그 문제를 염려하고 있던 참입니다.”

박두만이 정색하며 대답했다.

“그 문제라면 염려할 게 없소. 위에서 명령만 떨어지면, 아니 내 마음대로도 일, 이십 분이면 충분히 처치할 수 있소.”

철형은 앞에 서 있는 두 사람을 번갈아 쳐다보면서 신경질적인 어조로 말을 이었다. “앞으로 중요한 건 유엔군과 국방군이 반격해 올 때, 우리 인민군이 어떻게 방어하느냐, 어떻게 살아남느냐 하는 거요. 그 엄청난 물량공세! 그걸 어떻게 대처하느냐……, 낙동강 전투에서의 패배도 바로 유엔군의 물량작전 때문이란 말이오.”

철형은 지휘봉으로 자기의 오른쪽 가죽 장화를 철썩철썩 갈겼다.

64

대기를 가르는 전투기의 하강음이 갓 잠들려던 철형의 고막을 때리면서 연속적으로 퍼붓는 대지(對地) 공격이 밤의 고요를 뒤흔들었다. 유엔군의 야간 공습이 처음 있는 일은 아니었으므로 별로 당황할 것도 없는 철형은, 눈을 뜬 채 야전침대에 꼼짝 않고 있었다. 건물이 박살나든, 도로가 두더지굴이 되든 그에게는 관심거리가 되지 못했다. 공공건물이거나 주택가라면 자본주의의 시설물이 훼손되는 것이요, 군사작전에 필요한 도로이거나 비행장이라면 즉각 인민들을 동원하여 보수하면 그뿐일 터였다. 또한 그들이 공사장에서 유엔군 전투기의 폭격에 희생되더라도 남조선 인민 해방을 위한 근로 봉사라고 치부하면 그만이었다.

"한바탕 하고 되돌아가겠지."

철형은 중얼거리며 다시 눈을 붙였다. 그러나 공습은 그 어느 때보다도 맹렬했다. 날카로운 비행음에 이어 요란한 폭음을 동반한 한줄기의 섬광이 그의 방 유리창을 번갯불처럼 스쳤다. 그는 전기 쇼크를 받은 듯 용수철처럼 몸을 일으켰다.

그의 방 맞은편으로 보이는 함석 지붕의 공장들이 순식간에 화염에 휩싸이면서 무엇인가 계속하여 터지는 굉음이 고막을 찢는 듯했다. 잇따라 살인적인 비행기의 하강음과 함께 기총소사의 빛줄기가 파상적으로 지상의 목표물로 쏟아지는 가운데 우왕좌왕하는 노역자들의 부산한 모습이 불빛에 어른거렸다.

"칙쇼오!"

철형은 서랍에서 보드카 병을 집자마자 나발을 불었다. 알코올 기운이 금세 짜릿하게 전신으로 퍼지면서 불현듯 남쪽에 대한 상념을 불러일으켰다. 그러나 그는 애써 머리를 흔들며 차단했다. '이 판국에 고향을 회상하다니…….'

어느새 잠이 말짱 달아나 버렸으므로 그는 하릴없이 방 안을 서성였다. 보드카를 어지간히 들이켠 상태인데도 좀처럼 기분전환이 되지 않았다. 시곗바늘은 이미 새벽 세 시를 넘어서 있었다.

'그래도 눈은 붙여 둬야지.'

철형이 두 다리를 야전침대 밖으로 걸친 채 드러누워 뒤척이다가 새벽녘이 되어서야 한숨 잠이 들었을 즈음, 책상 위의 전화벨이 요란하게 울려댔다.

"젠장, 겨우 눈을 붙였는데."

철형은 언짢은 기분으로 몸을 일으켰다. 유리창이 훤히 밝아져 있었다. 그는 두어 발짝 걸어가 수화기를 들었다.

"누구야?"

철형이 선잠을 깬 것을 아는지 모르는지 수화기를 들자마자 상대편은 다짜고짜 반말이었다. 고급 간부임이 분명했다.

"강철형 상윕니다."

대답하는 철형의 목소리가 긴장되면서 몸이 절로 부동자세가 되었다.

"아, 강 동무였구먼. 지금 유엔군이 인천으로 상륙하고 있소."

부장의 목소리는 다급했다. "전세가 불리하게 돌아가고 있으니 날이 밝는 대로 거기 있는 반동분자들을 모조리 처단하시오. 어젯밤 야간공습 때 M지구에선 감금됐던 반동들이 집단탈출을 시도했소. 대부분 사살되긴 했지만……. 강 동무, 시간이 없소. 성분을 철저히 파악해서 전향자는 별도 격리시키고, 눈곱만큼이라도 사상에 의심이 가는 자는 가차없이 총살하시오. 알겠소?"

"알겠습니다, 부장 동지."

"처리 후에 즉시 보고하도록! 그럼 수고하시오."

통화는 일방적인 하달로 끝났다. 갑자기 목이 타는 듯한 갈증을 느낀 철형은 고개를 쳐들어 주전자째 물을 입으로 부어넣었다.

'유엔군이 인천으로 상륙한다? 삼척과 포항, 군산에 가한 함포 사격은 완전히 위장이었군. 성동격서! 모택동 동지의 전술을 양키들이 써먹다니……. 깨끗이 배후를 찔린 게 아닌가! 이제 남쪽으로부터는 파죽지세로 반격해 올라올 것이고, 그보다 먼저 인천으로부터 서울을 향해 옥죄어 올 것이다. 남진한 인민군은 꼼짝없이 독 안에 든 쥐다. 투항 아니면 결사항쟁뿐이다. 8월 안으로 남조선을 완전 해방시킨다던 김일성 동지의 호언은 한낱 물거품에 그치고 말았다. 내 생사의 기로였던 원한의 여수(麗水)까지 가 보지도 못하고, 다시 북으로 도주하는 패배자의 대열에 낀단 말인가!'

철형은 머리를 좌우로 세차게 흔들었다. 패배! 이것은 그의 생리를 가장 거역하는 단어였다.

그는 침대에서 벌떡 일어서더니, 이번에는 주전자 대신 보드카병을 입으로 가져갔다.

65

'후퇴할 때 후퇴하더라도 정신만은 흔들려선 안된다!'

아침이 되자 철형은 마음을 가다듬고 박두만에게 반동분자들의 처치를 서두르라고 명령하면서, 한경훈 검사를 고문실로 끌어내리도록 지시했다. 박두만이 뒤통수를 긁으며 "아무래도 그자만은 상위 동무께서……, 여간 악질 반동이 아닙니다." 하고 철형이 맡아 주기를 바랐기 때문이었다.

철형은 느긋이 담배 한 대를 피우고 나서 아래층으로 내려와서는 고문실로 향하다가 갑자기 발길을 돌려 유치장의 맨 끝방 쪽으로 걸어갔다. 군화의 발소리가 숨 죽인 실내에 선명하게 울렸다.

'또 그자가?'

초췌한 모습으로 벽에 상체를 기대고 있던 지윤이 박두만을 생각하며 고개를 들었다가 의외로 딴 얼굴임을 알고는 주뼛했다.

'……?'

한순간 두 사람의 시선이 맞부딪쳤다. 생소한 군복에 날카로운 눈매와 콧날이 지윤에겐 냉정스레 비쳐지면서도 왠지 박두만처럼 극악스럽거나 야비하게 느껴지진 않았다. 상대가 한마디 말문만 연다면 '저 좀 내보내 주세요.' 하고 애원하고 싶으리만큼.

그러나 무언가 입을 열 듯 말 듯 하던 철형은 표정 하나 바꾸지 않고 무심히 등을 돌려 버리는 것이었다. 그는 고문실의 한경훈 검사 앞에 나타나서는 느닷없이 지윤에 대한 화두를 끄집어냈다.

"당신이 끌려오던 날, 딸을 석방시켜 달라고 했는데……?"

"그래 어떻게 됐소?"

그동안 박두만에게 당한 무차별 난타로 인해 초주검이 돼 있었으나, 딸의 '석방' 이란 말에 정신이 번쩍 들었다.

"딸은 무사하오. 아직 이곳에 있긴 하지만."

철형은, 퉁퉁 부어오른 눈두덩에 걸친 안경 — 한쪽 알이 깨져 금이 간 — 속에서 눈을 치켜뜨는 한 검사를 지켜보며 말을 이었다. "한데, 당신이 저지른 반동 행위가 너무 큰 게 문제요. 우리 동지들을 너무 많이 괴롭혔단 말이오."

"당신들이 내가 한 일을 반동이라고 단죄하는 한 나로선 할 말이 없소. 당신네 세상이 됐으니 말이오. 나는 다만 국가에서 주어진 내 임무에 충실했을 뿐이오. 국가안보를 위태롭게 하는 자들을 법에 따라 처단하는 것이 내 임무니까."

"국가안보를 위태롭게……? 그건 우리 동지들이 부르주아들에게 착취당하는 가난한 인민들을 노예생활에서 해방시키기 위해 목숨을 내걸고 투쟁한 거요."

"그러나 '가난' 이란 평생동안 운명지워진 것이 아니오. 자기의 노력과 능력만 있으면 언제고 헤어날 수 있소. 얼마든지 밝고 희망찬 미래를 보장받을 수 있는 거요. 나도 일제시대에 동경에서 고학을 했거니와, 우리 집에도 S대에 다니는 가정교사가 있었소. 비록 절해고도인 제주도 벽촌에서 올라와 고학을 하는 처지였지만, 가난을 원망하진 않았소. 오직 미래를 바라보며 면학에만 정진하는, 건전한 정신을 가진 청년이었소. 내가 말하는 '안보를 위태롭게 한 자들' 중엔 그런 건전한 학생을 사상적으로 나쁜 길로……."

"닥치시오! 지금 나한테 부르주아 사상을 강의하는 거요?"

철형이 소리 지르며 한 검사의 말을 잘랐으나, '제주도 벽촌에서 올라와 고학을 하는 처지…….' 운운한 대목은 내심 신경에 걸렸다.

"당신네들에게 저지른 내 죄과가 그토록 큰 것이라면 어떤 처단이든 받겠소. 하지만 무고한 우리 딸과 집사람은 돌려보내 주시오. 내 진정한 부탁이오."

한 검사는 한 공산군 장교라기보다 같은 인간이라는 면에서 모든 것을 떠나 마지막으로 철형에게 진정으로 청원(請援)했다. 만에 하나, 아직 꽃망울과도 같은 지윤이 생을 활짝 피워 보지도 못한 채 낙화하고 만다면, 한 검사로선 죽어서도 제대로 눈을 감을 수 없는 천추의 한이 될 터였다.

"당신이 그만큼 딸을 생각한다면 방법이 없는 것도 아니오. 당신이 마음먹기에 따라선……."

"……?"

한 검사의 어리둥절해하는 표정을 철형은 충혈된 눈으로 예의 주시했다.

"아까 당신이 말한 대로 이제 세상은 바뀌었소. 우리 공화국을 위해 협조를 하시오."

"나보고 공산주의자가 되란 말이오?"

한 검사의 안면이 화석처럼 굳어졌다. '결국 귀착점이 이거였단 말인가?'

일말의 기대가 순식간에 모래성이 되어 버렸다.

"내 가족의 석방을 담보로, 아니 나의 순수한 부정(父情)을 이용하여 나를 전향시키려는 거요?"

한 검사는 이제 모든 것을 체념해야 한다고 자신을 타일렀다. 그는 깨진 안경 속에서 눈을 감고 성경의 한 구절 — '죽음이 있다는 것을 두려워하지 말아라. 네 앞에 간 사람들과 네 뒤에 올 사람이 있음을 생각하여라.' — 을 떠올렸다.

철형은 한 검사의 태도에서 부정적이라는 심중을 읽을 수 있었다. "끝내 못하겠단 말이오?"

"인생에 있어 중요한 것은 오래 사는 것이 아니라, 하루를 살아도 어떻게 사느냐 하는 문제요. 내 비록 이렇게 얽매인 몸으로 당신에게 내 딸의 방면을 부탁했지만, 내 딸도 그런 비굴한 조건을 안다면 결코 그것을 원치 않을 거요."

"좋소. 스스로 인민의 재판을 받길 원한다면 그리해 주겠소."

한 검사의 담담한 표정과는 반대로 철형의 상판이 일그러졌다.

"무고한 가족까지 무참히 희생시키는 것이 당신네들의 사상이오? 당신도 물론 부모 형제가 있겠지? 그 가족들도 당신의 그 맹목적인 공산주의를 진정으로 찬양한단 말이오?"

한 검사는 철형의 가슴에 달린 훈장들에 시선을 집중하며 물었다.

"뭐? 맹목적이라고!"

철형의 눈에서 파란 빛이 번득이는 듯했다.

"그럼 당신이 완벽한 공산주의자란 말이오? 그 가슴에 번쩍이는 당의 훈장만으로 당신이 진짜 공산주의자라고 자신할 수는 없소."

이미 갖은 고문을 다 받은 데다 이제 죽음까지 각오한 한 검사로선 정치보위부의 상위라고 해서 두렵거나 거리낄 것이 없었다. 그는 다시 말을 이었다.

"당신들은 공산주의의 탈을 쓴, 김일성 괴뢰정부의 한낱 망석중이, '쓸모 있는 얼간이들' 에 불과한 거요. 김일성 그자 또한 남조선 해방이라는 미명하에 불법남침을 감행했지만, 실은 스탈린의 꼭두각시와 다를 바 없소. 세계지도 위에서 적색 부분을 확장해 가려는 소위 마르크스, 레닌의 후계자들 조종에 따라서 말이오. 그러나 이것만은 명심해 두시오. 한반도, 적어도 남한만은 절대 붉은색으로 물들지 않는다는 것을. 미국을 비롯한 자유진영이 절대로 그냥 보고만 있지 않을 테니 말이오."

"역시 미제국주의의 앞잡이다운 말이군. 반쪼가리 동상의 한쪽만을 보고 완전한 것인 양 기만하지 마시오. 지금까진 허약한 인민들이 부르주아지 장막에 가려 그 반대쪽 면을 볼 수 없었지만, 이제 세계 곳곳에서 그 낡은 장막들이 하나하나 걷히고 있단 말이오. 인민들의 봉기와 투쟁에 의해서. 혁명이란 억압당하는 인민들의 축제요. 앞으로 우리 민중들은 혁명이라는 축제에 불을 댕기기 위한 연료들이 — 일상생활의 전개 과정 속에서 — 어떻게 축적되는지를 보게 될 것이오."

한 검사로부터 설득 아닌 면박을 받았다고 생각한 철형은, 자신이 이제껏 얻어들었던 어설픈 공산주의 이론의 편린들을 주워섬기며 반박했다. 그러나 소련이나 중공의 대대적인 지원이 없는 한, 머지않아 한 검사의 말이 현실로 다가오리라는 것을 자인하지 않을 수 없었다. 그럴수록 철형은 한 검사가 가증스럽고 부담스러운 존재로 여겨졌다. 동시에 자신의 정체가 그의 깨진 안경 속의 형안에 한꺼풀 한꺼풀 벗겨져 가는 듯한 느낌이었다.

'그렇다. 당신의 지적대로 난 진짜 공산주의자가 아니다. 나는 마르크스-레닌주의의 껍데기밖에 모른다. 애초부터 그런 건 배우려고도 하지 않았다. 하지만 한 가지만은 똑똑히 알아두어라. 당신네들이 나를 사이비 공산주의 신봉자로 만들었다는 것을. 여기엔 당신도 책임의 일단을 면치 못하리라는 것을.'

철형은 갑자기 보드카 생각이 났다. '한잔 마시고 오자.'

그가 발을 옮기려는데 요란한 비행음에 이어 연발하는 폭음이 지척에서 들려왔다.

"저것 보시오. 공습이 날로 빈번해지고 있지 않소? 서울이 곧 탈환될 것이오. 당신네 북한 괴뢰군이 패배한다는 건 사필귀정이오."

한 검사의 '패배' 라는 단어 하나가, 자신의 어정쩡한 사상으로 갈등하는 철형의 아킬레스건을 직통으로 자극했다.

"뭐얏!"

철형의 흰자위투성이인 눈의 동공이 빙글 한 번 굴렀다.

"공산주의가 제아무리 날뛰어도 대다수의 선진 민주국가를 능가할 수는 없소. 미구에 공산주의는 이 지구상에서……."

순간, 고막을 찢는 듯한 총성과 함께 철형의 권총이 불을 뿜었다. 한 검사는 가슴에 피를 흘리며 푹 쓰러졌다.

"네치스뜨느이 임뻬리알리스트(더러운 제국주의자)!"

철형은 한 검사의 생사엔 아랑곳없이 납덩이같은 얼굴을 획 돌려 고문실을 나갔다.

철형이 지하 고문실에서 일층으로 올라왔을 때, 복도에서 기다리고 있던 인민군 상사가 다가서며 "사령부에서 긴급회의가 있으니 곧 참석하시라는 연락이 왔습니다." 하고 녹음기처럼 보고했다.

"박 동무는 어디 있나?"

"취조실에 있습니다."

철형은 발걸음을 유치장으로 돌렸다. "박 동무, 아침에 말한 대로 여기 있는 반동들의 성분 파악을 완료하고 처형 대상자를 보고하시오."

"예, 염려 마시고 다녀오십시오."

박두만이 뒤돌아서는 철형의 등에다 대고 소리쳤다.

철형이 사령부로 떠난 후, 박두만은 30여 명에 이르는 수감자들을 명단에 기재된 순서에 따라 한 사람씩 대조, 확인하면서 이름 옆에다 ○×표로 체크해 나갔다.(○는 인민재판자, ×는 처형자였다.)

그런데 고문실로 끌려 내려간 한경훈 검사의 방이 비어 있는 것을 문득 깨달은 그는 "아차!" 하며 황급히 지하로 내려갔다.

"음……?"

박두만은 피투성이가 된 채 쓰러져 있는 한 검사를 보는 순간, 멈칫하며 자기 눈을 의심했다. 두 손을 결박당한 채 시멘트 바닥에서 꿈틀거리는 한 검사의 가슴에선 아직도 선혈이 흐르고 있었다. 안경이 떨어져 나간 움푹 팬 눈이 한순간 동굴처럼 열리면서 박두만을 저주스럽게 쏘아보다가 눈가의 근육이 풀리며 머리가 모로 픽 꺾였다.

박두만은 모골이 송연했다. 당장이라도 한 검사의 원귀가 와락 달려들어 자신의 숨통을 조일 것만 같았다. 그는 허겁지겁 고문실을 뛰쳐나왔다. 그러곤 한 검사의 시체 처리를 지시하기 위해 내무서원 방으로 들어서는데, "방금 강 상위 동무한테서 전화가 왔었습니다." 하고 인민군 상사가 보고했다.

"무슨 전화요?"

"오늘 회의가 길어질 것 같으니 반동들의 처단 준비를 박 동무가 미리 끝내 노라는 겁니다."

"회의가 길어질 것 같다고……?"

"예, 김일성 총사령관 동지가 평양으로 떠나시면서 최용건 민족보위상 동지를 후방 방어사령관으로 임명했답니다. 그래서 회의가 예정보다 길어지나 봅니다."

"알았소."

박두만은 급하게 대답하면서 실내를 두리번거리더니 "아, 배(裵) 동무." 하고 문쪽에 나타난 병사를 손짓해 불렀다. 박두만은 그에게 잠시 귀엣말을 하고는 "어차피 상위 동무가 오는 대로 처형자들과 함께 처리될 거니까 그때까지만 적당히 시체를 덮어 둬."라고 덧붙였다.

66

박두만이 명단 체크와 성분 파악, 그리고 소위 악질반동으로 분류된 인사들을 처형장으로 끌고 갈 준비까지 모두 마치고 철형이 돌아오기를 기다렸으나, 저녁때가 가까워서도 나타나지 않았다. 시간이 흐르면서 박두만의 심리가 야릇하게 꿈틀대기 시작했다. 낮에 유치장 취조실에서 마지막 문초를 할 때 눈여겨보았던 지윤의 핼쑥하고 가녀린 모습이 머릿속에서 떠나지 않았기 때문이었다.

신당동 외할머니 집에서 끌려올 때에 비하면 얼굴이 말이 아니었지만, 이지적인 미(美)의 본바탕만은 물속에 비친 그림자처럼 그대로 간직하고 있었다. 불행하게도 이런 타고난 그녀의 아름다움이 박두만의 가슴에 수심(獸心)을 일렁이게 한 것이었다.

"배 전사!"

박두만은 문 밖을 향해 소리쳤다.

"부르셨습네까?"

한 검사의 시체를 가마니때기로 덮고 난 후, 각 방별로 인원 파악을 하고 있던 배 전사가 뛰어 들어오며 물었다.

"인원 점검은 다 마쳤겠지?"

"예, 이자 막 끝냈습네다."

"십구번을 지하 2호실로 끌어내려."

"알았습네다."

배 전사가 물러간 뒤 2,3분가량 방 안을 서성이던 박두만은 방금이라도 철형이 돌아오지나 않을까 조바심하면서 지하실로 내려갔다. 무지렁이 같은 배 전사는 박두만이 시키지도 않았는데 지윤의 두 손을 반박(反縛)하고 있었다. 바닥에 앉혀 놓은 채.

"수고했어. 동무는 현관에서 기다리고 있다가 상위 동무가 돌아오면 곧바로 알려줘."

박두만은 내쫓듯 배 전사를 돌려보냈다. 60촉짜리 백열등만이 천장에 매달려 있는 지하실 안은 금시라도 불길한 일이 벌어질 듯 극도의 음산한 분위기에 휩싸여 갔다. 박두만은 얼마의 거리를 두고, 전등불에 비친 지윤의 창백한 얼굴을 마치 먹이를 눈앞에 둔 야수처럼 노려보았다. 그의 하체 중앙부의 민무늬근이 자기도 모르게 팽창했다.

"어때, 좀 더 길게 살아 보고 싶은 생각은 없나?"

음흉한 웃음을 띤 박두만이 손목시계를 들여다보며 지윤에게 한 발짝 다가섰다.

"나를 어서 죽여 줘라!"

지윤은 방금 전 유치장 복도를 지나올 때 "지윤아!" 하고 부르는 어머니의 떨리는 목소리를 들었다. 그리고 지하실로 내려선 순간, 문틈으로 비치는 가마니때기 자락에 삐져나온 양발과 깨진 안경에서 아버지의 죽음을 직감했다. 더 이상 삶을 바랄 의미가 없었다. 지윤은 등이 벽에 바싹 붙을 때까지 물러앉으며, 자기 앞으로 다가드는 박두만을 외면했다.

"끝내 아버지를 따라가고 싶다면 소원대로 해 주지. 자, 마지막 선심으로 옛 연인이나 구경시켜 줄까?"

박두만은 윗주머니에서 사진을 꺼내, 낡은 의자 등받이의 찢어진 천에다 꽂고는 지윤의 시선이 닿을 만한 위치로 끌어당겼다. 지윤의 잦아들던 기력이 일순 생기를 되찾는 듯 보였으나, 그것은 철준에게 마지막 작별을 고하기 위한, 마치 촛불의 마지막 광염 같은 것이었다.

'철준 씨! 이승에서의 우리의 마주봄은 이것이 마지막인가 봐요. 이승에서 못다 한 여행을 우리 하늘나라에서 맘껏 누리도록 해요.'

지윤은 가슴 깊숙이 응어리진 비애가 한꺼번에 솟구치면서 참으려던 눈물이 앞을 가려 사진을 제대로 볼 수조차 없었다. 그러한 애틋함의 발로가 박두만의 끓는 욕정에 기름을 부어넣은 것일까, 시계를 한번 흘끗 들여다본 그가 입을 열었다.

"저승으로 떠나기 전에 우리 공화국에 한 가지는 봉사하고 가야지."

그는 맹수처럼 달려들며 지윤의 가슴 부위의 블라우스 자락을 잡아 쫙 찢어 내렸다. 하얀 목 아래에 포물선을 이룬 둔덕이 슬립에 가리워진 채 놀란 토끼의 심장마냥 가쁘게 뛰놀았다.

박두만은 침을 꼴깍 삼켰다. 이윽고 완력을 발휘할 기세로 지윤의 양 어깨를 움켜잡으며 음흉한 웃음을 입가에 짓더니, 브래지어마저 걷어치웠다. 그러고는 이글이글 타는 눈으로 봉긋한 한쌍의 유방을 뚫어지게 노려보았다.

지윤은 입술을 파르르 떨면서 몸을 움츠리려 안간힘썼으나, 뒷짐결박을 당한 그녀로선 독수리 앞의 병아리였다. 박두만의 두꺼비 같은 손이 지윤의 횡격막 위로 접근하는 순간, 탁 뱉은 침이 그의 뺨에 날아가 붙었다. 그녀로서 취할 수 있는 유일한 방법이었다.

"지옥불에 떨어져 천벌을 받을 놈!"

지윤은 몸을 비틀며 입술을 깨물었다.

"천당하고는 애초부터 거리가 먼 놈이야, 난."

박두만은 얼굴에 묻은 침을 옷소매로 쓱 닦고는 한 손으로 지윤의 턱을 붙잡은 채, 다른 손으로 그녀의 유방을 마구 희롱했다.

"아~!"

그의 손이 지윤의 몸에 닿자마자 그녀는 외마디 비명을 지르며 정신을 잃고 말았다.

'넌 어디까지나 암나사야.'

박두만은 히죽이 웃으며 벽에 늘어진 지윤을 방 가운데로 끌어내 결박을 풀었다. 지윤이 나무토막같이 옆으로 쓰러지자, 그는 아무런 반항이나 저지를 받음도 없이 스커트를 걷어 올리고 무자비한 행위를 자행했다.

토끼처럼 순식간에 욕망을 채우고 난 박두만은, 지윤의 입술이 움직이고 손이 까딱거리면서 눈을 바스스 뜨자, 그녀의 목을 두 손으로 힘껏 죄었다.

'총살보다는 차라리 깨끗한 죽음이야.'

박두만은 땀으로 목욕을 한 듯한 몸을 이끌고 허겁지겁 일층으로 올라와선 미친 사람처럼 호령했다. "배 전사, 바깥쪽 유치장에 있는 놈들을 한 줄로 묶어라. 어두워지기 전에 빨리빨리!"

67

북괴군 최고사령부는 인천상륙작전의 전황을 파악하자, 즉각 서울 사수를 위한 새로운 전선의 형성을 지시했다. 그리하여 새로 후방방어사령관에 임명된 최용건은 낙동강 전선으로 급행 중이던 제18사단의 잔류부대(22연대)로 인천 상륙 부대를 저지하고, 낙동강으로부터 이동해온 제105기갑사단과 제9연대 등으로 하여금 영등포를 고수케 하며, 철원과 사리원에서 각각 편성된 제25여단과 제78연대 등을 집결하여 새로운 전선을 형성하려고 기도했다.

이에 따라 이날 철형이 참석한 긴급회의에서는 각 내무서에 수감된 반동분자들의 즉각적인 처단, 의용군의 추가 징발, 남녀노소를 막론한 근로봉사자 확충 동원, 서울 사수를 위해 시가전에 대비한 바리케이드 구축과 도로변의 참호 설치, 화력의 재정비 등 엄중한 실천 사항이 내려졌다.

"이자 국방군들이 서울로 쳐들어오는 겁네까?"

사이드카의 운전병이 믿기지 않는다는 투로 물었다.

"그게 전쟁이지. 빼앗았다 빼앗겼다, 그러다가 결국 병력이 우세하고 뒷심 있는 쪽이 이기는 거지."

철형은 달리는 차 속에서 독백처럼 뇌까렸다. 하지만, 일찍이 연합군의 물량전을 익히 알고 있는 철형으로선 서울 사수 문제에 대해 진작부터 회의적이었다.

"박 동무를 내 방으로 올려 보내."

사이드카가 엔진을 끄자마자 차에서 펄쩍 뛰어내린 철형이 현관으로 들어서며 보초병에게 명령했다.

"박 동무래 이자 없습네다."

"어디 갔어?"

철형은 올라가던 계단에서 멎었다.

"반동분자들을 끌고 나갔습네다."

"뭐?"

철형은 슬그머니 화가 동했다. 하긴, 지금 그를 불러서 처형 대상자에 대한 집행을 명할 참이었지만, 자기가 명령을 내리기도 전에 독단적인 행동을 취한 것이 불쾌하고 못마땅했던 것이다. 뿐만 아니라, 아직껏 사소한 일도 자기의 허락 없이 제멋대로 처리한 적이 없던 그의 자세로 비춰보아, 박두만이 자기의 명령을 어겨 가면서까지 독단적 행동을 한 데 대한 의혹이 생겨나기도 했다.

"지하실의 시체는 치웠나?"

철형은 멈춰 섰던 계단에서 내려왔다.

"예, 둘 다 실구 갔습네다."

"뭐야? 둘이라고?"

보초병이 목격한 그대로 무심코 내뱉은 말이 철형의 의구심을 더욱 돋우었다.

"예, 그, 그렇습네다."

철형의 갑자기 격앙된 목소리에 보초병이 움찔하며 더듬거렸다.

"누구야, 또 하나는?"

"십구번입네다."

보초병 옆에 서 있던 배 전사가 대답했다.

"십구번……?"

철형이 잠깐 고개를 갸우뚱하는 모습을 보고 배 전사가 "그 반동 검사의 에미나 말입네다." 하고 덧붙였다.

"그 여자는 유치장에 있었잖나?"

"……."

배 전사의 입술이 옴직거렸으나 말은 나오지 않았다.

"으음!"

철형은 갑자기 얼굴이 화석처럼 굳어지면서 유치장 쪽으로 황황히 발길을 돌렸다. 그는 유치장의 바깥쪽 방에서부터 지윤이 갇혀 있던 내부로 걸음을 옮겨갔다. 중앙부의 방에 남아 있던 대여섯 명의 공직자 가족 노인과 부녀자들이 겁먹은 눈으로 철형을 훔쳐보다가, 그가 말없이 앞을 지나치자 안도의 빛을 띠었다.

철형은 동물원의 우리 같은 살풍경스러운, 텅 빈 창살 안을 마지막까지 둘러보았다. 지금쯤 한강 기슭이나 어느 개천가에 늘어세워져 눈 깜짝할 사이에 유명을 달리했을 양민들이 수감되었던, 원한이 가득 서린 그 칸칸들을.

이윽고 철형은 발길을 지하실로 옮겼다. 계단을 내려가 한경훈 검사가 있던 고문실을 한번 훑어본 후 그 옆방의 활짝 열린 문 안으로 들어서는 순간, 방 안에 놓인 낡은 의자가 첫눈에 들어오면서 등받이에 꽂혀 있는 인화물이 그의 시선을 이끌었다. 사진이었다. 그가 의자로 다가가 무심코 사진을 집어

든 찰나, '앗!' 하고 비명을 지를 뻔했다. 전류 같은 쇼크가 그의 등골을 타고 짜릿하게 흘렀다.

"철준이가……!?"

자기를 미소로 맞이해 주고 있는 사진 속의 남자는, 몇 년 동안 자기의 뇌리에서 사라졌던 이름까지 절로 흘러나오게 했다.

'아니야! 닮은 사람도 얼마든지 있지 않은가?'

그는 고개를 가로저으며 사진 속의 주인공을 철준이 아닌 제삼의 인물로 치부해 보려고도 했으나, 그러기에는 너무도 낯익은 동생 — 한경훈 검사 집 가정교사 — 의 미소였다. 철형은 사진을 손에 든 채 얼어붙은 듯 한자리에 우두망찰하니 서 있었다.

'이름만 물어봤어도…….'

철형은 한순간 후회스러운 생각도 들었으나, 이내 고개를 힘차게 저었다.

'그래서 어쩌란 말인가? 설령 철준이를 봐서 한경훈을 살려 줬다면 나는 뭐냐!'

그는 문학작품에서나 볼 수 있는 '운명의 장난' 이란 말을 믿고 싶지 않았지만, 엄연한 현실로 자기 눈앞에 나타나 있었다.

'이렇게 짓궂게 얽히다니…….'

철형은 손에 들었던 사진을 찢어 버리려고 사진 가장자리에 손가락을 모았다가, 잠깐 생각하더니 윗주머니에 집어넣었다. 그는 내려올 때와는 사뭇 다르게, 납덩이같이 무거운 발걸음을 되돌리며 무의식적으로 의자 주위를 둘러보는데, 흰 휴지조각들이 널려 있는 것이 눈에 비쳤다.

"……음?"

그는 의자를 번쩍 들었다.

"고노 야로(이 새끼)!"

철형은 찢어진 브래지어와 함께 선홍색으로 얼룩진 휴지조각을 내려다보면서 어금니를 악물었다. "이 짐승 같은 놈!"

그는 제정신이 아닌 듯 흐트러진 걸음걸이로 지하실에서 올라와선 "박두만!" 하고 사납게 불렀다.

"아직 안 돌아왔습네다."

상관의 돌변한 태도에 보초병은 기겁을 하며 부동자세로 철형을 똑바로 쳐다보았다.

"뭐야? 이놈의 자식……, 돌아오는 즉시 내 방으로 올려 보내!"

단숨에 자기 방으로 뛰어올라온 철형은 의자에 풀썩 주저앉기가 무섭게 서랍에서 보드카를 집어내 병째로 벌컥벌컥 들이켰다.

"야 인마, 이 무슨 얄궂은 해후냐! 여기까지 쫓아와 나를 괴롭히다니……."

철형은 주머니에서 꺼내 보던 철준의 사진을 책상 위로 날리며 미간을 찌푸렸다. 그러나 그의 독백과는 아랑곳없이 나란히 어깨동무를 한 철준과 지윤이 다정하게 철형을 향해 미소를 보내고 있다. 정겨워 보이기가 그지없었다.

'이것이 사랑이라는 걸까?'

철형은 알코올 기운에 정신이 알딸딸해지면서, 자기 마음에서 이미 지워져 버린 지 까마득한 아주 옛적의 이성(異性)이 탄산음료의 기포처럼 머리 위로 솟아올랐다.

68

소학교 2학년 시절.

홍안의 어린 소년 철형은 방과 후면 잠자리채를 들고 집에서 멀지 않은 요도가와(淀川) 강 지류인 냇가로 나가는 것이 일과처럼 되어 있었다. 초가을의 햇살이 따갑기는 했지만, 풀섶 위를 날아다니는 파란 잠자리를 쫓다 보면 이마에 송알송알 맺힌 땀도 닦을 겨를이 없었다.

그처럼 잠자리채를 든 채 이리 뛰고 저리 뛰고 하는 어린 소년의 모습을 냇가 둑 위에서 한 소녀가 신기한 듯 내려다보다가 살금살금 아래로 내려갔다.

수중의 풀줄기 끝에 앉은 잠자리를 덮치려던 소년은 물속에 비친 소녀 상을 보고 고개를 획 돌렸다.

소녀는 멈칫했다. 그러나 놀란 건 오히려 소년 쪽이었다. 그로선 난생 처음 보는 코카서스 인종이었기 때문이다. 금발머리에 덮인 투명한 얼굴, 시원스러운 푸른색의 눈망울, 거기다 자기보다 한 뼘가량 커 보이는 깡총한 키. 소년의 눈엔 어느 것 하나 예사로운 게 없었다. 한참 후에야 안 일이지만, 그녀의 가족은 볼셰비키 혁명 이후 국외로 망명한 백계러시아인이었다. 아버지가 계부이긴 했지만.

"우리 말 알아?"

소년은 호기심이 가득한 눈으로 물었다.

"쪼끔."

소녀는 방싯 웃었다.

"이름이 뭐야?"

"안나."

"난 데스께이야, 야스모또 데스께이. 자, 이거 가져."

소년이 채집통에서 잠자리 두 마리를 집어 건네주자, 소녀는 고개를 흔들었다. "넣을 집 없어."

"응, 기를 상자가 없다고? 그럼 내일 내가 하나 갖다 줄게."

소년은 잠자리를 도로 채집통에다 집어넣었다. "저쪽으로 가서 내가 잡는 거나 구경해."

"아니돼. 나는 가야 한다. 아빠한테 혼나."

"왜?"

"우리 엄마 아파."

소녀는 둑을 따라 하류 쪽으로 종종걸음 쳤다. 소년은 조금 섭섭했다.

다음날도 소년은 같은 시각 무렵에 같은 장소로, 소녀에게 줄 채집통을 가지고 나갔다. 하지만 강둑을 내려가면서 사방을 두리번거렸으나 소녀는 보이지 않았다.

"엄마가 많이 아픈가 보지."

소년이 중얼거리며 건성으로 잠자리채를 이리저리 흔들고 있는데, 하류 쪽으로 4, 5십 미터 떨어진 풀숲에서 소녀의 머리가 돌출하면서 소년에게 오라는 손짓을 해 보였다. 어찌나 반가운지 소년은 잠자리채와 채집통을 그 자리에 두고는 단숨에 달려갔다.

그런데 그곳에 이른 소년은 눈이 동그래졌다. 소녀는 냇물의 유로(流路)가 바뀌는 후미진 기슭의 풀숲에다 낡은 함석판을 깔아 그 위에 텐트 조각 같은 천을 씌워놓고는 사금파리와 유리 조각들을 주워다 모래와 풀잎들을 얹어 밥상을 차려놓은 것이 아닌가. 마치 자기들의 보금자리처럼.

"다로고이(여보), 공장에서 애 많이 써서, 밥 먹으세요."

소녀는 소년의 두 손을 잡으며 함석 위로 앉혔다. 소년은 잠시 어리둥절했으나 소녀가 쥐여 주는 나뭇가지 젓가락을 들고 먹는 시늉을 하며 씩 웃었다.

"이제부터는 저기 가지 말고 여기로 와. 알았지?"

소녀의 친절한 말에 소년은 고개를 끄덕였고, 그로부터 소년은 이곳으로 곧장 와서 소꿉놀이만 했다. 들고 온 잠자리채와 채집통은 오자마자 풀밭에 내버려둔 채.

그러던 어느 날.

그날도 여느 때와 같이 둘이 함께 요리를 준비하고 식사를 마쳤는데,

"저녁 먹었으니 이제 우리 자자." 하며, 뜻밖에 소녀가 함석판 위에 깔아놓은 천을 벗겨내는 것이었다.

"……자자구?"

소년은 갑자기 가슴이 콩콩거리면서 푸른 하늘을 올려다보았다. 환한 대낮이었으나 해는 중천에서 서편으로 기울어져 있었다. 이런 소년의 태도와는 아랑곳없이 소녀는 소년의 옆으로 바싹 다가앉아 둘의 머리 위로 천을 덮어

씌우더니, 자기의 팬티를 벗고는 원피스 자락을 걷어올렸다. 마주 붙어 앉은 소년의 시선은 하릴없이 소녀의 하얀 두 허벅다리의 분기점에 머물렀다. 그는 난생처음 대하는 이성의 제일차성징을 신비스러운 눈으로 물끄러미 들여다보았다.

그러는 소년의 손을 소녀가 살그머니 잡아선 그곳에다 갖다 대었다. 소년의 얼굴이 홍조를 띠면서 손가락이 입구에서 속으로 파고들어가기 시작했다. 소녀는 소년의 손놀림이 편하고 자세히 볼 수 있도록 자신의 두 손을 뒤로 받치고 상반신을 젖혔다. 소년은 입 안이 마르고 이마에는 땀방울이 맺혔다.

잠시 후 소녀는 소년의 허리를 그러안으며 자신의 상체 위로 누이더니 소년의 바지 단추를 풀어 주었다. 소년의 빳빳해진 고추가 바지 사이로 튀어나왔으나, 목표물에 꽂히기는 쉽지 않았다.

소녀가 안타까운 듯 몸을 일으켜 허리띠의 버클을 풀어 주자, 소년은 바지와 함께 팬츠까지 홀랑 벗었다. 그러고는 소녀의 몸 위로 엎드려 그녀의 도움을 받으며 삽입을 시도했다.

바로 그때.

들씠던 천이 갑자기 확 걷혔다. 구레나룻투성이의 배불뚝이가 포개어진 어린 몸뚱이를 보기가 무섭게, 두 소년 소녀가 손쓸 사이도 없이 소년을 발길로 걷어치웠다. 소년이 붕 떠서 풀숲으로 나가동그라지는 것과 동시에 배불뚝이는 소녀의 머리채를 잡아 일으키더니 그녀를 질질 끌다시피 낚아채고 가 버렸다.

소년은 풀숲에 나동그라진 채 한동안 넋을 잃고, 푸른 하늘에 흘러가는 솜 같은 구름 떼만 올려다보았다. 쥐방울처럼 오그라든 고추를 그대로 드러낸 채.

그로부터 소년은 냇가로 나갈 수가 없었다. 겁이 났던 것이다. 그러면서도 시간이 흐를수록 소녀의 뒷일이 궁금하고 보고 싶어 견딜 수가 없었다. 때로는 그 조갯살처럼 손가락 끝에 감촉되던 감미로움이 문득문득 되살아나면서, 어린 가슴에 풀숲으로 달려 나가고 싶은 충동을 불러일으키기도 했다.

그러기를 한 달 남짓 넘긴 어느 날, 소년은 끔찍한 비보를 들었다. 소녀가 요도가와 강기슭에 시체로 떠올랐다는.

소년은 처음엔 자기 귀를 의심했다. 그러나 며칠 사이에 그 사건은 동네 사람들의 입방앗감이 되었다. 딸이 너무 싸돌아다니다가 의붓아버지가 딸을 삭발시키고 감금했는데, 앓고 있던 어머니가 그 쇼크로 병이 악화되어 눈을 감자, 딸이 밤중에 몰래 빠져나가 강물에 투신했다는 것이었다. 또 다른 풍편으로는 그 배불뚝이 계부가 어린 딸을 유곽으로 팔아넘기려 하자, 팔려가던 도중에 다리 위에서 물 위로 뛰어내렸다는 설도 있었다.

그러나 어찌 되었든 소녀의 죽음은 소학교 2학년생의 어린 소년에게는 엄청난 충격으로 다가와, 좀처럼 메워지기 어려운 커다란 구멍을 가슴에다 뚫어 놓고 말았다.

소년은 남몰래 혼자 가슴앓이를 하며 몇 달 동안 휴학을 하였고, 그로부터 그는 이성을 대하는 것 자체가 죄악처럼 가슴 깊숙이 각인되면서 그를 금욕주의자로 만들어 버린 것이었다.

"안나!"

철형은 무대 위의 배우처럼 탄식조로 나직이 부르며, 책상 위의 지윤에게로 시선을 주었다. 이제까지 느낄 수 없었던 일종의 회오(悔悟) 같은 것이 그의 가슴을 엄습했다.

그는 다시 술병을 집어 나발을 불었다. 하지만 모든 것의 망각제(忘却劑)로 여겨 왔던 알코올은 지금껏 그의 가슴속에 침전되었던 과거를 사정없이 교란시키고 마는 것이었다.

제14장 연속된 악운 — 변신

69

철형의 밀항 행정(行程)은 출발하는 날부터 순탄하지 못했다. 여명을 기해 선장과 기관사를 비롯하여 20여 명의 밀항자를 싣고 출항한 20톤급 선박은 어둠을 헤치며 해안 경비선의 감시를 피해 무사히 연안해를 빠져나왔으나, 아침녘이 되면서 바다가 거칠어지기 시작한 것이었다.

각자 준비해 가지고 온 도시락과 주먹밥으로 아침 요기를 할 무렵부터 바람이 거세지기 시작하면서 파도가 높게 일더니, 한 시간쯤 지나자 하늘이 새카매지면서 진눈깨비까지 흩날렸다. 대부분이 갑판으로 몰려나와 하늘과 바다가 맞닿아 버린 듯한 망망대해를 바라보며 초조한 빛을 감추지 못했다.

'이 정도야 뚫고 가겠지.'

철형은 거푸 담배연기를 뿜어대며 담대해지려고 애쓰면서도 그의 눈은 선체 곳곳을 두루 탐색했다. 구명조끼와 부표나 그 대용품이 될 만한 것들을 눈여겨보아 두는 것이었다. 만에 하나, 풍랑이 극악에 달해 배가 침몰하거나 난파하는 경우에는 구명이 가장 용이한 물체와 함께 거센 파도 속으로 뛰어들 각오였다. 결코 죽음이란 생각할 수도 없으며, 죽어서도 안된다는 결심으로.

오후가 되면서 더욱 거세진 파도가 선수(船首)에 사납게 부딪치며 하얀 포말 더미가 갑판으로 밀려들었다. 전진하던 선체가 심한 피칭을 일으켰고, 그 바람에 갑판 가운데 서 있던 한 사나이가 난간 쪽으로 나뒹굴며 물결에 휩쓸리는 것을 철형이 잽싸게 달려들어 낚아챘다. 사나이는 사색이 되어 철형의 손을 꽉 붙잡고는 자세를 가누려고 기를 썼다.

"이런 땔수록 용기를 잃으면 안돼요."

물속으로 잠기는 듯 파도 깊숙이 빠져들었던 선체가 다시 떠오르자, 철형은 사나이를 확 끌어올려 선실 입구로 밀어 보낸 뒤, 자신도 두 명의 다른 사람과 함께 입구의 계단을 내려서면서 성난 파도로 뒤덮인 바다를 다시 한 번 뒤돌아보았다.

문자 그대로 파상적으로 밀어닥치는 노도 앞에서, 20톤급 밀항선 연평호(演坪號)는 영락없는 망망대해의 일엽편주 형국으로 한자리에서 물결을 타고 잠겼다가 떠오르고 떠올랐다간 잠기곤 했다.

"팔자에 태어나지 않은 동경 구경을 하려다 물귀신부터 먼저 보게 되겠는걸."

기관사의 이마에 흐르는 땀을 바라보고 있던 정석태가 철형이 다가가자 빈정거리듯 말했다.

"사람이 죽는다는 게 그리 간단한 것이 아닐세. 콜럼버스는 석 달 동안이나 항해를 계속한 끝에 아메리카 대륙을 발견했지 않나. 그에 비하면 이 정돈 아무것도 아니지."

철형은 태연자약한 모습으로 정석태를 위시한 주위 사람들을 격려하며 동시에 자위도 했다.

"이 사람이, 시방 농담을 할 땐가? 저 파도 더미와 쏟아져 들어오는 물을 좀 보게."

오중권이 극도의 불안을 감추지 못했다.

"지금 이렇게 낙담만 하고 앉아 있을 때가 아닙니다. 하느님은 스스로 돕는 자를 돕는다고 했습니다. 자, 우리 끝까지 용기를 잃지 맙시다."

일행 중 가장 젊은 사나이가 양동이로 선실에 넘쳐 든 물을 퍼내다 말고 철형 쪽을 보며 말했다.

걷잡을 수 없는 피칭과 롤링에다 기관실로 흘러든 바닷물 때문에 엔진마저 멎어 버린 배는 한 치도 전진하지 못하고 밀어닥치는 파도에 금시라도 뒤집어질 듯이 요동쳤다.

'이러다 진짜 상어밥 신세가 되는 게 아닐까!'

시간이 갈수록 철형도 은근히 겁이 자심해졌다. 게다가 날이 저물면서 물을 퍼내는 손놀림도 차차 맥이 풀려 갔다. 자칫 한순간의 파도로 배가 뒤집히는 날엔 만사 끝장이다. 눈여겨보아 둔 구명구도 어둠 속의 대해 앞에선 있으나마나 한 것이었다.

그러나 일 년 삼백육십오 일을 흙냄새와 비린내를 맡으며 우직하게 살아온 농어촌 출신 청년들은 철형 못지않게 삶에 대한 애착과 집념이 강했다. 비록 흙과 바닷물에 진력난 나머지, 괭이와 노를 던져 버리고 말로만 들어 오던 문명을 찾아 고향을 등진 그들이었지만, 일찍이 몸에 밴 근면성은 그들로 하여금 배수 작업과 기관 수리에 한마디 불평 없이 본연의 저력을 발휘케 했다. 선실 구석에서 계속 구토를 하느라 정신이 없는 5,6명의 부녀자를 제외하곤.

"이제 잠시 숨을 돌리고들 해요."

파이프를 빨고 있던 선장이 파란 카바이드 불빛 아래에서 땀과 물에 젖은 얼굴들을 보면서 말했다.

"따빗밭 가는 데 비하면 이까짓 것쯤이야 일인가요?"

"멸치그물 올리는 건 어떻고?"

"집에서 아기구덕 보는 것보다야 덜 따분하지."

"내일모레 대판(大阪) 구경 할 생각하면 팔 아픈 것도 저리가라예요."

선장의 말에 제각기 한마디씩 하는 농담 가운데에는 눈앞의 공포와 절망에서 헤어나려는 시골 출신다운 뚝심과 소박한 지혜마저 깃들어 있었다.

미상불, 그들의 대화를 듣는 가운데 철형은 한가닥의 위안을 받으면서도, 어서 빨리 어둠이 걷히기를 바랐다. 지나가는 선박이든 무인도든 일단 가시거리에 들어와 주어야 조난을 당하더라도 살아날 확률이 높아지는 것이었다.

'도대체 지금 어디쯤 와 있는 걸까?'

철형은 선실 입구 쪽으로 시선을 주면서 궁금하고 답답해 못 견딜 지경이었으나, 그렇다고 모두들 정신없이 작업을 하는 마당에 선장에게 물어볼 계제도 못 되었다.

'이제 잠시 숨을 돌리고 하라는 걸 보면 심적인 여유가 있다는 게 아닌가? 기관이 멎었는데도……? 이미 SOS를 쳐 놓은 것일까? 아니면 어느 육지라도 발견하고, 기관만 고치면 그리로 접안하려는 것일까? 그리 되면 조난은 면하게 될지 모르지만 우리의 목적은 수포로 돌아가고 만다. 모두 붙잡혀 오무라(大村) 수용소로 보내지고 말 테니까. 아무튼 밝을 때까지 기다리는 수밖에 없다.'

철형은 또 다른 불안 속에서 연신 손목시계를 보면서 시간의 흐름만을 재촉했다.

70

이윽고 지겨운 공포의 밤이 지나고 먼동이 트기 시작했다. 하늘을 짙게 뒤덮었던 먹구름도 꽤 엷어졌고, 동쪽 하늘의 수평선도 윤곽이 선명했다.

"선장님, 저게 혹시 섬이 아닙니까?"

한 시간 전부터 입구를 들락거리며 밖을 유심히 바라보던 철형이 북동쪽 해상의 거무스레한 돌출부를 발견하고는 선장에게로 다가섰다. 선실 여기저기에 맥없이 걸터앉아 있던 사람들의 시선이 일제히 그에게 집중되었고, "어디, 어디요?" 하며 하나 둘 자리에서 일어섰다. 그러나 이런 밀항자들의 들뜸과는 달리, 선장은 별 희색도 없이 고개만 끄덕거렸다. 이미 알고 있었다는 듯이.

"저게 어디예요?"

"이제 다 온 거 아닙니까?"

밖을 내다본 사람들이 제각기 한마디씩 물었다.

"대마도(쓰시마)요."

선장은 씁쓸하게 대답했다.

"선장님, 그쪽으로 뱃길을 돌립시다."

정석태가 마치 인솔자이기라도 한 양 반명령조로 선장을 보며 말했다. 전원의 시선이 선장의 입으로 쏠렸다. 그러나 대답은 선장이 아니라 엉뚱한 자의 입에서 나왔다.

"쓰시마라면 안됩니다."

기관사가 고장난 엔진을 수리하다 손을 다치는 바람에, 그를 대신해 시린 손을 입김으로 불며 엔진과 씨름하던 양(梁)이라는 최연하의 청년이 구부렸던 몸을 벌떡 일으키며 거칠게 반박했다. 첫 번 밀항 때 쓰시마에서 붙잡혀 오무라 수용소 신세를 졌던 그로서는 쓰시마란 소리를 듣는 것만으로도 낭패감이 앞섰다.

"허지만 생으로 고기밥이 되느니 우선은 하나밖에 없는 목숨부터 부지해 놓고 봐야 될 거 아닙니까? 여러분들은 어떻게 생각하십니까? 각자 의견들을 솔직히 말씀해 보세요."

정석태는 자기의 주장을 펴면서 동조를 구하듯 주위 사람들을 둘러보았다.

"그렇고말고. 똑떨어진 말일세. 목숨을 걸면서까지 대판에 갈 마음은 없네. 재수가 없어 붙잡히는 날엔 깨끗이 마누라 품 안으로 돌아가는 거지 뭐."

"송충인 솔잎 먹고 살아야지, 팔자에 없는 짓 하려다 물귀신 되기 십상이지."

"그 지긋지긋한 따비 대신 큰 공장에서 윙윙 돌아가는 기계를 잡아 보려 했더니……, 그러지 말라고 조상님들이 말리는 모양이구먼."

주위에 있는 여러 사람들이 대놓고 정석태의 말에 동조했다. 하루해 하룻밤을 생과 사의 갈림길에서 넋이 나갔던 그들에겐 낯선 미지의 문명세계보다도 낯익고 정든 농촌에의 향수가 더욱 절실해진 모양이었다.

"파도도 차차 낮아지고 있으니 엔진만 살아난다면 직행하는 게 어떻겠습니까?"

철형이 점잖게 한마디 거들었으나, 이에 동조하는 사람은 철형과 양 청년을 포함해 열 명도 안되었다. 일행은 배의 항로를 놓고 한동안 실랑이를 벌였다. 그러나 전원의 절반도 못 되는 철형 측의 주장에 따르기로 한 것은, 쓰시마 쪽으로 뱃머리를 돌린다면 더 이상 엔진에 손을 대지 않겠다고 양 청년이 으름장을 놓았기 때문이었다. 농촌에서 2, 3년가량 정미소에 종사했던 양 청년의 기계에 대한 눈썰미가 남달랐던 것이다.

아침께가 되어 파도가 어지간히 가라앉았고, 열 시쯤엔 기관도 살아났다. 마침내 배는 너울거리는 파도 위를 허우적거리며 동쪽으로 전진하기 시작했다.

저녁 어스름이 내릴 무렵, 배가 도착한 곳은 후쿠오카 현 서단에 위치한 한적한 포구였다.

그러나 배가 포구에 닻을 내린 지 30분도 채 못 되어, 그들이 하선하기도 전에 어민으로 보이는 중년 사내를 앞세우고 두 명의 경관이 선창가에 나타났다. 낯선 이름의 배가 때늦은 시간에 들어오는 것을 보고 수상히 여긴 현지인 어부가 경찰에 신고한 것이었다. 두 경관은 연평호의 갑판 위로 올라오더니, 그중 한 명이 선실로 내려가 밀항자들을 일일이 일으켜 줄을 세운 다음 인원 점검을 했다.

'젠장, 이제 글렀구나!'

철형은 절망감에 휩싸였다. 귀국한 이래 몇 달 동안의 기도(企圖) 끝에 감행한 일이 한순간에 물거품이 되어 버리다니 실로 망연할 따름이었다.

일경은 손으로 밀항자들의 어깨를 하나하나 짚어 가면서 출입구 쪽으로 밀어 보냈다. 일경이 철형의 앞에서 어깨를 툭 건드리며 쏘아보는 매서운 얼굴을 마주했을 때 철형은 문득, 소년 시절 아버지가 들려주던 속담이 떠올랐다.
— '호랑이에게 물려가도 정신만 차리면 산다.'

'옳지!'

철형은 일경의 일거수일투족을 예의 주시하면서, 일발(一髮)의 기회라도 포착되면 탈출하기로 작정했다.

이윽고 일경은 선장과 기관사를 필두로 밀항자들을 줄줄이 밖으로 내보내기 시작했다.

'어차피 이판사판이다!'

갑판으로 올라가는 사람들의 후미에 처져 출입구 계단에 올라선 철형은 힐끗 뒤를 돌아보았다. 일경은 손전등을 켜고 선실 구석구석의 빈 공간이며 기관실 등 내부를 한 바퀴 비춰보고 있었다. 철형은 이번엔 갑판 위에 있는 일경을 주시했다. 선실에서 나오는 밀항자들을 살피던 일경의 시선이, 하선을 위해 선수로 몰려가는 그들 쪽으로 쏠린 찰나, 철형은 도둑고양이처럼 날렵하게 출입구를 빠져나와 조타실 벽 뒤로 몸을 숨겼다. 동시에 납작 엎드려 옷을 재빨리 벗고는 허리띠로 뭉쳐서 조타실 구석으로 살짝 밀어 넣었다.

철형은 엎드린 자세로 갑판 쪽을 주시했다. 그러다가 일경의 시선이 자기와 반대쪽으로 향한 순간, 팬티 바람으로 난간에 매달려 물 위로 미끄러져 내려갔다. 그는 이를 드득거리며 소름투성이의 몸을 물속으로 깊이 잠그고는 헤엄쳐 나가기 시작했다.

물속은 바깥보다 뜨듯하여 견딜 만했다. 배를 대고 있는 선창에서 건너편 방파제의 선단부(先端部)까지는 백 미터는 좋이 되는 거리였으나, 호흡이 곤란하다고 해서 마음 놓고 수면으로 떠오를 수가 없었다. 오직 감시망에서 벗어날 일념뿐이었으니까.

그러나 일분 가까이 기를 쓰고 전진하고 나자, 숨이 차오를 대로 차올라 그 이상 견딜 수가 없었다. 그는 머리만을 살짝 물 위로 내밀고는 고개를 옆으로 돌려 숨을 몰아쉬었다.

'이런 추운 날 바닷속으로 몸을 던지면서까지 탈주하리라곤 상상도 못하겠지.'

그는 몇 차례 심호흡을 하고 나서 다시 잠수해 나아갔다. 독 안에 든 쥐나 다름없는 20여 명의 나포자들 중에서 오직 자기만이 일경의 감시망을 뚫고 나아가 목적을 달성할 경우에 얻어지는 쾌재와, 또한 그에 수반되는 우월감의 발로는 그의 잠영(潛泳)에 정신적 추진력을 배가시켜 주었다.

미구에, 연행된 나머지 일행은 오무라 수용소로 끌려가 몇 달 동안의 억류 생활을 겪은 후 한국으로 강제송환되고, 자기만이 남다른 기지와 무용(武勇)으로 20대 1의 밀항에 성공하여 도쿄 거리를 활보할 것이 아닌가. 특히 언어 구사가 자유자재요, 그곳의 생활습관도 몸에 배었으니 이 감시망만 벗어난다면 거칠 것이 없을 터였다.

초조한 현재와 희망찬 내일이 교차하는 가운데 철형은 개구리처럼 유연하게 물속을 헤치며 앞으로 나아갔다. 그러나 그의 나르시시즘은 그가 두 번째의 호흡을 위해 수면으로 부상했을 때 여지없이 깨지고 말았다.

그것은 더럽게도 재수없는 우연한 발각이었다. 일단 인원 점검도 끝났으려니와, 벗어 놓은 옷도 조타실 구석에 감춰졌을뿐더러, 일행 중의 그 누구도 거니채지 못하게 몸을 빼돌린 이상 고자질할 여지도 없었다. 더군다나 겨울 저녁녘이라 수면의 내부가 불투명한 데다 출렁이는 파도 때문에 수영의 궤적도 드러나 보일 리 없었을 것이다.

철형이, 이쯤이면 이제 감시자의 시계(視界)를 벗어났을 것이라 생각하며 방파제 벽을 잡고 고개를 내밀었을 때는, 밀항자들을 태운 스리쿼터가 선창가를 막 출발해 핸들을 트는 순간이었다. 자동차의 헤드라이트 광속이 포구 밖으로 뻗어 나가면서 방파제의 선단부를 조명한 것이었다.

"…… 저게 뭐얏?"

아까 선실에 들어갔던 일경의 시선이 한 곳에 꽂혔다. 빛을 받은 철형이 반사적으로 머리를 물속으로 잠갔으나, 그것은 오히려 움직이는 물체라는 사실을 상대에게 확인시켜 주었을 뿐이었다. 그가 둑 뒤쪽으로 몸을 숨긴 뒤 행동의 갈피를 잡기도 전에 일경은 차를 정지시키곤 방파제를 단숨에 달려와 철형의 머리 위에 서 있었다. 용의주도하게 시도한 탈출이 허무하게 끝장나고 마는 순간이었다.

철형은 무작정 포구 바깥쪽으로 정신없이 헤엄쳐 갔다. 실로 그로선 처음 맛보는 수괴요 낭패였다.

"오이오이(이봐), 마떼 마떼(멈춰 멈춰)! 아부나이(위험해)!"
일경이 손짓하며 소리쳤다.
미친듯이 앞을 향해 팔다리를 움직이던 철형이 갑자기 동작을 멈추었다.
'개죽음을 할 순 없다. 이대로 죽는 건 무의미한 짓이야.'
철형은 사지를 벌린 채 하늘을 향하여 생각에 잠겼다가 뭍을 향해 천천히 헤엄쳐 왔다. 방파제 위로 오르자 차가운 바람이 맨살에 휘감기면서 온몸이 떨리기 시작했다.
"빨리 가서 옷부터 걸쳐야겠어. 옷을 버리진 않았겠지?"
일경은 팬티 바람으로 물속에서 나온 철형을 어이없다는 눈빛으로 훑어보면서 물었다.
"조타실에 뒀습니다."
덜덜 떨리는 몸을 가누며 멋쩍게 대답하는 철형은 쥐구멍에라도 들어가고 싶은 심정이었다.
"어서 가!"
일경은 철형을 앞세우고 연평호로 가서 옷을 찾아 입게 했다. "자네 같은 사람은 처음 보는군. 모험도 유분수지."
철형이 일경을 따라 차에 오르자, 연행자 전원의 시선이 일제히 그에게 집중되었다. 그러나 철형은 그들에겐 눈길을 주지 않고 두 손으로 머리를 감싼 채 바닥만 내려봤다.
주재소에 도착하자, 일경은 연행자들을 유치장에 가두고 나서 철형을 집무실로 데려갔다.
"일단 몸부터 녹이라구."
일경은 나무의자를 난롯가로 끌어당겨 철형에게 앉으라고 했다. 철형은 엉거주춤 걸터앉았으나 자신에게 가해질 책벌로 좌불안석이었다.
아니나 다를까, 난로의 복사열이 그의 젖은 팬티에 전해지면서 김이 모락모락 피어오르는 것을 보며 그가 샅에 달라붙은 축축한 팬티를 떼어내려고 몸을 일으켰을 때, "이쪽으로 와 봐!" 하는 냉엄한 목소리가 들렸다. 그 방에서 가장 연장자로 보이는 순사부장이 자기 책상 앞으로 철형을 불러 세운 것이었다.

"왜 그런 무모한 짓을 한 거야?"

"당신들 손에 넘어가면 결과는 뻔한 거 아닙니까?"

철형의 성깔은 여전했다.

"그렇다고 그런 위험한 짓을……. 자네 일본에 살았던 적이 있나?"

철형의 유창한 일본어 구사에 순사부장이 그를 응시하다가 저희 일경끼리 마주 보았다.

"한국에서 산 건 몇 달밖에 안됩니다. 제가 나서 자란 곳이 바로 이 일본 땅입니다."

철형은 자기 입장에 불리하지 않은 질문을 백퍼센트 이용하려 했다.

"어디서 살았나?"

"오사까에서 살았습니다."

"음."

순사부장은 고개를 끄덕이며 심문을 계속했다. "그럼 밀항한 목적은?"

"좀 더 문명한 사회에서, 자신의 일에 보람을 느낄 수 있는 곳에서 생활하고 싶어섭니다."

"보람 있는 일은 자네 나라에서도 얼마든지 찾아낼 수 있을 텐데? 특히 일본에서 갓 독립한 신생국가라 해야 할 일들이 산적해 있을 게 아닌가?"

"그보다도 전 일본을 위해 일을 하고 싶습니다. 저의 형님도 대일본제국의 육군 대위로서 일본을 위해 남방 전선에서 목숨을 바쳤습니다."

"아아, 그건 편협한 사고방식이야. 일본은 자네들이 아니라도 우리 국민이 재건해 갈 수 있어. 지금은 비록 패전국으로서 과도기를 겪고 있지만 불원간 부흥될 거야. 자네는 어디까지나 자네의 나라에서 봉사할 의무가 있어."

"그건 한국의 실정을 모르시고 하는 말씀입니다. 한국엔 지금 나 같은 사람을 써 줄 마땅한 일자리가 없습니다. 제발 저를 송환하지 않도록 선처해 주십시오. 부탁입니다."

철형은 자존심 따위는 헌신짝처럼 팽개쳐 버리고 오직 한 가지만을 위해 집요하게 매달렸다.

"허허. 자넨 내 말뜻을 못 알아듣는구먼. 조선의 실정을 말했으니 말이지만, 우리나라에도 지금 수백만의 실업자가 있고, 날마다 아사자가 속출하고 있어. 그런데도 자네들을 받아들이란 말인가……? 그리고 자네들을 송환하고 안 하고는 우리의 권한 밖의 일이야."

순사부장의 태도는 조리 있고 찬찬하면서도 냉철했다.

결국, 철형의 갖은 수단과 노력에도 불구하고 그의 첫 밀항 시도는 물거품이 되고 말았다. 그와 함께 연행자들 전원은 다음날 밀입국관리소로 넘겨져 심사 절차를 거친 후 며칠 만에 나가사키 현에 있는 오무라 수용소로 이송되었다.

그런데 수용소에 도착했을 때, 정석태와 오중권의 모습이 보이지 않았다. 밀항 담당 실무자를 통해 브로커로부터 연락을 받은 정석태의 아버지가 손을 써서 뒷구멍으로 빼어낸 것이었다. 그러한 사실을 뒤늦게 알게 된 철형으로선 또 한 번의 참담한 심정을 곱씹지 않을 수 없었다. 소기의 목적이 좌절되어 버린 울분도 울분이려니와, 위기관리의 기지라면 남에게 뒤져 본 일이 없는 철형으로서는 20대 2의 합격자 가운데 자기가 끼이지 못했다는 것이 그로 하여금 참을 수 없는 패배감과 낙오 의식을 불러일으키게 하는 것이었다. 더군다나 빼돌려진 두 사람이 다름 아닌, 자기와 애초부터 밀항을 계획했던 한 동아리일뿐더러, 정석태가 오중권만을 싹 업고 자기는 곱다시 떨어뜨려 버렸다는 덴 말할 수 없는 배신감마저 치솟았다.

'나보다 아버지가 먼저 와 계셨더라면 이번 같은 위기는 쉽사리 모면할 수 있었을 텐데…….'

철형은 잠시 그런 후회도 해 보았으나 이내 머릿속의 가정(假定)을 흩날려 버렸다. '부질없는 생각이다!'

철형은 뒤틀린 마음을 추스르며, 수용소의 억류 생활에 이어 송환 후 풀려나는 대로 곧 재도전할 제2차 밀항 계획을 구상해 보았다. 주위 사람들의 잡담에는 개의치 않고.

"참말로 비싼 일본 구경 하는구먼."

"역시 민물고기는 민물에서 놀아야 쓰겠는가 벼."

"다신 누가 밀항하겠다는 놈 있으믄 벤또밥 싸들고 말릴 거여."

"무슨 소리야, 본전이 아깝지 않나? 그걸 반까이(挽回)하기 위해서라도 이대로 주저앉을 순 없어."

각처에서 수용소에 들어온 억류자들이 제각기 한마디씩 푸념처럼 늘어놓는가 하면,

"야아, 그 강 뭐라는 사람 놀랍던데. 그 추위에 물속으로 도망쳐가다니."

"아무튼 보통은 넘는 사람이야."

"아무리 그렇기로서니 그 지경까지 용쓸 게 뭐람. 옆방에서 일본 순경하고 말하는 걸 들으니깐 그 사람 '일본병 환자' 같더구만." 하고, 철형이 없는 데선 공공연히 회자되기도 했다.

71

수용소에는 철형 일행보다 먼저 들어와 있던 밀항자들만도 수백 명이나 되었는데, 그들은 이곳 생활이 몸에 익었는지 다른 동(棟) 사람들과도 서로 어울려 탁구나 배구 시합 등 운동을 즐기는가 하면, 나이가 든 층은 진종일 방에 틀어박혀 장기나 화투로 시간을 때우기도 했다. 그리고 이도저도 아닌 자들은 과일을 발효시켜 밀주를 만들거나, 의무실에서 약간의 알코올을 구해다가 물에 몇 방울 떨어뜨려 마시기도 하였다.(매점에선 주류 판매가 금지되어 있었다.)

철형은 이들의 어느 무리에도 끼이지 않고 연신 줄담배를 피우며 마당 주위를 둘러보았다. 전쟁 당시 포로들을 수용했었다는 이곳은 주위가 높다란 콘크리트 담으로 둘러싸여 있는 데다 출입문도 하나뿐이어서 탈출이란 엄두도 낼 수 없었다.

'두 번 다시 이곳 신세는 지지 말아야지.'

철형은 담벽 아래를 천천히 거닐며 마음속으로 몇 번이고 다짐했다.

아침 6시 기상에서 밤 9시 취침 시간까지 방청소, 세수, 식사, 그리고 놀음놀이 — 이렇게 판에 박은 듯 단조롭고 지루한 하루하루가 되풀이되는 가운데, 철형의 수첩 속 달력에도 ×표한 날짜가 늘어나 마침내 3개월 만에 강제송환이 이루어졌다.

부산에 도착한 송환자들은 수용소를 거쳐 경찰서로 이송되어 조사를 받았는데, 다행히 철형은 초범이어서 일주일 만에 석방되었다. 그러나 막상 나와 보니 갈 곳이 없었다. 고립무원이었다.

'돈이 필요하다!'

철형은 우선 일자리부터 잡아야겠다고 생각했다. 지난 밀항 때 배가 포구에 정박하는 즉시 잔금을 치러 버려 주머니가 거의 바닥난 철형으로서는 이제부터의 숙식비도 문제려니와, 그가 기도하는 제2의 밀항을 위해선 그에 필요한 자금을 마련해야 되었기 때문이었다.

좌사우고(左思右考) 끝에 주머니를 탈탈 털어 아미동 산비탈에 있는 싸구려 하꼬방 하나를 숙소로 빌린 그는, 이튿날부터 공사판으로 뛰어들었다. 이것저것 가릴 것 없이 돈벌이만 되는 일이면 무슨 일이든 — 부두 화물 하역 작업, 축항 보수공사, 도로 포장공사, 건축공사 등등 — 닥치는 대로 했다.

사실 그로서는 난생처음 겪어 보는 손설고 고된 육체노동으로서, 상상조차 해 보지 못한 작업이었지만, 별로 힘드는 줄 모르고 성실하게 해낼 수 있었다. 그것이 자기가 기도하는 목적을 달성하기 위한 하나의 수단임에야 근들

감수하지 않을 도리가 없었던 것이다. 하기야 당장이라도 고향으로 달려가 손을 벌리기만 하면 그런 힘든 노력(勞力)에다 오랜 시일을 요하는 대가를 치르지 않더라도 쉽게 해결할 수 있는 문제였으나, 지금과 같은 신세로 가족들 앞에 나타난다는 것은 그의 양심에 앞서 자존심부터가 허락하지 않았다.

'이 정도의 노력은 해방된 조국에 대한 기념품으로 선사하자.'

철형은 자기의 품팔이의 명분을 그렇게 달았다. 그것이 최초이자 마지막이 되리라 확신했기 때문에.

그러는 한편, 저녁엔 밀항 루트를 알아보기 위해 부둣가의 선술집에서 주위 사람들의 말을 귀동냥했다.

그러던 어느 날, 철형은 점심시간에 작업장에서 얼마 안 떨어진 방파제에 두 다리를 뻗고 앉아서 멀리 오륙도 쪽의 푸른 바다를 바라보고 있었다. 일주일 전부터 영도 북부 만안에 있는 소규모 조선소에서 잡일을 맡아 하고 있었으므로 짧은 점심시간을 보내기에는 맞갖은 장소였다.

"요새는 돼지 한 마리당 얼만교?"

"큰거 한 다발만 가온나."

철형은 여유롭게 담배연기를 물결 위로 날리며, 지난밤 선술집에서 얻어들은 말을 되새겨 보았다. 질문자와 응답자의 대화 내용으로 보아 필시 흥정하는 은어임엔 틀림없는 것 같은데, 확연히 단정할 수가 없었다. 그래 즉석에서 대화에 끼여들려다가, 그들의 화제를 바꿔 버리는 바람에 좀 더 두고 보기로 한 것이었다.

"헹(兄) 씨는 누구 기다리는 사람이라도 있능교? 노상 예 와 앉아 있고로."

철형과 함께 잡역부로 일하는 그 또래의 청년 탁영섭(卓榮燮) 이 어느새 왔는지 철형 옆에 앉으며, 그가 내뿜는 담배연기를 맡는 시늉을 했다. 철형이 상대방의 의중을 알아차리곤 주머니에서 '공작' 한 개비를 뽑아 주자, 얼른 받아 철형의 담뱃불로 불을 댕기고는 깊숙이 빨아댔다.

"가만 보이 헹 씨는 이런 데서 일할 사람 같지 안십니더. 헌데도 우째 그리

열심잉교?"

"남의 돈을 공짜로 먹을 수 있나요? 써 주는 것만도 고마워해야 할 판인데."

철형은 씁쓸히 웃었다.

"핫따, 시어 가면서 적당적당히 하이소 마. 그칸다꼬 돈 더 주는 것도 아인데."

조선소 사장의 먼 친척뻘 된다는 탁 청년은 반쯤 태운 담배를 바닥에다 비벼 끄고는 호주머니에 집어넣으며 딱하다는 듯이 한쪽 눈을 찡그렸다.

철형은 대답 대신 권련 한 개비를 꺼내 주면서 "나 한 가지만 물어봅시다." 하고 상대를 유심히 쳐다보았다.

"뭐 말잉교? 나 같은 놈한테 물어볼 것도 다 있십니꺼?"

그는 갑자기 호기심 어린 기색을 띤다.

"돼지 한 마리당 큰거 한 다발이란 말 들어 봤어요?"

철형의 물음에 탁 청년은 "그 말 어데서 들었능교?" 하고 정색하며 되물었다.

"어젯밤에 일 끝내고 제일부두 선술집에서 한잔 하는데 주위 사람들이 저들끼리 수근거리는 걸……."

"아아, 그거 밀항꾼들 얘기 아잉교."

탁 청년은 철형의 말을 가로채고는 신나는 듯 말을 이었다. "돼지 한 마리는 밀항 희망자 한 사람, 큰거 한다발은 백원(百圓)짜리 백 장 아잉교."

그는 주머니에서 반쪽 꽁초를 꺼내 성냥불을 댕겼다.

"어떻게 그리 환히 알고 있는 거요?"

철형이 반가워하며 얼굴빛이 밝아졌다.

"우리 아제가 밀항자들을 알선하는, 거 머라 카드라, 아 맞다, 뿌로까(브로커) 아잉교."

탁 청년은 입이 벌어질 정도로 우쭐했다.

72

"자, 우선 목부터 추깁시다."

그날 저녁, 철형은 작업을 마친 후 탁 청년을 식당으로 안내하여 주반(酒飯)을 함께 하면서 자신의 밀항 실패담과 앞으로의 계획을 털어놓았다.

"그래, 내가 않겠십니꺼, 우리 공장 같은 데서 일할 사람 아니라꼬."

탁 청년은 잔을 높이 쳐들어 건배를 하고 나서, 철형에 대한 자신의 예측이 들어맞은 데 대해 스스로 대견스러워하면서 철형에게 잔을 넘겼다.

"탁 형이 알다시피 자랑스러운 일도 못 되고 해서 숨어살듯이 지내면서 찬밥 더운밥 안 가리고 닥치는 대로 아무 일이나 하고 있지만, 정말이지 내게 그런 희망마저 없다면 벌써 저 영도다리 위에서 뛰어내리기라도 했을 거요."

철형은 상대가 부어 준 잔을 한입에 쭉 들이켜고는 잔을 넘기면서 오랜만에 호기롭게 웃었다.

"하모하모, 사나이가 한번 결심했시믄 목적 달성을 해야지 예. 내가 아는 사람 중에도 그렇게 건너가 일본에서 사는 사람 많십니더."

탁 청년은 제 딴엔 철형의 사기를 돋워 준답시고 한 말이었지만, 철형으로선 문뜩 정석태와 오중권이 생각나면서 한동안 사라졌던 패배감과 함께 그를 더욱 달뜨게 만들었다.

"내 직장동료로서의 간절한 부탁이니, 아저씨 되는 분한테 뱃삯과 출항 절차, 일정 같은 걸 구체적으로 알아봐 줘요. 내 비록 탁 형을 알게 된 것이 일주일밖에 안됐지만, 사람의 인연이라는 게 언제 어떻게 될지 모르는 거 아니겠어요?"

"그 점에 대해선 염려 마이소. 내 오늘밤에라도 아제한테 가가 학실히 알아볼 테니께네. 그카고 헹씨를 일착으로 모시라 할 거구만."

탁 청년은 술기운이 돌자, 모든 게 제 맘대로 될 것처럼 한술 더 떴다.

'설마 뻥까는 건 아니겠지?'

철형은 그와 헤어져 산비탈의 셋방 집으로 올라가면서 그의 말이 진실이기를 바랐다.

근 8개월 동안 우천으로 작업을 공치는 날을 빼고는 쉴새없이 공사판을 돌아다닌 덕분에, 밀항꾼들이 말하는 자금 정도라면 이미 적립된 터였으므로 이제 선편만 마련되면 되는 것이었다. 미상불 철형이 바랐던 대로 탁영섭의 말은 거짓이 아니었다.

이튿날 철형이 조선소로 출근하자, 먼저 나와 있던 그가 철형을 외진 곳으로 불러내더니 "이제 됐심더." 하고 득의양양해하였다. 그의 말에 따르면, 지금 암암리에 밀항 희망자를 모으는 중이며, 최소 성원인 10명을 채우려면 앞으로 열흘 정도는 기다려야 한다는 것이었다. 그것도 쓰시마행일 경우이지, 본토까지라면 최소한 인원이 20명은 되어야 하므로 한 달가량 더 있어야 한다고 했다.

"내가 특별히 부탁해 가 헹씨 뱃삯은 일할 깎아 돌라 캤심더. 그 대신 나중에 술이나 한잔 사이오."

철형은 흐뭇한 표정을 띠며, 따로 사 가지고 간 '공작' 한 갑을 탁영섭의 손에 쥐여 주었다.

철형은 쓰시마행이라는 데 다소 마음이 걸리긴 했으나, 그곳에서 일단 한 달쯤 머물면서 현지인 신분으로 위장하여 본토로 들어가는 것이 어떤 면에선 위험부담이 덜하다는 모집책의 설득이 있었을 뿐 아니라, 본토로의 직행이라 해서 안전에 대한 확실한 보장도 없었으므로, 전자 쪽을 택하기로 했다. 철형으로선 천신만고의 노력 끝에 이루어진 도정인 만큼 이번에야말로 성공적인 목적 달성을 간절히 기망(祈望)했으나, 행운의 여신은 또다시 그의 편이 되어 주지 않았다.

철형이 생각키로는 인원수도 일차 때의 절반밖에 안된 데다 직업적인 밀항 안내자가 민가까지 인도하기로 계약이 돼 있었기 때문에, 적어도 쓰시마에서

만은 안전하리라 믿었었다. 그런데 안내자의 뒤를 따라 미리 내정된 시가미(鹿見) 마을의 민가까진 무사히 도착했으나, 사흘째 되던 날 이웃 주민 누군가가 경찰에 밀고해 버린 것이었다.

'내가 전생에 무슨 대죄를 지었다고……? 무엇이, 뭣 때문에 내 앞길을 이렇게 가로막는 것일까?'

일행과 함께 경찰서에 연행된 철형은 기다란 나무의자에 몸을 기대고, 자신이 걸어온 짧은 인생역정을 더듬어 보았다. 아무리 생각해도 억울한 심정이었다.

"당신은 재범이구먼!"

서류를 들여다보던 경관이 철형의 차례가 되자 그를 훑어보며 괘다리적게 말했다.

"그래서 어쨌다는 겁니까?"

철형은 일경의 비위를 맞추기보다 자신도 모르게 반발심이 앞섰다.

"뭐라고? 이놈의 젊은 새끼가 건방지게시리!"

얼굴이 깡마른 담당 경관이 눈알을 굴리며 벌떡 일어서더니 그의 손이 철형의 뺨으로 날아왔다. 철썩.

철형의 눈에 불이 확 이는 듯했다. 집안 식구는 물론이고 남들 — 학교 선생, 상급생, 학급 친구 등 — 한테 뺨만은 얻어맞아 본 적이 없는 그였다. 그런데도 그는 오히려 입을 다문 채 상대를 냉정하게 노려보았다.

"안마, 네가 그런 눈으로 노려보면 뭘 어떡하겠다는 거야?"

경관은 이를 악물며, 뻣뻣이 서 있는 철형의 면상을 주먹으로 마구 강타했다. 엉엉 소리내어 울어도 시원치 않을 울분이 머리끝까지 치솟아오르면서 온 신경이 두 주먹으로 몰려오는 걸 의식했으나, 철형은 가까스로 감정을 억제했다.

'너 따위는 상대가 안된다.'

철형은 오직, 언젠가는 혈기왕성한 몸으로 도쿄 시내를 누비고 다닐, 기약

할 수 없는 미래에다 울분을 풀어 볼 뿐이었다.

다시 오무라 수용소행.

재범이란 죄상에다 담당 경관에 대한 불경죄까지 조서에 기록되는 바람에 그는 동행했던 사람들보다 갑절이나 더 긴 억류 생활 끝에 강제송환되는 처지가 되었다.

'그 누구도 내 의지를 꺾지는 못할 것이다!'

철형은 부산에 떨어지자마자, 3차 결행을 위한 준비에 들어갔고, 그것이 실패할 경우 제4, 제5차 시행까지도 결심했던 터였다.

그러나 그의 제3차 밀항길에는 뜻하지 않은 일생일대의 액운이 기다리고 있었다.

73

철형이 세 번째의 기도에서 밀항지랍시고 착륙된 곳은 남해안 다도해의 어느 갯가였다. 자정이 조금 지난 무렵, 부산 남서쪽 낙동강 하구의 다대포를 출항하여 이틀날 동이 트기 전에 돌산도 남단에 도착한 것이었다.

감시선으로 보이는 배가 쫓아오고 있으니 빨리 하선해서 몸을 숨기라는 인솔자의 말에 따라 밀항자 전원이 부랴부랴 갯가 바위로 뛰어내려 우왕좌왕하고 있을 때, 배는 어느새 어둠을 헤치며 해안을 빠져나가고 있었다. 모두들 어둠 속에서 눈에 불을 켜고 인솔자를 찾았으나, 조금 전까지만 해도 간이라도 빼내줄 듯 살살거리던 그 중년의 인솔자는 그림자도 보이지 않았다.

'당했구나!'

순간적으로 떠오른 직감은 비단 철형만의 느낌이 아니었다. 어둠 속에서 낯선 사람들끼리 멍하니 서로 시선만 교환할 뿐, 닭 쫓던 개 지붕쳐다보기였다.

"흐흥."

철형의 입에서 자조의 소리가 튜브에서 바람 빠지듯 새어나왔다. 악을 쓸 기력마저 없었다. 여태까지 스스로 믿어 의심치 않았던 주도면밀성이 말짱 나무아미타불이었다는 것을 비로소 자각하게 되는 순간이었다.

'분노할 자격도 없다!'

멀리 수평선이 희끄무레해지면서 해변의 윤곽이 차차 드러나 보이기 시작했다. 얼마 안 있어 군데군데 초가가 보이고, 인근에서 출항을 준비하는 어부들의, 왜말 아닌 우리말 소리가 확연히 들려왔다.

"그 자슥들 완전히 사기꾼 아이가!"

"두 눈 시퍼렇게 뜨고 이게 뭐꼬!"

"이놈덜 마, 그냥 안 둘 거구만. 내 손으로 꼭 잡고 말끼다!"

'행여나?' 하고, 일본 땅 — 설사 이름 모를 섬일지라도 — 이기를 바라던 밀항자들은 어부들의 귀익은 우리말 소리에, 그제야 곱다시 사기당했다는 사실을 새삼 확인하곤 제각기 홀로 또는 짝을 지어 뿔뿔이 흩어져 갔다.

철형은 움직일 생각도 하지 않고, 바위 위에 걸터앉은 채 두 손으로 무릎에 손깍지를 끼고 바다 위에 점점이 흩어진 섬들을 망연히 바라보았다. 이제까지 자신해 왔던 용기, 철썩같던 신념이 한꺼번에 와르르 무너져내리면서 자기의 영혼이 육체와 함께 바닷속으로 침륜하는 것 같았다. 긴장이 확 풀리며 몸이 나른해지고 졸음이 밀려왔다.

'이 바위 위에 눈을 감고 드러누워 있으면 영원히 가 버리겠지.'

이제껏 느껴 보지 못한 좌절감이 느껴워지면서 홀연히 가족들의 모습이 눈앞에 또렷이 떠올랐다. 보고 싶은 충동도 일어났다. 그러나 그러한 충동이 그로 하여금 고향으로 발길을 돌리게 할 수는 없었을뿐더러 또한 오래 지속되지도 않았다. 어디까지나 순간적인 감정에 사로잡혔을 따름이었다.

이윽고 철형은 세차게 고개를 가로저었다. '칠전팔기다! 고작 세 번 가지고 주저앉다니. 정석태 따위의 웃음거리가 될 순 없어. 마지막에 웃자. 최후의 승리자가 되어서.'

그는 물었던 궐련을 눈앞에 출렁이는 바닷물에다 픽 뱉고는, 바위의 반동이라도 받은 듯 자리를 박차고 일어섰다. 그리고는 수면 위로 솟아오르는 태양의 현란한 빛을 온몸에 받으며 뭍을 향하여 발길을 옮겼다.

자기가 걷고 있는 곳이 한반도의 어디쯤인지 위치와 방위조차 알 수 없는 철형은, 일단은 길을 따라 발을 옮겨갈 뿐이었다. 바다와 반대 방향으로.

자기 딴에는 면밀한 계획 아래 단행했던 밀항이라는 행위의 결과가 하나같이 실패로 종을 치고 만 그로서는, 앞으로의 뒷일을 차라리 우연에다 맡김으로써 자신의 운명을 테스트해 보고 싶은 심정이었다.

"여기가 어딥니까?"

철형이 무거운 발걸음을 옮기다가 바다로 향하고 있는 해녀 차림의 아낙네들에게 물어본 것은, 행여 자기가 걷고 있는 곳이 고향의 어느 땅자락이 아닌가 하는 생각이 불현듯 들었기 때문이었다.

"돌산면 율림리여라오. 댁은 시방 육지로 가는 길이당가요?"

가장 연상인 사십대 아낙네의 대답에 이어, "여수로 갈라믄 두어 시간 걸어가서 배를 타야 하는디." 하고, 그 옆의 젊은 여인이 묻지도 않은 것까지 알려주었다. 허리춤에 수건을 찬 철형의 옷차림이며 그의 말씨에서 필시 외지인이라 짐작해서였으리라.

"아, 그렇습니까? 고맙습니다."

철형은 아낙네들의 방언으로 미루어 고향이 아님을 확인하곤 다행으로 여기면서, 더 이상 묻지 않고 보행을 계속했다.

해는 이미 수평선에서 높직이 솟아올라 주위의 경관을 두루 비춰 주었다. 걸음을 옮겨갈수록 하나 둘씩 눈에 들어오는 오두막 같은 초가집, 도로 곳곳에 내깔려진 가축과 사람의 배설물이며 거기서 풍기는 악취, 추레한 어민과 꾀죄죄한 아이들의 행색이며 몰골. 그 어느 것 하나 그의 생리를 거역하지 않는 게 없었다. 철형은 무의식적으로 뒤돌아서서 찬란한 태양빛을 받아 반짝이는 푸른 바다를 바라보았다.

'저 바다가 육지라면 내 신세가 벌써 바뀌고도 남았을 텐데…….'

그는 바다가 원망스러웠다.

'강철형, 모든 걸 신에게 맡기자!'

철형은 눈길을 돌려 다시 걷기 시작했다. '운명의 여신이 여러 사람들을 만나고 오느라 지각하는 거야. 이제 곧 그녀가 미소를 지으며 두 나래를 펴고 너를 찾아 줄 거야. 이제까지 못다 준 행운을 한꺼번에 안겨 주겠지.'

철형은 해안을 따라 뻗은 길을, 해풍이 날라 오는 염기와 비린내를 맡으며 두 시간 반쯤 걸은 끝에 돌산도 북단의 포구에 이르렀다. 선창에는 여남은 명의 사람들이 도선(渡船)을 기다리고 있었다.

도선장의 사람들을 태운 배가 여수항에 들어온 것은 정오가 거의 다 되었을 무렵이었다. 밀항을 기도한 이래 줄곧 일본의 번화가만을 머릿속에 그려 온 철형에게 이 조그만 항도가 눈에 차 보일 리는 없었으나, 낮지만 즐비한 건물이며 사통오달의 가로에 사람들의 왕래도 빈번한 것이 그런대로 당분간이나마 지낼 기분이 내켰다.

철형은 항구 주변에 위치한, 비교적 조용해 보이는 여인숙을 찾아들어가 우선 시장기부터 풀었다. 그러자 이내 수마가 밀려왔다. 반나절을 줄곧 걸은 데다 모든 게 결딴나 버린 뒤의 허탈 상태에서 오는 피로와 긴장의 해이는 그를 깊은 수면 속으로 빠져들게 했다.

얼마를 잤을까, 몸을 흔드는 기척에 눈을 떠 보니, 백열등이 켜진 방 안에 여급이 말없이 서 있었다.

"오늘 밤 지겔랑가유?"

그녀가 내려다보며 묻는 말에 철형은 눈을 비비며 잠시 생각해 보았다. 꼭 이 그곳에 유숙해야 할 이유는 없었으나, 그렇다고 다른 곳으로 옮겨야 할 필요도 없었다.

"선불을 해 달란 말이지?"

여급의 방언을 눈치로 헤아린 철형은 몸을 돌리며 바지주머니에서 돈을 꺼내 여관비를 지불했다.

"시방 제국상(저녁상) 봐 올까유?"

"아, 이따가."

그는 손목시계를 보며 자리에서 일어섰다. 저녁 일곱 시가 지나 있었다.

"나 잠시 바람 쐬고 올게."

철형은 한마디 던지며 여인숙을 나왔다. 그는 가로등이 졸고 있는 밤거리를 산책 삼아 천천히 거닐면서 앞으로의 대책을 생각해 보았다. 아침에 해안가에 내팽개쳤을 때만 해도 걷잡을 수 없는 허탈감에서 '케 세라 세라' 식의 자포자기 상태였지만, 이곳까지 오는 동안 마음을 추스르고, 또 한잠 푹 자고 난 지금은 생각이 달랐다. 어찌 됐건 '철형호(號)' 란 배의 방향타만은 놓치지 말아야겠다는 것이었다. 숙박비가 기껏해야 일주일치밖에 남아 있지 않은 것도 문제이긴 했지만, 그보다 더욱 그의 마음에 닥뜨리는 것은 세월의 허송이었다. 이해도 벌써 9월 하순, 고향을 떠나온 지도 2년하고도 반이 지나가고 있었던 것이다.

'이번에는 여기서 시도해 볼까?'

그가 이런 마음을 불시에 느끼게 된 것은 지척에서 들리는 발동선의 기관음 때문이었다. 어느새 그의 발길은 부둣가를 서성이고 있었다. 항만 수면 위로 뿌려지는 별빛이며, 선창 둑에 부딪치는 물결소리가 야릇한 여운과 함께 그의 '제4차 기도' 를 돌발적으로 선동했다.

'내일부턴 이곳 지리를 익힐 겸 일자리를 알아보자.'

이 같은 생각에 잠기면서 그가 발길을 여인숙으로 돌리려는데, 갑자기 맞은편에 두 개의 그림자가 후다닥 뛰어가는 발소리를 남기며 골목으로 사라졌고, 곧이어 그들을 뒤쫓으며 불어대는 호루라기 소리가 부둣가의 공기를 갈랐다.

철형이 무심코 발걸음을 멈추고 주위를 두리번거리는데, 등 뒤로 번개처럼 들이닥친 두 사나이가 그의 양팔을 거칠게 잡아챘다.

"당신들 누구요?"

철형이 고개를 돌리며 반항했다.

"씨벌, 뽄네미치고(시치미떼고) 있네. 아야, 그란다고 내가 넘어갈 줄 아나?"

동시에 철형의 양손이 한데 모아지면서 '철컥' 하고 수갑이 채워졌다.

"왜들 이러시오?"

"그걸 꼭 말해야 알겠나?"

이유를 따지기도 전에 한 사나이가 등덜미를 탁 치며 떼밀었다. "가!"

철형은 심한 굴욕감이 치밀었으나 꼼짝없이 끌려갈 수밖에 없었다.

'이번엔 배를 타기도 전에 걸린 셈인가?'

그는 자기의 연행이 십중팔구 밀항의 모의 혐의를 받고 있는 것이라고 나름대로 단정했다. 그리고 방금 전 부둣가에서 골목으로 내뺀 자들은 출항 바로 직전에 발각된 밀항자들일 것이라 추정했다. 때문에 그는 뜻밖의 봉변에 억울하기는 했으나, 자기의 혐의에 대해 심각하게 생각지는 않았다. 충분히 해명할 기회가 주어지리라 여기고.

그러나 철형은 경찰서에 도착해서야 자기의 연행 이유가 어처구니없는 것임을 알게 되었다.

"인마, 그 남로당 빨갱이 놈들하고 싸댕기지 않았으면 골볐다고 혼자 선창가에서 왔다갔다하겄어? 좆나발 불지 말고 솔직히 불어."

철형의 신원을 신문하고 난 형사는 모든 정황으로 미루어 보아 그가 좌익분자임이 틀림없다고 단정해 버린 것이었다. 설상가상으로 실로 철형에게 있어선 우연치고는 너무나도 불행한 우연이었다. 그가 부두에 나가 있던 시간은, 남로당원 전남도당 간부들이 제14연대(여수 신월리 주둔)의 좌익 군인들과 암암리에 내통하며, '혁명의용군 사건(대한민국 전복을 위한 쿠데타 모의)' 주모자로 구금된 전 14연대장 오동기 소령을 비롯한 관련자들을 구출하기 위해 부두 인근의 한 주막에서 작전 계획을 꾸미던 시간과 거의 일치되어 있었다.

경찰서에 끌려가서야 짐작한 일이었지만, 철형은 여인숙을 나온 얼마 뒤 부두 근처의 골목에서부터 계속 미행을 당했던 것이다.

기실, 철형의 입장에서 보면 기가 막힐 노릇이었다. 하지만 그에겐 신분을 보증할 만한 증명서 하나 가지고 있지 못했다. 게다가 여수는 새까만 타관이었다. 그야말로 혈혈단신 고립무원. 그의 사상이 공산주의에 대해서만은 건전하다는 것을 증명해 줄 만한 사람이 여수 바닥에 있을 리가 없었다. 불행이라면 애초에 여수 바닥으로 흘러들어온 것부터가 비운의 씨랄밖에.

철형이 현지의 땅을 밟게 된 동기가 불법에서 비롯된 이상, 그가 현재까지의 경위를 떳떳이 말하기도 어려운 처지였지만, 설령 사실대로 피력한다 해도 믿어 주기엔 입지조건이 이만저만 불리한 것이 아니었다.

"실은 잘못된 일이긴 합니다만, 일본으로 밀항을 하려다가 선주 측에 속아 여기까지 오게 됐습니다."

철형은, 고향에서 여수까지 오게 된 연유를 캐묻는 형사에게 하도 답답하여 자기 딴엔 큰마음 먹고 실토했다. 바로 6개월 전에 고향에서 '4 · 3 사건'이 일어난 사실도 모르고.

"밀항? 흥, 빨갱이답게 잘도 둘러붙이는군. 그런 싸가지없는 짓거리에 내가 넘어갈 줄 아냐?"

취조 형사는, 기지가 민첩해 보이는 철형의 형형한 눈빛을 째려보았다.

'빨갱이! 내가 아까(赤)라고?'

영문을 모르는 철형은 어안이 벙벙했다. "빨갱이라니요? 그게 무슨 말입니까?"

"지랄! 아주 기어오르는구먼!"

"이 뽄새로 튕기는 것 보믄 보통놈이 아니여."

형사들의 뇌리에 일단 단정적으로 못 박혀 버린 선입견은 철형의 백 마디로도 돌려놓을 수 없는 지경까지 이르러 있었다.

"정 의심스러우면 우리 고향에다 제 신원을 확인해 보십시오. 저 절대로 그런 사람 아닙니다."

철형은 울분을 꾹 참고 얼토당토않은 혐의에서 벗어나려고 죽살이를 쳤다.

"이 새꺄, 우리가 너같이 볼일 없는 놈인 줄 알아? 써레까지(잔소리) 말고 묻는 말에나 싸게싸게 대답해! 대가리가 누구야? 아지트는 어디야?"

옆에 있던 땅딸막한 동료가 콘크리트 바닥에 꿇어앉혀진 철형의 무릎을 구둣발로 깠다. 그러나 아픔은 타격을 받은 무릎에보다 가슴으로 먼저 전달되었다. 피가 머리로 솟구치는 듯한 통분이 면도날같이 예민해진 그의 심기를 극도로 자극했다.

"그런 식으로 무고한 나를 빨갱이로 몰려면 맘대로 해 보시오. 얼마든지 되어 줄 테니!"

그의 성정머리 — 한두 번 자신을 굽혀서 불통일 땐 반발하는 — 는 이번 경우에도 여지없이 반작용을 일으켰다.

'이 시시한 놈들에게 콘크리트 바닥에 꿇리면서까지 굽실거릴 게 뭐란 말인가!'

"이 짜샤, 뭐가 어쩌고 어째? 빨갱이가 돼 준다고?"

이번엔 구둣발이 그의 면상으로 날아왔다. 쓰시마 경찰서의 일경에 이어 두 번째로 당하는 면상 피타(被打)였다.

'이깟 걸레들에게 또 맞는다?'

이제까지 적어도 피타에 관한 한 자기방어를 견지해 온 철형으로서는 남으로부터 당하는 구타나 타박을 칠칠맞지 못하거나 굴욕이라는 관념으로까지 치부하고 있었다.

"당신들이 얼마나 그 자리를 유지하나 내 이 눈으로 끝까지 지켜보고 확인할 거요."

거개의 경우가 그렇듯, 강자 앞에서의 반항이란 하등 득될 것이 못되는 줄을 알면서도 철형은 숙으러들지 않았다.

"이 새끼, 씨부랑거리는 말부터가 악질이랑께."

깡마른 쪽의 구둣발이 얼굴과 몸뚱이 가릴 것 없이 닥치는 대로 걷어찼다. 철형의 입술에서 살점이 튀고 콧날이 찢어지면서 붉은 피가 주르르 흘러내렸다. 그는 그것을 손바닥으로 닦아내어 자기 눈앞에 가져다간 유심히 살펴보았다.

'음! 너희들이 기어코 내 피를 보였것다! 언젠가 내가 무덤으로 가기 전에 한 번은 꼭 여기에 올 것이다. 그때까지 죽지 말고 살아 있어라.'

철형은 흘러내리는 피를 연신 양 손바닥으로 닦아내며 어금니를 악물었다.

74

이럴 즈음, 철형의 운명은 '인민해방' 이란 소용돌이 속에서 또 한 차례 곤두박질치기 시작했다. '여수 · 순천 반란사건(10 · 19 사건)' 이 일어난 것이었다.

1948년 '5 · 10 선거 저지투쟁' 이 남한에서 가장 치열했던 지방의 하나인 전라남도의 남로당 좌익 세력은 그해 말로 예정된 미군 철수를 전후하여 본격적인 '무장투쟁' 을 통해 정권 전복 · 탈취를 획책하고 있었다. 이런 상황 속에서 여수 주둔 제14연대(1948년 5월 창설) 사병들과 경찰 사이에는 충돌 사건이 빈번히 일어났는데, 특히 9월 24일 발생한 '구례 군 · 경 충돌 사건' 으로 인해 제14연대 사병들의 반경(反警) 감정은 가일층 고조되어 있었다. 게다가 '제주 4 · 3 사건' 당시 제주도에 주둔하고 있던 제11연대장(박진경 중령)의 암살 사건을 계기로 숙군이 강화되면서 전(前) 제14연대장(오동기 소령)이 '혁명의용군 사건' 에 연루되어 구속된 상태였다.

이런 와중에서 10월 15일 육군사령부로부터 10월 19일 20시를 기해 '제주 폭동' 진압을 위해 1개 대대를 제주도로 출동시키라는 명령이 하달되었다. 당시 제14연대에는 지창수 상사를 비롯하여 김지회, 홍순석 중위 등 좌익계 간부들 휘하에 경찰 수배자, 범죄자, 실업자 등 많은 좌익계 범법자들이 입대해 있어, 반경 사상이 그 어느 집단보다도 높았다.

상부로부터의 갑작스러운 제주도 출동 명령은, 제14연대 좌익계 장병들에겐 '동족상잔'과 '반란' 중 양자택일을 강요하는 것과 다를 바 없었다. 남로당 전남도당 소속의 골수분자인 지창수는 '우리는 동족상잔인 제주도 출동을 반대한다.'는 전제하에, 간부들과 월북이냐, 선상 반란이냐, 여수에서의 봉기냐의 세 방안을 놓고 고민한 끝에 결국 '여수 봉기'를 결정했다. 이리하여 '반란군'으로 돌변한 출동 부대는 20일 0시를 전후하여 여수 읍내로 진격을 개시, 좌익 단체와 학생 단체 수백 명(폭동군)에게 무기를 지급했다.

이때 철형의 처지에서 보면, 그가 갖은 고문을 버텨내는 가운데, 거사(오동기 구출작전) 음모에 가담했던 자들이 속속 검거됨에 따라 어느 정도 그의 혐의가 풀리긴 했지만, 고향에서의 신원조회 결과가 도착되지 않아 아직 석방되지 않은 상태였다.

그러나 철형의 사상, 아니 현실에 대한 환멸감과 반항심은 이미 구치감 속에서 이를 갈며 몇 주일을 지내는 동안, 주위에 둘러쳐진 콘크리트 벽만큼이나 굳어져 있었다. 나라 안팎에서 맞닥뜨려 온 예기치 못했던 숱한 악순환 속에서 그가 지닐 수 있는 선(善)이란 선은 송두리째 상실되어 버렸거나 스스로 내팽개쳐 버렸다.

운명의 전기는 예고 없이 찾아왔다. 그가 잡혀온 지 한 달 가까이 되는 날 — 정확히 10월 20일 오전 1시 20분경 — 먼동이 트기도 전에 한밤의 대기를 찢어대는 요란한 총성에 철형은 구치감 바닥에서 눈을 떴다. 옆방의 사람들도 하나 둘 일어나며 "웜메! 인자 시작한 거여!" 하고 눈에 불을 켰다.

시시각각 총성이 가까워지면서 사방에서 함성이 들려오더니 새벽 3시쯤 되었을 때, 반란군으로부터 무기를 지급받은 폭동군들이 경찰서로 들이닥쳤다.

"동지들, 이제 살았소! 빨리빨리 나오시오!"

구치감의 철창문을 활짝 열어젖힌 폭동군들은 무기고 문까지 쳐부수고는 풀려나온 무리들에게 소총을 쥐어 주었다. 그것이 무엇을 의미하는지를 철형은 한 달 동안의 구치감 생활을 통하여 알 수가 있었다. 그러나 사태의 변화가 너무나 창졸간의 일이어서 앞뒤를 헤아려 볼 겨를이 없었다. 흑이든 백이든 어느 한편을 택하지 않으면 안되었다. 결과야 어찌 되든 현재의 철형의 입장에선 폭동군이 주는 무기를 받지 않을 수 없었고, 그것은 곧 좌익으로의 가담을 행동상으로 계약하는 것이나 다름이 없었다.

'일단 개죽음만은 면하고 보자.'

철형은 총을 받아 들었다. 총기에 대한 지식은 방아쇠를 당기면 탄환이 발사된다는 것밖에 모르는 그였지만, 총을 든 순간부터 그에겐 하릴없이 이제까지 없었던 굴레가 씌워지고 있었던 것이다.

놀랍게도 눈앞의 상황은 어제와는 정반대로 역전되어 있었다. 반란 · 폭동군들은 날이 새기도 전에 여수 읍내의 경찰서와 파출소, 읍사무소, 군청 등 치안 및 행정기관을 완전히 장악했으며, 아침부터는 '인민행정' 이란 명분으로 읍사무소에 '보안서', '인민위원회' 가 조직되고, 관청마다 인공기가 게양되기 시작했다. 오후가 되자 중앙동 광장에서 민애청(민주애국청년동맹), 민주여성동맹, 교원노조 등 약 3만여 명의 군중이 모인 가운데 '인민대회' 가 열려 '삼팔선은 터졌습니다.' 는 허위 선동 연설이 절정을 이룬 가운데 '인공(人共)에 대한 수호와 맹세' 등 6개 항목의 결정서를 채택한 데 이어, 좌익계 장정들에게 총(경찰의 것 약 200정, 제14연대에서 3대의 트럭으로 날라온 것)을 분배하여 이른바 '의용군' 까지 조직하였다.(이 무렵엔 순천읍도 아침에 여수에서 이동해 온 2천여 명의 반란 · 폭동군과 현지 폭동군에 의해 완전 점령되었다.)

이와 더불어, 폭동군은 좌익 청년 · 학생들을 앞세워 반동분자들을 색출 · 체포했는데, 이튿날 문초를 받은 소위 '악질 반동' 이라 낙인찍힌 경찰 간부(여수 경찰서장을 비롯하여 사찰계 직원 10여 명)가 총살형을 당했다.

그런데 이틀 후, 철형이 폭동군과 함께 경찰 가족 색출에 나갔다가 보안서로 돌아왔을 때, 폭동군의 간부인 허(許) 뭐라는 자 — 그는 남로당 전남도당

'오르그(도당에서 파견된 조직원)' 였다. — 가 철형에게 다가오며,

"강 동무라 했소?" 하고 그의 얼굴을 살폈다.

"예, 그렇습니다만……."

철형이 의아스럽게 마주 보았다.

"저 악질 반동 상판대기 눈에 익지 않소?"

그는, 굴비처럼 엮어져 끌려온 행렬의 후미를 턱으로 가리켰다. 철형이 그쪽으로 다가가, 축 늘어뜨린 얼굴을 보는 순간, 멈칫하며 자기 눈을 의심했다. 경찰서에서 철형의 면상을 주먹과 구둣발로 난타하여 입술을 조개젓으로 짓이기고 코뼈를 부러뜨렸던 바로 그 고문의 주인공이었다. 그는, 말없이 쏘아보는 철형을 슬쩍 곁눈질하고는 고개를 떨구었다.

'아무리 외나무다리에서 만난다지만, 이렇게 빨리……?'

이상하리만치 철형은 '이제 한풀이할 때가 왔구나!' 하는 보복 의식보다도, 보지 말아야 할 것을 본 것 같은 기분이었다. 몇 주 전의 부글부글 끓던 복수심은 사그라져 버리고, 용서도 연민도 아닌 야릇한 감정이 앞섰다.

"저자를 맘껏 족쳐 보시오, 강 동무가 당했던 만큼."

허(許)가 철형의 감정을 부채질했는데, 거기엔 그 나름의 저의가 깔려 있었다. 철형에게 보복의 계기를 만들어 줌으로써 어쩔 수 없이 자기편에 줄서게 하는, 도랑 치고 가재 잡는 식의 노림수였다. 뿐만 아니라, 제 세상을 만난 듯 날뛰는 그들로선 심심풀이로 벌이는 유희의 관전일 수도 있었다.

철형은 그들의 저의를 모르지 않았다. 그러기에 그로서는 고약스럽다는 생각이 들면서 기분이 더러웠다. 그러나 그들에게 결코 약한 면을 보여선 안된다고 생각했다.

'그래, 내가 처리해 주지. 어차피 당신은 도마 위의 고기요. 그러니 차라리 내 손에 의해 깨끗하게 처리되는 걸 다행이라 생각하시오. 인과응보라고.'

철형은, 양손을 반박당한 채 여전히 머리를 늘어뜨리고 있는 그 형사가 측은하기는커녕 더없이 비굴하게 여겨졌다. 언필칭 빨갱이를 잡기 위해 직무상

취조와 고문을 자행했다면, 당장 목에 칼을 들이대든, 가슴팍에 총부리를 겨누든 의연하게 할 말은 하고 죽어야 할 게 아닌가.

'애시당초 나는 이런 식으로 당신을 만나길 원치 않았소. 먼 훗날, 마치 에드몽 당테스처럼 거부의 백작 신분으로 당신 모르게 이 고장에 나타나 멋지게 복수를 할 생각이었는데. 당신이나 나나 연때가 맞지 않은 거요.'

철형은 돌아서서 허와 그 부하들을 바라보았다. 모두의 시선이 그에게로 집중되어 있었다. 철형은 몸을 획 되돌려, 엮어진 줄에서 형사를 재빠른 동작으로 풀어내 보안서 뒤뜰 담장 아래로 끌고 갔다.

"이보시오 강 선생, 그래도 난 당신을 석방할라고 신원조회까지 했당께요. 회신을 기다리다 본께……. 제발 날 한번만 봐 주시오."

당사자가 다 꺼져 가는 목소리로 사정했으나, 이는 아예 그의 권한 밖의 일이었다. 철형은 그의 몸을 전나무 줄기에 묶고는 주머니에서 손수건을 꺼내 눈을 가렸다. 그리고 십여 미터 물러서는가 싶더니, 서서쏴 자세로 방아쇠를 당겼다. 그의 난생처음 해 보는 사격이자 최초의 살인 행위이기도 했다.

"하하하! 강 동무, 보기보다는 행동파구먼."

허가 만족스러운 듯 웃어젖히면서도 철형의 냉랭한 동작 하나하나를 유심히 관찰했다. '음, 세뇌만 잘 시키면 훌륭한 우리 동지가 될 수 있겠어!'

"강 동무, 이번 무장투쟁만 성공하면 나하고 같이 평양으로 가는 게 어떻겠소?"

허가 철형의 어깨를 두드리며 시종 웃음을 거두지 않았으나, 그의 느닷없는 물음에 철형은 어리둥절했다.

"……?"

"아아, 당장 이 자리에서 대답하라는 게 아니오. 천천히 잘 생각해 보시오."

"예, 알겠습니다."

"모두들 강 동무를 본받으시오. 우리의 혁명 과업엔 말보다 행동이 앞서야 하는 거요."

허가 부하들 앞에서 철형의 손을 치켜들며 큰 소리로 말했다.

점심시간이 지나자 허(許)의 부하 폭동군들은 다시 반동분자 색출에 나섰다. 전 시가에 인공기가 펄럭이는 가운데, 거리마다 '제주도 출동 절대 반대', '인공 수립 만세' 등의 벽보가 나붙었는가 하면, 이르는 곳마다 '삼팔선은 터졌다.', '남조선 해방은 눈앞에 다가왔다.' 등등의 각종 허위 선동 구호들이 확성기를 통해 흘러나왔다.

그러나 철형으로서는 지금 눈앞에 벌어지고 있는 광경들이 자기하고는 전혀 상관없는 것처럼 간주되었다. 삼팔선이 터졌건, 태극기 대신 인공기가 펄럭이건 그에겐 아랑곳없는 문제였다. 오직 한 가지 절실한 과제는 어떻게 해서든지 이 와중에서 무사히 헤어나는 것뿐이었다. 그래서 자신의 숙원인 일본 땅을 밟기만 하면 그만이었다.

그러기 위해선 당장은 싫든 좋든 폭동군 무리에 동조하지 않으면 안되었다. 그는 경찰관들을 잡아들이는 일뿐만 아니라 우익 인사와 가족들의 인민재판에도 참여했고, 총살형의 집행을 맡기도 했다.

이처럼 자기 정체성을 상실한 망석중이짓을 한 지 사흘째 되던 날, 반란군을 태운 트럭들이 먼지를 일으키며 시가를 통과해 외곽으로 빠져나가는가 싶더니, 얼마 안 있어 하늘에서 요란한 굉음과 함께 전단이 하얗게 쏟아져 내렸다.

〈국민 여러분! 이제 반란군은 포위되었습니다. 우리 국군이 곧 여러분을 구출해낼 것입니다…….〉

반란군 토벌을 위한 본격적인 진압작전이 시작된 것이었다.

10월 21일, 광주에 파견된 '반군토벌 사령부'의 진압군은 23일 순천을 탈환하고, 여수 탈환에 돌입했다. 23일 오전 부산에서 LST로 여수에 급파된 제5연대 1개 대대의 선상 박격포 사격 및 상륙 작전으로 시작된 여수 공격은 폭동·반란군의 치열한 저항을 무릅쓰고 닷새 동안이나 계속되었다.

이윽고 27일 새벽, 진압군이 12량의 장갑차를 선두로 읍내 한복판에 위치한 '인민군사령부' 를 향해 4방면에서 포위 · 공격을 개시하자, 결사적으로 저항하던 폭동군은 인민위원회, 보안서 쪽으로 몰리면서 산발적인 저항을 하다가 해안 방면(중앙동 · 교동)으로 도주했다.

이리하여 마침내 주공(主攻) 부대인 제12연대는 반란의 진원지인 제14연대의 병영으로 돌입했고, 저녁 6시 무렵엔 전 읍내가 점령됨으로써 여수는 재탈환되었다.

75

'이게 어찌 된 셈인가? 세상이 또 뒤집히는 것일까?'

철형은 비행기에서 뿌려진 전단 문구와, 시민들이 우왕좌왕하는 모습에서 사정이 심상치 않음을 거니챌 수 있었다.

"어떻게 돌아가는 겁니까?"

철형은 보안서 앞 광장에서 진행된 정기덕(어제 탄약 운반 도중 사망한 18세의 '민주여성동맹원')의 '인민장' 을 바라보면서 옆에 있는 자기 또래의 '동지' 에게 물었다.

"아마도 국군이 진격해오는 모양이구만 이. 하지만 염려 말드라고. 우리 인민해방군이 삼팔선을 넘어 남진중이고, 여수에도 곧 상륙한다닝게."

그는 아침에 배급받은 담뱃갑을 뜯어 피워 물면서 자신 있게 대답했다. 철형은 그의 말을 듣고서야 이번 사태의 윤곽을 어느 정도 파악할 수 있었다. 애초부터 군복 차림으로 거리를 난무한 자들이 인민군이 아닌 '반란군' 이었다는 것을. 동시에 철형의 머리를 번개처럼 스쳐간 것은, 이들 반란군과 그에 가담한 자(폭동군)들의 마지막 운명이었다. 또한 그들 속에 자신의 운명도 도매금으로 넘겨지리라는 것은 불을 보듯 뻔한 일이었다.

한데, 상황은 그가 예측한 것 이상으로 급박하게 돌아갔다. 날이 바뀌면서 고지와 함상에서의 포격에 이어 장갑차를 앞세우고 철모에 흰 띠를 두른 진압 군인들이 시내로 진입하여 민가와 시민들을 닥치는 대로 수색해 공공시설로 집결시키며 소탕전을 전개했다. 이에 완강하게 대항하던 폭동군 중 반란병사와 좌익 간부들은 대부분 야산으로 퇴각해 버려, 시내에는 좌익 청년과 학생들만이 지키게 되었다.

밤이 되자, 포격으로 발생한 화재가 주택가로 번지면서 시장동 일대는 온통 화염에 휩싸였다. 이제 보안서의 점령도 시간문제였다.

"동무들, 잡아 둔 반동들을 모조리 처단하고, 건물은 불질러 버리시오. 그리고 우리는 각자 산악지대로 피신하여 해방군이 도착할 때까지 유격전을 전개해야 하오. 시간이 없소. 자, 빨리 행동 개시!"

허(許)의 한마디가 떨어지자, 폭동군들이 하나같이 총을 들고 나가더니, 구치감에서는 총소리와 비명소리가 낭자했다. 뒤이어 보안서와 인민위원회 등의 건물이 불타면서 빨간 불길이 하늘로 치솟아올랐다.

폭동군의 방화 작업에 끼여들었던 철형은 '이때다!' 하고 그들의 눈을 피해 골목으로 들어섰다. 그는 잽싸게 빈집 대문으로 들어서더니 마당 모퉁이에서 보따리를 찾아냈다.(그는 만일에 대비해서 어젯밤에 남몰래 여기로 와서는 어부옷 한 벌과 밀짚모자를 챙겨두었던 것이다.)

철형은 재빠른 동작으로 어부 복장에다 밀짚모자를 눌러쓴 뒤 골목길로 나섰다. 그곳 지리에 어두운 그는 이미 어둠이 짙게 깔린 거리를 지나 상대적으로 조용한 해안가로 발걸음을 옮겨갔다. 시내 중심가에서 멀어질수록 소요와 총성은 뜸했으나, 그의 가슴은 쉴새없이 방망이질했다.

이윽고 한 포구에 이른 그는, 물가에서 좀 떨어진 지점의 바위 뒤에 몸을 숨기곤 선창에 매여 있는 배들을 한동안 주시했다. 그러고는 가장 가까운 쪽 배로 살금살금 포복하여 다가갔다. 배는 4,5톤가량의 발동선이었다. 철형은 밧줄을 잡아당겨 배를 뭍 쪽으로 접근시킨 후 그 위로 냉큼 뛰어올랐다.

그가 허리를 구부린 자세로 조타실 안을 들여다보는 순간, 난데없이 팔 하나가 불쑥 튀어나오며 그의 목을 낚아챘다. 철형은 선실 바닥으로 나동그라졌고, 몸을 가눌 사이도 없이 단도가 그의 목에 들이대어졌다.

"누구야?"

낮은 목소리의 칼잡이 외에도 십여 개의 눈빛들이 총부리를 겨누고 노려보았다.

"나, 경찰관 색출에 나섰던 강이란 사람이오."

철형은 상대방의 정체를 직감하고 담담하게 대답했다.

"잠깐! 그럼 강 동무……?"

조타실 맨 안쪽에서 귀에 익은 목소리가 칼잡이를 제지했다. 허(許)였다.

"역시 용의주도하구만. 안 그래도 아까 동무를 한참 찾았드랬소."

허가 철형 옆으로 다가와 일으켜 세우며 진정으로 반가운 듯 그의 손을 덥석 잡았다.

"아무튼 반갑소. 우리 자세한 얘긴 나중에 하기로 하고……."

허는 조타실 입구에 머리를 내밀고 주위를 한 바퀴 둘러보았다. 사위는 어둠에 둘러싸여 있었다.

"자, 이제 더 지체할 수 없소. 김 동무, 닻을 올리시오. 단, 연안을 벗어날 때까진 발동을 걸지 말고 노를 젓도록 하오."

허의 명령에 따라 김 동무란 자(이 발동선의 선주)를 비롯한 모두가 달려들어 민첩하게 닻을 올리고, 3인조로 이루어진 허의 충복들이 양쪽 뱃전에 붙어 노를 잡자마자 5톤급의 소형 어선은 어둠 속에서 서서히 물살을 헤쳐 나가기 시작했다. 노잡이들은 김의 손짓에 의한 방향 지시에 따라 팔의 왕복운동을 되풀이했다.

함구령과 금연령이 내려진 가운데, 그들은 힘겨운 노젓기 작업으로 간신히 연안을 벗어났으나, 더 이상 이동하지 않고 바위섬 아래에 정박했다가 새벽녘이 되어서야 어로작업을 가장하여 발동을 걸었다.

"자, 강 동무, 이제 맘놓고 한대 태웁시다."

역시 어부로 가장한 허가 한숨 돌린 듯 뱃전에 기대앉으며 철형에게 담배를 권했다.

"산으로 들어가실 줄 알았는데……?"

철형이 성냥을 그어 허에게 먼저 붙여 주며 물었다.

"더 큰 과업을 수행하기 위해 평양엘 한번 갔다 와야겠소."

"그럼 지금 평양으로 가는 겁니까?"

"그렇소. 우리 인민공화국도 수립되었으니까."

철형의 실망에 찬 물음과는 반대로 허의 대답은 희망에 차 있었다. 그야말로 동선이몽(同船異夢)이 아닐 수 없었다.

'이제 다 틀렸구나!'

항로는 철형이 애초 의도했던 쪽(동해)과는 전혀 딴 방향(서해)이었다. 일차 밀항 때 어깨너머로 익혀 두었던 기관 작동과 조타술도 이제 아무 소용이 없어졌다. 여수에서 관청 수색 때 벽에서 떼어내 품어 두었던, 항로가 그려진 지도도 말짱 휴지가 되어 버렸다.

어선은 절망적인 철형의 심경은 아랑곳없이 오후 늦게는 다도해를 벗어나, 진로가 북쪽으로 바뀌어 있었다. 조그만 몸체인데도 기관 한번 고장나는 일 없이 통통거리며 잘도 달렸다. 바다의 잔잔함도 한몫 거들었다.

"강 동무는 평양에 가는 대로 즉시 군관학교로 들어가시오. 내 친한 동지한테 부탁해 줄 테니."

점입가경. 모두가 철형의 앞길을 거스르는 것뿐이었다. 철형은 말없이 고개만 끄덕이며 줄담배를 피워댔다.

과연, 운명은 거스르지 못하는 걸까? 그들이 여수를 출발한 지 사흘째 되던 날 저녁 무렵, 5톤짜리 목조 발동선은 마침내 남포(南浦)항에 닻을 내렸다.

제14장의 '여수 · 순천 10 · 19 사건' 과 관계된 내용은 《해방 전후사의 인식(3권)》(한길사, 2006년) 중 황남준 저 〈전남 지방정치와 여순사건〉에서 일부를 인용 · 참조했음.

제15장 슬픈 재회

76

인천 상륙작전——.

이것은 미(美) 8군사령관 워커 중장이 낙동강 방어 계획을 수립하여 북괴군의 맹렬한 '9월 공세'에 맞서 사투를 벌이는 가운데, 맥아더 원수가 끈질기고 치밀한 준비 끝에 성공시킨 '한국전쟁'의 일대 역전 드라마였다.

'크로마이트 작전'이라 명명된 이 작전은 맥아더 원수의 진두지휘 아래 미 제7사단(한국군 제17연대 배속)과 제1해병사단(한국 해병 제1연대 배속)으로 편성된 제10군단에 의해 감행된 것으로, 함정 261척에 7만 명이란 장병의 목숨을 건 이른바 '맥아더의 역사적 도박'이었다.

9월 15일 06시 30분의 만조를 기하여 결행된 이 역사적 도박은, 상륙 부대인 제1해병사단과 제7사단이 최초의 목표인 월미도를 공격해 28분 만에 점령하고, 이날 오후 주력부대가 인천 시가에 진입함으로써 성공리에 끝마쳤다. 이로써 도박에 승리한 맥아더는 마운트 매킨리 함상에서 〈오늘 아침 미 해군과 해병대는 영광에 빛난다.〉라는 메시지를 장병들에게 보냈다.

이튿날, 미 전차부대가 인천에 상륙한 데 이어 해병대가 김포 비행장을 점령하였고, 다른 부대는 경인 가도로 진격, 행주 방면에서 한강을 도하하여 서울 탈환전을 개시했다.

이에 당황한 북괴군은 낙동강 전선으로 증파 중이던 병력을 경인지구로 되돌려 배치시키는 한편, 신편(新編) 부대를 급히 서울로 집결시켰다. 그러나 전세는 급전직하였다. 미 제1해병사단이 서울의 서부 6킬로미터까지 공략하고, 제7사단의 일부 병력이 영등포에서 수원으로 남진해 북괴군의 후방을 위협

하자, 낙동강 전선 주력의 퇴로를 끊길 것을 두려워한 김일성 최고사령관은 23일, 전 북괴군에게 삼팔선 이북으로의 철수 명령을 내렸다.

이 같은 전황 속에서 서울에 진입한 한국 해병은 서대문의 북괴군 주저항선을 강타, 연희 고지를 점령했고, 같은 무렵 한강 남쪽으로 우회한, 국군 제17연대가 배속된 미 제7사단이 한강을 도하, 남산을 점령하여, 이미 덕수궁에 도달해 있던 미 해병 제1사단과 악수를 나누었다.

그리하여 9월 26일, 한국 해병에 의해 중앙청에 태극기가 게양되는 극적인 순간을 맞이하게 되었고, 28일에는 서울의 북괴군 소탕전을 완료함으로써, 함락된 지 꼭 3개월 만에 수도 서울을 탈환하여, 이튿날 이승만 대통령과 맥아더 장군이 참석한 가운데 서울 수복식이 거행되었다.

한편, 인천 상륙작전과 때를 같이하여 수세에서 공세로 전환되면서 총반격을 개시한 낙동강 전선에서는 9월 21일 국군 제1사단과 미 제1기갑사단이 다부동 북쪽에서 북괴군 제13사단을 격파해 돌파구를 마련하는 데 성공했다. 그중 기갑사단의 특별기동부대(제777부대)는 적을 남북으로 협공하여 9월 26일에는 오산에서 미 제10군단과 연결되었고, 나머지 기갑사단과 미 제1군단(제24사단에 한국군 제1사단을 배속시킴)은 김천~대전~수원선을 따라 북진을 계속하여 서울 입성을 눈앞에 두고 있었다.

77

경수(京水) 가도를 행군하는 대원들의 기상은, 언제 피비린내 나는 격전을 벌였었느냐싶게 늠름하고 보무당당했다. 표정도 밝고, 마음의 여유도 있었다.

"강 일병은 정말 '하느님이 보우하사야.' 파편에 눈이 달린 게지, 딴 데도 아닌 성경책에 박히다니."

철준의 바로 뒤를 따라 걷던 노(盧) 일병이 감탄조로 말하자,

"그걸 두고 '신의 가호' 라 카는 기라." 하며, 철준의 앞을 걸어가던 손(孫)

하사가 뒤돌아보았고, 행렬 옆에서 따라오던 소대장이 " '천우신조' 지." 하고 한마디 거들었다.

실로 신의 가호요, 천우신조가 아닐 수 없었다. 사수하느냐, 돌파당하느냐 — 낙동강 전선의 마지막 승패를 가르는 '다부동 전투' 에서 철준의 전방 암석 바닥에 작렬한 포탄의 파편이 철준의 왼쪽 가슴으로 날아온 것이었다. 그러나 그 죽음의 쇠붙이는, 철준이 마리아 상과 함께 늘 몸에 지녀 온 가죽 표지의 《성경》 복판에 박혀 가슴 부위에 찰과상만 입혔을 뿐, 심장으로 파고들지는 못했다.

"오오 주님……! 지윤 씨……!"

철준이 왼손에 《성경》을 잡고 오른손으로 가슴을 쓸어내리며 기도를 드린 것은, 적군의 전선이 붕괴되어 포성이 멎은 새벽녘이었다. 북괴군 제13사단 참모장 이학구(李學九) 총좌를 비롯한 많은 장병들이 투항해 올 무렵이었다.

날이 밝자, 철준은 스스로 온몸을 꼬집어 보며 의식을 확인한 후 주위를 둘러보았다. 산등성이와 골짜기마다 온통 적군과 아군의 시체 — 팔다리가 날아가 버렸거나 몸통에 관통상을 입은 — 로 뒤덮여 있는 데다 곳곳에 소와 말들의 잔해가 산적해 있어 악취가 진동하고 있었다.

거기다 철준으로 하여금 더욱 참혹함과 무자비함을 금치 못하게 한 것은 참호 속에 있는 북괴군 기관총 사수들의 주검이었다. 죽을 때까지 사격을 하도록 발목이 사슬에 묶여 있는 그들은, 손가락을 방아쇠에 건 채 고꾸라져 있었던 것이다. 12, 3세의 어린 소년 병사까지도.

'인간이 이렇게까지 무자비할 수가 있다니……! 그 태곳적 카인의 잔혹성이 오늘날 이 땅의 한민족에게까지 이어져 내려왔단 말인가!'

그러나 이렇듯 처참한 광경은 비단 전선에서만 볼 수 있는 게 아니었다. 철준의 부대가 노변에 널브러진 탱크 주위의 시체들을 뒤로하면서 북상해 대전에 이르렀을 때에는 목불인견의 참상이 전 대원들의 치를 떨게 했다. 대전 비행장과 형무소 마당 등에 파놓은 구덩이 속에 수백 명씩 되는 국군과 양민과 미군들이 철사로 손이 뒤로 묶인 채 총살된 시체로 켜켜이 매장되어 있었다. 북괴군이 철수 명령을 받고 후퇴하면서 저지른 만행이었던 것이다.

"제네바 협약을 완전히 무시한 비인도적 야만행위다!"

미군 시체 구덩이를 굽어보며 분노하는 미군 대위 옆에서 군목이 기도를 올리고 있었다.

'서울도 예외일 수는 없을 거야. 지윤 씨가 무사히 피신해 있을까?'

철준은 대전을 출발하여 행군하는 동안 줄곧 지윤에 대한 염려를 떨쳐 버릴 수가 없었다. 한강이 가까워지면서부턴 그의 마음은 더욱 조바심치기 시작했다.

마포 나루터 대안의 여의도 도하점(渡河點)에 이르자, 파괴된 한강철교와 인도교가 허리를 물에 잠근 채 살풍경스럽게 그 잔해를 드러내고 있었다.

"저것 땜에 피란가던 사람들이 억수로 안 죽었나. 남은 시민들의 발길도 묶어 놔 버리고."

철교에서 얼마 안 떨어진 곳에 가설된 부교 앞에서 도강을 기다리는 동안 손 하사가 말했다.

'혹시 지윤 씨가 저 다리를 건너다 희생된 건 아닐까?'

철준은 손 하사의 말에 대꾸하기보다도 지윤에 대한 염려와 불안감이 앞섰다.

이윽고 부교를 건너서 마포 공덕동 네거리에 이르렀을 때, 철준은 당장이라도 대열에서 이탈하여 효창동 쪽으로 달려가고 싶은 충동을 느꼈다. 그는 목에 걸었던 마리아 상을 풀어 손에 넣었다.

'내가 생각날 땐 언제든지 이걸 꺼내 보세요.'

철준은, 3개월 전 용산역 광장의 밀려드는 인파 속에서 성경과 함께 목걸이를 건네주면서 들려주던 지윤의 아침 이슬 같은 촉촉한 목소리가 귓가에 쟁쟁거리는 듯했다.

철준은 폐허화된 시가지를 대원들과 대오를 이루어 걸어가면서, 환영나온 시민들이나, 달구지를 이끌고 피란길에서 돌아오는 사람들 중에 지윤이나 그의 가족이 섞여 있지 않나 하고 눈에 불을 켜고 살펴보았다. 치마저고리를 입은 아낙네나 아이를 업은 부녀, 그리고 태극기를 든 소년 소녀들 틈에 어쩌다 지윤 또래의 여자가 보일 땐, 철준은 대오를 흩뜨리면서 확인해 보곤 했다.

"누구 찾는 사람이라도 있는 거야, 강 일병?"

노 일병이 묻는데도 철준은 자기쪽 인도와 반대편 도로변의 사람들을 번갈아 살펴보느라 대답할 겨를이 없었다. 당장이라도 난데없이 어디선가 '철준 씨!' 하며 튀어나올 것만 같았다. 그래주기만 한다면 철준으로선 군율이건 체면이건 창피건 다 아랑곳없이 쏜살같이 달려 나가 얼싸안아 줄 수 있을 터였다. 지윤이 응해 온다면 뜨거운 입맞춤까지도.

'국군이 입성했다면 나올 법도 한데……?'

철준은 특히 오른쪽 도로변(효창동 쪽)을 눈여겨보면서 기대를 걸었으나, 마포 종점의 전찻길이 아현동에 이르렀을 때까지도 그의 기대와 바람은 이루어지지 않았다. 행군은 서대문구 북부의 한 면사무소 근처에서 끝났다.

'이젠 찾아가는 길밖엔 없다.'

철준은 허탈감을 가누며 마음을 새롭게 가다듬었다.

78

철준이 소대장의 도움을 받아 중대장으로부터 어렵사리 외출 허가를 받아낼 수 있었던 것은, 그가 배속된 미 제1군단이 아직 삼팔선 이북으로의 공격(북진) 명령을 받지 않아 시간적 여유가 있었기 때문이었다.

"드디어 성경책의 주인공을 만나는군?"

그날 밤을 설렘과 초조 속에서 지새우고 이튿날 아침 출발할 때, 소대장은 새끼손가락을 세워 씩 웃으며, "아직도 패잔병들이 곳곳에 숨어 있으니, 혼자

가지 말고 누구 한 사람 같이 가도록 해." 하고, 고맙게도 철준의 신변까지 배려해 주었다.

철준은 노 일병을 동행자로 보고하고 함께 부랴부랴 임시 병영을 나왔다. 교통편이 없었으므로 그들은 서대문구의 녹번동에서 용산구 청파동까지 줄곧 걸어야만 했다.

"이제 보니 어제 시가 행군 때 학의 목을 하고 찾던 사람이 이쪽 동네에 사는가 보구먼. 리베야, 친척이야?"

중림동 고갯길을 내려와 서계동으로 꺾어들었을 때, 노 일병이 주택들을 바라보며 물었다.

"가 보면 알게 돼."

철준은 가슴이 두근거리며 발걸음이 더욱 빨라졌다. 그는 걸어오는 동안, 품속에 간직한 사진과 목에 걸고 있는 마리아 상을 보여주며 지윤에 대해 말해 줄까도 했으나, 선뜻 내키질 않았다. 이제 곧 방문처의 주인공을 접하게 될 거라는 극적인 효과의 노림도 있었지만, 만에 하나 불행스러운 일을 맞게 될지도 모른다는 두려움도 없지 않았기 때문이었다.

그런데 불행히도 그를 기다리고 있는 것은 후자 쪽이었다. 그것은 그가 청파동 지윤의 집 대문 앞에 이르는 순간에 직감할 수 있었다. 반쯤 열려 있는 대문을 밀고 정원 안을 들여다보니, 웬 낯선 청년과 인부인 듯한 사나이가 깨진 유리창이며 파손된 기물들을 방 밖으로 정리해 내고 있었다. 예상 밖의 상황에 철준도 의아했지만, 청년 역시 느닷없는 군인들의 나타남에 예사롭지 않은 표정으로 이쪽을 대했다.

"실례지만 한경훈 검사님 가족은 이사했습니까?"

철준이 먼저 입을 열었다.

"이사가 다 뭡니까. 보다시피 그 악랄한 괴뢰군 놈들이 한 검사 집안을 그냥 뒀겠어요?"

청년은 잠시 일손을 놓고 면장갑을 벗고는 담배에 불을 댕기면서 반문했다. "헌데 군인 아저씨들은 한 검사님을 어떻게……?"

"예, 저는 이전에 이 댁 지영이 학생을 가르치던……."

"아, 강 선생! 얘기 많이 들었어요. 초면이라 몰라봐서 미안해요."

청년은 철준의 말곁을 채며 철준에게 악수를 청했다. "난 지영이 외종 되는 장명호(張明鎬)라고 합니다. 한 검사가 나의 고모부님이시죠. 이제는 저세상으로 가셨지만."

청년의 목소리가 가라앉으면서 얼굴에 그늘이 졌다. 철준은 가슴이 철렁 내려앉았다. 뭐라고 묻긴 해야겠는데, 얼른 입이 떨어지지 않았다. 더욱이 지윤에 대해선 물어보기가 겁이 났다.

그러한 철준의 심정을 읽고 있는 듯 장명호 청년은 그의 얼굴을 애연히 쳐다보더니 "잠시 얘기할 시간 있지요?" 하며, 철준과 노 일병에게 등받이가 부서진 의자를 권하면서 담배까지 건넸다.

"저 지영이한테 강 선생 얘기 들었어요. 지윤이와의 관계."

장명호는 말을 끊고 담배를 깊숙이 빨았다가 연기를 길게 내뿜었다. 철준도 그를 다그치지 않고 담배연기를 날리며 뒷말을 기다렸다.

"강 선생, 내 얘기 듣고 너무 놀라거나 슬퍼하지 말아요."

"무슨 말입니까, 슬퍼하지 말라니……?"

장명호의 에두르는 말투에 철준은 더 이상 참지 못하고 불안스럽게 다그쳐 물었다.

"아버지와 함께 주님의 곁으로 갔어요. 전쟁과 살육이 없는 평화스러운 하늘나라로."

장명호는 철준은 쳐다보지도 않고 허공을 향해 말했다.

"뭐라구요? 그럼 지윤 씨가……?"

철준은 눈앞이 아뜩해지면서 몸을 제대로 가눌 수가 없었다. "지윤 씨가 죽다니……? 어떻게 그런……?"

그는 말끝을 맺지 못하고 울먹이며, 의자에 기댔던 총을 두 손으로 잡고 애써 몸을 추스렸다. 그로서는 믿기지 않는, 아니 믿고 싶지 않는 청천벽력과도 같은 비보가 아닐 수 없었다.

"고모부가 정부를 너무 믿었던 게 탈이었지요. 아니, 믿었다기보다 당신의 직무에 너무 충실했던 때문이겠죠. 약삭빠른 관료들은 속속 도강을 하는데도 밤늦게까지 사건 서류들을 정리하고 돌아와, 대통령의 대(對)국민 방송을 듣고는 반신반의하면서 피란 준비를 하려던 참이었는데, 그땐 이미 늦어 버린 거지요. 하는 수 없이 우리 집에 와서 피신해 있었는데, 그 간악한 괴뢰 청년의 탐문 색출 때문에 우리 할머니까지 그놈들 손에 끌려갔었지요. 고모부님과 지윤인 엊그제 시신을 찾아서 가매장을 했어요."

장명호는 철준에게 다시 담배를 권하며 자신이 지영과 윤 노인으로부터 전해들은 사연의 자초지종을 들려주었다.

'그 간악한 젊은 괴뢰 청년……? 그처럼 집요하게 한 검사님을 탐문 색출했다면 박두만임에 틀림없다! 그놈이 결국 지윤 씨까지……. 내 이 원수를 갚기 전엔 결코 눈을 감을 수 없다!'

철준은 분노를 삼키며 입술을 깨물었다. 돌이켜 생각해 보면 박두만과 하숙집에서의 마주침부터가 악연의 단초이긴 했지만, 이토록 끔찍한 비극으로까지 이어질 줄은 상상도 못한 일이었다. 비분과 애석함과 절통함, 그리고 절망감이 한꺼번에 북받쳐오르면서 그의 몽롱한 시야에 지윤의 화사한 자태가 오버랩되었다. 현관에서 대문까지 걸어나오며 자신을 배웅해 주던, 미소를 머금은 한결같던 그 모습이.

'나 때문에 죽은 거야. 나와의 인연만 없었더라도 이런 참변은 당하지 않았을 텐데…….'

철준은 뺨을 타고 흘러내리는 눈물을 억제하지 못하고 손등으로 연신 닦아냈다.

"강 일병, 그만 참어."

그제야 비로소 전반의 사정을 깨달은 노 일병이 철준의 어깨를 껴안으며 위로했다.

"그럼 사모님께선……?"

철준은 가까스로 오열을 진정시키며 장명호를 쳐다보았다.

"우리 고모님 말인가요? 지금 지영이와 함께 우리 집에 계세요. 상처를 치료하느라."

"어디, 다치셨어요?"

"다쳤다기보다 죽음에서 회생한 겁니다. 그나마 정말 천우신조지요."

장명호의 어조가 갑자기 엄숙해졌다.

"죽음에서 회생했다니요?"

되묻는 철준의 어조도 숙연해졌다.

"괴뢰군들은 후퇴 며칠을 앞두고, 감금했던 사람들 — 소위 그들이 말하는 반동분자 — 을 무더기로 끌어내어 집단 총살을 했지요. 천만다행으로 고모님은 총알이 명중되지 않고 오른쪽 어깨 밑을 관통하는 바람에 치명상을 면할 수 있었던 거예요. 총을 맞고 다른 시체들과 함께 구덩이 속에 떨어져 있다가 한참 만에야 정신을 차리고는 아침 미명에 간신히 피신해 왔어요. 정말 기적 같은 일이지요."

'지윤 씨에게도 그런 기적이 일어났으면 얼마나 좋았을까!'

철준은 꿈같은 생각을 하면서 불현듯 장 여사를 만나고 싶은 생각이 일었다. 지영이도 보고 싶었다.

"댁이 신당동이라 했던가요?"

"왜요? 가 보려구요? 교통편이 없는데……, 여기 자전거 한 대밖에."

"괜찮아요. 걷는 덴 이골이 났으니까요. 약도만 그려 주시면 저희끼리 찾아갈 수 있어요."

"아니에요. 그럼 나도 동행을 하지요. 김씨 아저씨, 나 집에 갔다 올 테니 혼자 정리하고 있어요."

장명호는 인부에게 한마디 하고는 자전거를 이끌고 앞장서 대문을 나섰다.

"노 일병, 괜찮겠어? 나 때문에 괜히 고생만 시켜서."

철준이 못내 미안스러워했다. 부대를 나설 때만 해도 지윤네와의 감격적인 재회 장면을 보여줄 수 있으리라 여겼는데, 정작 이렇게 되고 보니 생각할수록 모든 것이 슬프고 안타깝기만 했다.

"원, 별소릴. 생사고락을 같이하는 게 전우 아냐?"

노 일병은 철준이 제정신을 회복한 것을 다행스럽게 여기며, 자전거를 끌고 같이 걸어가고 있는 장명호에게 말을 건넸다.

"보아하니 형씨도 의용군으로 끌려갈 나이 같은데 여태 어떻게……?"

"말도 마세요. 나도 정부 발표만 믿고 있다가 하루아침에 서울이 괴뢰군 손에 떨어지는 바람에 죽을 고생 다 했어요. 길거리나 가택 수색에서 잘못 걸리면 의용군으로 입대시키는 판국이었으니까요. 내가 아는 사람들도 많이 끌려갔어요."

"헌데 형씬 용케 무사하셨나 보군요?"

"경기도 양평에 외가 친척이 있어서 그리로 피란 아닌 피신을 해 있었지요. 폐가 나빠서 요양간다고 지방의 내무서원과 자위대원 앞을, 간이 콩알만 해져 가지고 조마조마 통과하면서 말이에요."

K상대(商大) 3학년 재학 중이라는 청년 장명호는 자기가 서울에 머물러 있었다면 한경훈 검사 때문에라도 무사하지 못했을 것이라고 역설하면서, "석 달 동안 그야말로 서울은 생지옥이었어요. 머슴이나 청소부였던 사람들이 하루아침에 제 세상을 만나기라도 한 듯 완장을 차고 나와 설치고, 우익 인사나 소위 부르주아에 속한 사람들은 인민재판을 받았지요. 내 문리대생 친구 하나는 동급생들의 인민재판을 받고 총살당하기까지 했지 뭐예요!" 하고 치를 떨었다.

"이 모든 게 따지고 보면 정부의 무책임 때문이었지요. 정부가 전황을 사실대로만 발표해 주었던들 수많은 서울 시민들이 참담한 희생을 면할 수 있었을 거예요. 물론 우리 고모님 댁도 마찬가지지만."

장명호는 대로상을 걸어가면서도 행인들을 의식하지 않고 거침없이 비평과 불평불만을 늘어놓았다.

79

"지영아, 얼른 나와 봐. 너의 선생님 오셨다."

장명호가 자기 집 대문 안으로 들어서며 방을 향해 큰 소리를 질렀다.

"뭐……? 선생님?"

방을 박차고 나온 지영이 마루에 서서, 장명호 옆에 서 있는 제복 차림의 철준을 빤히 쳐다보더니 맨발로 달려나오며 철준의 몸에 매달렸다.

"선생님, 왜 인제 오셨어요?"

지영의 목멘 소리에 철준은 할 말을 잃고 말없이 그녀의 머리를 쓰다듬을 뿐이었다. 안방에 있던 장 여사와 윤 노인이 문을 열고 문설주에 몸을 기댄 채 그들의 모습을 바라보았다.

"할머님과 어머님께 인사드려야지."

철준은 지영을 떼어내며 그녀의 손을 잡고 마루 쪽으로 다가갔다. "사모님, 할머님, 그동안 고생 많으셨죠?"

철준은 어깨에 총을 멘 채 두 여인 앞에 공손히 허리를 굽혔다.

"강 선생, 여기까지 찾아와 주었군요. 어서 올라와요. 잠시 얘기할 시간 있죠?"

장 여사는 불편한 몸을 기댄 채 왼손으로 손짓을 하며 반색해 마지않았다.

"우린 잠시 제 방에 가 있지요."

장명호가 노 일병을 자기 방으로 안내하는 것을 보고 철준은 마루에 걸터앉아 군화를 벗고는 안방으로 들어갔다.

"거기 앉아요. 어머니, 미숫가루 남은 거 있지요? 저쪽 명호네 방에도."

장 여사는 철준에게 앉으라는 손짓을 하며, 윤 노인에게 마실것을 부탁했다.

“그래, 내 얼른 타 오마.”

윤 노인이 나가는 것을 보며 철준이 총을 방구석에 세우곤 그 옆에 얌전히 앉았다.

“우리 지윤이 얘기 들었죠?”

장 여사가 입을 연 것은 십여 초의 침묵이 흐른 뒤였다.

“예.”

철준은 처진 목소리로 대답하며 고개를 떨구었다.

“그 나쁜 놈만 아니었다면 아버지 혼자만의 희생으로 끝났을 수도 있었을 텐데…….”

‘그게 결국 저 때문입니다.’

철준은 자책감에 사로잡히면서 박두만에 대한 분노가 다시금 가슴 밑바닥에서 끓어올랐다.

“자, 시원하게 목부터 축여요. 저 방에도 갖다 줬으니.”

윤 노인이 냉수에 미숫가루를 탄 사기대접을 쟁반에 받쳐들고 들어와 철준 앞에 내려놓았다.

“어여 들어요. 먼 길을 오느라 애썼을 텐데.”

장 여사가 턱짓으로 마시기를 권했다. 철준이 대접을 들어 한 모금 마시고 내려놓자, 그 모습을 찬찬히 지켜보던 윤 노인이 탄식하며 말했다.

“ 이 자리에 지윤이가 있었으면 얼마나 좋아했을꼬?”

“말해서 뭘해요, 어머니. 그 가엾은 것이 꽃망울을 활짝 피워 보지도 못하고…….”

장 여사의 눈시울이 젖어들며 말을 잇지 못했다. 딸이 당한 최후의 치욕만은 차마 입 밖에 낼 수가 없었던 것이다.

할 말이 많을 것 같던 철준도 쉬이 말문이 열리지 않았다. 지영도 철준의 옆에서 울상을 지은 채 아무 말이 없었다.

"가신 분들은 애석하지만 사모님께서나마 그만하신 게 정말 기적이십니다. 지영이를 위해서도 그렇고요. 주님의 도우심이었나 봅니다."

"나 역시 그런 생각을 하면서도 이왕 도와주실 거면 나 대신 우리 지윤이를……."

딸에 대한 장 여사의 그지없는 사랑에 철준은 대답할 바를 찾지 못하고 잠시 망설이다가 "다치신 데는 어떠세요? 약도 제대로 쓰지 못하셨을 텐데?" 하고, 붕대로 처맨 장 여사의 어깨를 바라보았다.

"얼마 동안은 숨어서 치료하느라 양약은 구할 수가 없어서 한약만 쓰다가 며칠 전부터 페니실린 치료를 하게 되어 한결 나아졌어요."

"그래도 그 난리 중에 귀한 페니실린을 용케 구하셨네요. 이제 곧 어렵잖게 구할 수 있게 될 겁니다만."

"헌데 강 선생, 페니실린 얘기가 나왔으니 말인데, 참으로 희한한 일이 있었어요."

장 여사가 통증을 느끼는지 얼굴을 찡그리며 왼쪽팔에 의지해 몸을 비스듬히 벽에 기댔다.

"희한한 일이라니요?"

"서울 수복 삼일 전인가 이틀 전인가, 인민군 장교 한 명이 느닷없이 나타나서는 구급약 한 상자를 붕대와 함께 두고 갔다는 거예요."

"받을 사람이 없었나요?"

"지영이가 마침 마루에 나가 있었는데, 말없이 들어와서는 약 상자만 마루에다 휙 내려놓곤 가 버리더라는 거예요. 일언반구도 없이."

"약품만이 아네요, 선생님. 상자 안엔 선생님과 함께 찍은 언니 사진도 들어 있었어요. 우리 서랍에서 가져갔던 거."

지영이 덧붙인 한마디에 철준은 귀가 번쩍 뜨이며 의구심이 고조되었다.
"설마, 박두만 그놈이……?"

"근데 그 사람은 아니었어요. 내무서원 복장이 아니라 진짜 인민군 복장에다 권총까지 차고 있었어요."

"혼자 왔었어?"

"들어오긴 혼자 들어왔지만, 내가 대문을 걸려고 나가 보니깐 싸이드카 한 쪽에 추씨 아저씨가 앉아 있었어요."

"추씨 아저씨가 누구지?"

"우리 집 단골 점방 점원이라우. 처음에 그 박이란 놈한테 우리 집을 가르쳐준 것도 그 추 서방이니까."

윤 노인이 말곁을 달며 설명을 해 주었다.

"그럼 그 추 서방이란 사람을 만나서 물어보면 자세한 걸 알 수 있겠네요?"

철준이 금방이라도 뛰쳐나갈 듯 자세를 고쳐 잡았다.

"소용없어요. 우리가 명호를 시켜 알아봤더니 그 추 서방, 동네 자위대 청년들에게 맞아 죽었대요. 괴뢰군 앞잡이 노릇 했다고."

윤 노인의 말을 받아 장 여사가 "그 사람 원랜 심성이 착한 사람인데, 시국이 이러다 보니 애꿎게 앞잡이 노릇 한 거지 뭐예요. 우리도 그의 피해자 중 하나이긴 하지만." 하고 부연하며 안쓰러워했다. 추 서방이 죽어 버렸다면 그 '인민군 장교'의 정체를 알 길은 묘연할 수밖에 없었다.

'필경 유엔군의 서울 입성과 함께, 인민군이 패주하면서 떨어뜨리고 갔을 것이다. 부상자가 있다는 사실까지 알고. 그렇다면 사진은 어떻게 된 걸까? 박두만의 수중에 들어갔던 사진을 죽은 임자에게 돌려주다니? 혹시 지윤이 과거에 교제하던 사람 중에 좌경 사상을 가진 휴머니스트가 있었던 건 아닐까?'

철준의 의혹은 꼬리를 물고 이어지면서 궁금증은 더해만 갔다.

"그 약품 상자 속에 들었던 사진 갖고 있니?"

철준이 지영에게 물었다.

"네. 보실래요?"

지영이 냉큼 일어서서 자기 방으로 건너가자, 철준도 뒤따라갔다. 사진은 틀림없이 자기 것과 똑같은 것이었다. 다만, 화면에 액체 방울이 떨어졌는지

하단부에 두 개의 동그란 자국이 남아 있었다.
"그 인민군 장교 얼굴 기억나니?"
철준은 사진을 손에 든 채 의자에 옆으로 걸터앉았다.
"네, 기억나요. 저하고 한순간 시선이 마주쳤거든요. 코가 약간 매부리처럼 생겼고, 눈은 부리부리한데 속눈썹이 길어 보였어요. 언뜻 보기엔 날카로운 인상인데 무서워 보이진 않았어요. 박두만 그 사람하곤 딴판이었어요."
"키는?"
"선생님보다 약간 커 보였어요. 몸집도 그렇구요."
'그렇다면 철형이 형이……?'
철준은 지영이 말하는 인상 면에서는 형일 개연성을 인정하면서도 그 밖의 상황은 의혹투성이였다. '그럴 리가? 문명 세계를 좇아 일본으로 건너간 형이 공산주의자가 되어 서울에 나타날 수야……?'
"언니는 잡혀가기 전엔 날마다 이 사진을 보며 선생님을 기다렸어요."
철형에 대한 궁금증에 사로잡힌 철준의 마음을 알 리 없는 지영은, 그의 어두운 표정을 언니의 죽음에 대한 슬픔의 그림자로만 여겼다.
"난 어땠는지 알아? 이것 봐. 난 이렇게 세 가지씩이나 지니고 있잖아?"
철준은 목에 걸었던 마리아 상과 호주머니 속의 사진과 《성경》을 꺼내 보여주었다. 지영은 그것들을 하나하나 살펴보다가 깜짝 놀라며 가운데가 움푹 파인 《성경》을 집어들었다.
"어머! 이 성경책은 왜 이래요?"
"응, 포탄의 흔적이야. 내 몸으로 날아온 포탄 파편이 그리로 박힌 덕분에 내가 무사할 수 있었어. 결국 언니가 날 살려 준 셈이지."
"정말요?"
지영은 경이롭고 신통스러운 눈으로 철준을 올려다보고는 그의 무릎에 얼굴을 파묻었다. "선생님, 이제 전 어떡하면 좋아요?"
"어떡하긴. 어머님과 할머님이 계시고, 명호 오빠도 있는데……. 좀 있으면 학교에도 가게 될 거고."

철준은 지영의 머리를 어루만지며, 한순간 '이 애가 지윤이라면.' 하는 환상을 해 보았다.

"저 혼자 있으면 자꾸만 언니와 선생님 생각이 나서 못 견디겠어요."

"이제 피란갔던 사람들이 돌아와서 친구들과 어울리게 되면 차차 나아질 거야."

"선생님, 지금 가시면 또 언제 다시 오실 수 있어요?"

지영이 꿇어앉은 채 고개를 들었다.창백한 얼굴이 무척 쓸쓸해 보였다.

"그건 나도 알 수가 없지. 공산 괴뢰군을 다 무찌를 때까지 싸워야 하니까. 잘은 몰라도 지금까지와 같은 속도로 북진을 계속하면 늦어도 금년 안엔 압록강까지 쳐올라갈 수 있을 거야. 그렇게 되면 통일된 대한민국 방방곡곡에 태극기가 물결치고 만세의 함성이 울려 퍼지겠지. 그땐 나도 개선장군처럼 당당히 서울에 다시 돌아올 수 있을 거고. 그러니 지영이도 희망을 잃지 말고 그때까지 무사히 지내고 있어. 알았지? 어머님 간호 잘 해 드리고."

철준은 지영의 외로움을 위로해 주면서 아울러 자신의 어지러운 마음도 진정시켰다.

"선생님, 싸움터에서 몸조심하세요. 제가 날마다 주님과 성모님께 기도드릴게요."

"그래, 고마워, 지영이."

철준은 다시 지영의 뺨을 쓰다듬어 주곤 의자에서 몸을 일으켰다.

"그리고 선생님, 짬 나시면 편지 보내 주세요."

언제까지나 이렇게 함께 있고 싶은, 헤어지기를 아쉬워하는 지영이었다.

"그래, 청파동 집 주소로 하면 되겠지?"

철준이 안방으로 가서 장 여사와 윤 노인에게 인사를 드리고 노 일병과 함께 집을 나섰을 때는 정오가 한참 지나 있었다.

— ❷권에 계속 —